LE MAL

DANS LA PEAU

DANS LA PEAU

Titre de l'édition originale : *Where the Blame Lies*

Pour la traduction française :
Collection New Romance® créée par Hugues de Saint Vincent
et dirigée par Arthur de Saint Vincent
Ouvrage dirigé par Alice Serverin
Graphisme : Marion Rosière
Image de couverture : © Shutterstock

34-36 rue La Pérouse
75116 Paris
www.hugoetcie.fr

ISBN : 9782755689655
Dépôt légal : septembre 2021
Imprimé en France par CPI Brodard et Taupin - N° d'impression : 3041258

NEW ROMANCE®

MIA SHERIDAN

LE MAL DANS LA PEAU

Traduit de l'anglais par Audray Sorio

Hugo Roman

Aux hommes et aux femmes des forces de l'ordre,
qui consacrent leur vie aux âmes brisées et égarées.

PROLOGUE

AVANT

Sur la piste de danse, une foule compacte se trémoussait et virevoltait en rythme avec le martèlement de la musique et les jeux de lumière. Grisée par tous ces stimuli sensoriels, Josie avait pourtant l'impression d'être étrangère à tout cela, de ne pas appartenir à cet univers de beaux fêtards insouciants qui s'amusaient sous les stroboscopes. Elle secoua les épaules. *Ressaisis-toi, Josie. Éclate-toi, bon sang.*

Qu'est-ce qui ne tournait pas rond chez elle ?

– Santé !

Reagan venait de surgir sur sa droite, l'arrachant à ses sombres pensées, du moins pour l'instant.

– À la belle vie !

Dans une profonde inspiration, Josie rassembla ses esprits, puis elle s'empara du gin-tonic que lui tendait son amie et trinqua avec elle, un petit sourire forcé aux lèvres.

– C'est bondé, ce soir. Oh ! Le voilà ! s'écria Reagan.

Elle agita vivement la main en direction de l'entrée où un beau blond la repéra et lui fit signe en retour. Il se fraya un chemin jusqu'à elles et embrassa Reagan sur la bouche. Josie détourna les yeux pour leur laisser un peu d'intimité et se mit à remuer la jambe en cadence avec la musique.

Reagan tira sur sa manche.

– Evan, voici ma meilleure amie, Josie. Josie, je te présente Evan.

Elle avait prononcé le nom de ce dernier presque en ronronnant et Josie eut beaucoup de mal à ne pas lever les yeux au ciel. Reagan avait flashé sur ce mec de son cours de géologie depuis des mois et, deux semaines plus tôt, il l'avait enfin invitée à sortir avec lui. Ils avaient vite formé un couple, mais pour combien de temps ? Sa meilleure amie avait toujours des relations amoureuses très intenses au début, mais aussi très brèves.

Evan prit la main de Reagan en souriant. Rangées de dents parfaitement alignées et d'une blancheur éclatante, regard vif. Quelque chose dans son attitude agaçait un peu Josie, sans qu'elle parvienne à mettre le doigt dessus.

Il lui parla. Elle s'approcha de lui.

– Pardon ?

Il l'imita, approchant la bouche de son oreille.

– Je disais : on s'est déjà rencontrés.

Elle se redressa.

– Oh, désolée...

– Il y a deux mois. Une soirée à Stratford.

– Oh oui ! fit-elle, comme si la mémoire lui revenait tout à coup. Ravie de te revoir.

En réalité, elle n'avait aucun souvenir de lui.

Il esquissa un petit sourire en coin, comme s'il n'était pas dupe, puis s'écarta.

– Allez, on va danser ! claironna Reagan, tout excitée.

Elle tira Evan par la main, bousculant au passage une fille à côté d'elle qui lui décocha un regard irrité.

– Tu viens, Jos' ?

Pas question d'aller tenir la chandelle.

– Partez devant, je vais m'en chercher un, répondit-elle en levant son verre déjà vide. Je te rapporte quelque chose ?

Reagan secoua la tête avant de disparaître dans la masse grouillante et tournoyante de danseurs.

Dix minutes plus tard, Josie regagna le bord de la piste de danse, un cocktail tout frais à la main. Reagan et Evan étaient en train de danser presque au centre ; Reagan tenait son verre légèrement levé devant elle. Josie but une gorgée du sien. Elle n'avait presque rien avalé au dîner et l'alcool ne tarda pas à faire effet, diffusant une sensation agréable dans tout son corps. Ses muscles se détendirent. Un type vêtu d'une chemise rouge lui agrippa la main, elle trébucha et faillit renverser son verre. Le rire de l'homme fut balayé par les basses tonitruantes. Il adopta une pose ridicule. Josie pouffa, puis commença à bouger en rythme avec cet inconnu et ils furent bientôt entraînés par la foule en mouvement. Elle acheva son gin-tonic d'une traite, ferma les yeux et continua à se trémousser comme les autres. Enfin, elle n'était plus étrangère à cette joyeuse troupe, elle en faisait partie. Elle *était* l'une d'entre eux. Une étudiante insouciante comme les autres. Il suffisait pour ça de se comporter comme telle, de lâcher prise.

Les corps se pressaient les uns contre les autres ; Josie avait la nuque moite de sueur. L'inconnu à la chemise rouge se colla à elle et, pendant quelques instants, elle le laissa faire. La musique déferlait dans la salle, avec son tourbillon de paroles. Josie avait l'impression de tourbillonner aussi. L'inconnu plaça une main sur ses fesses, puis sur sa hanche. *Pourquoi pas ?* Il était mignon. Elle lui adressa un petit sourire aguicheur. Il sentait la sueur propre et l'eau de toilette, et aussi la bière, remarqua-t-elle lorsqu'il se pencha vers elle. Elle ferma à nouveau les yeux et l'image de deux petits visages souriants se matérialisa dans son esprit. Aussitôt, elle rouvrit les yeux et s'écarta brutalement de l'homme avec qui elle dansait. Il rit, mais un éclair d'agacement traversa son regard. *Oh là là, ce qu'il fait chaud!* Le sentiment de ne pas être à sa place refit surface. Il fallait qu'elle sorte de là.

– Je vais me chercher un verre, lança-t-elle à l'inconnu, criant pour couvrir la musique.

Du coin de l'œil, elle vit qu'il lui emboîtait le pas, alors elle se faufila dans un groupe de filles et le sema rapidement. À l'une des extrémités du bar, un visage familier retint son attention et, tandis qu'elle jouait des coudes dans l'assistance, un sourire se dessina sur ses lèvres. Il l'avait reconnue et lui souriait aussi.

– Salut, toi, la salua Cooper avec une grande accolade. Je ne savais pas que tu venais ici ce soir.

– J'accompagne Reagan... qui m'a laissée tomber pour Evan, je crois bien, répondit-elle avec un regard éloquent.

Elle avait prononcé Evan en étirant longuement la deuxième syllabe.

– Aux dernières nouvelles, ils étaient en train de se rouler des pelles sur la piste de danse.

– Evan, du cours de géologie ? demanda Cooper avec un rictus ironique. Le charmeur au cœur *de pierre* ?

Josie gloussa. Ils taquinaient Reagan depuis des semaines avec leurs mauvais jeux de mots géologiques.

– Le seul et l'unique. Un véritable *éboulement* dans sa vie amoureuse.

Ils feignirent de s'esclaffer avant d'éclater de rire pour de bon.

– Reagan parvient toujours à ses fins avec les hommes, nota Josie sans cesser de sourire.

Cooper leva les yeux au ciel.

– J'avais cru comprendre. Je t'offre un verre ?

– Avec plaisir.

Déjà un peu éméchée, Josie était en bonne voie pour finir complètement ivre. Elle secoua sa blouse pour s'éventer. Sa peau était brûlante.

Elle resta à bavarder et plaisanter au bar avec Cooper pendant un moment, et retrouva sa bonne humeur. Cooper fréquentait la même université qu'elle et occupait un petit job de serveur dans une cafétéria où Reagan et elle avaient leurs habitudes, non loin du campus. Elles y sirotaient des cafés latte en étudiant jusque tard dans la soirée. C'est comme ça qu'elles avaient fait sa connaissance. Il était drôle et très gentil, toujours le sourire aux lèvres. Elles avaient déjà fait quelques sorties avec lui, en boîte ou pour boire un ou deux verres. Pour ne rien gâcher, il était ridiculement beau, mais, hélas pour elle – et pour toutes les filles de Cincinnati –, la gent féminine ne l'intéressait pas.

Elle était en train de rire de la dernière anecdote de Cooper sur un de ses clients, lorsque son regard croisa celui d'un homme mûr, installé à une table haute voisine, un verre de bière devant lui. Beau, vêtu d'un pantalon treillis et d'une chemise... un jeune professeur sans doute, ou un assistant. Il la déshabilla du regard en souriant et elle fut parcourue de picotements nerveux. C'était tentant. Très tentant. Avec lui, elle oublierait cette mélancolie qui refusait de la lâcher ce soir. Avec lui, elle se sentirait désirée, heureuse. Mais la trêve serait de courte durée. Et les histoires de courte durée finissaient toujours mal. Cette réflexion la troubla un peu. Elle n'y avait jamais pensé, et elle n'avait aucune envie de commencer maintenant. Après tout, du court terme, c'était ce qu'elle était venue chercher ici, pas vrai ?

Elle détourna la tête et but une longue gorgée d'alcool, dans l'espoir de récupérer l'insouciance gagnée grâce aux trois gin-tonics et au charme de Cooper. Ce dernier jeta un coup d'œil par-dessus son épaule, dans la même direction qu'elle, puis la dévisagea en haussant les sourcils.

– Pas mal. Vraiment pas mal.

Il se fendit d'un deuxième coup d'œil et se pencha vers elle.

– Il n'arrête pas de te regarder. Invite-le donc à danser.

Invoquant toute sa détermination, elle secoua la tête. Non, si elle cédait à ce coup d'un soir, elle se sentirait encore plus mal le lendemain. Surtout en ce moment. *Ne fais pas ça, Josie.*

– Non. Je fais une pause avec les mecs. En particulier les mecs plus âgés.

Mariés. Avec enfants. Son humeur s'assombrit davantage, traînant dans son sillage un profond dégoût d'elle-même et une amertume extrême. Colère. Tristesse. Solitude. Voilà ce qu'elle ressentait. La musique était trop forte et il faisait de plus en plus chaud. Étouffant. Les gens étaient trop proches, la frôlaient, se pressaient contre elle, la touchaient. Elle s'éventa de nouveau en agitant sa blouse.

Cooper l'observait.

– J'ai l'impression qu'il te faut un autre verre.

Elle secoua la tête, mais s'obligea à sourire.

– Non. Tiens, en voilà un autre qui est « vraiment pas mal », très mignon même, et il n'a d'yeux que pour *toi.*

Elle faisait allusion au jeune homme aux cheveux bruns qui était en train de l'observer en remuant la tête en rythme avec la musique, à l'autre bout du bar. Lorsque Cooper croisa son regard, l'homme détourna timidement la tête pour aussitôt reporter son attention sur lui, technique de flirt ancestrale.

– C'est Ron. Il bosse à la sandwicherie juste à côté de chez Brews. Ça t'ennuie si je vais lui dire bonjour, j'en ai pour une minute ?

– Pas du tout. Aucun problème.

– Tu es sûre ?

Elle le poussa.

– Mais oui. Fonce ! Tout va bien.

L'air ravi, Cooper se dirigea vers Ron dont le visage s'illumina à son approche. Le cœur de Josie se serra. Tout à coup, elle fut assaillie par une irrépressible envie de s'enfuir, un besoin de se précipiter vers la porte, de l'ouvrir grand pour respirer de l'air frais et laisser cet air la purifier, pour peu que ce soit possible. Elle se sentait plus oppressée que jamais par toute cette foule. Pesante. Suffocante.

Elle posa son verre vide sur le bar et partit à la recherche de Reagan.

– Espèce de salope ! cracha quelqu'un sur sa gauche.

Elle sursauta et se tourna vers l'auteur de l'insulte. Appuyé contre un pilier, l'inconnu à la chemise rouge, qu'elle avait laissé en plan sur la piste un peu plus tôt la toisait. Elle le considéra pendant quelques secondes avec une pointe d'embarras, le malaise rampant le long de sa colonne vertébrale, puis elle plongea dans la foule.

Oui. C'est vrai. Je suis une salope.

Peu après, elle tomba sur Reagan qui quittait justement la piste de danse, un bras enlacé autour de la taille d'Evan. Luisants de sueur, ils riaient. Reagan semblait heureuse et un peu éméchée.

Elle se jeta au cou de Josie.

– Ma meilleure amie. Tu es si belle. N'est-ce pas qu'elle est belle, Evan ? Trop belle, même. Je te déteste.

Bon d'accord, plus qu'éméchée.

– Mais nan, cette nana, je l'adooore, roucoula-t-elle en l'embrassant sur la joue.

Malgré son besoin urgent de fuir, Josie ne put s'empêcher de rire.

– Moi aussi, je t'adore, Reagan. Écoute, je vais rentrer.

– Comment ça, tu vas rentrer ? Ah non ! On vient à peine d'arriver.

– Je ne suis pas très en forme.

Reagan lui jeta un regard dubitatif, mais Josie la serra dans ses bras sans lui laisser le temps de protester davantage.

– On habite à deux pas. Je t'envoie un message dès que je suis arrivée.

– Je peux te raccompagner, proposa Evan.

Josie avisa son regard appuyé et secoua la tête.

– Non, ça ira, je t'assure, veille plutôt sur cette jolie demoiselle. Je t'envoie un texto, promis, répéta-t-elle à Reagan avant de s'éloigner.

Celle-ci finit par lui lâcher la main et lui envoya un baiser. Josie fit mine de l'attraper.

– À tout à l'heure, articula-t-elle en silence avant de lui renvoyer un baiser imaginaire.

À son tour, Reagan fit semblant de l'attraper et le serra contre son cœur. Ensuite, la foule se referma sur elle et Josie s'en alla.

Bien que le printemps ait officiellement commencé à Cincinnati, un vent nocturne assez froid balaya sa peau brûlante et la fit frissonner. Elle se mit en route tout en se frictionnant les bras. Reagan et elle partageaient un appartement non loin de là, à Clifton, un quartier qui comptait de nombreuses locations pour les étudiants.

Proche du campus, ce quartier offrait aussi une vie nocturne décente à distance raisonnable pour des piétonnes telles que Reagan et elle. D'ailleurs, armées de leur fausse carte d'identité, elles ne se privaient pas de sortir. Les rues étaient bien éclairées et, à minuit passé, encore très animées ; les gens entraient et sortaient des bars et des restaurants.

Elle croisa un couple hilare qui avançait enlacé. Les yeux de la jeune fille brillaient sous le regard adorateur de son compagnon. Josie détourna la tête, transpercée par sa propre solitude. Elle aurait dû engager la conversation avec ce type, celui qui était plus âgé qu'elle. Pourquoi ne l'avait-elle pas fait ? Peut-être n'était-il pas trop tard. Elle pouvait faire demi-tour, vérifier s'il était encore là, l'inviter chez elle. Oui, mais il y avait tous ces gens, le poids accablant de la foule, la sensation d'étouffer. L'atmosphère surchauffée. Le bruit. Elle aspirait au calme.

Sans cesser de marcher, elle sortit son téléphone de sa poche et composa un numéro. Elle allait le regretter, mais tant pis. Tout ce qu'elle voulait, c'était écouter le message de son répondeur. Entendre le son de sa voix. Rien de plus. Cela l'aiderait peut-être à se rappeler pourquoi elle avait rompu. La première tonalité retentit – son estomac se noua, d'excitation et d'appréhension – puis la deuxième et, soudain, sa voix résonna au bout du fil.

– Allô ?

Elle s'arrêta net, comme s'il risquait de la reconnaître au bruit de ses pas, et garda le silence. Son cœur se mit à battre la chamade. Elle avait changé de numéro ; il ne pouvait pas savoir que c'était le sien.

– Allô ? répéta-t-il.

Elle repéra un bourdonnement en fond sonore. Le bruit de la circulation ? Était-il de sortie aussi ?

– Josie ?

Son cœur bondit dans sa poitrine et elle se dépêcha de raccrocher. Un profond dégoût pour elle-même l'envahit.

– Zut.

Comment avait-il deviné que c'était elle ? *Facile : à sa connaissance, tu es la seule gourde assez pathétique pour faire ça,* lui souffla son esprit. Mais pourquoi avait-elle fait ça ? *Pourquoi ?* Parce qu'à ce stade de la soirée, l'alcool et la mélancolie avaient fini par la convaincre que les mauvaises idées avaient parfois une issue heureuse, *voilà* pourquoi. Combien de fois s'était-elle déjà leurrée comme ça ? *Trop.* Ça irait beaucoup mieux demain, elle le savait, mais pour l'heure, elle était démoralisée par une nostalgie et un manque qu'elle n'était même pas certaine d'identifier. *Tu es saoule, Josie. Rentre chez toi et va te coucher. Arrête de te torturer comme ça.*

Elle ne tarda pas à voir apparaître son appartement devant elle et envoya un petit texto à Reagan pour l'informer qu'elle était bien rentrée. L'esprit ailleurs, elle trébucha et parvint à retrouver l'équilibre, non sans tituber pendant quelques pas avec ses hauts talons.

Une voix s'éleva dans la nuit.

– Un peu trop bu ?

Elle poussa un cri d'effroi, puis porta la main à son cœur. Ce n'était que le voisin du rez-de-chaussée, nonchalamment installé sur une chaise, à droite de l'entrée de l'immeuble.

– Salut, dit-elle en gravissant les marches du perron avec précaution, un petit sourire crispé aux lèvres. Fait pas chaud ce soir, hein ?

– Ç-ça ne me d-dérange pas.

Il détourna rapidement les yeux puis les reporta sur elle en rougissant. Ce n'était pas un vilain garçon, juste un peu gauche et maladroit. Bizarre. Elle sortit sa clé de son sac à main, consciente de sa présence, de sa proximité. Le cuir chevelu parcouru de picotements, elle tenta de faire entrer la clé dans la serrure sous le regard un peu lourd du voisin. *Il est inoffensif. Flippant, mais inoffensif.* La clé dérapa et elle recommença à tâtons. L'odeur du voisin flotta jusqu'à ses narines – un parfum vaguement tropical, ananas ou noix de coco. Ou un mélange des deux. De quoi cela pouvait-il provenir ? Lotion capillaire ? Un parfum étonnant pour un homme, en tout cas. Trop sucré. Déplaisant.

La clé entra enfin dans la serrure qui cliqueta. Elle se tourna vers le voisin – comment s'appelait-il, déjà ? Il le lui avait dit, mais elle avait oublié. Elle lui adressa un petit sourire. Il tressaillit et plongea son regard dans le sien. Il y avait du désir dans ses yeux. Du désir et une sorte de... d'hésitation, comme s'il avait envie de dire quelque chose, mais n'était pas sûr que ce soit une bonne idée.

– Bon, eh bien bonne nuit.

À ces mots, elle s'engouffra dans le hall et referma derrière elle sans demander son reste. Elle s'élança dans l'escalier et le gravit quatre à quatre en retenant sa respiration, presque persuadée qu'il allait l'appeler d'en bas avant qu'elle soit en sécurité dans son appartement. Elle entra, ferma à clé derrière elle et poussa le verrou, puis reprit son souffle, le dos appuyé contre le battant. Elle émit un petit rire qui se mua en grognement et s'éloigna de la porte en secouant la tête devant sa propre bêtise.

– Quelle idiote, murmura-t-elle. Complètement parano.

Ce gars un peu empoté n'était pas dangereux. S'il l'invitait à sortir avec lui un jour – et son petit doigt lui disait qu'il ne tarderait pas à le faire –, il lui suffirait de répondre « merci, mais non merci ».

La sonnerie de son téléphone coupa court à ses réflexions. Elle se figea en découvrant le numéro qui s'affichait à l'écran. Il était en train de rappeler le numéro qui lui avait raccroché au nez.

Merde, merde, merde. Cela eut le mérite de dissiper les effets de l'alcool. Elle se sentait plus sobre et moins bête que cinq minutes plus tôt. Quel dommage que son bon sens se volatilise et refasse surface comme ça, de manière aléatoire. Pas question de le laisser tomber sur sa messagerie vocale. Alors elle décrocha, mais se tut.

– Allô ?

Au son de sa voix, elle ferma les yeux en serrant les paupières. Malgré tous ses efforts, le manque mettait ses nerfs au supplice. Il y eut un silence, puis :

– Josie, je sais que c'est toi.

Comme elle ne répondait toujours pas, il soupira.

– Rejoins-moi, Josie. Ou si tu préfères, je peux venir...

Elle raccrocha et se dépêcha de composer le numéro de sa boîte vocale pour remplacer le message d'accueil par une annonce électronique anonyme. Elle allait de nouveau devoir changer de numéro. *Mais quelle idiote. Je ne suis qu'une pauvre crétine pathétique.*

Dans la salle de bains, elle étudia son visage dans le miroir. L'ivresse se mêla à la culpabilité et, l'espace d'un instant, elle se retrouva de nouveau *là-bas*, dans la petite salle de bains crasseuse de la maison où elle avait grandi, en train de contempler sa détresse dans le miroir surplombant le lavabo tandis que retentissaient les éclats de voix de ses parents, le fracas inexorable des objets jetés au sol, les hurlements de sa mère, puis le claquement de la porte marquant le départ de son père. Elle ferma les yeux tandis qu'elle se remémorait les émotions qui la traversaient à l'époque. Pourquoi ressassait-elle tout cela maintenant ?

Elle ouvrit le robinet et commença à se démaquiller. Lorsqu'elle arracha les faux cils qu'elle avait mis quelques heures plus tôt, la colle laissa des marques rouges sur ses paupières.

Elle s'allongea sur son lit et contempla le plafond pendant de longues minutes tandis qu'une boule se formait dans sa poitrine, un mal profondément ancré en elle dont elle ne connaissait pas le remède. Par chance, le sommeil finit par s'imposer et la prit délicatement sous son aile duveteuse.

Elle s'éveilla avec un cri coincé dans la gorge et des mains inconnues autour du cou. Un éclair de panique – brûlant, fulgurant – acheva de l'arracher au profond sommeil dans lequel elle s'était réfugiée. Elle enregistra la présence d'un homme en train de l'étrangler et de l'écraser de tout son poids, l'enfonçant dans le matelas ; il portait une cagoule noire qui ne laissait voir que ses yeux.

Submergée par de puissantes vagues de terreur, Josie avait le cœur pris dans un étau. L'homme remua le bassin ; elle sentit son érection. *Oh non-non-non.* Son esprit s'engourdit. Lutter de toutes ses forces, c'était désormais son seul but. Elle arqua son corps, se débattit avec les bras, chercha à donner des coups de genou, en vain, car son assaillant pesait lourdement sur ses hanches.

Il éclata d'un rire gras, mielleux, rempli d'allégresse.

OhmonDieuohmonDieu.

Elle ne pouvait plus respirer. *Je vais mourir, je vais mourir.* Des larmes chaudes jaillirent tandis qu'elle se tortillait, se contorsionnait, se démenait. Autour de son cou, la prise se resserra encore, de plus en plus. Au fur et à mesure, son corps faiblissait et, bientôt, des étincelles dansèrent devant ses yeux. Son cerveau privé d'oxygène luttait. Soudain, son agresseur la lâcha. Aussitôt, elle se redressa en prenant une grande bouffée d'air, mais il lui envoya son coude dans la pommette avec un bruit sourd. Au moment où elle ouvrit la bouche pour hurler, quelque chose de pointu s'enfonça dans sa cuisse. L'homme n'eut aucun mal à la maintenir couchée pendant que la drogue qu'il venait de lui injecter se répandait dans ses veines, la paralysant et plongeant son cerveau dans le brouillard. Elle tenta encore de crier, mais aucun son ne sortit de sa bouche.

Puis, tout devint noir.

Plic. Plic. Elle souleva lentement les paupières et gémit. Une douleur lancinante lui vrilla le crâne et elle se recroquevilla en plissant les yeux face à la lumière pourtant diffuse. *Oh mon Dieu.* La panique surgit lorsqu'elle prit conscience que ses mains étaient enchaînées au mur derrière elle. Elle tenta de bouger les bras, mais elle était si faible que les chaînes lui parurent impossibles à soulever ; celles-ci étaient fixées à des anneaux en métal rivés dans la pierre. Aux abois, le souffle court, elle fouilla la pièce du regard. Sol et murs en béton. Sur l'un de ces murs, une petite fenêtre en hauteur. Où avait-elle atterri ? Dans une sorte d'entrepôt ? La douleur s'amplifia de nouveau dans son crâne. Un homme cagoulé l'avait attaquée dans son lit. Une piqûre dans la cuisse. Et à présent elle se retrouvait ici. Où ça, ici ? Des larmes chaudes roulèrent sur ses joues tandis que l'angoisse affluait et que sa respiration chaotique secouait sa poitrine.

– Calme-toi, coassa-t-elle. Calme-toi, calme-toi, calme-toi.

Si elle ne reprenait pas très vite son sang-froid, elle allait finir par faire de l'hyperventilation. C'était la lumière du jour qui filtrait par cette fenêtre. Le lever du soleil.

– À l'aide ! hurla-t-elle de toutes ses forces.

Et elle continua ainsi, encore et encore, jusqu'à ce que sa voix se brise et qu'elle ne puisse plus émettre qu'un faible râle tandis que les larmes dévalaient sans fin son visage. Elle s'acharna sur ses chaînes et la douleur s'étendit à ses épaules et à ses poignets désormais écorchés. Elle sentit un liquide couler sur la tranche de sa main. Du sang.

Elle s'effondra contre le mur, la respiration hachée. *Inspire. Expire. Inspire. Expire.* Elle leva la tête vers le petit carré de lumière et ferma les yeux. La substance qui circulait dans son corps reprit le dessus et elle ne chercha pas à lutter. Elle sombra à nouveau.

Cette fois, elle fut tirée de sa léthargie par des bruits de pas et se redressa vivement. Prise de vertiges, en proie à la panique, elle tendit l'oreille, tentant de déterminer s'il y avait lieu de se manifester ou pas. Une lumière tamisée se répandait par la fenêtre, mais plus celle du soleil. Un réverbère, sans doute.

La serrure cliqueta et son rythme cardiaque s'emballa à nouveau. La porte s'ouvrit et il s'avança dans l'encadrement. L'homme à la cagoule. Le cœur de Josie cognait violemment contre sa cage thoracique ; le bruit de son souffle en détresse se mêla au bruit des gouttes qu'elle avait perçu un peu plus tôt.

– Salut, Josie, dit-il en refermant la porte derrière lui.

Il s'avança dans la pièce.

– S'il vous plaît, murmura-t-elle, les joues baignées de larmes. Laissez-moi partir, je vous en supplie. Je ferai tout ce que vous voulez.

– Oh, ça, je le sais, répondit-il en riant.

Il s'approcha, s'agenouilla devant elle et lui caressa la joue. Elle s'écarta ; elle était assommée par la terreur. Il émit de petits claquements de langue.

– J'aurais p-préféré ne pas te frapper, Josie. Tu ne m'as pas laissé le choix. Tu es s-salement amochée, maintenant.

– Comment connaissez-vous mon nom ? demanda-t-elle, la diction déformée par les tremblements qui secouaient tout son corps, y compris ses mâchoires.

– Je sais tout de toi. Tout savoir est devenu ma p-priorité, Josie.

Nouveaux petits claquements de langue, puis il se pencha davantage.

– Pourquoi ? Pourquoi faites-vous ça ? demanda-t-elle en hoquetant.

Elle tenta de lever les mains et les chaînes cliquetèrent lourdement sur le sol, se rappelant à son bon souvenir tout comme ses poignets en sang. Alors, elle renonça, résignée.

Il se pencha encore et elle devina, au mouvement de sa cagoule, qu'il souriait sous celle-ci.

– Parce que tu n'es qu'une p-pute, et que tu mérites d'être t-traitée comme une pute.

Ses paroles déferlèrent sur elle, accompagnées de son odeur. Celle-ci fit écho à quelque chose dans sa mémoire. Ananas. Noix de coco. Une fragrance trop sucrée, tropicale.

Elle sut tout de suite qui était son agresseur.

CHAPITRE 1

La jeune fille – ou du moins ce qu'il en restait – était ramassée contre un mur, les mains liées derrière le dos par une lourde chaîne fixée dans le béton.

– Nom de Dieu, grommela l'inspecteur Zach Copeland.

Il s'accroupit à côté de Dolores Appleton, l'experte en criminalistique qui était en train de photographier le cadavre sous tous les angles, sans omettre de prendre en gros plan ses mains, ses pieds et son visage figé dans un infini cri silencieux. Un poids lui écrasa la poitrine. Cette fille avait souffert. Horriblement souffert.

– Zach.

– Salut, Dolores. Une idée de ce qui a causé la mort ?

Elle planta ses yeux bleu vif dans les siens et secoua la tête, faisant danser ses boucles rousses sur ses épaules.

– Rien d'évident. Ce sera à Cathlyn de le déterminer. Mais, tu veux mon avis ?

Elle désigna la cage thoracique de la victime.

– Elle doit être morte de faim, déclara-t-elle en baissant la voix. La décomposition est déjà bien avancée et les rats sont passés par là, mais il est clair qu'elle avait les côtes très saillantes depuis un moment.

Zach considéra le corps ravagé, exposé à la lueur crue des lampes que les experts avaient installées, et pinça les lèvres.

Les rats. *Merde.* S'ils étaient passés par là après sa mort, ils avaient dû se manifester avant aussi.

Avait-elle été abandonnée dans le noir ? Les avait-elle entendus frétiller autour d'elle, les avait-elle sentis frôler ses pieds alors qu'elle avait les bras attachés ? Cette jeune fille avait traversé des moments effroyables et cette pensée accentua encore la sensation d'oppression qui pesait sur sa poitrine. La mort était rarement belle, mais un tel degré de souffrance, un tel degré de cruauté, cela glaçait le sang.

Il attendrait donc le rapport de Cathlyn pour connaître la cause exacte du décès, mais une chose était sûre : une espèce de taré avait enchaîné cette femme dans une cave abandonnée infestée de rats et lui avait infligé des sévices innommables. Ensuite, tout portait à croire qu'il l'avait laissée mourir de faim. Quelles horreurs avait-elle supportées avant que son cœur ne cesse de battre ? Et pourquoi ?

Découvrir le mobile du crime, c'était son boulot, pourtant, au plus profond de lui, il savait qu'il n'y avait aucune bonne réponse. Rien ne pouvait justifier *ça*.

– Sévices sexuels ? demanda-t-il à Dolores d'un ton plus dur qu'il ne l'aurait voulu.

Elle releva la tête et le regarda de nouveau droit dans les yeux, sa pince à collecter les indices en suspens.

– L'état de putréfaction est trop avancé pour que je puisse me prononcer.

Zach contourna la jeune fille et examina de plus près la chaîne qui lui entravait les mains. Tout à coup, les petits cheveux de sa nuque se hérissèrent. Une impression de déjà-vu l'envahit. L'espace d'un instant, il redevint cette jeune recrue en faction devant la porte d'une chambre d'hôpital dont provenaient des voix...

– Inspecteur Copeland ?

Il jeta un coup d'œil par-dessus son épaule, puis se redressa. C'était le policier arrivé en premier sur les lieux suite au signalement transmis par un appel anonyme. Il semblait ébranlé, mais tenait le coup. Zach était impressionné. La ville était régulièrement le théâtre de fusillades – liées au trafic de drogue pour la plupart –, de cambriolages, de disputes familiales qui tournaient mal, mais un meurtre tel que celui-ci, c'était rare. Cela dit, il était impossible de devenir insensible à ce genre de scènes, même en y étant confronté chaque semaine. Et il fallait admettre que c'était plutôt une bonne chose.

– Le docteur Harvey est là.

Zach hocha la tête. À quand remontait le dernier déplacement du docteur Harvey sur une scène de crime ? D'ordinaire, elle attendait qu'on lui apporte le corps, mais on devinait aisément la raison de cette exception. Encore une fois, la scène qu'ils avaient sous les yeux était complètement inhabituelle, et des plus perturbantes. Des pas retentirent sur l'escalier en bois et la médecin légiste du comté d'Hamilton fit son entrée en robe de soirée noire, les épaules enveloppées dans une étole rouge. Ses escarpins étaient couverts de surchaussures jetables. À l'évidence, elle sortait d'une réception. Zach s'avança vers elle.

– Docteur.

Le docteur Harvey était une femme d'âge mûr très séduisante et d'une grande classe. Il avait déjà eu l'occasion de le remarquer à plusieurs événements municipaux lorsqu'elle revêtait une tenue chic, mais c'était tout aussi vrai lorsqu'elle portait sa blouse de travail habituelle. Elle avisa la victime, puis reporta son attention sur lui avec un sourire fugace.

– Inspecteur Copeland. Elle a été découverte suite à un appel anonyme ?

Elle passa devant lui et s'approcha du corps tandis qu'il acquiesçait.

– Passé depuis un téléphone jetable, selon toute vraisemblance. Pas moyen de retrouver sa trace. L'appel nous est parvenu un peu plus tôt dans la soirée et les agents Burke et Alexander sont venus en reconnaissance.

– On l'a identifiée ?

– Pas encore.

Rien, sur les lieux, ne le permettait : pas de sac à main ni de papiers. Dès qu'il rentrerait au bureau, il s'attellerait à cette tâche et commencerait par consulter le fichier des personnes disparues. Il découvrirait son nom. Il en fit le serment silencieux à la jeune inconnue. Elle avait été dépossédée de tout le reste, mais ça, au moins, il pourrait le lui rendre.

Le docteur Harvey salua Dolores, qui était en train de ranger son matériel, puis se pencha sur le corps et l'examina sous toutes les coutures. Elle poussa un soupir.

– Cette fille a vécu l'enfer sur terre, murmura-t-elle en secouant la tête. J'aimerais l'examiner dès ce soir. Elle a déjà attendu assez longtemps.

Elle se pencha un peu plus pour étudier les mains de la victime, toujours entravées derrière son dos.

– Tu n'es plus seule, chuchota-t-elle.

Brusquement, elle se redressa et jeta un regard vif à Zach. Il y lut de la colère et de l'empathie. Les yeux d'une femme qui avait trop souvent observé la mort là où elle n'aurait jamais dû se trouver.

– Venez me voir demain matin. J'aurai des réponses à vous donner.

La pluie crépitait sur le pare-brise et les rues de Cincinnati défilaient à toute allure, floues, grises, tandis qu'il regagnait les locaux de la Section des enquêtes criminelles où il œuvrait avec ses collègues. Son esprit rembobina de nouveau le film de sa vie jusqu'à sa toute première semaine de service en solo, sans l'officier instructeur qui le suivait sur le terrain jusqu'alors. On lui avait confié la garde de la chambre d'hôpital d'une jeune femme qui avait réussi à s'échapper après avoir été retenue prisonnière, enchaînée, dans un entrepôt à l'abandon pendant presque un an. Zach s'aperçut qu'il serrait le volant beaucoup trop fort et diminua la pression, le lâchant même d'une main pour faire quelques rotations du poignet et remuer les doigts. Une année, cette femme était restée enfermée là-dedans une putain d'année, et le calvaire qu'elle avait enduré était inimaginable, à tel point qu'il se demandait comment elle avait pu survivre sans y laisser sa santé mentale. Il pensait encore à elle parfois, toujours dans les moments les plus étranges. Pourquoi ? Il n'avait pas vraiment la réponse, si ce n'est que ce jour-là, il avait compris que le mal existait bel et bien, et ça l'avait profondément *choqué*. Bon sang, oui, il avait été choqué jusqu'au plus profond de son âme. La voix de cette jeune femme – tremblante et pourtant claire –, le traumatisme et... cette fureur dans son regard. Une belle leçon d'humilité. Un véritable coup de poing dans le ventre. Elle était entrée dans l'hôpital sur une civière, presque mourante, avec l'air d'une guerrière. Elle n'avait pas cessé de se battre. Josie. Josie Stratton. Ses grands yeux sombres. Hantés. L'étaient-ils encore aujourd'hui ? Comment pourrait-il en être autrement ?

Bien sûr, cette affaire était classée, le coupable s'était tiré une balle. *Repose en enfer, fils de pute.* Toutefois, Zach y repensait régulièrement, c'était plus fort que lui. Peut-être à cause du niveau d'atrocité. Car depuis ce funeste jour à l'hôpital universitaire de Cincinnati, il avait vu beaucoup de choses – et entendu de nombreux récits de ses collègues, mais rien de comparable au crime inhumain perpétré contre Josie Stratton. Du moins, jusqu'à ce soir.

Il pénétra dans le bâtiment et rejoignit son bureau, passant une main dans ses courts cheveux mouillés et l'essuyant sur son jean. La porte se rouvrit juste derrière lui et il se tourna pour voir son partenaire, Jimmy Keene, entrer d'un pas lourd.

– Salut, vieux.

Son coéquipier ôta sa veste trempée et la jeta sur le dossier de sa chaise, puis s'empara d'une pile de serviettes de fast-food sur son bureau et essuya sa nuque et son visage flasque grêlé de cicatrices. Parfois, Jimmy lui faisait penser à un bulldog, avec ses bajoues et son corps robuste et trapu.

– Désolé d'arriver si tard. J'étais sur le bateau quand l'appel a été lancé.

Hochant la tête, Zach se débarrassa de son manteau à son tour. Récemment, Jimmy avait acheté un bateau, une petite maison flottante qu'il était en train de rénover. Il l'avait installé sur un lac de la petite ville d'Aurora, dans l'Indiana, à environ quarante-cinq minutes de route de Cincinnati, et dès qu'il en avait l'occasion, il filait là-bas pour continuer les travaux. Son rêve, c'était de vivre sur ce vieux bateau après sa retraite, visage buriné au soleil et cheveux au vent. L'air en permanence mal éveillé et indolent – ce qui s'avérait parfois très utile pour déstabiliser l'interlocuteur lors des interrogatoires –, il avait en réalité l'esprit aussi aiguisé qu'une lame de rasoir. Zach avait beaucoup de respect pour lui et appréciait sa compagnie. C'était un excellent partenaire et ami. Un être humain d'une bonté exceptionnelle.

– Tu me dresses le topo ? lança Jimmy tandis qu'ils s'installaient à leur bureau respectif.

Zach prit une bonne inspiration, puis lui décrivit la scène de crime et lui fit part des premières conclusions de Dolores sur la cause de la mort.

Jimmy émit un petit sifflement en secouant la tête.

– C'est moche.

– Tu te souviens de l'affaire Stratton ? Il y a huit ans, à peu près ?

Jimmy tapota sur quelques touches de clavier, puis releva la tête.

– Une fille enchaînée dans un vieil entrepôt, c'est ça ?

Zach entra lui aussi les codes pour connecter son ordinateur au réseau.

– Oui. La scène de ce soir m'a fait penser à elle.

À l'époque, il ne s'était pas rendu sur place, il avait juste pu constater les dégâts à l'hôpital. Malgré tout...

Jimmy pianota plus longuement sur son clavier, puis releva de nouveau la tête, les sourcils froncés cette fois.

– Mais le dossier a été classé. Le salaud qui a fait ça a été pris, non ? Le voisin, ou un truc comme ça.

– Oui, je sais, mais la scène de crime que j'ai vue ce soir m'a rappelé cette affaire.

Jimmy haussa les épaules et le cliquetis de son clavier reprit.

– Encore un cinglé qui s'amuse à attacher les filles. Comme celui de McMicken Avenue, l'an passé, tu te souviens ?

En effet, Zach se souvenait. Un proxénète avait battu puis attaché l'une de ses prostituées à son lit parce que celle-ci s'était injecté dans les veines tous les bénéfices de la soirée. *Malsain. Triste.* Mais... pas pareil. À l'arrivée de la police sur place, le mac et la fille étaient tous les deux en train de brailler et de s'insulter, et elle avait fini par être inculpée pour coups et blessures aussi parce qu'il était clair qu'elle avait fait usage de ses talons aiguilles sur le visage de son patron avant qu'il ne la ligote au lit avec une corde.

– Dans notre cas, il ne s'est pas contenté de l'attacher. Elle était *enchaînée*, murmura Zach en se remémorant les anneaux rivés dans le mur.

Preuve d'une sacrée préméditation.

– Bref, je pensais éplucher le fichier des personnes disparues jusqu'à trois ans en arrière. Dolores estime que la mort remonte à un mois minimum, ce à quoi il faut ajouter le temps qu'il aura fallu pour l'affamer à ce point. Cela dit, rien ne nous indique combien de temps elle a passé dans cette cave.

Rien ne nous indique le temps qu'elle a passé entre les griffes de ce malade. Les muscles de Zach se tendirent, mais il coupa court à ses pensées qui menaçaient une fois de plus de partir à la dérive. Dans l'immédiat, c'était inutile. La jeune femme – et sa famille, qui l'aimait – méritaient des réponses claires. Il avait une mission à accomplir.

– On va se les répartir, suggéra Jimmy.

Il se leva pour faire du café, puis ils passèrent en revue tous les signalements de la banque de données tandis que la pluie continuait à marteler le toit.

La victime avait les cheveux blonds, mais Dolores avait remarqué un dégradé de couleur allant du marron clair au marron foncé au niveau des racines, qui suggérait qu'ils avaient été teints. Ils ne se basèrent donc pas sur ce critère pour réduire leur champ d'investigation. Se plonger dans le fichier des personnes disparues était toujours un peu déprimant – toutes ces disparitions non élucidées, toute cette douleur. Zach espérait de tout cœur pouvoir un jour apaiser celle d'une partie de ces personnes qui restaient sans réponses. Au bout du compte, ils retinrent cinq profils susceptibles de correspondre : cinq femmes de corpulence moyenne, âgées de dix-huit à vingt-cinq ans. Pour l'heure, c'était tout ce qu'ils avaient. Trois d'entre elles étaient des prostituées qui travaillaient au moment de leur disparition ; la quatrième, âgée de vingt-cinq ans, était serveuse dans un bar de Hyde Park et n'était jamais rentrée chez elle après son service, et la dernière était une mère célibataire soupçonnée d'avoir fui la ville avec son enfant dont elle avait perdu la garde. Zach retint un sixième profil, celui d'une étudiante, même si le calendrier ne collait pas tout à fait. En effet, sa disparition n'avait été signalée que six semaines plus tôt, mais tous les autres éléments correspondaient. En partant du principe qu'ils ne seraient pas fixés sur la chronologie des événements avant d'avoir reçu le rapport officiel de Cathlyn, il préférait ne pas écarter le nom de cette jeune fille.

Peut-être réduirait-il la liste après avoir rendu visite à Cathlyn. À moins que la victime ne figure pas du tout sur cette liste. Peut-être s'agissait-il d'une fugueuse de l'Idaho venue rejoindre quelqu'un dans l'Ohio, qui avait malheureusement croisé la route d'un sadique. Ce n'était pas si rare, son métier lui avait donné l'occasion de s'en apercevoir. Une succession de choix – mauvais, bons ou sans importance apparente – pouvait nous mener dans des situations tout à fait inattendues. Car tout ne dépendait pas uniquement de nous, mais aussi des choix des autres, partout à travers le monde. Les chemins se croisaient, se séparaient, des vies se mêlaient les unes aux autres. Y avait-il une quelconque logique à tout cela, ou bien étaient-ils tous les victimes impuissantes du hasard ?

Il était plus de deux heures du matin et ils ne pourraient guère avancer plus avant le lever du jour. Alors, Jimmy prit sa veste et rentra chez lui pour dormir un peu. Zach prit quelques minutes pour éteindre son ordinateur et ranger son bureau, puis il hésita, et finit par tout rallumer. Autrefois, les dossiers des affaires élucidées étaient rangés dans des cartons aux archives de la Section des enquêtes criminelles ou dans le bureau de l'enquêteur responsable, mais ces dix dernières années, la numérisation avait pris de l'ampleur. S'agissant d'un cas vieux de huit ans, il faudrait sans doute qu'il consulte à la fois les archives numériques et les cartons pour rassembler toutes les informations nécessaires, mais pour l'heure, il se contenterait des éléments accessibles depuis son ordinateur.

Cette étrange impression d'avoir affaire à deux cas similaires était peut-être totalement infondée, mais jeter un coup d'œil aux renseignements disponibles avant de regagner son appartement vide ne pouvait pas faire de mal.

Zach entra le nom de Josie Stratton dans le moteur de recherche et certains détails de cette affaire classée depuis longtemps apparurent brutalement devant lui en noir et blanc. Neuf ans plus tôt, Josie Stratton, jeune étudiante de l'université de Cincinnati âgée de dix-neuf ans, avait été kidnappée par un homme masqué qui s'était introduit chez elle alors qu'elle dormait, l'avait agressée et droguée. Elle avait repris connaissance dans un entrepôt désaffecté de Camp Washington, une zone autrefois occupée par des bâtiments industriels qui n'étaient plus en activité depuis les années 1980. Josie Stratton avait passé dix mois enchaînée à un mur dans une pièce située au sous-sol de l'ancien entrepôt d'un abattoir. Violée à de nombreuses reprises et nourrie de manière sporadique, elle avait aussi été torturée : des mots avaient été gravés dans sa chair. Ceux-ci ne figuraient pas dans le dossier et Zach ne s'en souvenait pas. Cependant, à l'époque, il avait entendu plusieurs fois les infirmières en parler à voix basse lorsqu'elles quittaient sa chambre. « *Pauvre fille, elle va devoir vivre avec cet affreux rappel pour toujours.* »

Comme si, sans cela, elle aurait tout oublié sans difficulté.

Le cadavre qu'ils avaient découvert un peu plus tôt dans la soirée semblait avoir subi un sort comparable, mais les lieux étaient différents, la cave ayant remplacé l'entrepôt. Cela dit, il s'agissait de deux constructions à l'abandon, pourvues de murs en béton et situées dans un secteur où personne n'aurait pu entendre les cris d'une femme torturée à répétition sur une longue période.

Qui pouvait bien avoir prévenu la police, et pourquoi de manière anonyme ? Un toxicomane ou un dealer qui avait voulu utiliser cette propriété abandonnée pour son activité illégale ? Possible. Ils ne le sauraient peut-être jamais.

Zach continua à faire défiler les pages du dossier Josie Stratton à l'écran. Aucune photo officielle ne figurait dans cette version numérisée. Il faudrait qu'il s'en procure pour confronter les scènes de crime, mais il n'avait pas besoin de photo pour se rappeler le regard hanté de Josie. Il y avait aussi très peu de détails sur sa fuite et la manière dont elle s'y était prise, pourtant elle l'avait fait. Ensuite, elle avait arrêté un taxi et le chauffeur avait aussitôt appelé les secours.

À chacune de ses visites, son bourreau se dissimulait sous la cagoule qu'il portait lors de son enlèvement, mais elle avait réussi à l'identifier à sa voix, à son odeur et à d'autres signes physiques distinctifs ; il s'agissait de son voisin du rez-de-chaussée, Marshall Landish. Lorsque la police avait fait irruption dans l'appartement de ce dernier, elle l'avait retrouvé mort. Il s'était suicidé d'une balle dans la tête à l'aide d'une arme volée. De toute évidence, il savait que la police allait rappliquer et avait préféré la mort à la prison. L'ADN de Josie avait été retrouvé sur ses vêtements et sur plusieurs objets de son appartement. Grâce à ces preuves irréfutables et à l'identification de Josie, l'affaire avait été classée tout de suite.

Pour la ville de Cincinnati en tout cas. Pour Josie ? Sans doute pas tout à fait.

« Retrouvez mon bébé ! S'il vous plaît, retrouvez mon bébé ! »

Ces paroles lui revinrent en mémoire ; il les avait entendues à travers la porte de sa chambre d'hôpital. Elle les avait prononcées d'une voix claire, mais avec une note hystérique qu'elle peinait à maîtriser.

Comment Josie Stratton aurait-elle pu tourner la page après le crime qu'elle avait subi ? N'importe qui aurait été brisé après une telle épreuve, mais si on ajoutait à cela le fait qu'elle soit tombée enceinte de son bourreau et qu'elle ait accouché – seule et enchaînée – dans un entrepôt désaffecté et glacial... ? Il émit un petit sifflement. *Nom de Dieu.*

Marshall Landish avait emporté le bébé – un garçon s'il avait bonne mémoire – peu avant que Josie parvienne à s'échapper de son donjon infernal. Le bébé n'avait jamais été retrouvé, malgré les vastes campagnes de recherche menées par les autorités.

« *Retrouvez mon bébé ! S'il vous plaît, retrouvez mon bébé !* »

Hélas, ils n'y avaient jamais réussi.

Zach se déconnecta, jeta son imperméable sur son épaule et sortit dans la nuit ; sur le sol du parking, les flaques luisaient. Le regard de Josie Stratton se matérialisa dans son esprit une dernière fois, puis il balaya ce souvenir une bonne fois pour toutes, démarra et rentra chez lui.

CHAPITRE 2

L'ancien corps de ferme devenu le *bed & breakfast* Persimmon Woods datait de 1822, et Josie percevait bien chacune de ces cent quatre-vingt-dix-sept années.

– Bon sang, marmonna-t-elle lorsqu'une nouvelle goutte s'écrasa sur le vieux parquet.

Elle attrapa une casserole dans la cuisine et la plaça à côté des deux autres qui récoltaient déjà l'eau de pluie s'écoulant du plafond. *Merveilleux,* songea-t-elle, les épaules affaissées. *Je peux ajouter un nouveau toit à la liste.* La liste interminable des réparations à effectuer plutôt tôt que tard si elle voulait redonner vie à cet endroit, de préférence dans un état assez salubre pour recevoir des clients.

Et elle avait *besoin* de clients. Elle avait besoin de rentrées financières pour s'acquitter de l'impôt foncier de cette maison que lui avait léguée sa tante, mais aussi pour pouvoir continuer à manger. La perspective d'avoir faim lui fit l'effet d'un coup de poignard. Une émotion trop vaste et complexe pour être exprimée avec des mots. Elle se laissa envahir par celle-ci et tâcha de se focaliser sur sa respiration le temps que ça passe.

Un toit percé. Des rénovations. Voilà à quoi elle était confrontée. Voilà ce qui l'attendait. Pourtant, même si la tâche lui paraissait titanesque, elle n'était pas insurmontable.

Il fallait simplement qu'elle réfléchisse à la manière de s'y prendre et aux détails.

Elle avait passé les six derniers mois à nettoyer la maison de fond en comble, à repeindre chaque pièce en ajoutant des touches de charme à la déco, du moins l'espérait-elle. Certains meubles étaient de magnifiques antiquités et contribuaient à l'atmosphère authentique de la maison, mais d'autres étaient trop vétustes, hideux ou tombaient en morceaux. Néanmoins, elle avait tenté de faire preuve de créativité et d'exploiter tout ce qui était à sa disposition sans frais plutôt que de dépenser l'argent qu'elle n'avait pas. Ainsi avait-elle récupéré de magnifiques segments de barrières en fer forgé, tout en volutes, qu'elle avait dénichés à l'arrière de la demeure ; elle avait poncé la rouille, puis les avait peints à la bombe et installés au mur dans certaines chambres afin de créer des têtes de lit rustiques. De ce point de vue, la tendance de sa tante Mavis à ne rien jeter était une aubaine. Outre les clôtures, cette dernière avait aussi conservé de vieux barils à whisky que Josie avait récurés et transformés en tables d'appoint pour le porche qui entourait la maison. La cave et le grenier regorgeaient encore d'objets que Josie n'avait pas fini d'inventorier. Ce matin-là, elle avait découvert un superbe service en porcelaine à motif bleuets, bleu et blanc, qu'elle avait descendu et entrepris de nettoyer. Alors qu'elle frottait avec précaution les fragiles et ravissantes assiettes dans l'évier en contemplant le jardin par la fenêtre, elle avait été envoûtée par les reflets du soleil à travers les gouttes qui perlaient sur les rosiers. Elle avait ouvert la fenêtre et le parfum des roses mêlé à celui de la nature rincée par la pluie du petit matin s'était engouffré dans la pièce et dans son esprit. Un véritable cadeau rien que pour elle. Débordante de gratitude, elle avait fermé les yeux et vécu pleinement l'instant présent. Oui, vraiment, la journée avait bien commencé, mais ensuite il y avait eu les fuites au plafond, et...

Elle se figea. Dehors, la portière d'une voiture venait de claquer. Elle jeta un coup d'œil entre les rideaux et poussa un grognement.

... et voilà qu'arrivait Archie.

Qui aurait cru que sa journée allait prendre une tournure aussi compliquée ?

Lorsque les coups retentirent à la porte, elle envisagea de ne pas ouvrir, mais sa voiture était garée juste devant la maison et les fenêtres étaient ouvertes, et puis prendre ses jambes à son cou pour aller se cacher sous un lit n'était pas la meilleure solution si elle voulait s'affirmer face à son odieux cousin malintentionné. Elle prit donc une profonde inspiration et se dirigea lentement vers la porte. Lorsqu'elle ouvrit, Archie était en train d'observer le vaste terrain qu'elle avait tondu, désherbé, et embelli de fleurs printanières. Il fit brusquement volte-face et la transperça de ses yeux froids, des yeux aussi bleus que ceux de sa mère, la bienveillance en moins.

– Josie.

– Salut, Archie.

Elle attendit. Il jeta un regard derrière elle, dans la maison.

– Je peux entrer ?

Elle hésita. « *Les limites, Josie. Les limites sont très importantes. Vous devez connaître les vôtres, et les respecter. Si vous ne le faites pas, personne ne le fera.* » Ce conseil de l'assistant social qui s'était occupé de son dossier venait de jaillir dans ses pensées. Bizarrement, huit ans plus tôt, ces paroles avaient à peine franchi le seuil de son esprit saturé par le traumatisme. Pourtant, elles avaient dû se loger quelque part dans son cerveau, car ces derniers temps elles lui revenaient sans cesse.

– Et si nous nous installions sur la terrasse ? Il fait beau, ce matin.

Il pinça les lèvres, l'air hésitant, mais finit par hocher la tête et alla s'asseoir dans l'un des fauteuils en osier.

Josie s'installa en face de lui.

– Quel bon vent t'amène, Archie ?

– Je suis venu te faire une nouvelle offre pour la maison. Je peux ajouter cinq mille dollars.

Elle secoua la tête.

– Merci, mais je t'ai déjà dit que je ne voulais pas vendre. Ta mère m'a légué cette maison parce que j'avais la même vision qu'elle pour son avenir. Elle savait que je me donnerais du mal pour la rénover et lui rendre son ancien...

– Ma mère t'a légué cette maison parce qu'elle avait pitié de toi, comme tout le monde.

Josie déglutit et baissa les yeux. C'était fou, la vitesse à laquelle sa fragilité émotionnelle revenait au galop. Elle avait encore du travail à ce niveau-là.

– Ta mère s'est montrée d'une extrême gentillesse envers moi quand je n'allais pas bien. Elle m'a aidée après...

Elle se redressa.

– Cette maison me donne un but dans la vie, Archie, un but dont j'ignorais moi-même avoir besoin, plaida-t-elle dans une ultime tentative pour susciter un sursaut de gentillesse ou d'empathie chez cet être imposant et bouffi d'arrogance. Et je crois que ta mère l'avait compris.

– Ma mère n'était plus qu'un légume, sur la fin. Elle ne comprenait plus rien, elle ne savait même plus comment elle s'appelait.

Josie inspira profondément.

– Avant de... sombrer dans la démence. Avant ça, elle avait des moments de grande lucidité.

Tu t'en serais aperçu si tu avais daigné lui rendre visite.

Il pointa le doigt vers elle.

– Écoute, Josie, je ne voulais pas en arriver là, mais si tu ne me vends pas cette maison, je serai obligé de te poursuivre en justice. Quand elle a décidé de modifier son testament pour te faire hériter de cette propriété, ma mère n'était plus en possession de ses facultés mentales. Tu l'as manipulée et ce sera au juge de déterminer comment. Je te proposais de l'argent par gentillesse, parce que je sais que tu n'as pas un rond, mais si tu m'y obliges, tant pis, c'est au tribunal que ça se réglera.

Au tribunal. L'angoisse saisit Josie tandis qu'elle le dévisageait en se remémorant ce que sa tante Mavis lui avait confié sur son fils. « *Après la mort de son père, Archie est devenu de plus en plus amer, distant. J'aurais dû faire des efforts pour l'aider à extérioriser ses sentiments, mais je me retrouvais tout à coup mère célibataire, j'essayais de subvenir à nos besoins, de gérer mon entreprise... Quand j'ai perdu son père, j'ai perdu Archie aussi. Et je n'ai pas compris que je ne le récupérerais jamais.* » À l'époque, sa voix était empreinte de tristesse. De regret.

Oh tante Mavis.

Peut-être avait-elle perdu son fils, ou peut-être certaines personnes naissaient-elles avec un mauvais fond. Oui, certaines personnes étaient mauvaises dès la naissance... elle en savait quelque chose. Malgré la douceur des températures, Josie frissonna et frictionna ses bras nus. Quoi qu'il en soit, tante Mavis avait contribué à la sauver, elle et son âme meurtrie, et elle lui en serait éternellement reconnaissante. En outre, elle savait aussi ce que c'était, de se laisser dicter ses choix par son passé, par tous ces vides que l'on portait en soi. Elle avait été comme ça aussi, autrefois. *Avant.*

Qu'à cela ne tienne, elle ne pouvait pas échouer à cause de cet homme – qu'il ait été abîmé par la vie, qu'il soit mauvais de nature, ou, plus probablement, les deux à la fois. Non, elle ne le permettrait pas. Dans les pires moments de sa vie, c'était la vision lumineuse de cette fermette au lever du jour qui l'avait poussée à avancer. Elle s'était tellement battue pour être ici, et elle avait encore tant de défis à relever.

– Pourquoi tiens-tu à ce point à récupérer cet endroit, Archie ? Tu as déjà une maison, tu as ton entreprise. Tout te réussit. Que ferais-tu d'une vieille ferme délabrée ?

Il plissa les yeux.

– Cette propriété appartenait à mon père avant sa mort. Elle est dans ma famille depuis quatre générations. Elle me revient de droit, point.

– Je fais partie de cette famille. Et je la chéris autant que toi.

Plus que toi, même. Il ne s'y était jamais intéressé. En tout cas, pas du vivant de sa mère. C'était sans doute une question de cupidité ; d'une manière ou d'une autre, Archie devait se sentir lésé.

– Je pensais que tu serais plus heureuse en ville, avec plein de monde autour de toi, que tu te sentirais plus *en sécurité*, déclara-t-il avec un regard appuyé. Tu crois vraiment que les clients vont se précipiter ici, sachant ce qui t'est arrivé ?

Il se pencha vers elle.

– Ce genre de trucs met les gens mal à l'aise, Josie. Très mal à l'aise. Personne n'a envie de penser à ça. Personne n'a envie que quelqu'un comme toi lui serve le petit déjeuner le matin.

Josie se leva brusquement. Archie sembla surpris, puis se leva à son tour et la toisa. Quelle grande brute. Une espèce de tyran dont la personnalité collait parfaitement au physique d'ours mal léché.

Elle s'efforça de maîtriser les tremblements qui la secouaient, de cacher l'angoisse qui s'insinuait en elle à l'idée d'être entraînée dans un procès, de ne pas pouvoir se payer un avocat et surtout de perdre cette maison si importante pour sa guérison psychologique.

– Fais ce que tu as à faire, mais je ne vendrai pas, assena-t-elle avant de tourner les talons. Au revoir.

– Tu le regretteras, Josie, fulmina-t-il tandis qu'elle se réfugiait à l'intérieur et verrouillait la porte derrière elle.

Elle se plaça dans un angle du hall où il ne pouvait pas l'apercevoir par la fenêtre de la porte d'entrée et s'effondra sur la première marche de l'escalier. Archie frappa une fois en criant son nom, mais elle ne réagit pas. Une minute plus tard, il poussa un juron, puis le bruit de ses pas retentit. Il redescendait les marches du perron. La portière de sa voiture claqua. Elle expira lentement tandis que le moteur vrombissait, s'éloignait et enfin disparaissait. *Quel horrible bonhomme.* Pourquoi tant d'aigreur ? Pourquoi lui prédire ainsi l'échec de son projet ?

« Ce genre de trucs met les gens mal à l'aise, Josie. Très mal à l'aise. Personne n'a envie de penser à ça. »

Tout à fait. Pas plus qu'elle. Qui avait envie d'être confronté à la preuve de l'existence des monstres ? Qui avait envie d'avoir la confirmation qu'on pouvait les croiser dans la rue – pire, dans son propre appartement – et qu'il n'existait aucun moyen de prévoir le jour où ils frapperaient ? Pourtant, elle, elle y pensait. Elle n'avait pas le choix.

Elle finit par se lever, monta à l'étage et se rendit dans sa chambre, située tout au bout du couloir. Bien qu'elle soit seule dans la maison, elle poussa les trois verrous qu'elle avait installés sur la lourde porte en bois. Peu à peu, son cœur s'apaisa et elle respira plus facilement. Elle s'avança jusqu'au bureau surmonté de trois panneaux de liège qu'elle avait suspendus au mur et dont le moindre centimètre était recouvert : le fruit de ses huit années de recherches.

Elle passa les divers éléments en revue : listes, articles, adresses et autres bouts de tout et de rien susceptibles de la mener un jour jusqu'à son fils. Elle ferma les yeux et visualisa son bébé, et son regard innocent, plein de confiance, levé vers elle. Elle lui réitéra la promesse qu'elle lui avait faite dans cet entrepôt désaffecté, le jour où elle l'avait mis au monde et où leurs cris s'étaient mêlés : *Je n'arrêterai jamais de me battre pour toi.*

CHAPITRE 3

AVANT

Josie tenta de reculer, d'échapper à son contact, mais elle ne pouvait aller nulle part. Son dos se heurta au béton froid, ses chaînes raclèrent le sol.

– Que voulez-vous ? demanda-t-elle en s'efforçant de contenir les sanglots qui enflaient dans sa poitrine, dans sa gorge.

Le bras de l'homme resta en suspens quelques instants avant de poursuivre son mouvement. Il lui caressa la joue du revers de la main et poussa un soupir.

– Ce que je veux ? répéta-t-il, comme plongé dans une profonde réflexion. Mmh. Tout, je s-suppose. Tu crois que tu peux me donner ça, J-Josie ?

– Je ne comprends pas.

Cette fois, elle éclata en sanglots pour de bon, un son pitoyable, chargé de terreur, qu'elle tenta désespérément de refréner. Si elle perdait le contrôle, elle craignait de ne plus jamais arrêter de pleurer, de crier, de le supplier. Or elle avait besoin de le convaincre de lui rendre sa liberté, de discuter avec lui, d'en appeler à son humanité, pour peu qu'il y en ait en lui. Elle prit une profonde inspiration tremblante.

– Je sais, mais tu vas finir par c-comprendre. J'y v-veillerai.

– S'il vous plaît. Je n'ai pas vu votre visage. Je ne sais pas qui vous êtes, mentit-elle. Laissez-moi partir, vous n'aurez pas d'ennuis. Même si je le voulais, je serais incapable de vous décrire. Je pourrais vous croiser dans la rue sans vous reconnaître.

Un léger souffle filtra à travers sa cagoule. Il riait ? Impossible à déterminer. Il s'approcha.

– Tu ne verras p-pas mon visage, Josie, et tu ne sauras pas qui je suis, mais tu vas apprendre à me connaître.

Il se pencha et frotta sa joue encagoulée contre la sienne. Elle gémit de peur. Elle aurait pu le mordre, lui donner un coup de tête, mais elle était enchaînée à ce mur. Il avait l'avantage. Tout ce qu'elle obtiendrait, c'était de le mettre en colère et il risquait de la frapper à nouveau, ou pire.

– Oui, tu vas me connaître, chuchota-t-il en glissant la main sous la ceinture de son short de pyjama.

Oh mon Dieu. De la bile lui remonta dans la gorge et elle laissa échapper un hoquet étouffé. *Pas ça. Pitié, pas ça.*

– Tu n'en as pas envie, Josie ? Tu ne veux pas être b-baisée comme une pute ? P-pourquoi ? Tu as laissé tous ces m-mecs le faire. Je t'ai vue. J-je t'ai vue les ramener chez toi. Je les ai vus repartir le l-lendemain matin avec à peine un au revoir, à peine un m-merci pour le bon moment, espèce de traînée à deux balles. Même celui qui est m-marié. J'ai r-remarqué la ligne qui n'est pas bronzée à son annulaire. T-tu l'as sûrement r-remarquée aussi. Tu n'es pas t-très exigeante, hein ? Minable, v-voilà ce que tu es. M-minable.

Il parlait vite, le souffle de plus en plus court. Ravalant ses larmes, Josie ferma les yeux de toutes ses forces. Il fallait absolument qu'elle garde son sang-froid. *Reste calme.*

Il lui ôta son short en poussant un grognement. Elle pleura, tira sur ses chaînes, en vain. Elle finit par laisser retomber sa tête contre le mur derrière elle dans un bruit sourd. Elle entendit qu'il ouvrait la fermeture Éclair de son pantalon ; elle pressa les paupières et ses sanglots se muèrent en hurlement.

– T-tu me trouves différent d'eux, J-Josie ? P-pas assez bien pour toi ? Pourquoi ? Est-ce parce que je vois c-clair en toi ? C'est pour ça, J-Josie ? Ce n'est p-pas pour moi que tu portes ces beaux dessous r-rouges, espèce de salope ?

Il déchira sa petite culotte et, d'un genou, lui écarta les cuisses. Elle serra les dents tandis qu'il la pénétrait vivement, ses lourds grognements s'écrasant contre son oreille et le tissu de sa cagoule épongeant ses larmes.

– C'est ça que tu v-veux, hein ? Je ne f-fais que te donner ce que tu v-veux, lança-t-il, pantelant.

Il jouit en silence.

L'âme de Josie mourut en silence aussi.

Lorsqu'il s'écarta et referma son pantalon, elle ne le regarda pas – elle en était incapable ; le bruit de la fermeture Éclair résonna dans la pièce vide et silencieuse. Au plafond, elle repéra une fissure qui ressemblait à un éclair. À cet instant, elle aurait tout donné pour être foudroyée sur place. *Pourquoi moi ?* se demanda-t-elle, hébétée. Oui, pourquoi elle ? Pourquoi n'avait-elle pas souhaité qu'il soit foudroyé, *lui* ? *Intéressant.* Il venait de la violer. C'était lui qui méritait d'être puni. Pourtant c'était elle qui avait envie de mourir.

Elle redressa la tête. Il se tenait debout dans le rai de lumière diffuse projeté par la petite fenêtre, le visage tourné vers la vitre, l'air songeur. Pendant un instant, la scène parut irréelle, comme tirée d'un tableau. Le genre de vision que l'on s'attendrait à croiser dans une forêt enchantée après un mauvais sort. Son organisme était-il toujours sous l'emprise de la substance qu'il lui avait injectée pour l'anesthésier ? À moins qu'elle soit en état de choc. Ou bien les deux. Lorsqu'il se tourna vers elle, sa cagoule remonta légèrement, comme s'il souriait.

– Je vais devoir aller aux toilettes, fit-elle remarquer d'une voix triste et un peu pâteuse.

Il la considéra pendant un moment en silence.

– Tu es v-vraiment dans un sale état, hein ?

Il soupira en secouant la tête.

– Je vais te chercher un seau.

Un seau ?

– Et... Et j'ai faim.

Elle avait besoin de nourriture pour éliminer ce produit qui voyageait encore dans ses veines et retrouver toutes ses facultés. Si elle voulait sortir de ce cauchemar, il fallait qu'elle puisse réfléchir.

Il continua à l'observer, la tête légèrement inclinée. Il souriait sous ce passe-montagne, elle le sentait.

– Je m-m'en doute. Ça fait mal, d'avoir faim, pas vrai ? J'en sais quelque chose, Josie. Un j-jour, il faudra que je te r-raconte mon enfance. P-par contre, il faut avoir le cœur b-bien accroché, je te préviens.

Elle resta interdite. Que répondre à cela ?

Il soupira de nouveau, puis se dirigea vers la porte.

– Je r-reviens.

Cette démarche, épaules basses, dos légèrement voûté, comme s'il essayait de paraître moins grand, de passer inaperçu. C'était du moins l'impression qu'elle avait toujours eue lorsqu'elle le croisait dans l'immeuble. Timide. Disgracieux. Pas de doute, c'était bien lui. Elle sonda sa mémoire, à la recherche de son prénom. *Marshall.* Oui, c'était ça. Pas moyen de retomber sur son nom de famille, en revanche. Quant à la raison qui le poussait à faire ça : aucune idée. S'était-il senti rejeté ? Sans doute. Il l'avait vue ramener des hommes chez elle, avait-il pris son attitude comme une marque de mépris à son égard ? Peut-être s'était-elle montrée dédaigneuse envers lui. Non, elle avait toujours été gentille... jamais désagréable. Jamais.

Il sortit de la pièce exigüe et referma la porte, puis le frottement métallique d'un verrou retentit de l'autre côté du battant. Josie s'adossa contre le mur, moins brutalement cette fois, et ramena ses genoux contre elle. Elle avait envie de se réfugier en elle-même, de se cacher. De fuir les sensations qui l'assaillaient – elle se sentait sale, souillée, terrifiée, seule. Elle pleura en silence et, tandis que les larmes dévalaient son visage, se mit à hurler en son for intérieur.

Pourquoi ? Pourquoi ? Pourquoi ?

CHAPITRE 4

Au moment de s'avancer vers le cadavre allongé sur la table d'examen de Cathlyn Harvey, Zach prit une bouffée du baume mentholé dont il s'était enduit la lèvre supérieure. Il avait prévu de se présenter à la morgue vers huit heures du matin, mais la légiste l'avait appelé sur son portable à six heures pour lui annoncer qu'elle avait quelque chose pour lui. Aussitôt, il avait prévenu Jimmy, avait sauté sous la douche et était sorti de chez lui cinq minutes après le premier coup de fil.

La porte de la salle d'autopsie s'ouvrit et Jimmy entra, débraillé ; la fatigue qui se lisait sur ses traits reflétait celle de Zach.

– Juste à temps, dit Cathlyn en décochant un petit sourire à Jimmy. Contente de vous voir, James.

– Docteur Harvey.

– Pour ce genre de rendez-vous, vous pouvez m'appeler Cathlyn, rétorqua-t-elle en désignant le corps posé sur un chariot entre eux.

Il lui adressa un sourire en coin.

– Je ne trouve rien à y redire.

– Qu'avez-vous découvert ? demanda Zach, impatient d'en apprendre plus.

Il était à l'affût de tout élément susceptible de leur indiquer la direction à prendre.

Cathlyn s'éclaircit la voix et, de sa main gantée, indiqua la cuisse de la victime, ou du moins ce qui l'avait été et se réduisait désormais à un os partiellement couvert de chair putréfiée.

– Des mots. Les entailles sont si profondes que quelques lettres se sont gravées dans le fémur. Ici.

Ils se penchèrent pour examiner la zone en question. Zach aperçut des griffes sur l'os blanc, mais ne parvint pas à déchiffrer quoi que ce soit.

– J'ai pris quelques photos avec la loupe.

Elle attrapa une pile de photos sur une table derrière eux et la tendit à Zach.

Les griffures en gros plan. Il les étudia. Certaines lettres, trop ténues, étaient illisibles, comme si la lame avait été enfoncée avec moins de force à certains endroits qu'à d'autres. Toutefois, sa mémoire l'aida à trouver les lettres manquantes, et son sang se glaça dans ses veines.

– *Casus belli* ?

Cathlyn hocha la tête.

– C'est du latin. Ça veut dire...

– C'est une accusation, murmura Zach, frappé par une onde de choc.

Cathlyn hocha la tête, les lèvres réduites à un trait sombre.

– Où ai-je déjà entendu cette expression ? demanda Jimmy en les regardant tour à tour.

– L'affaire Josie Stratton, dont nous parlions justement la nuit dernière.

La stupéfaction se peignit sur le visage de Jimmy.

– C'est pas vrai ! Mais, attends, le suspect a été attrapé. L'affaire est classée.

Cathlyn acquiesça.

– Dès que j'ai vu ces mots, je me suis rappelé cette affaire et j'ai vérifié ce matin. À l'époque, les scarifications ont fait l'objet d'une fuite dans la presse.

Sans doute un membre du personnel médical avait-il bavardé avec l'un des nombreux journalistes qui pullulaient alors autour de l'hôpital. Les gens raffolent des potins, et ils aiment par-dessus tout créer la sensation lorsqu'ils détiennent un secret, surtout s'il y a des détails macabres ou de nature à choquer ou à horrifier l'interlocuteur. Zach se souvenait vaguement de l'agacement que cette fuite avait suscité chez son patron. Cependant, il n'était encore qu'un bleu à l'époque, toujours en plein apprentissage et trop occupé à tenter de devenir le meilleur flic possible. Alors, une fois sa mission à l'hôpital terminée, il avait oublié le cas Josie Stratton – ou, du moins, avait essayé. Quant aux détails, il n'y avait pas eu accès à l'époque et il ne les connaissait toujours pas aujourd'hui.

– Si le coupable de la première affaire s'est suicidé, alors qui a fait ça ? Un imitateur ?

Zach serra les dents. Il ne fallait pas brûler les étapes, mais pour quel autre motif quelqu'un irait-il graver exactement les mêmes termes, et au même endroit, dans la chair de sa victime ? Et puis, il y avait les chaînes... Le bâtiment à l'abandon...

– Ça ne peut être que ça. Il a reproduit le crime commis contre Josie Stratton, conclut Zach.

Mais pourquoi ? Et pourquoi maintenant ? Pour une raison qui lui échappait, son cœur s'était mis à battre de plus en plus vite.

Il se tourna vers Cathlyn qui était en train de ranger les photos dans un dossier posé sur la table.

– Avez-vous pu déterminer la cause de la mort ?

– Arythmie cardiaque consécutive à une dénutrition sévère. J'ai trouvé des traces de dégradation tissulaire et de graves déséquilibres électrolytiques.

Zach émit un petit sifflement.

– Bon sang, grommela Jimmy. Combien de temps faut-il pour mourir de faim ?

– Entre trois et six semaines.

– La déshydratation ne frappe-t-elle pas beaucoup plus tôt que ça ? s'enquit Jimmy.

Cathlyn acquiesça.

– Si, mais ce n'est pas le cas pour cette jeune femme. Elle était hydratée. Pour une raison que j'ignore, son agresseur lui donnait de l'eau, mais pas de nourriture.

– Pour prolonger son supplice ? marmonna Zach, ulcéré à l'idée qu'un être humain puisse aller aussi loin pour torturer son prochain.

Car vu le temps nécessaire, il fallait une cruauté hors norme pour affamer quelqu'un jusqu'à ce que son cœur lâche. Des bribes des archives qu'il avait consultées la nuit précédente lui revinrent. Josie Stratton avait elle aussi souffert de malnutrition, mais son bourreau lui avait fourni le minimum vital pour mener une grossesse à terme.

– Ça, c'est à vous de le découvrir, messieurs, dit Cathlyn. Et de grâce, faites-le, parce que celui qui lui a fait ça court toujours les rues à l'heure qu'il est. Non seulement cette jeune femme a été mutilée et affamée jusqu'à ce que mort s'ensuive, mais elle a en plus subi des sévices sexuels. J'ai constaté la présence de lésions vaginales.

– Traces de sperme ? demanda Jimmy.

Cathlyn secoua la tête.

– Non, mais j'ai relevé des résidus poudreux provenant d'un préservatif.

– Ça, c'est une différence par rapport à l'affaire Josie Stratton, releva Zach.

Cathlyn hocha la tête en faisant la moue.

– Oui, je crois même que Josie Stratton était tombée enceinte, non ?

Elle soupira.

– Peut-être l'assassin a-t-il retenu la leçon de son prédécesseur. Ne mets pas tes victimes en cloque : faire un gosse, c'est laisser beaucoup trop d'ADN derrière soi. Cela dit, ce bébé n'a jamais été retrouvé, n'est-ce pas ?

Cathlyn soupira de nouveau, le soupir de ceux qui ont l'habitude de côtoyer l'inconcevable, de répertorier l'horreur, comme c'était leur cas à tous les trois.

– J'ai une dernière chose pour vous, lança la légiste en rejoignant l'extrémité de la table d'autopsie. Avec un peu de chance, ça devrait vous aider à l'identifier.

Elle souleva ce qui restait du pied de la victime.

– Elle a un tatouage au niveau de la cheville. Tout petit et presque complètement effacé par la décomposition, mais on dirait une marguerite.

Zach échangea un regard avec Jimmy.

– À ma connaissance, aucune des femmes que nous avons retenues dans le fichier des personnes disparues n'est tatouée à la cheville. Ça te dit quelque chose ?

Jimmy secoua la tête.

– Non, mais c'était peut-être récent au moment de sa disparition. En général, ce sont les parents qui fournissent le signalement. Ils n'étaient pas nécessairement au courant.

– Très bien, messieurs. Je dois me remettre au travail. Faites ce que vous avez à faire. Je vous appelle si je découvre d'autres éléments intéressants.

– Merci, répondit Zach avec un petit signe de tête.

Elle les salua et ils quittèrent la salle d'autopsie. Tandis qu'ils regagnaient l'ascenseur, Zach prit de profondes inspirations. Malgré le baume mentholé, l'odeur de cet endroit lui resterait dans le nez toute la journée et il détestait ça. Ça lui donnait la nausée.

– Bon, écoute, dit Zach lorsqu'ils débouchèrent dans le parking. Puisque nous sommes arrivés ici chacun de notre côté, ça te dirait d'aller rendre visite aux proches des personnes disparues de notre liste pendant que je me replonge dans les archives de l'affaire Josie Stratton, histoire de voir s'il existe d'autres similitudes ?

Jimmy acquiesça.

– Ça marche. J'ai la liste dans ma voiture. Tu connais les enquêteurs qui ont planché sur cette affaire ? Rappelle-moi : c'était il y a huit ou neuf ans ?

– Ça fait neuf ans qu'elle a été enlevée et à peu près huit qu'elle s'est échappée.

– Wow, grogna Jimmy à mi-voix.

Zach n'aurait pas mieux dit.

– Quant aux collègues chargés du dossier, il faudra que je vérifie, mais je crois que c'étaient Murphy et Bell. Bell a pris sa retraite, mais Murphy a obtenu une prolongation de carrière d'un an ou deux, il me semble.

– On se retrouve au bureau tout à l'heure pour faire le point ? demanda Jimmy en se dirigeant vers sa voiture.

– Yep !

Zach grimpa dans son propre véhicule et baissa la vitre dans l'espoir que l'air frais disperse l'odeur de la mort qui lui collait à la peau. Il essuya le baume mentholé de sa lèvre supérieure à l'aide d'une serviette en papier qu'il trouva dans sa boîte à gants, puis il prit quelques instants pour passer en revue ce que Cathlyn leur avait appris.

Nom d'un chien ! Son intuition ne l'avait pas trompé. Mais pourquoi ? Pourquoi reproduire le crime perpétré contre Josie Stratton ? Et quel était le lien entre l'homme qui avait séquestré Josie neuf ans plus tôt et l'assassin de la jeune femme qui gisait sur la table d'examen de Cathlyn Harvey ?

Il démarra et sortit du parking avec, de nouveau, cette sensation d'oppression dans la poitrine tandis que l'écho lointain des cris angoissés de Josie résonnait dans son crâne.

CHAPITRE 5

AVANT

Les jours se fondaient les uns dans les autres. Josie cherchait un moyen de se libérer, mais ses chaînes la rendaient impuissante. Elle avait beau se dévisser la tête, pas moyen d'apercevoir le dispositif qui lui entravait les mains derrière le dos. Tout ce qu'elle savait, c'était que ces fers étaient très serrés au niveau des poignets. Aucune chance de s'en débarrasser.

Parfois, elle hurlait longuement, à pleins poumons, jusqu'à s'en briser la voix et l'âme, son cri se réduisant alors à un gémissement rauque tandis que la morve qui coulait de son nez glissait sur ses lèvres.

Marshall ne venait pas tous les jours et lorsqu'il réapparaissait, il ne restait que quelques minutes. Parfois il s'attardait un peu plus. Parfois il la violait, parfois pas. Cependant, qu'il passe à l'acte ou non, Josie s'y préparait à chaque fois et tressaillait à chacun de ses gestes pendant toute sa visite. À tel point que, n'en pouvant plus de peur, elle se surprenait à espérer qu'il se dépêche d'en finir. Anticiper le pire était presque aussi horrible que le vivre.

Lorsqu'il la violait, elle s'efforçait d'éloigner son esprit, sans succès. Un jour, elle avait lu le témoignage d'une fille qui n'avait aucun souvenir de l'agression qu'elle avait subie.

Le cerveau pouvait se révéler un allié précieux. Hélas, pas le sien. Son cerveau à elle refusait de partir où que ce soit. Elle restait douloureusement présente à chaque fois que son bourreau se couchait sur elle, lui écartait les cuisses et la violait, l'assiégeait, meurtrissait son intimité asséchée.

Elle pensa à son enfance, époque à laquelle elle tentait déjà de laisser son esprit partir à la dérive, par exemple lorsque sa mère, ivre et rejetée par son père, déchaînait toute sa colère sur elle. Elle avait prié pour que son père revienne, qu'il surprenne sa mère en train de la maltraiter, qu'il la protège, qu'il l'aime, qu'il *reste*. Bien sûr, ce n'était pas arrivé. À l'époque déjà, elle n'avait jamais réussi à suspendre l'activité de son esprit. Pourquoi ? Pourquoi chaque mot, chaque critique, chaque gifle cinglante se gravaient-ils dans sa mémoire aussi profondément que dans la pierre ? Quelle que soit l'astuce pour débrancher son cerveau face à l'horreur, Josie ne la connaissait pas. Le supplice se prolongeait sans fin, sans répit. La douleur, rien que la douleur.

Pour ses besoins, Marshall lui avait apporté un petit seau, qui en réalité s'apparentait plus à une casserole. Quand c'était nécessaire, elle se servait de ses pieds pour l'approcher d'elle, baissait son short par-derrière à l'aide de ses mains entravées et s'asseyait dessus. Un enchaînement de mouvements pathétiques qu'elle avait maîtrisés au bout de quelques jours. Bien que l'usage d'un seau en guise de toilettes constitue une humiliation supplémentaire, elle se consolait en se disant qu'au moins il ne la laissait pas baigner dans ses propres déjections.

Parfois, il lui apportait de la nourriture, mais ce n'était pas systématique et elle commençait à avoir les os saillants, ce qui rendait la position couchée à même le sol en béton douloureuse. Elle avait mal partout et elle était affamée. Une faim indescriptible.

Au début, elle avait détesté le bruit de ses pas dans l'escalier, de la clé dans la serrure. Elle avait redouté son arrivée, redouté ce qu'il allait lui faire. Mais au bout d'un mois, ou de ce qu'elle estimait être un mois, elle avait commencé à prier pour entendre le bruit de ses pas, pour qu'il réapparaisse. Et s'il ne revenait plus ? Et s'il décidait de la laisser mourir de faim, à petit feu, seule, enchaînée à ce mur ? Elle sanglota à cette idée, s'acharnant sur ses chaînes en vain, jusqu'à avoir les poignets en sang. Cette perspective la terrifiait. *Retrouverai-je un jour ma liberté ? Vais-je mourir comme ça ?*

Ce soir-là, il lui rendit visite. L'ampoule du couloir diffusait sa lumière par la porte ouverte. Il avait apporté du pain, du fromage, du filet de dinde et de l'eau. Il la nourrit et elle mangea avec avidité. Ce fut si bon que les larmes coulèrent sur ses joues. Ensuite, il déboucha la bouteille d'eau et l'inclina afin qu'elle puisse boire. Leurs regards se croisèrent et restèrent vissés l'un à l'autre tandis qu'elle étanchait sa soif. Il plaça une main en coupe sous son menton pour récupérer l'eau qui coulait de ses lèvres. Le noir de sa cagoule contrastait avec les nuances dorées et noisette de ses yeux. Son regard lui parut presque affectueux, comme si ce moment était particulier pour lui aussi. Ou alors, c'était le fruit de son imagination. *Je suis sans doute en train de développer le syndrome de Stockholm.* Elle avait étudié ce phénomène en cours de psychologie du dernier semestre. À l'époque, un tel comportement était resté incompréhensible pour elle. Elle avait trouvé ça absurde, même. Au moins, cette épreuve ne l'empêchait pas de poursuivre ses études, songea-t-elle tandis qu'un rire hystérique lui montait dans la gorge. Si elle laissait celui-ci poursuivre son chemin, elle savait très bien qu'il sortirait sous la forme d'un sanglot, aussi le ravala-t-elle en même temps que la dernière gorgée d'eau.

Il ôta le goulot de ses lèvres et se releva. Le cœur de Josie se serra. Il allait repartir. L'abandonner une fois de plus, seule, dans le noir.

– S'il vous plaît, restez, gémit-elle d'un ton suppliant. S'il te plaît, ne pars pas.

Même si c'était pour la toucher de façon malsaine, même si c'était pour la souiller, elle préférait encore ça au silence, à cette horrible solitude qui pesait sur elle, jour après jour, nuit après nuit. Jamais elle n'avait connu un tel isolement.

Il la toisa.

– Tu pues.

– Alors lave-moi.

Elle le vit plisser les yeux, comme s'il hésitait. Puis, il acquiesça.

– Je reviendrai.

Et il revint. Le lendemain matin. Il la nettoya à l'aide de lingettes pour bébé. Il fut délicat entre ses cuisses, mais tandis qu'il passait la lingette sur son corps, le rythme de sa respiration s'accéléra. Ça l'excitait. Elle ferma les yeux et pressa les paupières lorsqu'il monta sur elle pour la salir une fois de plus. Après cela, il entreprit de la laver à nouveau, mais frotta sa peau sensible avec plus de vigueur, effaçant les traces de son sperme.

– Je vois t-très bien pourquoi tous ces hommes te voulaient, Josie. Et t-tu m'as piégé aussi. Tu crois que je n'ai pas compris ? Il y a q-quelque chose chez toi. Quelque chose qui rend les hommes faibles, même m-moi. Les putes dans ton genre ont leurs sales petits stratagèmes, pas vrai, J-Josie ? Les putes ont plus d'un t-tour dans leur sac pour faire faire des b-bêtises aux hommes. Des v-vilaines choses. Des choses qui peuvent b-bousiller leur vie.

Elle ne répondit pas. Les larmes dévalaient ses joues. Il lui essuya le visage, puis prit une nouvelle lingette pour lui laver les cheveux, d'un côté d'abord, puis de l'autre. Lorsqu'il eut terminé, il les attacha à l'aide d'un élastique en caoutchouc et se releva pour étudier le résultat. Malgré la couleur chaude de ses iris, son regard était dur. Il referma son pantalon et s'en alla, la laissant seule, une fois de plus. Seule dans le noir, la pire des solitudes.

CHAPITRE 6

Zach trouva Cedric Murphy assis dans la salle de repos, les pieds sur la table, concentré sur son téléphone.

En l'apercevant, ce dernier lui adressa un grand sourire.

– Salut, Copeland, le salua-t-il de sa voix grave et amicale.

Zach appréciait son aîné et sollicitait souvent son avis sur certaines affaires. Sa connaissance du métier était inestimable. Au cours de ses vingt-quatre années de carrière, Murphy avait sans doute à peu près tout vu. Zach se rappelait vaguement de lui, entrant dans la chambre d'hôpital de Josie Stratton des années plus tôt, la mine sombre, les mâchoires serrées.

Lorsque Murphy découvrit l'expression de Zach, il se redressa devant son ordinateur en fronçant les sourcils.

– Que se passe-t-il ?

– Salut, Murphy. J'ai besoin de quelques infos sur une ancienne affaire.

– Ah oui ? Laquelle ?

– Josie Stratton. Tu t'en souviens ?

Murphy se leva en soupirant.

– Si je m'en souviens ? Jamais je ne pourrai l'oublier. Que veux-tu savoir ? Et pourquoi ?

Zach baissa la voix.

– Il se pourrait qu'on ait un imitateur sur les bras.

L'espace d'un instant, Murphy sembla abasourdi.

– Tu es sérieux ?

Il marqua une pause.

– J'ai rangé le carton de ce dossier au fond du couloir. Va m'attendre en salle d'interrogatoire, on va en discuter.

Dans leur service, aucun enquêteur ne disposait de son bureau personnel, ils se partageaient un espace de travail collectif. Alors parfois, ils utilisaient les salles d'interrogatoire pour bénéficier d'un peu de discrétion. Zach entra dans la première et attendit le retour de Murphy, qui le rejoignit cinq minutes plus tard, les bras chargés d'une boîte qu'il déposa sur la table.

– Qu'est-ce qui te fait penser à un imitateur ?

Ils s'assirent tous les deux et Zach lui décrivit la scène de crime où il se trouvait la nuit précédente, puis lui récapitula sa réunion avec la légiste.

– Ces mots – *casus belli* – ont fuité dans la presse. C'était dans tous les journaux.

– Oui, Cathlyn s'en souvenait aussi.

– Pareil pour les chaînes. Quelqu'un a révélé que Josie Stratton avait été enchaînée à un mur, mais cette info ne venait pas de nous. J'ai toujours cru que quelqu'un de l'hôpital avait parlé à un journaliste.

Zach acquiesça sans cesser de réfléchir.

– L'autre type a utilisé un préservatif, ce que n'a visiblement pas fait celui qui a séquestré et violé Josie Stratton. Qu'en penses-tu ?

Murphy poussa un long soupir, puis ouvrit la boîte d'archives et sortit le dossier concernant Josie. Il l'ouvrit devant lui et le feuilleta pendant un moment, les yeux mi-clos. De sa chaise, Zach aperçut des photos de la pièce dont Josie s'était échappée et où elle était ensuite parvenue à amener la police, puis des photos de Josie elle-même, le visage émacié, le corps dénutri, en plein post-partum, luttant contre une infection, mais le regard plein de feu. Elle avait vécu un véritable enfer, mais n'avait pas perdu la volonté de se battre, même si celle-ci se réduisait à une étincelle. Cela avait attiré son attention à l'époque et il le voyait toujours aujourd'hui, même sur un cliché à l'envers entraperçu entre deux pages tournées rapidement par son collègue. Comme si un tisonnier rougeoyant brûlait en elle, sous sa peau. Les seuls mots qui lui venaient pour décrire ce que cette femme lui inspirait étaient *profonde admiration*.

– Si l'imitateur connaît l'affaire, il sait que Josie Stratton venait d'accoucher au moment où elle a réussi à prendre la fuite. S'il a un peu de jugeote, il a retenu la leçon et a pris des dispositions pour ne pas mettre sa victime enceinte ni laisser de traces ADN derrière lui.

Zach hocha la tête. Cathlyn était parvenue à la même conclusion.

– L'autre similitude est la sous-alimentation, nota Murphy. Marshall Landish n'a pas affamé Josie Stratton jusqu'à la mort, mais il la privait régulièrement de nourriture et elle a souvent eu peur d'y rester.

– Tu penses que notre nouveau suspect a tenté la même chose et a tué sa victime accidentellement ?

– C'est possible, ou alors, il n'avait pas l'intention de la laisser mourir de faim, mais il a été coffré pour un autre chef d'inculpation et il s'est retrouvé en prison pendant que sa victime agonisait dans cette cave.

– Elle n'était pas déshydratée.

– Josie Stratton buvait l'eau de pluie qui s'écoulait par une fissure dans le mur, quand c'était possible. Peut-être que la nouvelle victime parvenait elle aussi à se désaltérer sans que son bourreau lui fournisse de l'eau.

Peut-être. Zach demanderait aux experts de la police scientifique d'examiner les murs de la cave afin de vérifier la présence de fissures. Si c'était le cas et que la victime avait bel et bien réussi à s'hydrater comme ça, il serait plausible que le coupable soit incarcéré ailleurs et n'ait pas eu l'intention de commettre ce crime. À ce stade, une infinité d'hypothèses se dessinaient.

Il commençait à avoir mal au crâne.

Murphy rangea le dossier dans la boîte et poussa celle-ci vers Zach.

– En épluchant tout ça, tu trouveras sans doute des détails dont je ne me souviens pas et qui pourront t'aider.

– Merci, Murphy.

– Pas de quoi.

Au bout de quelques instants, Murphy se leva lentement. Zach l'imita.

– Elle appelle chaque année, tu sais ?

– Josie ?

Murphy acquiesça, l'air songeur.

– Oui. Mais... maintenant que j'y pense, elle ne l'a pas fait cette année. Elle appelait le jour anniversaire de sa fuite pour demander si nous avions du neuf sur son fils.

Il passa la main dans ses cheveux clairsemés.

– Ça me fendait le cœur de toujours devoir lui donner la même réponse, mais nous n'avons jamais été fichus de mettre la main sur le moindre début de piste. Ce que Landish a bien pu faire du bébé reste un mystère.

Il secoua la tête en pinçant les lèvres.

– Enfin, elle aurait dû appeler en février, mais elle ne l'a pas fait. J'imagine que tout le monde finit par renoncer à un moment ou un autre, conclut-il dans un soupir, en pianotant sur la table. Pour être honnête, je suis soulagé qu'elle ait arrêté.

– Pourquoi ? s'enquit Zach.

Murphy le regarda droit dans les yeux.

– Pourquoi ? Mais parce que ce gamin doit être mort. Je n'imagine pas un cinglé comme Landish déposer un bébé sur le pas de la porte d'une gentille vieille dame. Et même en admettant qu'il l'ait fait, tôt ou tard, quelqu'un nous en aurait informés. L'avis de recherche a été diffusé dans tout le pays. Bon sang, il a fait le tour de la planète, même. Non, si tu veux mon avis, Landish a jeté ce gosse dans une poubelle, lui a réservé un sort semblable à celui de sa mère. Alors oui, le fait que Josie Stratton n'ait pas appelé cette année, eh bien, j'espère que ça signifie qu'elle est passée à autre chose.

– Tu sais où elle vit, maintenant ?

– La dernière fois que je lui ai parlé, elle venait d'emménager à Oxford, dans l'Ohio, pas loin de chez une tante. L'adresse est dans le dossier.

Zach remercia Murphy encore une fois, prit la boîte et regagna son bureau. Juste au moment où il s'asseyait, son portable se mit à sonner. *Jimmy.*

– Dis-moi que tu as quelque chose, lança-t-il en décrochant.

– Oui, môssieur. Je suis quasiment sûr d'avoir son identité. Une femme de notre liste de personnes disparues, celle qui n'a plus donné signe de vie après avoir terminé son service dans un bar de Hyde Park, tu vois ? Aria Glazer. Six mois avant sa disparition, elle s'était fait tatouer la cheville. Sa colocataire travaillait, mais j'ai pu m'entretenir avec elle quelques instants. Elle avait complètement oublié de mentionner ce tatouage au moment de la disparition d'Aria, elle était bouleversée et ça ne lui est pas venu à l'esprit.

Les enquêteurs qui avaient interrogé cette colocataire avaient sûrement abordé la question des signes distinctifs avec elle, mais celle-ci n'avait pas dû faire le rapprochement avec le tatouage de son amie. Parfois, il fallait se montrer très précis avec les gens.

– Une marguerite, rappela Zach.

– Bingo. Maintenant, il nous faut son dossier dentaire.

Une requête qui s'annonce joyeuse, songea Zach en grimaçant intérieurement à l'idée de contacter les parents de la victime supposée. Ils comprendraient tout de suite pourquoi ils avaient besoin de ce dossier. Cela dit, s'il s'agissait bien d'Aria Glazer, ses parents obtiendraient enfin des réponses et pourraient faire leur deuil. Quant à lui, il tiendrait une piste pour son enquête, ce qui lui permettrait peut-être de retrouver l'animal qui avait fait ça et de le mettre hors d'état de nuire.

CHAPITRE 7

AVANT

Marshall ne réapparut pas avant trois jours. Le troisième jour, lorsque le bruit de ses pas retentit dans l'escalier, Josie éclata en sanglots de soulagement. Toutefois, lorsqu'il entra, elle perçut aussitôt un changement dans son humeur. Quelque chose clochait, mais pas moyen de mettre le doigt dessus, et son visage dissimulé ne lui simplifiait pas la tâche. Elle fut tentée de lui avouer qu'elle savait qui il était et que la cagoule n'était plus nécessaire, mais elle risquait de gâcher sa dernière carte, son dernier espoir, car tant qu'il s'imaginait qu'elle était incapable de l'identifier, il était encore susceptible de la relâcher.

Il la nourrit et l'abreuva. Ensuite, elle s'adossa contre le mur, détendue, sa faim dévorante et douloureuse apaisée, sa soif étanchée. Il la considéra pendant un moment, puis sortit un objet de son sac. Le sang de Josie se figea dans ses veines lorsqu'elle découvrit ce qu'il tenait à la main : un couteau.

Il fit rebondir la lame dans sa paume pendant quelques instants, la tête inclinée, comme perdu dans ses pensées.

– Je c-crois que nous avons tous les deux besoin d'un petit rappel de q-qui tu es, Josie. Une m-marque indélébile.

Elle s'immobilisa et le dévisagea, telle une souris entre les griffes d'un chat, attendant la première morsure, le premier coup de patte.

Soudain, il se jeta sur son short et le baissa. Elle laissa échapper un cri de terreur, serra les jambes l'une contre l'autre et se colla le plus possible au mur. *OhmonDieuohmonDieuohmonDieu.*

– Pitié, non !

– Donne-moi ta cuisse, J-Josie. Si tu b-bouges, ça fera encore plus mal.

Ma cuisse ?

– Quoi ? demanda-t-elle, haletante, l'esprit noyé dans un brouillard rouge d'épouvante.

Sa cuisse. Il allait utiliser ce couteau sur sa cuisse ? C'était moins grave que ce qu'elle craignait. Pour autant, elle fut incapable de maîtriser les tremblements qui la secouaient. Résignée, elle tendit la jambe.

– Tu es une fille intelligente, roucoula-t-il, une note sarcastique dans la voix.

Il posa la pointe du couteau sur sa peau et appuya. Josie rejeta la tête en arrière, contre le mur, en hurlant tandis qu'il enfonçait la lame et traçait un sillon brûlant dans sa chair. Le sang jaillit de la plaie. L'horreur qui l'habitait ne cessait de croître. Il poursuivit sa torture, inlassablement. Peu à peu, les hurlements de Josie se muèrent en gémissements. Lorsqu'il s'arrêta, elle frissonnait, la cuisse perforée par une douleur lancinante, la gorge déchirée, les yeux bouffis par les pleurs.

Marshall essuya la lame sur une serviette et rangea le tout dans son sac. Ensuite, il entreprit de nettoyer la blessure. Josie serra les dents tandis qu'il arrosait sa chair à vif d'alcool et la recouvrait d'un bandage.

– *Casus belli,* lança-t-il, un sourire dans la voix.

Elle le considéra, la vue trouble.

– Tu s-sais ce que ça veut dire, Josie ?

Elle secoua la tête. Sa cuisse commençait à s'engourdir. Elle ne réalisait toujours pas qu'il venait de graver des mots dans sa chair, sans qu'elle se débatte. Elle l'avait laissé faire. Au fond, n'était-ce pas plus facile comme ça ?

– C'est une façon de jeter le b-blâme sur quelqu'un. Ça nous rappellera à tous les deux qui tu es. Si j-jamais je venais à l'oublier, il me suffira de regarder, c'est écrit s-sur ta peau.

– Comme les cigarettes, murmura-t-elle.

À cette époque-là aussi, elle avait compris qu'il était plus facile de se laisser faire sans broncher. Ça durait moins longtemps. Elle était somnolente. Tellement fatiguée. À moins qu'elle soit sur le point de s'évanouir ? Peut-être avait-elle perdu plus de sang qu'elle ne le pensait. Peut-être n'allait-elle pas mourir de faim, finalement.

– Les cigarettes ?

Il y avait de la confusion dans la voix de Marshall, et une autre inflexion indéfinissable. Une sorte de... sérénité. *Ne pense pas à son nom. Tu risques de faire une gaffe et de le prononcer à voix haute.*

– Mmh, fit-elle, les paupières lourdes. Ma mère avait l'habitude de me brûler avec ses cigarettes. Pour me marquer.

Pour me « blâmer ». Était-ce aussi un rappel ? Oui, bien sûr. Sa mère faisait ça lorsqu'elle était saoule. Sans doute ne s'en rappelait-elle même pas, après coup. En tout cas, elle n'en reparlait jamais.

– Où ça ?

– Dans le bas du dos, répondit Josie en rouvrant les yeux avec peine.

Il avait approché son visage. Il l'étudiait. Tout à coup, il la tira brusquement vers l'avant et souleva son débardeur, lui arrachant un petit cri de surprise. Ses chaînes cliquetèrent l'une contre l'autre. Elle jeta un coup d'œil par-dessus son épaule. Il était en train d'examiner le bas de son dos, là où une kyrielle de cicatrices rondes et roses parsemaient sa peau.

Voilà pourquoi elle ne portait jamais de bikini et préférait faire l'amour avec le moins de lumière possible. Elle n'avait plus pensé à ces traces de brûlure depuis longtemps, sauf pour s'assurer que personne ne puisse les apercevoir ni l'interroger là-dessus.

Marshall redescendit son débardeur et s'éloigna. Il ramassa ses affaires, sortit de la pièce et le sinistre claquement du verrou retentit. Josie ferma les yeux, mais la douleur qui lui dévorait la cuisse l'empêcha de trouver refuge dans le sommeil. *Casus belli... casus belli. Est-ce vrai* ? se demanda-t-elle tristement. *Suis-je vraiment à blâmer ?*

CHAPITRE 8

Josie prit une pince à linge en bois et accrocha le drap à la corde ; le vent souleva le tissu mouillé et le rabattit avec un léger *flap*. L'air frais et le parfum de la lessive lui émoustillèrent le nez. « Un nouveau sèche-linge » figurait sur la liste des futurs achats pour sa maison d'hôtes, mais elle devait bien admettre que le linge propre qui avait séché au grand air était un véritable plais...

Une ombre massive s'étira tout à coup sur le drap. Elle recula avec un hoquet de surprise et son cœur s'emballa. *Oh mon Dieu, non !* Une main écarta l'étoffe blanche. Josie contracta tous ses muscles, prête à se défendre.

– Excusez-moi, Josie, madame Stratton, euh...

Un homme vêtu d'un pantalon gris anthracite et d'une chemise blanche s'avança entre les draps qui claquaient au vent.

– Police de Cincinnati, madame.

Il sembla enregistrer la peur sur ses traits, la tension de son corps. Aussitôt il détacha quelque chose de sa ceinture et le brandit devant lui. Elle braqua les yeux dessus. Un insigne. Elle relâcha les épaules et expira, prenant conscience qu'elle serrait un bout de tissu mouillé contre sa poitrine et que l'humidité était en train de gagner son tee-shirt. Elle jeta le vêtement dans le panier posé sur l'herbe et essuya ses mains sur ses hanches.

– Désolé, je ne voulais pas vous faire peur, bredouilla l'homme. Je, euh...

Il désigna la maison du pouce, par-dessus son épaule.

– ... j'ai frappé à la porte, mais personne n'a répondu.

– Non, dit-elle, reprenant ses esprits. J'étais ici, dehors.

La police. Une pensée la frappa de plein fouet : et si cet homme détenait des informations sur son fils ? Elle fit un pas vers lui.

– Est-ce au sujet de...

– Non, s'empressa-t-il de répondre, l'air embarrassé, comme s'il avait tout de suite deviné sa question. Nous n'avons rien de neuf concernant votre fils et j'en suis navré.

C'est qu'il semblait sincèrement désolé, cet inconnu. Il passa une main dans ses courts cheveux noirs.

– En fait, j'ai quelques questions à vous poser dans le cadre d'une autre affaire, si vous avez cinq minutes à m'accorder.

Désemparée, elle le considéra pendant un moment. Désemparée et déçue. L'espace d'une fraction de seconde, elle s'était autorisée à... espérer.

– Bien sûr, monsieur l'agent.

– Inspecteur. Inspecteur Copeland.

Maintenant que son cœur avait retrouvé un rythme normal et qu'elle était de nouveau capable de réfléchir – de *voir* –, elle étudia l'inconnu. Grand, beau. Cheveux noirs, yeux noirs, teint hâlé. Il devait être hispanique, même si son nom – Copeland – démentait cette affirmation.

Ils se dévisagèrent ainsi pendant de longues secondes, quelque chose d'étrange flottant entre eux. Cette façon qu'il avait de la regarder... Elle se sentit tout à coup exposée, nerveuse, alors elle ramassa le panier à linge derrière le drap qui continuait à claquer au vent, puis revint se placer devant lui.

– Si vous voulez me suivre, inspecteur Copeland, nous allons nous installer sous le porche.

Il lui emboîta le pas et ils parcoururent la courte distance qui les séparait de la maison. Elle s'assit dans le même fauteuil que quelques jours plus tôt, lorsqu'elle avait reçu la visite de sa vilaine brute de cousin. L'inspecteur Copeland s'installa en face d'elle et contempla en souriant le jardin qui s'étendait derrière elle.

– Quel bel endroit. Très paisible.

– Il y a encore pas mal de travail, mais c'est en bonne voie.

– Vous vivez ici avec votre tante, madame Stratton ?

– Josie. Et non, ma tante est décédée il y a six mois dans une maison de retraite. Elle m'a légué cette propriété.

Elle se tourna et balaya son terrain du regard, comme il venait de le faire. Ces quatre hectares lui appartenaient désormais.

– Je suis désolé pour votre tante.

Il se frotta la nuque, puis désigna la maison du menton.

– Vous envisagez de rouvrir le *bed & breakfast* ?

Rouvrir. Il était donc au courant que l'établissement était fermé depuis un certain temps. Il travaillait pour la police de Cincinnati, il savait sans doute tout d'elle. Pourquoi lui avait-on envoyé cet homme et pas l'un des enquêteurs qu'elle connaissait ? Elle poussa un long soupir.

– C'est en projet, en effet.

Si je trouve une solution pour effectuer la tonne de réparations de ma liste avec à peine quelques milliers de dollars en banque.

– Alors, que puis-je faire pour vous, inspecteur ?

Elle se prépara à recevoir la réponse. Cet homme – qui, indépendamment de la raison pour laquelle la ville l'envoyait *lui*, ressemblait plus à une star hollywoodienne qu'à un inspecteur habitué à côtoyer des cadavres – allait sans doute lui annoncer qu'ils avaient décidé de clôturer le dossier de la disparition de son bébé, ou de le classer dans les affaires non élucidées. *Pas de problème. Ils peuvent classer l'affaire s'ils veulent. Moi, je n'abandonnerai jamais.*

L'inspecteur Copeland se pencha en avant, les coudes posés sur les genoux. Ses yeux aux longs cils épais paraissaient encore plus noirs, à l'ombre du porche. Il avait les épaules larges et, dans cette position, sa chemise blanche moulait ses biceps. Cet homme dégageait une grande virilité. Rien à voir avec Cedric Murphy, l'inspecteur bedonnant au sourire doux et aux paupières tombantes pour lequel elle avait toujours eu de l'affection, bien qu'elle ne lui ait plus parlé depuis... plus d'un an. Et avant cela, leurs derniers contacts avaient été très brefs. Elle avait l'impression que l'inspecteur Copeland était en train de la jauger, de peser avec soin les mots qu'il s'apprêtait à prononcer. C'était typique chez les gens qui étaient au courant de ce qui lui était arrivé. Comme si mentionner ces faits qui dataient de près de dix ans risquait de la briser. Comme si elle avait tout oublié et que faire allusion à cette terrible épreuve allait raviver sa douleur. *Si seulement elle pouvait oublier.*

– Il y a quelques jours, nous avons découvert le corps d'une jeune femme enchaîné dans la cave d'une maison abandonnée, à Clifton.

Prise au dépourvu, Josie se figea.

– Un... corps ? Enchaîné ?

Elle avait prononcé le dernier mot d'un ton rauque, elle s'éclaircit la voix.

L'inspecteur Copeland se redressa en hochant la tête, sans la quitter des yeux.

– Oui. Les chaînes étaient fixées à des anneaux en acier vissés dans le béton.

Tout à coup, elle eut très froid.

– Je... vois. Et cette fille... comment est-elle morte ?

– De faim.

Sous l'effet du choc, elle eut le souffle coupé. Elle se tassa dans son fauteuil.

– Mon Dieu, fit-elle, le regard perdu dans le vide derrière lui. Mais, inspecteur, si vous pensez qu'il s'agit du même homme, je vous arrête tout de suite...

Il leva la main.

– Je sais. Celui qui vous a fait ça est mort, il s'est suicidé d'une balle dans la tête. Votre affaire a été classée. J'ai lu le dossier. En entier.

– Voilà. Ça n'a donc aucun rapport avec ce qui m'est arrivé. Il n'y a qu'un seul point commun, d'ailleurs : les chaînes.

Ce qui ne devait pas être si exceptionnel que ça. Elle n'avait pas la moindre idée de la fréquence à laquelle étaient commis des crimes de ce genre, mais des chaînes, ce devait être une technique... récurrente... pour immobiliser une victime... Ils... Elle secoua la tête pour tenter d'évacuer les pensées tortueuses qui l'assaillaient et réfréner son angoisse galopante.

– Ce n'est pas le seul, dit-il.

Il marqua une pause avant de poursuivre.

– Des mots ont été inscrits au couteau dans la cuisse de cette femme, si profondément qu'ils se sont gravés dans l'os.

– *Oh*, fit-elle, entre l'interjection et le soupir.

Inconsciemment, elle porta les doigts à l'endroit où se trouvait la cicatrice que lui avait laissée Marshall Landish. *Casus belli.* Le blâme qu'il avait jeté sur elle. Et qu'elle garderait pour toujours, dans sa chair... dans son âme. Lorsqu'elle prit conscience de l'endroit où se tenait sa main, elle l'ôta et la croisa avec l'autre sur ses genoux pour camoufler ses tremblements. Elle soutint le regard de l'inspecteur. Un regard rusé, scrutateur, mais... gentil. Les yeux mi-clos, il pinçait ses lèvres charnues. Il s'inquiétait de l'impact que cette nouvelle avait sur elle. Stimulée par son empathie, elle se redressa vivement.

– Je ne comprends pas, murmura-t-elle.

– Nous pensons à un imitateur. Tous ces détails similaires à ceux de votre cas ont fait l'objet de fuites dans la presse à l'époque. Quelqu'un a pu lire un article à ce sujet et se mettre en tête de reproduire le crime. Ce que nous ignorons, c'est *pourquoi*. Avez-vous la moindre information qui nous permettrait d'éclaircir le mystère qui entoure la mort de cette jeune femme ?

Josie secoua lentement la tête.

– Non, je... Savez-vous déjà de qui il s'agit ?

Il tarda à répondre, comme s'il hésitait.

– Nous n'avons pas encore informé sa famille, mais nous pensons qu'il s'agit d'une employée d'un restaurant de Hyde Park. Un soir, après son service, elle n'est pas rentrée chez elle.

Josie baissa la tête et se mordilla la lèvre inférieure.

– C'est forcément un inconnu. Un type quelconque qui s'est inspiré de ce qu'il a dû lire sur moi.

Elle déglutit, puis demanda :

– A-t-elle été... violée ?

La mine grave, l'inspecteur acquiesça.

– Oui. Mais il a utilisé un préservatif. Les examens sont toujours en cours, mais pour l'instant, nous n'avons découvert aucune trace ADN du suspect.

Josie le dévisagea quelques instants, en proie à une tristesse croissante, le cœur martelant sa poitrine. Pour finir, elle hocha la tête. Que dire ?

– Puis-je, euh, vous offrir un verre de thé glacé, inspecteur ?

Il avait sûrement d'autres questions et elle avait bien besoin d'un petit moment pour se ressaisir. Et puis, le soleil montait dans le ciel, tout comme la température.

– Avec plaisir.

Josie se leva, ramassa le panier à linge et battit en retraite dans la maison. Face à la fenêtre de la cuisine, elle prit quelques profondes inspirations, les mains sur le rebord de l'évier. Le contact avec la porcelaine froide l'aida à retrouver son sang-froid. *Une jeune femme morte. Enchaînée. Violée. Affamée. Scarifiée.* Elle ferma les yeux. C'était la dernière chose qu'elle s'attendait à entendre aujourd'hui, qu'elle s'attendait à entendre... *de sa vie.*

Zach releva la tête au moment où Josie ressortait de la maison avec deux verres et un pichet sur un plateau. Elle posa celui-ci sur la petite table ronde en osier et lui tendit un verre bien frais perlé de gouttes de condensation. Leurs doigts s'effleurèrent et elle plongea le regard dans le sien avant de détourner la tête. Il but une longue gorgée du breuvage glacé et sucré.

– C'est délicieux. Merci.

Elle lui adressa un petit signe de tête, prit le deuxième verre et regagna son fauteuil, en face de lui. Des marques rose pâle sur son poignet attirèrent l'attention de Zach, et il comprit tout de suite : les cicatrices des fers qu'elle avait portés. *Bon sang.* Envahi par une étrange sensation, il la regarda boire son verre. Il avait l'impression de connaître cette femme, alors qu'il n'en était rien. Il y avait quelque chose de surréaliste à se retrouver assis là, à lui parler, parce que lorsqu'il l'avait aperçue pour la première fois par la fenêtre de sa chambre d'hôpital, puis lorsqu'il l'avait découverte sur les photos des archives, il avait été confronté à une version pleine de détresse de cette femme. Pris d'une bouffée d'admiration, il était incapable d'arrêter de la regarder. Josie Stratton avait à peine vingt ans lorsqu'elle s'était échappée de cet entrepôt désaffecté, elle en avait vingt-huit à présent. Superbe femme. Équilibrée. Visiblement bien dans sa peau. Ça lui sautait aux yeux, malgré le choc qu'elle venait d'encaisser à cause de ses révélations. Et malgré les cicatrices qu'elle portait encore. À quoi s'attendait-il en venant ici ? À croiser l'ombre anéantie d'un être humain ? Peut-être. Peut-être était-ce pour cela, d'ailleurs, que la vraie Josie Stratton, en chair et en os, le troublait à ce point. Il éprouvait pour elle une sorte de *fascination*. Puissante. C'était presque physique.

Lorsqu'elle releva les yeux de son verre pour croiser les siens, il fut frappé par une révélation : ces dernières années, il pensait avoir été parfois hanté par ce regard, mais il avait tort. Les yeux de Josie Stratton ne l'avaient jamais quitté. Ils étaient restés imprimés en lui pendant toutes ces années, le retenant en otage.

Sa sœur Betsy l'accusait d'avoir le syndrome du superhéros. Peut-être n'était-elle pas tellement à côté de la plaque, en fin de compte. Peut-être Josie Stratton éveillait-elle en lui – exacerbait – une sorte de besoin de *protéger*. De jouer les justiciers. De réparer une effroyable injustice.

– Où habitiez-vous avant d'emménager à Oxford ? Avant le décès de votre tante ?

Josie but une autre gorgée, puis le considéra, l'air de se demander quel rapport avaient ces questions avec l'imitateur. Il n'était pas certain qu'il y en ait un, mais ça ne pouvait pas faire de mal de découvrir qui elle fréquentait et à quoi ressemblait sa vie. Celui qui avait décidé de reproduire le crime dont elle avait été la victime était peut-être une de ses connaissances. Cependant, il ne pouvait pas nier qu'il brûlait d'en apprendre plus sur cette femme qui le fascinait tant.

– Je louais un appartement dans le quartier de Mount Adams. J'y travaillais aussi.

Son regard se perdit derrière lui, comme si elle se replongeait dans son passé.

– L'un des assistants sociaux chargés de mon dossier m'a trouvé un boulot, je faisais des transcriptions pour un avocat qu'il connaissait. Ça me permettait de travailler de chez moi.

Elle baissa la tête, se triturant les doigts.

– Après ce qui m'est arrivé, je ne sortais plus beaucoup. Je... mettais toute mon énergie à retrouver mon fils disparu.

Elle toussota.

– Ça m'a permis d'obtenir quelques recommandations, de payer mon loyer, de me nourrir...

– Alors vous n'avez jamais terminé vos études ?

– Non. Je ne suis jamais retournée à l'université.

Elle marqua une pause, puis sembla se ressaisir, comme si elle avait repoussé le souvenir des jours sombres qui avaient suivi sa libération.

– Bref, reprit-elle d'une voix plus animée, j'ai fait ça pendant sept ans. Il y a cinq ans, ma tante est tombée malade et elle n'a plus pu me rendre visite. Ça m'a poussée à acheter une voiture.

Elle désigna l'allée, où une petite voiture blanche cabossée qui paraissait sur les rotules – ou plutôt sur les jantes, en l'occurrence – était garée devant la berline de fonction de Zach.

– J'ai commencé les allers-retours jusqu'à Oxford pour lui rendre visite dans la maison de retraite où elle avait été placée.

Elle esquissa un petit sourire triste et le cœur de Zach se serra.

– J'ai emménagé ici l'année dernière. Elle avait fermé la maison d'hôtes il y a des années. Je crois que sa maladie a commencé bien avant que quiconque s'en aperçoive et que c'était devenu trop difficile pour elle. Nous avions des projets ; nous comptions rouvrir et tenir le *bed & breakfast* ensemble dès que sa santé le lui aurait permis.

Son sourire se fana.

– Elle n'a jamais guéri, mais elle m'a légué l'endroit, et maintenant je fais de mon mieux pour tout rénover et pouvoir rouvrir. Si je veux continuer à vivre ici, je n'ai pas le choix.

Zach lut entre les lignes. La vieille dame avait donné sa propriété en héritage à Josie, mais c'était tout ce que contenait son testament. Or, depuis huit ans, Josie parvenait à peine à joindre les deux bouts, il doutait donc qu'elle possède beaucoup d'économies. À présent, elle essayait de retaper cette vieille fermette toute seule, avec ses ressources limitées, afin de pouvoir relancer l'entreprise et ainsi avoir les moyens de continuer à vivre ici. Cela ne fit qu'accroître son admiration pour elle.

– Vous n'avez plus de famille dans la région ?

– Ma mère vit à Cincinnati. Nous ne sommes pas en très bons termes. Mon père...

Elle baissa les yeux.

– ... est parti quand j'étais petite. Je n'ai plus jamais eu de contact avec lui depuis. J'ai aussi un cousin qui vit près d'ici, mais c'est tout ce qui me reste.

Lorsqu'elle avait mentionné son cousin, sa bouche avait formé une drôle de moue qui intrigua Zach. Qu'est-ce que ça signifiait ?

– L'inspecteur Murphy m'a dit que vous aviez l'habitude de l'appeler chaque année pour prendre des nouvelles de l'affaire, mais pas cette année. Est-ce en raison de votre déménagement ici ?

Elle l'observa longuement.

– Comment va l'inspecteur Murphy ?

– Il va bien. Le vieux Murphy, égal à lui-même. Les bons petits plats de sa femme ne lui font pas de cadeau, il faudrait qu'il lève un peu le pied.

Il sourit et vit le regard de Josie se poser sur sa bouche pour s'envoler aussitôt.

Puis elle reporta son attention sur lui avec un petit sourire nerveux.

– C'est un homme généreux. Il... prenait soin de moi.

– Oui, très généreux, confirma Zach.

Josie se plongea dans l'étude de ses mains.

– Je n'ai pas appelé cette année, en partie parce que j'ai déménagé ici, en effet, répondit-elle, mais aussi parce que... il était temps. Au début, je me sentais presque... obligée de le faire, vous comprenez ? Arrêter d'appeler, c'était un peu comme renoncer et je ne m'étais jamais sentie prête pour ça. Bien sûr, je n'ai pas... renoncé, mais... pour être honnête, ce coup de fil me faisait plus de mal que de bien. J'en ai eu besoin pendant un certain temps, mais c'est fini.

Son sourire se teinta de tristesse et le cœur de Zach se serra de nouveau.

Même si c'était douloureux pour elle, elle se montrait d'une profonde sincérité, ce qui démontrait une fois de plus sa force. Avait-elle seulement conscience d'être aussi forte ? *Bon sang !*

Un pli soucieux se creusa entre ses grands yeux bruns.

– Inspecteur... Pensez-vous que cet imitateur soit susceptible de s'intéresser à *moi* ? Dois-je m'inquiéter ?

– Rien ne nous permet de l'affirmer, mais il reproduit le crime que vous avez subi, en tout cas sous certains aspects. C'est entre autres pour ça que je suis venu vous voir, pour vous mettre au courant de ce qui se passe.

Il détestait devoir faire peur à cette femme qui avait déjà tant souffert et qui semblait s'être rétablie sur le plan émotionnel. Toutefois, il ne voulait pas non plus lui faire prendre de risque.

– J'ai quelques amis dans la police d'Oxford : une patrouille passera devant chez vous toutes les heures. Simple mesure de sécurité, et comme ça, vous serez rassurée. Vous les apercevrez sûrement. Ils quadrilleront le quartier et ralentiront devant chez vous. Ils ne vous dérangeront pas, ils ne feront que jeter un coup d'œil à la propriété et aux alentours, histoire de vérifier qu'il n'y a aucune activité suspecte, de nuit comme de jour.

– Pendant combien de temps ?

– Jusqu'à ce que nous jugions que ce n'est plus nécessaire.

Jusqu'à ce que nous ayons résolu cette enquête et que nous ayons attrapé l'ordure qui, non seulement a assassiné une femme, mais vous oblige en plus à revivre émotionnellement vos propres tourments. Enfoiré.

Zach acheva son thé glacé, reposa le verre sur le plateau un peu plus brusquement qu'il ne l'aurait voulu et sortit une carte de sa poche. Josie la prit.

– Si vous pensez à quelque chose qui pourrait nous aider dans cette nouvelle affaire, ou si vous avez besoin de quoi que ce soit, n'hésitez pas à appeler mon numéro personnel, dit-il en désignant la carte du menton.

Elle acquiesça sans défroncer les sourcils. Il fut assailli par l'envie ridicule d'effacer avec le pouce les plis d'inquiétude sur cette zone de son front.

– Merci de m'avoir consacré un peu de temps et d'avoir évoqué tout cela avec moi.

Il observa le porche. Propre, pas une seule toile d'araignée en vue, mais la balustrade s'affaissait, elle avait bien besoin d'être réparée, et l'osier du vieux salon d'extérieur tout craquelé était percé à certains endroits.

– Et bonne chance pour terminer les rénovations et relancer la maison d'hôtes.

Elle se leva et lui adressa un dernier sourire.

– Merci, inspecteur, murmura-t-elle en jetant un coup d'œil à sa carte.

Il la salua d'un petit signe de tête, leurs regards s'attardèrent l'un sur l'autre, puis il pivota et redescendit les marches du perron. Il grimpa dans sa voiture et démarra. Tandis qu'il s'éloignait dans l'allée de la fermette, il jeta un coup d'œil dans le rétroviseur. Toujours debout sur la terrasse, Josie était en train de le regarder partir.

CHAPITRE 9

AVANT

Marshall s'agenouilla à côté d'elle et commença à ramasser les emballages de fast-food. Ce soir, il paraissait plus calme que d'habitude. Différent. Il l'avait nourrie, abreuvée, s'était occupé de sa blessure, avait vidé le seau qui lui servait de toilettes – comble de l'ignominie, l'humiliation suprême entre toutes celles qu'elle endurait – et il semblait sur le point de repartir. Le cœur de Josie sonnait creux.

– Qu'est-ce qu'on dit sur moi ? demanda-t-elle.

Sa voix était rauque à force de ne pas être sollicitée. Ses seules occasions de parler étant lors des visites de Marshall pour la nourrir et... faire d'autres choses. Visites qui lui semblaient de plus en plus courtes. Elle se demandait souvent comment ses amis et sa famille réagissaient à sa disparition, ce que la police mettait en place pour la retrouver, mais elle n'avait jamais osé interroger Marshall. Peut-être une part d'elle-même avait-elle peur de la réponse.

Quelle ne fut pas sa surprise, donc, lorsqu'il s'installa à côté d'elle, sa tête encagoulée renversée contre le mur derrière eux.

– Ta c-coloc remue ciel et t-terre. Elle appelle la police tous les jours. Elle a transformé votre appart en véritable cellule de crise. D'autres étudiants vont et viennent.

Il émit un drôle de grognement.

– Ils impriment d-des affichettes, passent des coups de fil jusqu'au petit matin.

Il marqua une pause, puis reprit :

– Je me suis proposé comme bénévole.

Il tourna la tête vers elle, comme pour observer sa réaction, puis retrouva sa position initiale.

– Ta tante Mavis est aussi t-toujours fourrée là-bas.

Mavis. La sœur de son père, sa tante qui vivait à Oxford. Josie ferma les yeux et les larmes brûlantes s'accumulèrent derrière ses paupières. Tante Mavis habitait dans un vieux corps de ferme pittoresque, à la campagne. Une image lumineuse jaillit dans son esprit. Elle se visualisa dans la prairie qui surplombait la maison, où sa tante l'emmenait autrefois cueillir des fleurs sauvages. Soudain, l'envie d'être là-bas, sous ce ciel qui s'étendait à perte de vue, la frappa brutalement ; un véritable coup de poing dans le ventre. Enfant, Josie adorait aller là-bas avec son père. Hélas, après le départ définitif de ce dernier, sa mère ne l'y avait plus jamais emmenée, sous prétexte que Mavis était bizarre, givrée, et avait une mauvaise influence sur elle. Quelle ironie, venant de sa mère. Enfin, de la femme qui était sa mère d'un point de vue biologique, mais pour laquelle Josie n'éprouvait aucun attachement. Bien au contraire, puisque celle-ci avait été son premier bourreau alors qu'elle aurait dû être la personne avec laquelle elle se sentait le plus en sécurité... ce qui était loin d'être le cas.

– Et ma mère ? demanda-t-elle dans un murmure, le regard fuyant.

Elle s'en fichait, se répéta-t-elle, non, vraiment rien à cirer.

Lorsqu'elle reporta son attention sur Marshall, ce dernier était en train de l'étudier, les yeux plissés. Il secoua la tête.

– Ta mère ne s'est pas manifestée.

Elle changea de sujet.

– Alors comme ça, tu... passes pas mal de temps là-bas ? Comme bénévole ?

Bien sûr qu'il le faisait, il devait même prendre un pied d'enfer. Il sortait de chez lui, grimpait au deuxième, chez Reagan et elle, et se mêlait aux autres en affichant une mine soucieuse. Il allait sans doute jusqu'à passer des coups de fil, distribuer des tracts, son bégaiement s'accentuant lorsqu'il parlait à des inconnus. Parfois, il s'éclipsait pour venir la nourrir et la violer, puis repartait avec son odeur sur lui et allait réconforter les gens qui se souciaient réellement d'elle. Un frisson lui parcourut tout le corps.

– Autant que p-possible. J'ai un b-boulot, tu sais.

– Où travailles-tu ?

Il aboya un rire sinistre.

– Alors c-comme ça, tu t'intéresses à moi, m-maintenant ?

Elle ignora ses sarcasmes.

– Je suis g-gérant de nuit dans un magasin, répondit-il dans un soupir.

– Que m'est-il arrivé, d'après eux ?

– Ils croient que tu t'es fait k-kidnapper par un inconnu.

Il émit un son proche du petit rire sans humour.

– Mais ce ne sont j-jamais les inconnus qui font le coup, p-pas vrai ? C'est toujours une connaissance qui fait le plus mal, q-quelqu'un à qui on croit pouvoir faire confiance. Hein, J-Josie ?

Le ton étrange qu'il avait employé provoqua de nouveau chez elle un frisson qui remonta tout le long de son échine. Faisait-il allusion à elle ? À la façon dont il avait souffert de s'être senti rejeté par elle ? Ce ne pouvait être que ça. C'était la seule explication à cette terrible situation.

– C'est ce que disent les statistiques, confirma-t-elle à voix basse. C'est souvent un proche de la victime.

Il éclata de rire, un vrai rire cette fois, bien que malveillant.

– C'est ce que tu es ? Une v-victime ?

Sans crier gare, il abattit son poing sur sa cuisse, là où ses plaies se refermaient peu à peu. Elle ramena ses jambes contre elle en hurlant de douleur.

– Les deux, lança-t-elle dans un hoquet étranglé. Je suis les deux. Comme tout le monde, non ?

Malgré tous ses efforts pour contenir ses larmes, celles-ci finirent par jaillir de ses yeux.

– Nous ne sommes pas l'un *ou* l'autre. Tantôt victime, tantôt bourreau, nous sommes tous l'un *et* l'autre, à des degrés divers.

Elle se pencha et s'essuya le nez sur ses genoux tandis que ses larmes se tarissaient. Depuis qu'elle était là, elle avait beaucoup médité là-dessus. Elle avait passé sa vie en revue, analysé ses choix et ce qui les avait motivés. Elle avait réfléchi à son passé et à la manière dont celui-ci affectait son présent. À quoi bon toutes ces introspections, d'ailleurs, puisqu'il était fort probable qu'elle meure dans ce vieil entrepôt ? Elle n'avait rien d'autre à faire, voilà tout. Terrifiée en permanence, seule, à fleur de peau, elle n'était pas certaine de pouvoir faire taire son esprit. Elle n'avait pas le choix, elle était condamnée à cogiter, à s'examiner sous toutes les coutures, et elle disposait pour cela de tout le temps possible et imaginable.

– P-parle-moi, Josie, raconte-moi toutes les v-vilaines choses que tu as faites, lança-t-il au bout d'un certain temps.

Elle déglutit. Que voulait-il entendre ? Il savait tout d'elle, il l'avait déjà dit... Il ne la regardait pas, sa tête encagoulée était pointée droit devant lui, face au mur opposé.

Elle relâcha son souffle et baissa les épaules.

– J'ai eu une aventure avec un homme marié, avoua-t-elle en détournant le regard.

– Ça, je le sais déjà. Tu es une p-pute. C'est ce que font toutes les putes.

Était-elle une pute ? Pas selon la définition consacrée, bien sûr, mais ce n'était pas ce que voulait dire Marshall. Il dénonçait ses mœurs légères, lui reprochait de se pavaner, d'allumer les hommes pour mieux les rejeter ensuite, de les utiliser à des fins égoïstes. Oui, c'était ce qu'il pensait d'elle, elle le savait, et cette opinion était exacerbée par sa psychose. Parce qu'il était forcément atteint d'une maladie mentale. Les êtres humains sains d'esprit n'enchaînaient pas leurs pairs à un mur en béton, ne les séquestraient pas, ne les violaient pas à répétition. Les gens sains d'esprit gravaient encore moins des mots dans la chair des autres, pas plus qu'ils ne les tuaient ou ne les laissaient périr à petit feu. Car c'était bien la direction qu'ils prenaient, Josie le sentait.

– Je ne suis pas une pute, argua-t-elle avec calme. Je l'aimais.

Du moins en étais-je persuadée, mais depuis que je suis ici, je n'ai pas beaucoup pensé à lui. Et ça, c'est sans doute très révélateur.

– Tu l'aimais ? s'esclaffa Marshall. Mais tu n'avais pas le droit de l'aimer. D'autres personnes l'aimaient déjà. Des personnes qui l'attendaient à la maison quand il était trop occupé à *te* baiser pour rentrer chez lui.

Il avait parlé vite, sans le moindre accroc, d'un ton courroucé et avec un timbre plus grave.

– Je sais, répondit-elle avec un filet voix, se sentant toute petite. Je le sais, parce que j'ai été celle qui attendait aussi. Mon père trompait régulièrement ma mère. Ils se disputaient et une fois qu'il était parti, elle déchargeait toute sa rage et son impuissance sur moi. Alors, ce rôle-là, je le connais aussi.

Pourquoi diable lui racontait-elle tout ça ? Et pourquoi l'écoutait-il ? Le fait qu'il connaisse son passé allait-il changer quoi que ce soit ? S'il avait souffert pendant son enfance, peut-être que découvrir qu'elle avait souffert elle aussi la rendrait plus humaine à ses yeux ? Et le pousserait à lui laisser la vie sauve ? Rien n'était moins sûr, elle n'osait même pas l'espérer, mais de son côté, il fallait que ça sorte. Pas tant pour lui que pour elle. Elle avait besoin d'exprimer ces faits, et ses remords, car quitte à mourir, elle voulait mourir l'esprit tranquille, du moins en partie. C'était tout ce qui lui restait, la dernière chose qu'elle maîtrisait encore.

– Alors tu fais ça pour te v-venger de ton père ? De ta mère ?

Son intérêt semblait sincère.

– Non, répondit-elle en se tournant vers lui. Non.

Elle réfléchit, le regard perdu dans le vide, devant elle. Elle avait rencontré Vaughn Merrick – le *professeur* Vaughn Merrick – à son cours de littérature anglaise. Elle avait complètement craqué pour son regard renversant et son sourire charmeur, et pour cette façon qu'il avait de captiver la classe avec ses citations passionnées de Shakespeare, Hemingway, Austen ou Dickens. Un jour, après son cours et alors qu'elle devait rentrer à pied sous la pluie, il lui avait proposé de la ramener chez elle en voiture. N'y avait-il pas une vieille chanson du groupe Police là-dessus ? Bon sang, ce qu'elle pouvait être cliché. Bref, il l'avait ramenée chez elle en faisant monter d'un cran son petit jeu de flirt habituel, et elle l'avait invité à entrer. Il lui avait fait l'amour tout l'après-midi tandis que la pluie martelait les vitres. Ensuite, ils étaient restés au lit, les jambes emmêlées, et il lui avait récité des poèmes. C'était l'expérience la plus romantique et la plus sensuelle qu'elle ait connue. Un mois plus tard, elle avait découvert qu'il était marié. Elle était restée paralysée dans la galerie d'art où elle venait de l'apercevoir main dans la main avec sa femme, une alliance, qu'il ne portait jamais pendant les cours, au doigt. Deux préadolescentes les accompagnaient ; elles pouffaient et gloussaient lorsqu'il se penchait pour leur murmurer quelque chose à l'oreille, et le couvaient d'un regard adorateur. La famille parfaite.

Le vieux sentiment de rejet de Josie lui était revenu violemment à la figure. Une fois de plus, elle était l'exclue. C'était à la fois affreux et terriblement... familier. L'amour était-il donc indissociable de la douleur chez elle ?

Après cela, elle avait tenu à mettre les choses au point. Il lui avait assuré que son mariage battait de l'aile, d'ailleurs n'en étaient-ils pas tous là ? Lorsqu'elle lui avait fait remarquer qu'elle n'avait pas du tout eu cette impression à la galerie, il avait répliqué que sa femme travaillait là-bas et qu'ils avaient dû donner le change devant ses collègues. Sa femme n'était pas prête et n'avait aucune envie de subir les commérages qu'entraînait inévitablement un divorce. Et puis, ils n'en avaient pas encore parlé à leurs filles. Il lui avait juré que les seuls moments où il se sentait réellement lui-même, c'était quand il était avec elle, que c'était elle, Josie, qui lui avait redonné foi en l'existence du véritable amour – tel qu'il est décrit par les poètes. S'il s'était agi d'un roman, les critiques ne se seraient pas privés de relever les incohérences flagrantes de son histoire, mais elle avait choisi de ne pas les explorer, de ne pas suivre son intuition. Elle avait fait taire son scepticisme et avait appris à ses dépens que c'était un tort.

Dans la vraie vie, le scepticisme refoulé était synonyme de stupidité.

Elle avait continué à le voir pendant six mois avant d'arrêter enfin de se mentir. Toutefois, après avoir mis fin à leur liaison, elle n'avait pas cessé pour autant de penser à lui. Il lui manquait. Dès qu'elle l'apercevait sur le campus en compagnie d'une autre jolie étudiante, son cœur continuait à bondir, et elle se sentait envahie par un désir familier. Elle regrettait la Josie qu'elle était en sa compagnie. Puis elle songea à la question que venait de lui poser Marshall. Avait-elle continué à fréquenter Vaughn après avoir découvert l'existence de son mariage – et de ses deux filles – pour se venger de son père ?

– Ce n'était pas de la vengeance. On aurait plutôt dit que... qu'inconsciemment je reproduisais le schéma que j'avais vécu avec mon père. Les sentiments étaient les mêmes. *Sont* les mêmes. Je recherchais le rejet autant que l'acceptation. Je *voulais* me faire du mal.

– Pourquoi ? aboya-t-il.

Il semblait contrarié sans qu'elle comprenne pourquoi. Allait-elle trop loin ? Avait-elle dit quelque chose accidentellement qui, au lieu de stimuler son empathie, suscitait sa colère, exacerbait la haine qu'il lui vouait déjà ? Pourtant, elle ne pouvait lui livrer que ça. La vérité sur sa vie, telle qu'elle commençait enfin à l'entrevoir. Tout à coup, elle ressentit une sorte de lien avec son ravisseur – encore cette saleté de syndrome de Stockholm à l'œuvre. Une... intimité inexprimable, qui dépassait l'entendement. Elle tenta de se rapprocher de lui, mais ses chaînes l'en empêchèrent.

– Ce n'était pas intentionnel, mais avec le recul, oui je peux le dire : je me suis fait du mal. Au plus profond de moi.

Elle marqua une pause.

– Peut-être qu'on le fait tous sans nous en rendre compte, peut-être que nous tentons sans fin de réparer ce qui a mal tourné pendant notre enfance. Nous nous efforçons de jouer un rôle différent dans la tragédie de notre vie tout en conservant le même scénario maudit. As-tu déjà réfléchi à ça, Mar...

Elle toussota. Elle était passée à deux doigts de la gaffe. Cela dit, il ne semblait pas s'en être aperçu. Il n'avait aucune réaction, à vrai dire.

– As-tu jamais pensé à ça ? insista-t-elle.

– Et l-les autres acteurs ? Que deviennent-ils, eux ?

Josie soupira.

– On ne peut pas les changer.

– Non, chuchota-t-il.

Il tourna la tête et la lumière se refléta brièvement dans ses yeux noisette. Elle remarqua un cercle plus sombre autour de son iris clair. Elle n'avait jamais vu de tels yeux.

– Mais on p-peut les faire souffrir.

Elle devina au mouvement de sa cagoule qu'il souriait. Un frisson lui parcourut la colonne vertébrale tandis qu'il se relevait et s'en allait.

CHAPITRE 10

Josie jeta un coup d'œil derrière le rideau. Une voiture de police passa au pas devant la maison. La vitre descendit et un agent examina la propriété. *Agent Horton.* Il était venu se présenter un peu plus tôt et lui avait remis sa carte afin qu'elle puisse l'appeler en cas de besoin. Il lui avait assuré qu'à la moindre alerte, il accourrait en quelques minutes.

C'était rassurant, elle devait bien l'admettre. Et surréaliste. Elle n'était pas encore tout à fait remise de la visite de l'inspecteur Copeland, d'ailleurs elle continuait à ressasser toutes les informations qu'il lui avait transmises. Quelles étaient les probabilités que la mort de cette fille ait un rapport avec elle ? Il était plus logique que cela ait un rapport avec celui qui l'avait torturée, non ? Marshall Landish. C'était *lui*, que quelqu'un était en train d'imiter pour une raison encore inconnue. De nouvelles victimes pour employer le même mode opératoire que *lui*. Elle lâcha le rideau et alla s'asseoir à son bureau. Elle ouvrit l'un des dossiers posés devant elle. Comme elle l'avait anticipé, la photo de Marshall Landish lui agressa les yeux ; ses traits imprimés en noir et blanc sur un papier à gros grain. Il s'agissait de la photo d'employé fournie par la supérette où il avait autrefois travaillé. L'estomac noué par l'anxiété, elle saisit le cliché et s'obligea à l'examiner, à scanner le visage de l'homme responsable de son traumatisme.

Le père de son enfant. Un homme dérangé, mauvais, pourtant persuadé du bien-fondé de ses actes.

Cependant, comme à chaque fois, elle eut du mal à associer le visage de la photo avec celui qui se cachait sous cette cagoule de skieur, celui de l'homme qui l'avait violée, torturée, affamée. Dans son esprit, elle ne pouvait s'empêcher de se le représenter comme le monstre anonyme qui l'avait assaillie dans son lit au beau milieu de la nuit. Son psychologue avait imprimé cette photo pour elle, à sa demande. Elle tenait à le... visualiser tel qu'il était, et pas tel qu'il avait choisi de se montrer à elle. Son but était de lui rendre son apparence humaine afin d'apaiser ses attaques de panique. Il ne s'agissait pas d'un démon surnaturel, mais d'un homme, rien qu'un homme. Mort. Disparu à jamais. Et dont elle n'avait plus rien à craindre.

En outre, si... Non. *Quand* elle retrouverait son petit garçon, il faudrait qu'elle soit consciente qu'il risquait de ressembler à son bourreau. Son cœur et son âme étaient uniques, mais son visage était susceptible de porter les traits de son père. Il fallait qu'elle soit sereine par rapport à cela et qu'elle ne laisse surtout pas penser à son enfant qu'elle voyait le diable en lui à cause d'une apparence physique à laquelle il ne pouvait rien changer.

Il lui était arrivé plus d'une fois de s'arrêter devant des écoles. Assise dans sa voiture, elle observait la cour de récré. Un jour, elle avait repéré un petit garçon aux cheveux bruns comme ceux de Marshall, à peu près de l'âge que devait avoir son fils. Il restait seul, tête basse. Pas d'amis. Son cœur s'était serré et elle avait eu une boule au ventre tandis qu'elle observait ce petit garçon solitaire. *Es-tu mon fils ?* s'était-elle demandé. Mais ensuite, un autre petit garçon était venu s'asseoir à côté de lui. Ils se ressemblaient tellement que Josie avait vite compris qu'ils étaient jumeaux ou, à tout le moins, frères. Son enthousiasme était retombé comme un soufflé et elle avait aussitôt repris la route.

Elle étudia la photo de Marshall pendant quelques minutes encore. Que c'était agaçant. Elle avait beau essayer de toutes ses forces, elle était incapable de faire fusionner les deux hommes – celui de la photo et celui qui portait cette fichue cagoule. Son cerveau le lui interdisait, tout simplement. Il avait imprimé Marshall non pas tel qu'il était, mais tel qu'il lui était apparu au cours des mois les plus atroces de sa vie. Elle devait continuer à travailler là-dessus. Car, à l'évidence, huit ans n'avaient pas suffi.

Ça se débloquera quand tu le retrouveras. Et, en un sens, elle espérait bien retrouver au moins un trait du père dans l'apparence physique de son fils. Cela lui permettrait d'humaniser un peu plus Marshall Landish. Et cela lui rappellerait au quotidien que des ténèbres avait pu jaillir la lumière. Son bébé. La raison qui lui avait donné la force de se battre, jour après jour, dans ce donjon de l'enfer. Son seul espoir. Elle ferma les yeux et le visualisa tel qu'il était gravé dans sa mémoire, avec son petit visage de chérubin tourné vers elle, empreint d'une confiance aveugle. La douleur lui traversa le cœur, si brutale qu'elle lui coupa le souffle. *Ça fait mal.* Encore et toujours. Toutefois, elle laissa cette douleur repartir comme elle était venue. D'une certaine manière, son fils *était* cette douleur entortillée à l'espoir qu'elle conservait au fond d'elle. Ce souvenir était tout ce qu'elle possédait de lui et elle était incapable de s'en séparer, ce serait comme se résoudre à sa perte.

Au bout d'un moment, elle prit une profonde inspiration, referma le dossier et en saisit un autre. Celui-ci renfermait la liste des hôpitaux qu'elle avait appelés au fil des années, à Cincinnati et dans les villes alentour. En fouillant le passé de Marshall Landish, elle avait découvert qu'il avait de la famille au Texas, alors elle avait appelé les hôpitaux et les institutions texanes dans la foulée. Il avait été enrôlé dans l'armée, en Caroline du Sud, pendant quelque temps, alors elle avait aussi constitué une liste pour cet État. C'était un peu tiré par les cheveux, mais elle ne laisserait rien au hasard.

Plusieurs années auparavant, elle était parvenue à économiser assez d'argent pour engager un détective privé, mais cela n'avait rien donné. Il était revenu bredouille, exactement comme la police de Cincinnati.

Elle s'était rendue dans les centres d'adoption de la ville, avait pris rendez-vous avec plusieurs employés des services sociaux et même contacté les collègues de Marshall ainsi que ses rares amis. Bien sûr, la police faisait la même chose, mais ça ne pouvait pas faire de mal. Ses propres recherches n'avaient rien donné non plus, mais elle n'avait jamais renoncé pour autant. Chaque année, elle recontactait les mêmes noms, les mêmes endroits, inlassablement, en priant pour que quelqu'un se rappelle un détail. *Quelque chose, n'importe quoi.* Elle avait écumé toutes les pistes, même les plus improbables, pour ne pas dire impossibles, mais elle ne baisserait pas les bras. Elle le lui avait promis et elle tiendrait sa promesse. Elle était sa mère.

Pourtant, tous ces numéros... elle ne les avait plus relancés cette année. Un à un, elle les avait laissés tomber, à commencer par le plus facile – celui de l'inspecteur Cedric Murphy, parce qu'elle lui faisait confiance et que si la moindre information surgissait, il la préviendrait tout de suite. Pour les autres, cela avait été plus difficile. Elle avait eu du mal à renoncer à ces vérifications annuelles, mais, comme elle l'avait dit à l'inspecteur Copeland, il était temps. À ce stade, ces appels lui faisaient plus de mal que de bien : l'inéluctable réponse négative, la pitié qu'elle décelait dans la voix de ses interlocuteurs lorsqu'ils lui répondaient pour la énième fois qu'ils n'avaient rien de neuf pour elle. D'autant qu'en faisant cela, elle restait focalisée sur des voies sans issue. Alors, mieux valait peut-être abandonner celles-ci afin de partir en quête d'autres pistes inexplorées. Appeler ces numéros lui donnait l'impression de rester active, de *faire* quelque chose, et elle avait besoin de ça, mais en réalité, arrêter lui donnerait peut-être le coup de fouet nécessaire pour prendre d'autres directions. D'autres directions qui la mèneraient vers une petite brèche, qui sait ?

Avec un soupir las, elle repoussa ses dossiers. Elle y reviendrait le lendemain, lorsqu'elle aurait les idées claires. Elle devait se lever tôt. Elle avait prévu d'organiser un vide-grenier afin d'évacuer une partie des objets de sa tante. Ce serait aussi l'occasion de récolter un peu d'argent. Elle avait déjà imprimé des affichettes et les avait épinglées partout en ville. Était-il trop tard pour publier une annonce sur Internet ? Il fallait attirer un maximum de gens chez elle, si elle voulait faire un peu de profit.

Elle détestait la foule... mais elle était prête à faire des efforts si cela lui permettait de cocher quelques points sur sa liste de travaux.

Elle déverrouilla la porte de sa chambre et se rendit dans la salle de bains, à l'autre bout du couloir. Elle se brossa les dents et se rinça le visage, puis ressortit en bâillant. Bon sang, elle était exténuée. La journée avait été longue et éreintante, chargée en émotions. Alors qu'elle approchait de sa chambre, un léger bruit attira son attention au rez-de-chaussée. Un grincement. Son cœur s'emballa ; elle s'immobilisa et tendit l'oreille. Un autre grincement, comme si quelqu'un se déplaçait sur le parquet du rez-de-chaussée et s'arrêtait à chaque fois qu'il tombait sur une planche bruyante. Elle repéra aussi une sorte de... d'égouttement, en fond.

La gorge nouée, elle se plaqua contre le mur du corridor et attendit, aux aguets. *C'est une vieille maison*, se rassura-t-elle. *Ce sont les bruits normaux d'une vieille maison qui vit.* Comme pour confirmer ses pensées, le tuyau de la salle de bains se mit à cliqueter dans le mur, comme il le faisait toujours quelques minutes après qu'elle s'était servie du lavabo. Normal. *Habituel.* Rien à craindre.

Malgré tout, elle resta sans bouger pendant encore une minute, à l'affût du moindre bruit. Les grincements cessèrent, mais l'espèce de goutte-à-goutte continua. Avait-elle mal fermé le robinet de la cuisine ? Oui, ce devait être ça. Lorsque plus aucun autre bruit ne lui parvint, elle rassembla tout son courage et s'avança le plus discrètement possible jusqu'au sommet de l'escalier. Là, elle alluma les lampes du hall d'entrée et jeta un coup d'œil par-dessus la rampe. Rien. Respirant un peu mieux, elle descendit en s'accrochant à la rampe.

Elle était juste un peu nerveuse à cause de la visite de l'inspecteur Copeland et du crime dont il lui avait parlé. Cette jeune femme assassinée. Sans parler des souvenirs que cette conversation avait ravivés.

Par la fenêtre, elle distingua des phares qui avançaient lentement sur la route, devant la maison. Ce n'était pas la patrouille d'Oxford – celle-ci ne passait qu'une fois par heure à peu près et elle l'avait aperçue depuis la fenêtre de sa chambre à peine quinze minutes plus tôt.

Elle entra dans la cuisine et s'arrêta net. Un cri monta dans sa gorge à la vue de ce qui se trouvait sur la table.

Un rat mort. Un couteau planté au niveau de l'abdomen. Son sang s'écoulait de la surface en bois et commençait à former une petite flaque sur le sol.

Plic.

Plic.

Plic.

Zach sauta de son pick-up, se précipita vers la fermette tout éclairée et tambourina vivement à la porte. Craig Horton ouvrit et s'écarta pour le laisser entrer.

– Horton.

– Copeland.

– Où est-elle ?

– Dans le salon, à droite, répondit Horton en refermant derrière lui.

Zach lui donna une tape sur l'épaule.

– Merci d'avoir rappliqué aussi vite.

– On était juste au bout de la rue quand elle a appelé. On venait de passer devant chez elle quinze minutes plus tôt. On n'avait rien relevé de bizarre. Soirée calme.

Hochant la tête, Zach se dirigea vers la pièce que lui avait désignée Horton. Josie était pelotonnée sur le sofa, une couverture sur les genoux, le visage encadré par ses boucles brunes aux reflets dorés. Elle lui sembla tout à coup si jeune. Vulnérable. L'image lui fit l'effet d'un coup de poing à l'estomac. Elle voulut se lever, mais il lui fit signe de rester assise et alla s'installer un peu plus loin sur le même canapé.

– Est-ce que ça va ? demanda-t-il en scrutant ses traits.

Elle paraissait sous le choc, même si ses mains, posées sur ses genoux, ne tremblaient pas.

Elle acquiesça.

– Mieux, maintenant. Ce... Ce *truc* m'a flanqué une peur bleue. Il y avait quelqu'un dans ma maison, inspecteur.

Zach eut des picotements sur la peau, exactement comme lorsque Horton l'avait appelé une demi-heure plus tôt. Il venait de terminer une séance de sport, mais n'avait pas pris le temps de se doucher. Il avait enfilé un pantalon de survêtement, un tee-shirt à manches longues et avait sauté dans son pick-up.

Il jeta un coup d'œil à l'agent qu'il considérait aussi comme un ami. Pas un ami proche, mais ils avaient travaillé ensemble par le passé et il savait le gars solide.

– Vogel est toujours en reconnaissance ?

Horton hocha la tête.

– Oui. On a sécurisé toutes les pièces du rez-de-chaussée à notre arrivée, puis je suis resté avec madame Stratton pendant que Vogel s'occupait de l'étage. Maintenant il est à la cave.

Comme pour confirmer ses dires, un bruit sourd retentit en provenance du sous-sol.

– Tout va bien, Vogel ? cria Horton en direction du hall où l'intéressé devait avoir laissé la porte de la cave ouverte.

Un « ouais » étouffé leur parvint, suivi de bruits de pas gravissant des marches. Quelques secondes plus tard, Dwayne Vogel apparut.

– Rien à signaler.

Il considéra Josie.

– Désolé, madame. Je me suis cogné à une pile de cartons, à côté de l'escalier.

Josie secoua la tête.

– Ne vous inquiétez pas. C'est un bazar pas possible, là-bas. Je suis en train de tout ranger et nettoyer.

– Une idée de l'endroit par où est entré le suspect ? demanda Zach.

– En arrivant, on a constaté que la porte d'entrée n'était pas verrouillée, répondit Horton. Madame Stratton est quasi certaine de l'avoir fermée à clé, mais pas à cent pour cent.

Josie grimaça.

– En général, je suis très rigoureuse sur ce point, dit-elle en se passant une main sur le front jusqu'au sommet du crâne. Mais ce soir, j'étais un peu distraite.

Son regard croisa celui de Zach.

– À cause de votre visite. J'ai été retournée d'apprendre ce qui est arrivé à cette jeune femme. Pourtant, on pourrait croire au contraire que ça m'aurait poussée à redoubler de vigilance au moment de tout fermer et, sincèrement, je pensais que c'était le cas.

Elle fronça les sourcils.

– Seulement, pas moyen de me rappeler si j'ai tourné la clé ou pas après le départ de l'agent Horton, qui était venu se présenter. Il est possible que j'aie oublié, conclut-elle en soupirant.

Toutefois, son expression indiqua à Zach qu'elle n'en était pas convaincue. Pour une femme ayant subi un traumatisme tel que le sien, verrouiller les portes était sans doute devenu une seconde nature. Cela dit, elle n'en restait pas moins humaine. Cela arrivait à tout le monde d'être distrait.

– C'est tout à fait compréhensible. Et je ne doute pas que cette journée a été déstabilisante pour vous.

Puis il s'adressa à Horton.

– Tu as dit qu'il y avait un indice dans la cuisine ?

– Oui. Je préfère te laisser vérifier par toi-même. Une seule fois me suffit, répondit Horton avec un petit sourire narquois qu'il s'empressa d'effacer avec un regard désolé à l'attention de Josie.

À l'évidence, elle ne lui en tint pas rigueur. Elle esquissa même un sourire furtif devant cette tentative de dédramatisation.

– Un expert est en chemin, il procédera à des analyses et pourra déterminer s'il y a des empreintes sur ce couteau.

Il considéra Horton et Vogel.

– Vous voulez bien rester près de madame Stratton pendant que je jette un coup d'œil ?

– Bien sûr, répondit Horton. La cuisine est de l'autre côté du hall.

Zach traversa le vestibule et se retrouva face au rat crucifié à la table, comme Horton le lui avait décrit au téléphone.

Un fameux morceau, avec des yeux globuleux ouverts et une queue rose toute lisse. *Dégueulasse.* Il détestait les rats, ces petits salopards. Ça lui rappela ceux qui avaient grignoté le cadavre retrouvé dans la cave quelques jours plus tôt et un frisson lui remonta l'échine.

Le couteau planté dans le ventre de ce rongeur ressemblait à n'importe quel couteau à découper. Il avisa le bloc à couteaux de cuisine posé sur le plan de travail de Josie. À première vue aucun ne manquait à l'appel, tous les emplacements étaient pris. Le ou la coupable avait tué le rat avant de l'amener ici, ou bien l'avait tué sur place, mais avec un couteau de l'extérieur. Dans ce deuxième cas de figure, Josie n'aurait-elle pas entendu plus de bruit ? Un rat ne devait sûrement pas mourir en silence. *Dégueulasse, bis.* Il passa une main dans ses cheveux. Lorsqu'il s'était mis en route, ceux-ci étaient encore humides, mais ils étaient secs à présent.

Il regagna le salon.

– C'est bon, les gars, vous pouvez reprendre votre service, lança-t-il à Horton et Vogel. L'expert devrait arriver d'une minute à l'autre. Encore merci. Vraiment.

Les deux agents hochèrent la tête, puis lui serrèrent la main. Josie se leva, les raccompagna et les remercia avant de refermer doucement la porte qu'elle prit soin de verrouiller. Elle n'accorda pas un regard à la cuisine, et Zach ne pouvait pas le lui reprocher. Elle resta adossée à la porte quelques instants, puis le rejoignit dans le salon en se frictionnant les bras. Leurs regards s'accrochèrent. Elle détourna la tête. L'atmosphère de la pièce avait changé, un étrange malaise s'était installé.

– Puis-je, euh, vous apporter quelque chose ? demanda-t-il. Eau ? Thé ?

C'était bizarre de la servir dans sa propre maison, mais il doutait qu'elle ait envie de s'approcher de sa cuisine pour l'instant.

– Du thé, ça me ferait très plaisir, murmura-t-elle. Si ça ne vous dérange pas.

– Ça ne me dérange pas du tout.

– Merci. Le thé est rangé dans le placard du haut, à droite de l'évier, et les tasses sont à gauche du frigo. Accompagnez-moi et préparez-vous une tasse aussi, si le cœur vous en dit.

Il acquiesça et se rendit dans la cuisine où il veilla à rester concentré sur sa tâche. Il fit donc chauffer l'eau au four à micro-ondes, sortit les sachets de thé du placard et ouvrit quelques tiroirs pour trouver les petites cuillères.

– Vous ajoutez quelque chose dans votre thé ? demanda-t-il en élevant voix.

– Une goutte de lait, merci, répondit-elle sur le même ton.

Il ajouta donc un peu de lait à son thé, puis emporta les deux mugs fumants dans le salon, ainsi qu'une boîte de cookies dénichée dans le garde-manger qu'il avait coincée sous son bras. Josie avait regagné la place qu'elle occupait à son arrivée, sur le sofa, et il reprit la sienne. Il déposa les tasses et la boîte de gâteaux sur la table basse, puis lui tendit son thé.

– J'espère que je l'ai bien préparé.

Elle sourit.

– Je ne pense pas qu'on puisse rater un thé.

– Si j'étais vous, je ne serais pas aussi optimiste. D'après une légende familiale, je ne suis même pas fichu de faire bouillir de l'eau.

Josie émit un petit rire qui lui procura une drôle de sensation dans le ventre. Bon sang, il n'aurait pas pu choisir pire moment pour être séduit, pourtant c'était bien ce qui se produisait. Embarrassé par cette attirance incongrue en pareilles circonstances, il but une gorgée du breuvage chaud. Il se brûla la langue et dut lutter pour ne pas tout recracher.

Josie l'observa, visiblement amusée, avant de se risquer à goûter à son tour.

Il reposa sa tasse et s'éclaircit la voix. En plus, il n'aimait pas le thé, mixture infecte au goût d'eau boueuse.

– Et si nous passions en revue ensemble ce qui s'est passé avant que vous descendiez et découvriez le rat ? Avez-vous entendu quelque chose ?

Josie posa sa tasse sur ses genoux et l'enveloppa de ses mains pour en absorber la chaleur. Elle lui expliqua avoir entendu des grincements et quelques claquements légers, comme si quelqu'un marchait avec précaution sur le parquet, puis le bruit de goutte-à-goutte qu'elle avait imputé au robinet de la cuisine.

– Rien avant ça ?

– Avant ça, j'étais à la salle de bains, je me préparais à aller au lit. J'ai fait couler de l'eau dans le lavabo pour me rincer le visage, alors il y avait peu de chance que j'entende quoi que ce soit provenant du rez-de-chaussée.

Il hocha la tête.

– Et le couteau, il vous appartient ? Il provient de l'un de vos tiroirs ?

– Les seuls couteaux que je possède sont rangés dans le bloc, sur le plan de travail.

L'intrus l'avait donc introduit dans la maison.

Josie rentra un peu les épaules et se mordit les lèvres, comme si elle pensait à quelque chose. Zach attendit qu'elle poursuive. Au bout d'un moment, elle le regarda dans les yeux.

– Quand j'étais prisonnière dans cet entrepôt, il y avait... des rats.

Son regard se déplaça derrière lui, comme hanté. Elle devait être en train de se replonger dans son passé abominable.

– Parfois, ils sortaient. Je les entendais. Je les *sentais*.

Elle se recroquevilla davantage et parut tout à coup plus menue.

– Un jour... il a apporté du poison pour m'en débarrasser. Et ça a... marché, parce que j'ai senti l'odeur de leurs cadavres qui pourrissaient dans les murs.

Le sang de Zach se figea dans ses veines. Il avait très envie de faire mal à quelqu'un. À Marshall Landish, sans doute, mais il était déjà mort, en train de brûler en enfer, là où était sa place.

– Ce détail est-il paru dans la presse ? Je veux dire, les rats ? Vous souvenez-vous si cette information a été rendue publique ?

Elle poussa un petit soupir et posa sa tasse.

– Je ne sais pas. Je ne m'en souviens pas.

Elle ramena l'une de ses jambes en tailleur et plaça la main autour de sa cheville.

– En revanche j'ai gardé les cicatrices... de leurs morsures. Certaines s'étaient infectées et ont dû être soignées à l'hôpital.

Zach la dévisagea. D'accord, c'était donc aussi une information que le personnel de l'hôpital connaissait et aurait pu révéler.

– Alors, il se pourrait que cette effraction soit liée au crime de notre imitateur, Josie.

– Vous partez du principe que c'est passé aux infos à l'époque ? Cette histoire de rats ?

– Même si ce n'est pas le cas, il y avait des rats dans la cave qui est devenue la deuxième scène de crime. L'imitateur a peut-être supposé qu'il y en avait aussi là où vous étiez enfermée, à moins que l'idée lui soit venue en découvrant l'endroit où il a enchaîné cette autre jeune femme. Je ne peux rien affirmer.

Elle secoua la tête.

– Je n'arrive pas à le croire.

Il posa la main sur la sienne.

– Eh, tout ira bien. Nous allons attraper celui qui a fait ça.

Elle avait la peau douce et fraîche, les articulations délicates. Elle était forte, dotée d'une grande capacité de résilience, mais aussi fragile. Une énergie émanait de l'endroit où leurs mains étaient en contact, activant la fibre protectrice de Zach. Il ôta sa main et se redressa pour mettre de la distance entre eux. *Oui, elle m'attire*, admit-il en son for intérieur. L'avait-elle deviné ? Cela la mettait-il mal à l'aise ? Comment aurait-il pu en être autrement ? Il était censé assurer sa sécurité, pas lui donner l'impression d'être reluquée.

Fait chier.

Zach se leva, ramassa les tasses – la sienne encore pleine, celle de Josie, vide – et les ramena dans la cuisine. Cela dit, il ne la reluquait pas du tout. Ça n'avait rien à voir. La fascination qu'il éprouvait pour Josie Stratton allait bien au-delà de la simple attraction physique.

Cela n'en restait pas moins incorrect. Elle était inaccessible. Interdiction formelle de la toucher.

Lorsque Zach regagna le salon, Josie leva la tête vers lui.

– Il est possible que ce soit un coup de l'imitateur, mais... il se peut aussi que ce soit mon cousin qui essaie de me faire peur.

– Votre cousin ? Mais pourquoi ?

Josie lui parla de la visite qu'elle avait reçue de son cousin la veille, de l'amertume de ce dernier parce que sa mère lui avait légué la propriété à elle et pas à lui. Apparemment, il avait fait une offre à Josie qu'elle avait refusée et, suite à cela, il lui avait garanti qu'elle le regretterait.

– Une menace ?

Elle haussa les épaules.

– Sur le coup, je n'ai pas pris ça pour une menace. Archie a toujours brassé du vent. Mais... il était très remonté contre moi.

– Et est-ce qu'Archie possède une clé de cette maison ?

– Je ne pense pas. Normalement, toutes les clés m'ont été remises, mais... je peux me tromper, j'imagine.

Tout à coup, elle sembla épuisée.

Zach jeta un coup d'œil à l'heure sur son téléphone. Elle avait eu une longue journée avec son lot de nouvelles perturbantes, et une soirée encore plus longue.

– Et si vous alliez vous coucher, Josie ? L'expert devrait arriver d'un instant à l'autre et il n'en aura pas pour longtemps. Il n'y a pas grand-chose à prélever. Je verrouillerai tout après son départ et je passerai la nuit sur votre canapé.

Elle cligna des yeux.

– Vous feriez ça ?

Elle secoua la tête, l'air gênée.

– Enfin, je ne veux pas vous en demander trop, mais...

– Ce n'est pas trop du tout. C'est mon job d'assurer votre protection. Si celui qui s'est introduit chez vous réapparaît cette nuit, je veux être sûr d'être là pour le coincer.

Leurs regards restèrent rivés l'un à l'autre pendant quelques instants.

– D'accord, céda-t-elle. C'est vrai. Merci.

Elle esquissa un petit sourire las.

– Vous trouverez des draps dans l'armoire à linge, dans le hall. Je dormirai mieux en sachant que vous n'êtes pas loin.

Elle passa devant lui et le parfum délicat de son shampoing lui chatouilla les narines.

– Bonne nuit, inspecteur Copeland.

– Zach.

Elle hésita, puis répéta son prénom à voix basse. Elle monta l'escalier, une porte s'ouvrit et se referma à l'étage. Il crut aussi entendre le frottement de plusieurs verrous. Dehors, les graviers crissèrent. Une voiture venait de s'engager dans l'allée. *Enfin,* soupira-t-il. L'expert de la police scientifique était arrivé. Il espéra que Josie dormirait bien en dépit des circonstances. Quant à lui, il s'attendait à ne pas fermer l'œil.

Quel cinglé peut faire ça à une femme qui a déjà assez souffert pour toute une vie ?

CHAPITRE 11

AVANT

Marshall semblait descendre les marches d'un pas traînant. Josie se redressa vivement et un éclair de douleur lui traversa la nuque. Elle s'était assoupie avec la tête penchée sur la droite et eut très mal en s'étirant. Une sorte de frottement résonnait de l'autre côté de la porte. Le corps de Josie se raidit et lorsque la porte s'ouvrit, elle était tout à fait réveillée. Marshall fit entrer quelque chose avec beaucoup de peine dans la pièce. Un matelas ? *Mais pourquoi ?* Ce fut le néant dans son esprit. Elle ne savait plus du tout quoi penser.

Il le traîna jusqu'à l'endroit où elle était assise contre le mur.

– Pousse-toi, lui ordonna-t-il.

Elle s'écarta aussi loin que le lui permirent ses chaînes. Il appuya le matelas à la verticale contre le mur, puis déposa à terre le sac en plastique qui se balançait à son poignet. Josie le regarda en sortir une sorte de bombe aérosol nettoyante. Une odeur d'eau de javel lui envahit le nez tandis qu'il aspergeait le sol à l'endroit où elle se tenait depuis le début, puis il essuya la zone avec de l'essuie-tout. Pourquoi faisait-il ça ? Était-il en train de nettoyer pour le confort de son sommeil, ou bien cherchait-il à éliminer toutes les traces d'ADN qu'il avait laissées derrière lui à chaque fois qu'il l'avait violée à cet endroit précis ?

Il coucha le matelas.

– Grimpe dessus, que je puisse le placer au bon endroit.

Elle obtempéra et il repoussa le matelas contre le mur. Adieu sol dur, Josie était désormais installée sur une matière moelleuse. Pendant un instant, elle crut qu'elle allait pleurer, de soulagement devant ce confort inespéré, mais aussi de peur face à ce que cela impliquait. S'il aménageait l'endroit, c'est qu'il ne comptait pas la relâcher de sitôt.

– Pourquoi as-tu apporté ça ?

Il braqua ses yeux noisette sur les siens.

– Ça me semblait...

Ses paroles moururent sur ses lèvres, comme si la question le prenait au dépourvu et qu'il ne savait pas comment formuler sa réponse.

– C'est super, s'empressa-t-elle d'ajouter. C'est gentil. Je me demandais juste comment tu avais pensé à ça.

Son commentaire sembla le déstabiliser davantage. Son regard s'étrécit et il étudia la pièce, comme s'il cherchait une réponse satisfaisante.

– Parce que j'en ai marre de me flinguer les genoux quand je te baise.

Un frisson parcourut l'échine de Josie. Elle avait dû le vexer et il le lui faisait payer d'un coup de poignard verbal. Qu'avait-elle bien pu dire pour l'agacer autant ? Avait-elle insinué qu'elle considérait cet acte comme une marque de gentillesse de sa part ? Aucune idée et, à vrai dire, elle était bien trop fatiguée et affamée pour s'en soucier.

– Tu m'as apporté quelque chose à manger ? demanda-t-elle, la voix éraillée et sèche à cause du manque de sollicitation et du manque d'hydratation.

Il ressortit de la pièce et réapparut avec un sac qu'il avait dû poser pour ouvrir la porte et tirer le matelas à l'intérieur. Il la nourrit, l'abreuva, lui essuya la bouche. Elle ne le regardait pas, mais le sentit qui scrutait son visage.

– Le soir, q-quand je suis au lit, je p-pense à toi ici. Ça m'excite, déclara-t-il d'un ton neutre. Parfois, je m-me touche et je m'imagine que c'est toi, que t-tes mains ne sont pas enchaînées derrière ton dos, que je suis moi, et que tu es toi, et que tu as envie de moi.

Elle tourna la tête, chercha son regard. Fallait-il qu'elle joue sur ce terrain-là ? Qu'elle essaye de le convaincre qu'ils pouvaient être ensemble ? Elle déglutit. Qu'avait-elle à perdre ?

– Peut-être qu'on pourrait...

– N'essaie m-même pas. Je ne suis pas d-débile, Josie. Tu ne sais même pas à q-quoi je ressemble là-dessous, dit-il en désignant son visage camouflé. Je pourrais être un lépreux.

Ce n'était pas le cas, elle le savait, mais ce n'était pas pour ça qu'il ne lui inspirait aucun désir. Elle faillit éclater de rire face à tant d'absurdité malsaine. Elle n'éprouvait aucun désir pour lui parce que c'était un monstre. Pendant une fraction de seconde, elle fut tentée de lui demander d'ôter sa cagoule, de lui laisser une chance de le convaincre qu'elle pouvait réellement être avec lui de son plein gré. Cependant, ce passe-montagne – le fait qu'il s'imagine qu'elle ignorait son identité – était son seul et dernier espoir de retrouver un jour la liberté. En outre, il était conscient qu'elle n'était pas intéressée par celui qu'il était réellement – à chaque fois qu'il l'approchait dans leur immeuble, elle s'enfuyait presque. À présent, cette vie paraissait si lointaine. Si irréelle.

Il s'assit et la dévisagea.

– Tu crois que j'ai toujours été m-malade, Josie ? Ou c'est eux qui m'ont rendu comme ça ?

– Qui ? Qui t'a rendu comme ça ?

Il leva la tête vers la fenêtre. L'éclairage de la rue donnait une atmosphère sombre et lugubre à la pièce.

– Les gens qui étaient censés en avoir quelque chose à foutre de moi.

Josie se crispa.

– Je ne sais pas. Mais... mais tu peux changer, maintenant. Tu peux devenir celui que tu veux. Je n'ai pas vu ton visage. Je ne connais pas ton nom et je ne sais pas d'où tu viens. Si tu me laisses partir, tu pourras vivre la vie que tu souhaites. Devenir meilleur. Nous le pourrons tous les deux. Nous deviendrons tous les deux meilleurs. D'accord ?

Aucune réaction. Comme s'il n'avait rien entendu. Pourtant, au bout d'un moment, il murmura :

– Non. Non, je ne p-peux pas. C'est t-trop tard. Je suis allé t-trop loin. Même moi, je m'en rends compte.

– C'est faux.

Il secoua la tête et elle eut l'impression qu'il fronçait les sourcils sous son masque.

– Si. C'est v-vrai, insista-t-il dans un soupir empreint de lassitude.

À ces mots, il se releva et s'en alla, la laissant seule sur le matelas qu'il venait de lui apporter. Elle n'avait pas connu un tel confort depuis son arrivée et elle éprouva de la gratitude pour la chaleur et la douceur que cela lui procurait. *De la gratitude.* Cette idée lui donna envie de rire. Mais se rappelait-elle seulement comment on riait ?

Elle s'endormit. Plus tard, elle s'éveilla. Il lui arrivait encore parfois de hurler, mais plus beaucoup. Elle n'avait jamais entendu d'autres bruits que ceux de Marshall lorsqu'il allait et venait. Parfois, elle chantait pour elle-même, des chansons qui lui revenaient en mémoire, certaines issues de son enfance et d'autres, plus actuelles, qu'elle aimait écouter à la radio. Les jours s'égrenaient lentement et le temps finit par se dissoudre. Elle-même était en train de se dissoudre. Les températures finirent par se réchauffer. Il faisait suffocant dans sa petite cellule.

Son seau à déjections empestait. Son univers se réduisait désormais au désespoir, à la peur, la faim, la fatigue et la soif. *Je ne suis plus qu'un animal.*

Les visites de Marshall ne respectaient aucun calendrier. Certains jours, elle était persuadée qu'elle était sur le point de mourir de faim ou de soif, mais il finissait toujours par réapparaître avec de la nourriture et de l'eau. Il la ramenait à la vie, mais devait-elle encore s'en réjouir ? Elle essayait d'entamer la conversation avec lui et, parfois, ça marchait. Parfois pas.

Un jour, une feuille jaunie vint se coller à la vitre pendant quelques instants avant d'être arrachée et emportée par le vent. Libre. L'automne arrivait à grands pas. Selon ses estimations, elle croupissait dans cette cellule en béton depuis quatre mois. Une pensée se fraya douloureusement un chemin dans son esprit, tel un ruban rouge de panique. Elle tenta de la repousser, de se rendormir, le sommeil étant désormais son seul refuge, son havre de paix, mais celle-ci refusa de partir, insista pour être entendue. Cela faisait quatre mois, peut-être plus, que Josie était là et elle n'avait pas encore eu ses règles une seule fois.

La terreur s'agrippa à elle et elle fondit en sanglots.

Elle portait le bébé d'un monstre.

CHAPITRE 12

De lourds coups répétés arrachèrent Zach du sommeil. Il se leva en sursaut et resta désorienté pendant quelques instants. Le salon de Josie. Le rat mort. Rat qui avait désormais disparu, grâce à l'expert qui avait rapidement analysé les lieux et embarqué cette vermine dans un sac de preuve.

Il jeta un coup d'œil par la fenêtre. Le soleil commençait seulement à se lever. Il avait veillé presque toute la nuit, à l'affût du moindre bruit suspect, troublé par cette affaire, et par le fait de passer la nuit juste sous la chambre de Josie Stratton. Il avait l'étrange impression d'avoir bouclé la boucle, celle qui avait démarré cette première nuit, à l'hôpital, lorsqu'il avait monté la garde devant la chambre où Josie dormait du sommeil des victimes de choc traumatique sous sédatif. Quoique, ce n'était pas tout à fait exact. Le chemin qu'il avait emprunté avec Josie était loin d'être terminé, ce qui n'augurait rien de bon pour l'un comme pour l'autre. Elle était peut-être toujours en danger, et il avait sur les bras un tueur qui courait dans la nature.

– Salut, Cope, lança Jimmy qui entra en coup de vent, un porte-gobelet dans sa main charnue.

Zach attrapa l'un des gobelets et engloutit une gorgée de café chaud avant même d'avoir refermé la porte.

– Jimmy, tu es un ange.

– On n’arrête pas de me le dire. Je vais finir par le croire.

Un petit sourire ironique aux lèvres, Zach lui désigna la porte ouverte qui menait au salon. Il écarta la couverture qu’il avait prise dans l’armoire à linge de Josie pendant la nuit et s’assit sur le canapé. Il bâilla et but une autre gorgée du précieux breuvage.

Jimmy prit place en face du sofa, dans un fauteuil, et saisit son café.

– Tu as réussi à dormir un peu ? demanda-t-il avant de boire à son tour avec un grognement appréciateur.

– Je me suis assoupi à peu près une heure. Je suis vidé.

– Je vois. Rentre chez toi et récupère quelques heures. Je vais prendre la relève ici.

Zach hocha la tête, mais hésita. Jimmy le scruta par-dessus le rebord de son gobelet.

– Est-ce que tout va bien ?

– Oui, ça va. On a beaucoup de pain sur la planche aujourd’hui. Tu es sûr que ça ne t’ennuie pas de camper ici si longtemps ? Je pourrai revenir après le boulot, vers dix-sept heures, et je prendrai la garde de nuit.

Il avait appelé Jimmy la veille, après que Josie était montée se coucher. Il lui avait raconté l’intrusion et le « colis » qui avait été déposé sur la table de la cuisine de Josie. Ensuite, il avait appelé son supérieur et ils étaient convenus de placer la maison de Josie sous surveillance pendant quelques jours, le temps de s’assurer qu’elle ne courait aucun danger imminent.

– Il va te falloir plus que quelques heures grappillées ce matin, si tu veux enchaîner avec un nouveau tour de garde ici cette nuit, fit remarquer Jimmy en sirotant son café. Tu devrais demander une jeune recrue en renfort.

Cette idée suscita aussitôt un goût amer dans la bouche de Zach. Une jeune recrue ? Pour veiller sur Josie ? Un bleu qui allait passer la nuit à jouer sur son téléphone ? D’accord, il n'était lui-même encore qu'un débutant la première fois qu'il avait monté la garde pour Josie, et il avait pris son travail très au sérieux, mais...

– Non, ça ira.

Jimmy l'étudia avec attention, comme si quelque chose avait changé chez lui et qu'il essayait de deviner ce que c'était.

– C'est toi qui vois, répondit-il en grattant sa barbe de trois jours.

À l'étage, une porte s'ouvrit et, quelques secondes plus tard, ils entendirent des bruits de pas dans l'escalier. Josie apparut dans l'encadrement de la porte, les traits encore froissés par le sommeil et... magnifique dans son peignoir cintré à la taille, constata Zach.

Jimmy se leva et s'avança vers elle en tendant la main.

– Madame. Inspecteur Jimmy Keene. Je suis le partenaire de Copeland. C'est moi qui vais veiller sur votre maison aujourd'hui, vous n'avez rien à craindre.

Josie jeta un coup d'œil à Zach qui lui adressa un signe de tête. Puis son regard se posa de nouveau sur Jimmy.

– D'accord. Merci. Mais, s'il vous plaît, appelez-moi Josie.

Elle se tourna vers Zach.

– Merci d'être resté cette nuit. J'espère que vous avez réussi à dormir un peu.

– Oui, oui. Et de rien. Je reviendrai ce soir.

– D'accord.

Jimmy les observait tous les deux avec attention.

– Oh ! Au fait, lança Zach, j'aurais besoin du nom de famille de votre cousin et de son numéro de téléphone, si vous l'avez.

Josie acquiesça.

– J'ai du papier et un stylo dans la cuisine. Est-ce que c'est... sécurisé ?

– Oh. Oui. Et tout a été nettoyé.

Elle hocha la tête puis se dirigea vers la cuisine.

Jimmy décocha un regard appuyé à Zach.

– Elle est canon, hein ?

– Quoi ? Euh, oui, je suppose. Arrête de me regarder comme ça, Jimmy. Bon sang. Oui, elle est superbe. C'est aussi la victime d'un crime abject et elle vient d'être menacée à nouveau. La ville de Cincinnati doit assurer sa sécurité, c'est le moins qu'on puisse faire. Et ce serait pareil pour n'importe quel autre citoyen.

Jimmy sourit.

– Tu comptes te présenter aux municipales, Cope ?

– Va te faire foutre, Jimmy.

Son coéquipier rit, puis prit nonchalamment une gorgée de café qu'il garda dans la bouche quelques instants. Son petit sourire agaçant réapparut.

– Voilà, lança Josie en les rejoignant.

Elle tendit un bout de papier à Zach.

Il le prit et le glissa dans sa poche.

– Parfait, merci. Je vous tiendrai informée dès que j'aurai rencontré votre cousin.

– Merci encore, dit-elle avec un petit sourire.

Zach s'apprêta à sortir, non sans échanger un regard avec son partenaire.

– Tiens-moi au courant.

– Ça roule, lança Jimmy.

Du coin de l'œil, Zach le vit se rasseoir dans son fauteuil. Il était parfois agacé par la clairvoyance de Jimmy, mais il avait en lui une confiance aveugle. Il referma la porte derrière lui et s'en alla dans le soleil du petit matin.

Aria Glazer avait vécu dans une ancienne et grande maison de Hyde Park reconvertie en trois logements. Zach appuya sur la sonnette à côté de l'étiquette indiquant « Glazer/ Lewis » et attendit. Des bruits de pas se rapprochèrent et, quelques secondes plus tard, une jolie blonde ouvrit la porte. Les cheveux relevés dans un chignon au sommet du crâne, un chandail beaucoup trop grand tombant de l'une de ses épaules, elle avait les yeux rougis, comme si elle avait pleuré.

– Tessa Lewis ?

Ses yeux s'agrandirent.

– Inspecteur Copeland ?

– Oui. Je peux entrer ?

Elle s'écarta en hochant la tête.

– Par ici.

Elle le précéda et l'emmena vers une porte ouverte, à gauche d'un escalier. Zach lui emboîta le pas. Elle lui jeta un coup d'œil par-dessus son épaule.

– Je ne m'attendais pas... Je veux dire, je vous avais imaginé... plus vieux, avoua-t-elle avec un petit rire nerveux.

Elle entra dans son appartement, il l'imita et referma la porte derrière lui en souriant.

– Je vais le prendre comme un compliment.

Elle hocha vivement la tête.

– Bien sûr !

Elle rougit et se mit à jouer avec une mèche de cheveux qui s'était échappée de son chignon.

– Vous voulez vous asseoir ? demanda-t-elle en désignant d'un geste vague une table située près d'une cuisine ouverte.

– Volontiers. Merci d'avoir accepté de me rencontrer.

Elle s'assit et il fit de même. Elle déglutit, le menton tremblant, et bientôt, les larmes jaillirent.

– Je n'arrive pas à croire qu'elle est morte. Je n'arrive pas à croire que quelqu'un l'a *assassinée*.

Zach s'empara d'une boîte de mouchoirs posée à l'extrémité de la table et la tendit à Tessa. Elle se tamponna les yeux.

Zach était rentré chez lui, avait pris une douche et était parvenu à grappiller quelques heures de sommeil dont il avait été arraché par un appel qui lui avait appris que le dossier dentaire d'Aria Glazer correspondait au cadavre de la cave. Il avait tenu sa promesse : il avait rendu son identité à cette malheureuse fille. À présent, il était bien déterminé à apporter les réponses nécessaires à ses parents et à ses proches. Ces derniers avaient le droit de savoir *pourquoi* ils se retrouvaient en deuil, et *qui* avait commis ce crime ignoble sur une jeune femme qui avait toute la vie devant elle.

– Je suis désolé, dit Zach.

Il le lui avait déjà dit un peu plus tôt lorsqu'il l'avait appelée pour lui annoncer le sort qu'avait subi sa colocataire et lui demander si elle acceptait de le rencontrer.

Avant cela, il s'était rendu dans une petite bourgade du Kentucky située à une vingtaine de minutes de route, afin d'annoncer la triste nouvelle aux parents d'Aria. Des personnes issues d'un milieu ouvrier, qui vivaient dans une petite maison à la pelouse bien entretenue. Ils avaient été très affectés, sous le choc. C'était l'aspect le plus difficile de son métier, et de loin.

Tessa renifla et s'essuya le nez.

– Merci. J'ai appelé quelques-uns de nos collègues chez Aster. Nous allons nous réunir ce soir, en mémoire d'Aria, vous comprenez ? Histoire d'évoquer nos souvenirs avec elle.

– C'est une bonne idée.

Il marqua une pause, puis reprit.

– Vous travailliez chez Aster avec Aria. C'est là que vous l'avez rencontrée ?

Tessa acquiesça.

– Oui. On a sympathisé et le hasard a voulu que nous recherchions toutes les deux un logement. Nous avons trouvé cette location assez vite.

Son regard se perdit dans le fond de l'appartement.

– C'est notre amie Geneviève qui occupe la chambre d'Aria en attendant, elle paie sa part du loyer. J'imagine qu'elle va s'installer pour de bon, maintenant.

Sa voix se brisa sur le dernier mot, la tristesse envahit ses traits.

Zach lui laissa quelques instants pour se ressaisir.

– Tessa, je sais qu'Aria était votre amie. Elle vous a peut-être demandé de garder des secrets, comme seuls les amis savent le faire, mais si nous voulons résoudre cette enquête et traduire son meurtrier devant la justice, j'ai besoin que vous soyez tout à fait franche avec moi et que vous me disiez tout ce qui pourrait nous aider à retrouver celui qui a fait ça, même si vous n'en avez jamais parlé jusque-là.

– Comme quoi, inspecteur ?

– Ce peut être tout et n'importe quoi, même un détail insignifiant. Aria était-elle contrariée pour une raison ou une autre à l'époque de sa disparition ? Même pour une broutille ? Se sentait-elle menacée par quelqu'un ?

– Les policiers qui sont venus ici après sa disparition m'ont déjà posé toutes ces questions.

– Je sais, mais il arrive parfois qu'avec le recul, certains souvenirs remontent à la surface. Surtout maintenant que vous savez qu'elle a été enlevée par quelqu'un qui lui voulait du mal. La situation a pris un tout autre tournant. Il peut s'agir d'une petite altercation ou même d'une relation qui ne semblait pas importante à l'époque et que vous voyez sous un nouveau jour.

Tessa se mordilla la lèvre en soutenant le regard de Zach. Puis elle haussa les épaules et secoua la tête.

– Elle avait fréquenté quelqu'un. C'était à peu près huit mois avant sa disparition. Je n'en ai pas parlé parce que ça ne m'a pas semblé important et que, d'après ce que j'avais cru comprendre, ce n'était pas sérieux. Après ça, elle a rencontré un gars de son club de gym – son petit ami, Chad, que vous avez déjà interrogé – et elle s'est mise à sortir avec lui. Au moment de sa disparition, elle était heureuse. L'autre inspecteur qui est venu ici m'a demandé s'il était possible qu'elle soit partie de son plein gré – une fugue ou un truc comme ça – mais à l'époque, je lui ai répondu que ça ne collait pas. Six mois plus tôt, Aria avait traversé une mauvaise passe, elle avait arrêté ses cours du soir, elle s'était mise à boire un peu plus que d'habitude. Rien de très grave, vous voyez ? Ensuite, c'est passé. Au moment de sa disparition, je n'avais plus vu Aria aussi heureuse depuis longtemps. Elle m'a même confié qu'elle était en train de tomber amoureuse de Chad. Impossible qu'elle ait tout à coup décidé de tout plaquer comme ça volontairement. Impossible.

– Aria avait abandonné des études ?

Tessa acquiesça.

– Oui, elle suivait des cours du soir à l'université de Cincinnati. Elle a arrêté d'y aller et quand je lui ai demandé pourquoi, elle m'a juste répondu que ce n'était pas grave, que ce n'était pas le bon moment et qu'elle reprendrait au semestre suivant.

– Et ça, vous l'aviez mentionné aux autres enquêteurs ?

Tessa secoua la tête, les yeux légèrement écarquillés.

– C'était important ? Elle avait arrêté bien longtemps avant sa disparition. Et puis, elle rentrait du boulot quand elle a été... enlevée.

– Peut-être pas, répondit Zach. J'essaie de me faire une idée précise de la vie d'Aria.

Grâce au fichier des personnes disparues, il savait déjà que le petit ami avait fait l'objet d'interrogatoires poussés, mais il avait un alibi. Il rendait visite à sa grand-mère malade qui était d'ailleurs décédée la semaine suivant la disparition d'Aria.

Il n'était pas en ville au moment des faits. Et de toute façon, de l'avis général, ils formaient un couple heureux. C'était du moins ce qui ressortait du dossier.

– Avant Chad, quelle avait été sa dernière relation ? Environ huit mois avant sa disparition, disiez-vous ?

– Je ne sais pas. Elle était toujours très évasive sur le sujet. Et je ne crois pas que « relation » soit le terme exact. C'était plus une petite aventure. Elle sortait d'ici toute pomponnée et elle revenait quelques heures plus tard. Je pense qu'elle couchait avec un type quelconque.

Elle se mordit la lèvre et détourna la tête.

Zach nota mentalement pour plus tard de vérifier si les relevés du téléphone qui avait disparu avec Aria remontaient aussi loin. Sans doute pas. Mais l'historique de ses appels permettrait peut-être d'identifier avec qui elle avait eu cette « aventure ».

– Quelqu'un qu'elle avait rencontré au travail, peut-être ? hasarda Zach.

Tessa secoua la tête.

– Toutes les deux, nous avons...

Elle tressaillit.

– ... *avions* une règle très stricte : jamais de relation avec les clients. Trop compliqué.

Elle baissa les yeux sur le mouchoir qu'elle tenait.

– Y a-t-il autre chose, Tessa ? demanda-t-il avec douceur.

Tessa tritura nerveusement son mouchoir.

– Eh bien, je...

– N'importe quoi, même un détail insignifiant, lui rappela-t-il.

Elle hocha la tête.

– Pendant sa mauvaise passe, il est possible qu'elle ait avorté.

Sans relever la tête, elle se mit à déchiqueter son mouchoir.

– Je n'en suis pas certaine, et je ne veux pas que ses parents apprennent ça, surtout si je me trompe. Ils sont très croyants...

Elle prit une grande inspiration tremblante et se tamponna le nez.

– Un jour, en rentrant à la maison, j'ai surpris une de ses conversations téléphoniques. On aurait dit qu'elle prenait un rendez-vous et, d'après ses réponses aux questions qu'on lui posait, j'ai eu l'impression qu'elle était enceinte. Seulement, quand j'ai voulu lui en parler, elle m'a rembarrée. Pendant plusieurs semaines, elle a eu l'air... je ne sais pas, abattue. Et puis, elle s'est fait faire son tatouage juste après ça. Parfois, elle le touchait avec une mine triste. Et je me disais...

Elle secoua la tête.

– Tessa, quoi que ce soit, même si c'est très vague, cela pourrait nous aider.

– Eh bien, le soir où elle est rentrée avec cette marguerite tatouée sur la cheville, je me suis demandé si c'était en mémoire de ce bébé qu'elle n'avait pas gardé.

Son expression trahissait son sentiment de culpabilité ; elle baissa de nouveau la tête. Puis elle prit une profonde inspiration et soutint son regard.

– Après ça, elle est redevenue elle-même, elle a rencontré Chad et tout allait bien. Ça n'a été qu'un tout petit grain de sable, vous voyez ? C'était du passé.

– Merci de me l'avoir raconté. Cela pourrait s'avérer utile.

Les yeux de Tessa s'emplirent de nouveau de larmes.

– C'était ma meilleure amie, inspecteur. Jamais je ne trahirai ses secrets, mais si ça peut vous aider à retrouver celui qui lui à fait ça... je sais qu'elle comprendrait.

CHAPITRE 13

AVANT

Malgré ses repas sporadiques, Josie vit son ventre s'arrondir et commencer à trahir sa grossesse. On devinait désormais une petite bosse sous son débardeur. Elle avait cruellement envie de passer la main dessus, de toucher ce subtil changement physique, d'en ressentir la rondeur. Ce besoin de caresser son futur enfant devait être instinctif chez les femmes enceintes. Hélas pour elle, c'était impossible. Elle était toujours enchaînée.

Marshall découvrit son secret un jour où les bourrasques automnales balayaient la fenêtre de sa prison. Il était couché sur elle lorsqu'elle sentit son corps se raidir. Il palpa le renflement qu'elle était elle-même incapable d'atteindre. Sa pomme d'Adam remua. Il releva la tête vers le carré de lumière du jour enchâssé dans le mur.

– Josie, tu me fais des cachotteries...

– C'est faux, je ne cache rien.

Comment le pourrait-elle ? Elle était mise à nu dans tous les sens du terme. Elle avait vite compris que ce n'était qu'une question de temps avant qu'il découvre qu'elle portait son enfant.

Il se leva en produisant un son étouffé. Quelque chose avait changé dans son attitude. Visiblement, il était ébranlé par la révélation de cette grossesse. Elle se redressa.

– Ce bébé, c'est le tien aussi.

Il se raidit davantage. Elle déglutit, au bord des larmes. Elle avait si peur, elle se sentait si seule ; les émotions qu'elle réprimait en se réfugiant en permanence dans le sommeil menaçaient d'éclater et de la submerger. Allait-il la tuer, cette fois-ci ? Elle et la vie qu'elle portait ? Ferait-il ensuite disparaître toutes les preuves de son crime ? Il risquait de ne plus revenir et de la laisser mourir de faim une bonne fois pour toutes.

En outre, ce bébé signifiait que Josie possédait désormais son ADN, bien au chaud en elle. Comment pourrait-il lui permettre de vivre, permettre à son enfant de vivre, s'il espérait s'en sortir impunément ?

Dans sa poitrine, la terreur formait un bloc de pierre qui lui écrasait les poumons.

Marshall s'en alla sans un mot. Josie laissa pendre sa tête en avant et fondit en larmes. L'hiver n'était pas loin. D'ici peu, il gèlerait dans cette pièce qui était devenue sa prison. Il faisait déjà froid, même si le matelas la préservait du sol glacial. Malgré tout, elle frissonnait et claquait des dents constamment. Les températures allaient plonger et elle finirait par mourir de froid, de faim ou de soif. Qu'est-ce qui aurait raison d'elle en premier ?

Un bruit attira son attention. Marshall, dehors, de l'autre côté de la fenêtre. Il faisait les cent pas. Pourquoi ? Essayait-il de trouver une solution à ce nouveau dilemme ? Était-il en train de planifier sa mort et sa disparition définitive ?

Plus tard cette nuit-là, il fit à nouveau irruption dans l'entrepôt. Josie s'éveilla en sursaut, son cœur s'emballa. Il se mit à triturer ses chaînes, au niveau des poignets. Ces fameuses chaînes qui l'obligeaient à garder les bras en l'air, au-dessus de sa tête, lorsqu'elle était allongée sur le matelas, comme en ce moment. Soudain, l'une de ses mains retrouva sa liberté. Son rythme cardiaque s'accéléra encore. Était-il en train de la délivrer ? À moins qu'il soit revenu pour la tuer, lui faire du mal ?

Elle entendit le bruit de la fermeture de son pantalon, il saisit la main libre de Josie et l'obligea à le caresser sur tout le corps tandis qu'il montait sur elle.

– Touche-moi.

– Où ça ? coassa-t-elle faiblement.

– Partout, aboya-t-il. Et fais comme si tu en avais envie.

Elle fit voyager sa main tremblante le long de son flanc, puis dans son dos. Il poussa un grognement et son souffle s'accéléra. Elle versa une larme brûlante qui dégringola sur sa joue avant de s'écraser dans son oreille. Il attrapa de nouveau sa main et la pressa sur son entrejambe. Il était dur, sa peau chaude. Elle envisagea de refermer ses doigts autour de son sexe et de serrer jusqu'à ce qu'il hurle, mais elle était toujours enchaînée au mur. Si elle lui faisait mal, il le lui rendrait au centuple. Oh oui, il le lui ferait payer.

Sans la moindre délicatesse, il se mit à malaxer ses seins rendus sensibles par la grossesse. Elle grimaça. Il lui caressa le flanc à son tour, puis, après un temps d'arrêt, s'aventura sur son ventre arrondi. Tout à coup, Josie reçut un petit coup de l'intérieur, puis un deuxième. Son cœur fit un bond. *Le bébé.* Elle venait de sentir son bébé. Marshall tressaillit et retira vivement la main, comme s'il avait été brûlé ; son souffle ralentit. L'avait-il senti, lui aussi ? Il remonta les mains sur ses seins et se coucha sur elle. Lorsque leurs abdomens entrèrent en contact, il s'interrompit de nouveau et émit un son étrange à travers sa cagoule. Frustration ? Désarroi ?

Sans crier gare, il se releva et referma son pantalon. Josie s'empressa de se redresser, confuse, méfiante. Avait-il été coupé dans son élan par son corps de femme enceinte et par le fait de sentir le bébé bouger en elle ? Elle éprouva un mélange de soulagement et d'appréhension. Quelles seraient les conséquences pour elle ?

Marshall sortit et elle pensa ne plus le revoir. Pourtant, il réapparut quelques instants plus tard avec un sac de fast-food et... un plaid. Il lui lança ce dernier, les yeux luisants d'une émotion qu'elle ne put identifier sous sa cagoule. Pourquoi améliorait-il son confort ? C'était à n'y rien comprendre. Il posa le sac de nourriture à côté d'elle, tourna les talons et ressortit. Cette fois, il ferma la porte derrière lui et la verrouilla.

Lorsque le bruit de ses pas se fut évanoui, elle resta encore assise dans l'obscurité silencieuse pendant plusieurs minutes ; elle secoua sa main, la fit pivoter sur son poignet et étira son bras, savourant ce petit goût de liberté. Pourquoi n'avait-il pas rattaché ses deux bras ? Au fond, quelle importance ? Elle était toujours prisonnière, et incapable de s'enfuir. Sauf que... Sauf qu'à présent elle pouvait se nourrir, prendre les aliments qu'il avait laissés et les porter elle-même à sa bouche. Ce regain de dignité lui rappela qu'elle était toujours un être humain.

Dans le sac, elle trouva un hamburger et des frites. Elle se jeta dessus avec voracité, goûtant à peine les saveurs, trop occupée à apaiser la faim qui lui rongeait les entrailles. Soudain, elle reçut de nouveau un petit coup de l'intérieur. Elle lâcha le hamburger et posa sa main libre sur son ventre, à l'endroit du léger impact. Lorsqu'elle ressentit un autre coup, elle hoqueta, frappée en plein cœur.

Je ne suis plus seule. Tu es là, pas vrai ?

C'était surréaliste. Un vrai miracle, au dernier endroit où l'on aurait imaginé en croiser un. Bien sûr, elle était consciente que ça n'avait rien à voir, que c'était juste de la biologie. Plus vulgairement : elle se retrouvait enceinte après avoir été violée. Mais pour elle, c'était bien plus que ça. C'était quelque chose qui lui appartenait, à elle seule, quelque chose dont les autres ne comprendraient sans doute pas la beauté, qu'elle-même ne comprendrait peut-être pas, si ce n'était à un niveau qu'elle pouvait à peine expliquer. *La lumière du firmament dans un ciel noir. Une étincelle de vie au milieu des ténèbres.*

Le minuscule être qui grandissait en elle manifestait déjà sa présence, s'accrochait à la vie, se battait pour exister, revendiquait sa place. Elle était la gardienne de cette vie, sa protectrice. Elle était sa mère. Une bouffée d'amour l'envahit, si soudaine et si intense qu'elle en eut le souffle coupé.

Cela lui redonna des forces.

Elle avait désormais un but.

Cela l'impressionnait aussi, et éveillait en elle un féroce instinct protecteur.

À elle désormais de tout faire pour rester en vie jusqu'à ce que Marshall lui rende sa liberté, ou que quelqu'un la retrouve, mais qui ? Un passant ? Une personne intéressée par la location de l'édifice à l'abandon dans lequel elle était retenue prisonnière ? Cet endroit devait bien appartenir à quelqu'un. Depuis des mois qu'elle croupissait là, elle n'avait jamais entendu âme qui vive, mais il lui restait toujours une chance d'être découverte par hasard – Marshall ne pouvait pas tout contrôler. Une raison de plus d'espérer. Elle devait se raccrocher à cet espoir et survivre pour que son bébé ait une chance de venir au monde. Et si elle devait mourir, ce serait en essayant.

C'était tout ce qui lui restait. Continuer à se battre avec les armes dont elle disposait, jusqu'à son dernier souffle. Ce que sa propre mère n'avait jamais fait, préférant s'apitoyer sur son sort et évacuer sa rage, sa frustration et son désespoir sur Josie. Comment en venait-on à maltraiter son enfant, à le considérer comme un ennemi, comme un souffre-douleur ?

Josie ne serait jamais comme sa mère. *Même ici,* se jura-t-elle. Même dans ce donjon de l'enfer. Elle était différente, et ça, personne ne pourrait le lui enlever. Ce petit feu qui brûlait dans son cœur, sa rage de vivre, on ne pourrait jamais les lui voler, et ils ne s'éteindraient jamais, pas tant qu'*elle* continuerait à alimenter le brasier.

– OK, petit guerrier, murmura Josie en passant la main sur son ventre. On va devoir faire ça ensemble, toi et moi. Tu comprends ça, pas vrai ? Continue à te battre, je m'occupe du reste. Je te le promets.

Elle ramassa son hamburger et prit une bouchée. Elle avait envie de se le fourrer en entier dans la bouche, d'engloutir jusqu'à la moindre miette, de lécher le gras du papier. Cependant, il était temps qu'elle commence à se rationner. Si Marshall continuait à espacer ses visites, elle allait devoir organiser son alimentation afin de ne pas mourir de faim.

En outre, ses repas devaient être réguliers – même si les portions étaient ridicules. Son bébé avait besoin d'apports nutritionnels constants.

Elle dut mobiliser toute sa volonté pour mettre la moitié des frites de côté et ranger le reste du hamburger dans son emballage. Elle jeta le cornet en carton des frites dans le sac, plaça les serviettes en papier roulées en boule par-dessus et lança le tout près de la porte. Marshall était susceptible de lui confisquer ses rations de nourriture, alors autant ne pas prendre de risque. Elle planqua tous ses restes sous le matelas.

Lorsqu'il pleuvait, l'eau s'infiltrait dans le mur et s'écoulait par une fissure. Pas grand-chose, un mince filet qui rejoignait une autre fissure dans le sol. Plusieurs fois, alors qu'elle était complètement déshydratée, elle avait cru devenir folle en observant, impuissante, cette petite rigole qui la narguait avant de disparaître dans le béton. Une véritable torture que d'avoir le salut à sa portée sans pouvoir y accéder. Mais à présent... à présent, elle avait la possibilité de récolter l'eau de la fuite dans la paume de sa main et de la porter à sa bouche.

Rester en vie. Ne pas baisser les bras.

Je ne mourrai pas. Je ne mourrai pas, répéta-t-elle dans son esprit comme un mantra. *Maintenant, j'ai une raison de vivre.* Ce soir-là, au moment de s'endormir, elle ne pleurait pas.

CHAPITRE 14

– Je fais un saut en ville pour acheter des étiquettes, annonça Josie à l'inspecteur à la tête carrée et aux joues flasques.

En dépit de ses traits pataudss et de sa peau grêlée, il avait les plus beaux yeux vert clair qu'elle ait jamais vus. Son visage avait quelque chose de très... rassurant.

– Je viens avec vous.

– Oh, mais vous n'êtes pas obligé...

– Madame, avec tout le respect que je vous dois, c'est mon boulot.

Josie capitula.

– Je ne m'imaginais pas que vous passeriez la journée avec moi. J'espère que ce n'est pas trop ennuyeux pour vous, dit-elle avec un petit rire nerveux.

Elle ne se sentait pas très à l'aise. Était-elle censée lui donner de l'occupation ?

Il sourit, ce qui donna à Josie l'occasion de remarquer qu'il avait les dents du bonheur, un détail adorable.

– Moi, j'espère bien m'ennuyer. Parce que ça voudra dire que tout va bien et que vous êtes en sécurité, rétorqua-t-il.

– Ce n'est pas faux.

– Ne vous occupez pas de moi, faites ce que vous avez à faire. Je ne resterai pas dans vos pattes. Je suis ici « juste au cas où ».

– D'accord. Dans ce cas, merci, inspecteur.

– Jimmy.

– Jimmy.

Il s'installa côté passager et elle prit la direction de la ville tandis que le soleil montait dans le ciel. C'était une belle matinée claire et la chaleur s'installait peu à peu. Son vide-grenier était censé démarrer à midi, mais elle s'était aperçue qu'elle avait oublié d'acheter de quoi indiquer le prix sur les objets mis en vente. Elle devait donc filer en ville et rentrer à temps pour pouvoir tout étiqueter.

Elle se gara sur le parking d'un supermarché ouvert vingt-quatre heures sur vingt-quatre.

– J'en ai pour une minu...

Mais l'inspecteur était déjà descendu. Apparemment, il comptait la suivre comme son ombre. C'était gênant, certes, mais elle devait reconnaître qu'elle était soulagée. Sans lui, elle serait restée sur les nerfs et inquiète toute la journée. La vision de ce rat ne la quittait plus. Alors oui, la présence imposante de Jimmy la rassurait. Elle se sentait en sécurité et c'était agréable, parce qu'elle avait d'autres chats à fouetter, en l'occurrence récolter un peu d'argent pour renflouer ses caisses. Elle en avait parcouru, du chemin, depuis l'époque où elle était incapable de quitter son appartement sans sursauter dès qu'elle croisait son reflet. Il y avait longtemps aussi qu'elle avait cessé de jeter des coups d'œil incessants par-dessus son épaule lorsqu'elle était seule.

Elle trouva un paquet de gommettes rondes, pile ce qu'il lui fallait, et se dirigea vers une caisse automatique. Ils s'apprêtaient à sortir du magasin lorsque Josie repéra l'affichette qu'elle avait épinglée deux semaines plus tôt pour faire la publicité de son vide-grenier. Elle s'arrêta net, puis s'approcha du grand tableau d'affichage en fronçant les sourcils. La direction du magasin avait divisé le panneau en colonnes pour répartir les annonces des gens : à vendre, recherche, bons de réduction, perdu, etc. Quelqu'un avait punaisé la copie d'une vieille coupure de journal juste à côté de son affichette. Le cœur de Josie cessa de battre et elle eut tout à coup la bouche sèche. « Fin d'un long calvaire pour l'étudiante disparue », disait le gros titre. Et le sous-titre : « "Qui a vu mon fils ?", l'appel à l'aide de Josie Stratton, torturée, violée et mise enceinte par son agresseur ». La photo qui illustrait l'article était choquante – on la voyait fixer l'objectif de son regard vide, hanté, le visage émacié, les yeux creusés, les cheveux négligés. Cette photo avait été prise lors de la conférence de presse qu'elle avait donnée depuis son lit d'hôpital pour demander le soutien de la population. Elle avait essayé de s'apprêter un peu, et pensait avoir réussi à se rendre plus ou moins décente, mais en se voyant là, force était de constater qu'en réalité elle avait surtout l'air d'une folle furieuse. Cette journée chargée de désespoir lui revint en mémoire d'un coup. La cage thoracique prise dans un étau, elle se força à respirer, puis arracha la coupure de journal et son annonce pour le vide-grenier qui mentionnait son adresse.

Les deux morceaux de papier chiffonnés dans la main, elle se précipita hors du supermarché. Le sang battait à ses oreilles. Quelque part, dans un coin de son esprit, elle enregistra la présence des pas lourds de Jimmy derrière elle. Elle n'osa pas le regarder. Avait-il lu l'article avant qu'elle le déchire ? Avait-il vu cette horrible photo ? Cette idée la révoltait, mais pas autant que d'apprendre que la moitié de cette planète l'avait un jour vue dans un tel état.

Elle monta en voiture, imitée par Jimmy. À son grand soulagement, il ne broncha pas. Il posa ses grandes mains sur ses cuisses et regarda droit devant lui tandis qu'elle démarrait et quittait le parking. Elle parcourut les deux pâtés de maison qui la séparait de la bibliothèque municipale et, bien que ce soit fermé, elle descendit pour aller jeter un coup d'œil à la vitrine où diverses affichettes, dont la sienne, étaient collées au revers de la fenêtre. Le même article qu'au supermarché, juste à côté de son tract, le chevauchant même légèrement de sorte qu'il était impossible de lire l'un sans voir l'autre.

Consternant.

Pourquoi ?

Hébétée, elle fit demi-tour et regagna sa voiture. Jimmy, qui l'avait de nouveau suivie, lui emboîta le pas, la tête baissée, les mains dans les poches.

Elle poussa jusqu'au bout de la rue principale et se gara à côté d'un poteau téléphonique où les gens avaient l'habitude de laisser toutes sortes d'annonces. Elle se rua dessus et, ravalant un sanglot, arracha son affichette et ce fichu article, encore et toujours.

Au redémarrage, elle appuya trop fort sur l'accélérateur et partit en trombe. Les pneus crissèrent. Ils roulèrent en silence pendant quelques minutes.

– Une idée de qui a pu faire ça ? finit par demander Jimmy d'un ton calme.

Josie prit une inspiration laborieuse et tremblante. Elle se sentait si fragile, bon sang. *Exposée.* Le corps et l'âme à nu. Elle avait placé tant d'espoirs dans son déménagement, le tournant positif qu'elle avait tant attendu. Un endroit où s'installer pour de bon. Un beau projet. Elle s'était sentie comme une chenille enfin débarrassée de son cocon, un papillon prêt à déployer ses ailes et à s'envoler. Ici, même si nous étions à moins d'une heure de route de la ville où elle avait vécu les pires atrocités, elle avait cru que les gens ne reconnaîtraient pas son nom ou, s'ils le reconnaissaient, qu'ils auraient juste une impression de déjà-vu sans mettre le doigt dessus précisément. Elle s'était même prise à espérer qu'elle ne serait que Josie, la propriétaire de la maison d'hôtes située à la sortie de la ville. Il y avait bientôt dix ans qu'elle avait échappé à Marshall Landish. Elle allait enfin retrouver l'anonymat. Du moins l'avait-elle cru.

Ce matin, son rêve s'était écroulé, il était parti en fumée.

– Josie ? insista Jimmy, la tirant de ses réflexions.

Elle se concentra sur l'inspecteur qui était assis à côté d'elle. « *Une idée de qui a pu faire ça ?* »

Elle desserra un peu les mains du volant.

– Mon cousin, peut-être. C'est le seul qui aurait une raison de transformer ma vie ici en enfer.

Et de me donner envie de partir en courant, vite et loin.

L'inspecteur ne réagit pas, mais il semblait tendu.

Elle se gara dans l'allée de la fermette et ils descendirent. Ils furent accueillis par le parfum des roses et de l'herbe qu'elle avait tondue deux jours plus tôt. Les arbres se balançaient au vent tandis que le vieux panneau indiquant le *bed & breakfast* à l'entrée de l'allée grinçait paisiblement. Josie s'imprégna de tous ces éléments pour y puiser de la force. Elle avait affronté bien pire qu'un cousin revanchard et quelques vieilles coupures de journaux. Elle se dirigea vers la maison d'un pas décidé. Elle aurait tout le loisir de pleurer plus tard. Pour l'heure, elle avait un vide-grenier à organiser.

Le vide-grenier de Josie fut un échec cuisant, sur toute la ligne.

Jimmy l'avait aidée à installer dans le garage tout le bric-à-brac qu'elle remontait de la cave ou descendait du grenier depuis des mois, en plus des objets qu'elle avait sélectionnés dans les autres pièces. Elle avait disposé les plus petits articles sur des tables et tout étiqueté. Lorsqu'elle avait pris du recul pour contempler l'ensemble, elle avait été impressionnée.

Sa tante était une vraie fourmi. Josie n'avait même pas besoin de la moitié de tout ce qu'elle avait accumulé au cours de sa vie, mais la plupart des pièces qu'elle mettait en vente étaient de belle qualité, voire quasi neuves ou en tout cas, juste assez vintage pour attirer le public. Elle était satisfaite de sa sélection et avait espéré que tout parte vite.

La journée était prometteuse, ensoleillée, mais pas trop chaude, avec un petit vent agréable qui transportait le parfum des rosiers et de l'herbe fraîchement coupée. Oui, Josie avait nourri beaucoup d'espoirs.

Après tout, il était possible que personne n'ait vu ces vieux articles. Peut-être Archie – si c'était lui le coupable – les avait-il installés bien après que les gens avaient vu son annonce et programmé de venir à sa vente. Ou alors, les gens avaient compris la manœuvre et avaient trouvé ça ignoble et cruel... Et ils allaient débarquer en masse pour lui témoigner leur soutien.

Oui, beaucoup d'espoirs. Hélas, personne n'était venu à midi ni à midi et demie. En voyant treize heures approcher, Josie avait commencé à douter. Un peu plus tard, quelques personnes s'étaient présentées et elle avait eu un regain d'enthousiasme, mais elle avait vite repéré leur manège et déchanté. Tandis que ces gens faisaient mine d'examiner quelques objets, ils n'avaient pas arrêté de l'observer par-dessus leurs lunettes de soleil en chuchotant. De toute évidence, ils étaient venus satisfaire leur curiosité. D'ailleurs, ils étaient repartis sans rien acheter.

Assis sous le porche, Jimmy était resté concentré sur son téléphone. Il gardait la tête baissée, mais elle avait l'impression qu'il l'observait à travers ses lunettes de soleil, ce qui accentuait encore son embarras et sa nervosité.

Quatorze heures. Elle décida que l'humiliation avait assez duré et qu'il était temps de tout remballer. Elle ferait don d'une partie des invendus à l'Armée du salut dans le courant de la semaine afin de transformer cet échec en réussite. Si elle pouvait aider des personnes dans une situation bien plus précaire que la sienne, elle n'aurait rien raté. Car, oui, il y avait plus mal loti qu'elle, elle n'était pas obnubilée par ses propres malheurs au point de l'occulter.

Soudain, le bruit du gravier annonça l'arrivée d'une voiture, un monospace dont descendit une petite femme souriante aux cheveux roux foncé.

– Désolée, j'étais en train de ranger, l'informa Josie.

– Déjà ?

Elle fit sortir un enfant en bas âge de l'arrière de la voiture, prit sa petite main et ils s'approchèrent.

– Moi, c'est Rain, diminutif de Rainbow, se présenta la femme avec un grand sourire.

Aussitôt, elle leva la main.

– Oh je sais, inutile de poser la question. Mes parents ont été hippies bien après la mode des hippies et j'en ai fait les frais. Mon deuxième prénom, c'est « Love », précisa-t-elle en levant les yeux au ciel.

Malgré sa journée compliquée, Josie sourit à cette femme pleine d'entrain et chaleureuse. *Rainbow. Arc-en-ciel.* Ce nom allait à merveille avec sa personnalité chatoyante, ses magnifiques cheveux acajou et ses yeux bleus pétillants.

– J'habite plus bas sur la route. Je viens d'acheter l'ancienne maison des Halloran, vous voyez ?

Josie secoua la tête.

– Désolée, je ne suis pas ici depuis longtemps. Je ne connais pas tous les voisins.

Plus jeune, lors de ses visites, elle avait croisé le couple qui habitait à côté et la famille installée en face, de l'autre côté de la rue. Hormis cela, elle n'avait rencontré personne. Et elle n'était pas certaine de parvenir à rassembler le courage nécessaire pour aller se présenter à ses voisins comme elle l'avait prévu initialement. Elle aviserait « quand » elle aurait terminé les rénovations.

– Moi non plus. Alors, quand j'ai vu votre annonce pour le vide-grenier au début de la semaine, j'ai eu envie de vous rencontrer et d'en profiter pour vous acheter quelques petites choses pour notre maison.

Elle écarta une mèche de cheveux blonds du front de son petit garçon. Accroché à sa jambe, ce dernier dévisageait timidement Josie. Il avait hérité des grands yeux bleu vif de sa mère. Josie eut un pincement au cœur. Son fils à elle avait huit ans, aujourd'hui. Elle avait raté cette étape de sa vie, et elle ne pourrait plus jamais revenir en arrière. Le chagrin l'envahit, plus puissant qu'il ne l'avait été depuis longtemps, et ses genoux menacèrent de céder sous elle.

– Je viens de divorcer. C'est un peu un nouveau départ pour Milo et moi. On essaie de se fabriquer de nouveaux souvenirs.

Elle plaqua la paume de sa main sur l'oreille de son fils, l'autre étant pressée contre sa cuisse, et précisa :

– Mon ex est un vrai connard.

– Oh... désolée, répondit Josie.

Mais Rain secoua la tête en souriant.

– Il ne faut pas. Nous sommes bien mieux maintenant. Mais, euh...

Elle jeta un coup d'œil derrière Josie, avisant les objets les plus imposants qui n'avaient pas encore été rentrés dans le garage.

– ... je vois que vous avez une table de cuisine et des chaises, et c'est justement le premier point de la liste de meubles dont j'ai besoin.

– Elles sont à vous, si vous les voulez, répondit Josie.

Rain s'approcha des meubles et étudia les prix étiquetés, puis elle sourit à Josie.

– Pile dans mon budget, déclara-t-elle. C'est mon jour de chance.

Jimmy les rejoignit et s'adressa à Josie.

– Besoin d'aide pour les charger dans la voiture ?

– Ce serait super. Merci.

Josie et Jimmy chargèrent les meubles dans le coffre du monospace tandis que Rain restait à l'écart avec Milo. Pour finir, elle acheta aussi des poêles et des casseroles, ainsi qu'une série de verres et une lampe sur pied. Une fois le coffre rempli, Rain installa son petit garçon dans son siège, grimpa derrière le volant et baissa sa vitre. Elle écrivit quelque chose sur un bout de papier qu'elle avait trouvé sur son tableau de bord et le tendit à Josie.

– Comme je le disais, nous sommes juste en contrebas, dans la rue. Je vous donne mon adresse et mon numéro de téléphone. Si vous avez besoin de quoi que ce soit ou si vous voulez passer à la maison, n'hésitez pas.

– C'est très gentil, répondit Josie. N'hésitez pas à passer aussi.

Elle fit signe à la voiture tandis que celle-ci reculait, puis regagnait la route. Une goutte de pluie atterrit sur sa joue, alors elle se dépêcha de rentrer tout ce qui restait dehors avant que l'averse éclate.

Ensuite, elle irait sans doute réinstaller ses casseroles et ses marmites sous les fuites du plafond.

La journée avait mal commencé, mais Josie était contente de terminer ce fiasco général sur une note positive. Pour finir, ce vide-grenier n'avait pas été un échec sur *toute* la ligne, disons juste sur une bonne partie. Cette femme appelée Rainbow avait un peu illuminé sa journée, et puis elle avait fait la connaissance d'une personne qui, l'espace de quelques instants, lui avait donné l'impression d'être normale, intacte.

C'était toujours bon à prendre.

CHAPITRE 15

L'ascenseur s'immobilisa et tinta. Zach en descendit et se dirigea vers la porte dont l'écriteau annonçait : « Archibald Phillips, service financier ». Le luxueux bureau dans lequel il pénétra était vide, à l'exception d'une secrétaire assise derrière un large bureau de réception en pierre. Des baffles installés en hauteur diffusaient une musique douce et un énorme aquarium occupait tout un pan de mur, de l'autre côté de la pièce. Le bruit des bulles accentuait encore l'atmosphère paisible.

– Bonjour, monsieur. Puis-je vous aider ?

– Je viens m'entretenir avec monsieur Phillips.

– Vous avez rendez-vous ?

Zach détacha son insigne et le présenta à la jeune femme dont les cheveux noirs étaient coupés à la garçonne. Son maquillage lui donnait des yeux de chat.

– Inspecteur Copeland. Non, je n'ai pas de rendez-vous, mais j'espère qu'il pourra me consacrer un peu de temps. C'est important.

La secrétaire se leva aussitôt.

– Bien sûr. Je vais tout de suite l'informer de votre présence, répondit-elle, l'air décontenancée.

Zach lui adressa un petit sourire pincé, puis s'éloigna du bureau tandis que les talons de la jeune femme claquaient dans le couloir. Des murmures s'ensuivirent. Zach en profita pour étudier les cadres accrochés aux murs. Un diplôme de l'université de Cincinnati, quelques certificats de spécialisation en planification financière. Lorsque les talons revinrent dans sa direction, accompagnés d'un autre bruit de pas, il se tourna vers le couloir.

– Inspecteur Copeland ?

Archibald Phillips était un homme vigoureux, large d'épaules, le front haut et les cheveux plaqués en arrière. Il sourit, dévoilant une rangée de dents larges et, à l'évidence, fausses. Zach le détesta au premier regard. Le mot « escroc » clignotait partout sur lui. Et bien sûr, il avait harcelé Josie.

– Un inspecteur de la police criminelle ? Quelle surprise. Que puis-je faire pour vous ?

– Avez-vous un endroit où nous pourrons parler en toute discrétion ?

Archibald plissa les yeux, puis jeta un coup d'œil à sa secrétaire.

– Bien sûr. Suivez-moi.

L'homme emmena Zach dans un grand bureau situé presque au fond du couloir. Les averses s'étaient succédé tout l'après-midi et des gouttes de pluie restaient accrochées à la grande baie vitrée qui offrait une vue dégagée sur le centre-ville de Cincinnati. Archibald Phillips désigna l'une des chaises qui faisaient face à son bureau et s'installa dans son fauteuil qu'il fit pivoter avec impatience. À moins que ce ne soit de la nervosité.

Zach jeta son dévolu sur la chaise voisine de celle que lui avait désignée Archibald Phillips et prit tout son temps pour s'asseoir.

– Monsieur Phillips, puis-je vous demander où vous étiez hier soir, vers vingt-deux heures ?

Archibald plissa le front. Décidément, il n'avait rien à envier à l'homme de Cro-Magnon.

– Pourquoi tenez-vous à le savoir ?

– C'est en lien avec un délit.

– Un délit ? Quel genre de délit ?

– Effraction.

– Effraction ? Je ne vois absolument pas de...

– Monsieur Phillips, si vous pouviez répondre à ma question, ça nous aiderait à y voir plus clair.

Archibald Phillips se cala dans son fauteuil, l'air agacé, pour ne pas dire hostile.

– J'étais chez moi, seul. Je travaillais.

– Je vois. Disposez-vous d'un élément qui puisse le confirmer ? Un e-mail avec l'heure d'envoi, par exemple ? Un fichier sauvegardé ?

Les yeux de l'homme se réduisirent à deux fentes.

– Non. Je travaillais sur un document Word. J'ai terminé bien après minuit, heure à laquelle j'ai sauvegardé mon fichier pour la dernière fois. Maintenant, inspecteur, si vous voulez m'excuser, je suis un homme très occupé et je dois reprendre mon travail, à moins que vous n'ayez autre chose...

– J'ai cru comprendre que vous étiez intéressé par le rachat de la propriété que votre mère a léguée à votre cousine.

Archibald Phillips sembla pris au dépourvu. Il posa les coudes sur le bureau et se pencha en avant.

– Qui vous a raconté ça ? Josie ?

Zach ne répondit pas.

Archibald poussa un long soupir.

– Cette femme a des *problèmes*, inspecteur. Il est exact que je lui ai fait une offre pour la propriété d'Oxford, mais c'était parce que j'avais pitié d'elle.

Il se pencha un peu plus.

– Savez-vous qui est ma cousine ?

Il avait baissé la voix, comme si ce qu'il s'apprêtait à lui révéler était innommable.

– C'est la femme qui a été kidnappée par un malade, il y a neuf ans. Vous savez, celle qui a été enchaînée à un mur et violée pendant un an. Elle a même eu un bébé avec ce cinglé. *Dégoûtant*, non ?

Zach vit rouge. Une colère bouillonnante se répandit peu à peu dans ses veines. Il détestait Archibald Phillips. Des types comme lui, il en croisait tous les jours. Méchants, égocentriques, ils se servaient de leur carrure pour intimider les autres, pour les brutaliser. Mais dès l'instant où vous éleviez la voix, ils se transformaient en victimes. Quel qu'ait été le scénario, Zach n'aurait jamais eu d'affinité avec cet homme, mais le fait qu'il fasse pression sur Josie et l'idée qu'il ait pu s'introduire chez elle pour déposer cette saleté de rat crevé sur la table de sa cuisine le mettaient hors de lui.

– Je suis au courant du crime perpétré contre Josie Stratton, répondit-il lentement, mesurant ses paroles.

Archibald se redressa en hochant la tête.

– Alors vous comprenez pourquoi elle a tous ces troubles mentaux. Une femme seule pour retaper cette vieille bicoque, non mais vous imaginez ? Aucune chance qu'elle y arrive. Elle va se retrouver sur la paille en un rien de temps. Moi, tout ce que je voulais, c'était lui faire une faveur.

Zach se força à sourire.

– Comme c'est généreux de votre part. Combien lui avez-vous proposé ?

Archibald le toisa, l'air soupçonneux. Il devait avoir compris que Zach ne gobait pas ses salades.

– Un prix raisonnable.

– Vraiment ? Un demi-million de dollars ? Parce que c'est ce que ça vaut. J'ai vérifié. Mais vous êtes parfaitement au courant de la valeur de ce bien, pas vrai, cousin Archie ? Et je parie que vous avez essayé d'arnaquer Josie. Dites-moi, quand elle a refusé, est-ce que ça vous a mis en colère ?

Son expression courroucée parla d'elle-même.

– Si j'ai essayé de l'arnaquer, c'est parce qu'elle a manipulé ma mère pour recevoir ce bien en héritage. Une vieille dame vulnérable, atteinte de démence. Et ça, vous trouvez ça *généreux* ?

– Si je comprends bien, vous estimez que cette propriété vous revient de droit ?

– Mais oui, nom d'un chien !

Il s'agita dans son fauteuil.

– J'ai prévenu Josie que je la traînerais devant les tribunaux, et je tiendrai parole.

– Je vois.

Zach marqua une pause, puis se pencha vers lui.

– Mais admettons qu'elle change d'avis parce qu'elle ne se sent pas en sécurité là-bas, et qu'elle décide d'accepter votre offre, ça vous permettrait d'éviter une longue procédure, sans parler des frais d'avocat pour une action en justice dont vous avez peu de chance de sortir vainqueur.

Archibald ouvrit la bouche, mais Zach leva la main.

– Inutile, ma question était purement rhétorique. Êtes-vous toujours en possession d'un double des clés de la maison de Josie ?

– Non.

Il s'était vite ressaisi, mais l'étrange lueur qui avait traversé son regard n'avait pas échappé à Zach. Il mentait probablement. Archibald consulta avec insistance l'énorme montre qu'il avait au poignet.

– Ce sera tout, inspecteur ? J'ai un appel avec un client dans dix minutes.

Zach se redressa et se laissa aller contre le dossier de son fauteuil.

– Comment se portent les affaires, monsieur Phillips ? Je n'ai pas pu m'empêcher de remarquer que votre hall d'accueil était vide.

Archibald Phillips lui décocha un regard noir, mais l'ombre d'un sourire se dessina sur ses lèvres épaisses.

– Je travaille principalement par téléphone ou sur ordinateur, inspecteur. Je rencontre mes clients quand c'est nécessaire, bien sûr, mais c'est souvent très calme au bureau, en effet. Et pour être honnête, c'est un véritable avantage.

– Alors si je vérifie votre santé financière, je découvrirai que tout va bien dans le meilleur des mondes ?

La mine d'Archibald s'assombrit.

– Mon entreprise connaît des hauts et des bas, admit-il enfin à contrecœur. Comme beaucoup d'autres entreprises. Maintenant...

Il se leva.

– ... si vous avez terminé, je vais devoir vous demander de prendre congé. Je suis un homme très occupé.

Zach prit tout son temps pour se lever. Au moment où Archibald passa devant lui, il tendit le pied et fit trébucher l'homme corpulent. Zach fit mine de le rattraper, au lieu de quoi il le repoussa en arrière et le projeta contre son bureau. Archibald heurta le meuble avec un bruit mat, envoyant valser ses documents. Zach se pencha sur lui.

– Oups, fit-il avec un rictus moqueur. Je vous suggère de ne plus vous approcher de votre cousine, monsieur Phillips. Parce que si je découvre que vous l'avez ne fût-ce qu'agacée, je vous promets de vous pourrir la vie.

Il saisit l'homme par la veste de son costume et le redressa brutalement.

– Faites donc attention où vous mettez les pieds.

À ces mots, il prit la porte en souriant, un vrai sourire cette fois.

Quel enfoiré.

Zach monta dans sa voiture et quitta le parking de l'immeuble où se trouvait le bureau de cousin Archie. C'était l'un des plus beaux quartiers de la ville, le loyer devait être exorbitant. Et son petit doigt lui disait que les affaires d'Archie n'étaient pas florissantes. Il avait sûrement besoin d'argent et le fait que sa mère ait légué cette fermette d'une valeur d'un demi-million de dollars à sa cousine plutôt qu'à lui devait lui rester en travers de la gorge. Alors il avait eu l'idée de l'arnaquer pour tirer de gros bénéfices de la revente, bénéfices qui lui permettraient de renflouer son entreprise et de régler ses problèmes financiers.

Croyait-il Josie si fragile et instable psychologiquement ? Au point d'imaginer cette mise en scène avec le rat dans le but de la faire changer d'avis et qu'elle accepte de lui vendre la maison ? Cette hypothèse avait beau le mettre hors de lui, il était aussi soulagé. Parce que s'il s'avérait que c'était bien le cousin qui avait fait le coup ou qui avait engagé quelqu'un pour le faire, cela voulait dire que ce n'était pas le dangereux imitateur qui s'était introduit chez elle. Et il y avait fort à parier que cette hypothèse soit la bonne.

Ce qui l'arrangeait, parce que Jimmy et lui avaient de nouvelles pistes à suivre depuis son entretien avec la colocataire d'Aria Glazer. Notamment celle de l'amant mystère... et de la grossesse à laquelle Aria avait peut-être mis fin. *Une marguerite.* Était-il possible que cette fleur tatouée sur sa cheville symbolise l'enfant non né ?

Qui était cet amant mystère, pourquoi avaient-ils rompu, et où se trouvait cet homme au moment de la disparition d'Aria ? Même si leur relation avait pris fin six à huit mois plus tôt, c'était une piste à explorer.

Zach appela Jimmy avec son kit mains libres. La voix de son partenaire tonna dans l'habitacle.

– Yo.

– Comment ça se passe, là-bas ?

– Pas trop mal. J'ai participé à un vide-grenier, chargé quelques meubles... la routine, quoi.

Malgré la note d'humour, Jimmy avait employé un ton bien sérieux, avec un accent que Zach n'était pas certain de décrypter.

– Et toi, quoi de neuf ? demanda Jimmy sans lui laisser le temps de poser de question.

Zach lui fit un compte rendu de son entretien avec la colocataire d'Aria, Tessa.

Jimmy siffla.

– Tu tiens quelque chose, on dirait. Tu crois que cet ex pourrait lui en vouloir d'avoir avorté au point de la kidnapper et de la torturer ?

– Soit ça, soit il n'a pas supporté la rupture. Je ne sais pas encore, mais on avance.

Ensuite, Zach lui raconta sa rencontre avec Archibald Phillips, sa jalousie envers Josie et ses probables soucis financiers.

– Il m'a tout l'air d'avoir le profil pour déposer un rat dans sa cuisine. Et s'il avait le double des clés, il n'a même pas eu besoin d'entrer par effraction.

– C'est ce que je pense aussi. Eh, Jimmy, j'ai un deuxième appel, c'est le patron. De toute façon, je suis en route. À tout de suite.

– OK. À toute.

Zach répondit à l'autre appel et salua son supérieur.

– Où êtes-vous, Copeland ?

Le ton était grave, on ne peut plus sérieux.

– En route pour Oxford. Nous pensons que le cousin de Josie Stratton...

– Demi-tour. Nous avons une nouvelle scène de crime sur les bras. Jeune femme enchaînée, morte de faim, message gravé sur la cuisse.

Le sang de Zach se figea dans ses veines. Il marmonna un juron, se rangea brutalement sur le bas-côté en soulevant un concert de klaxons et exécuta un demi-tour.

– J'arrive.

CHAPITRE 16

AVANT

Josie s'éveilla en sursaut, un hurlement au bord des lèvres : quelque chose lui grimpait sur la cheville. Elle secoua ses jambes en l'air, puis se redressa en s'aidant de son bras libre. *Oh mon Dieu ! Un rat.* Elle hurla et jeta un coup de pied à l'affreux rongeur, le cœur cognant comme un fou dans sa poitrine. Prise d'un haut-le-cœur, elle se mit à trembler. L'énorme rat poussa un cri rageur, mais ne bougea pas ; il était en train de gratter son matelas. Josie tressaillit : un deuxième rat traversa la pièce pour rejoindre le premier.

La nourriture. Ils avaient été attirés par l'odeur des réserves qu'elle cachait sous le matelas, ses rations. Plusieurs fois déjà, il lui avait semblé entendre des souris – elle avait préféré se convaincre qu'il s'agissait de souris – dans les murs, mais jusque-là, celles-ci ne s'étaient jamais montrées. Et voilà que ces grosses bêtes débarquaient, appâtées par l'odeur. Mais pourquoi maintenant ? Josie planquait une partie de ses ravitaillements depuis des mois, ne s'octroyant que des repas dérisoires, mais réguliers. Venaient-ils seulement de découvrir un passage pour rejoindre la réserve de nourriture ? Ce devait être ça. Ils avaient dû ronger le mur avec leurs petites dents pointues. *Leurs dents pointues. OhmonDieuohmonDieu.* Ce n'était pas possible. La situation pouvait-elle être encore pire qu'elle ne l'était déjà ?

Apparemment, l'enfer contenait des niveaux encore plus monstrueux.

Elle jeta de nouveau un coup de pied dans leur direction et ses chaînes cliquetèrent bruyamment. Le bruit sembla effrayer les affreuses créatures qui battirent en retraite et disparurent dans un coin sombre de la pièce, celui duquel elles étaient sorties, sans doute. Secouée de tremblements, Josie ramena le plus possible ses membres contre elle. Le bébé se manifesta ; un petit coup qui eut le bienfait d'apaiser son rythme cardiaque. Elle caressa son ventre de plus en plus proéminent.

– Tout va bien. Ça va aller. Ils ne peuvent pas nous faire de mal, assura-t-elle d'une voix douce.

Pas tant qu'elle serait en vie, en tout cas. S'il fallait qu'elle mange toute sa réserve de nourriture pour se débarrasser de cette vermine, elle le ferait. Pourtant, le système de petites portions quotidiennes qu'elle avait mis en place lui permettait de se sentir plus forte, pas juste physiquement, sur le plan psychologique aussi. C'était un élément sur lequel elle avait le contrôle et l'idée de devoir abandonner cet avantage à cause d'une poignée de rongeurs voraces l'exaspérait. Qu'à cela ne tienne, elle resterait éveillée la nuit et dormirait pendant la journée. Les rats étaient des animaux nocturnes, non ? Ou bien se fichaient-ils complètement de l'heure qu'il était ?

Elle décida de monter la garde le reste de la nuit et ils revinrent. Ils se rapprochèrent, avec leurs yeux globuleux qui scintillaient dans l'obscurité. La respiration de Josie s'accéléra de nouveau, son cœur s'emballa. Elle racla ses lourdes chaînes et remua dans tous les sens en rugissant. Ils s'enfuirent. Des larmes roulèrent sur ses joues. Combien de fois réussirait-elle à les effrayer avant qu'ils s'enhardissent et se rapprochent en dépit de tout, voire s'attaquent à elle ? Elle n'y connaissait rien aux rats, ignorait jusqu'où pouvait aller leur agressivité.

Au lever du soleil, elle sombra, incapable de garder les yeux ouverts plus longtemps. Un éclair de douleur perça son sommeil et elle gémit, quelque chose lui griffait le pied ; elle enregistra un mouvement près de son épaule. Elle se redressa d'un bond en hurlant. L'un des rats s'enfuit tandis que l'autre fouillait sous le matelas, à hauteur de son pied.

Sans cesser de hurler, elle secoua ses chaînes comme une hystérique en jetant des coups de pied à l'abominable créature. Soudain, des pas retentirent et la porte s'ouvrit. Marshall, toujours encagoulé. Son torse monta et descendit lorsque son regard se posa sur les rats qui s'enfuyaient, chassés par son arrivée.

Il eut un mouvement de recul et lâcha le sac qu'il tenait. Puis il considéra Josie, recroquevillée, secouée de tremblements. Après une brève hésitation, il s'approcha d'elle, s'agenouilla et passa un doigt sur ses chevilles. Suivant son mouvement du regard, elle remarqua des marques rouges sur sa peau. On aurait dit des morsures, même si elle n'avait aucun souvenir d'avoir été mordue. En revanche elle se rappelait avoir été griffée. Son sommeil avait-il été si profond ? Un frisson la traversa, un de plus. Marshall se releva et alla inspecter le coin où les rats avaient disparu dans le mur. Il l'examina longuement avant de revenir vers elle.

– Ils ont s-sûrement trouvé un chemin pour arriver ici.

Puis il détourna la tête, comme s'il réfléchissait.

– Ils d-doivent avoir senti ton odeur. Ou celle de la nourriture que je t-t'apporte.

– S'il te plaît, laisse-moi partir, le supplia-t-elle dans un murmure rauque. Ce n'est pas normal. Pitié.

Elle l'avait déjà imploré tant de fois, avait tenté de l'amadouer de mille façons, mais il avait toujours ignoré ses suppliques. Cette fois, il se mit à l'étudier, la tête inclinée, comme s'il était perdu dans ses pensées. Elle retint son souffle.

Hélas, il s'éloigna, ramassa le sac de vivres qu'il avait laissé tomber et le lui lança. Celui-ci atterrit à côté du matelas. Marshall referma la porte derrière lui. Josie poussa un long soupir.

Elle mangea une portion de la réserve cachée sous le matelas et conserva les aliments les plus frais pour plus tard.

Contre toute attente, Marshall réapparut un peu plus tard.

Un autre sac à la main, il entra dans la pièce et se rendit directement à l'endroit d'où les rats sortaient. Il posa une espèce de boîte noire par terre et répéta l'opération dans chaque coin de la pièce.

– Des appâts, expliqua-t-il. Ils vont consommer le p-poison et retourner dans leurs nids pour mourir.

Il se tourna vers Josie.

– Tu savais qu'un c-couple de r-rats peut p-produire entre v-vingt-quatre et s-soixante-deux petits par an ? J'en connais un rayon sur les r-rats.

Josie déglutit et secoua la tête. Il l'observa, passa son corps en revue, en s'attardant sur son ventre désormais imposant. Le sang de Josie se glaça. Il ne l'avait plus touchée depuis qu'il avait senti le bébé bouger et elle avait osé espérer qu'il ne le ferait plus du tout. Son corps n'était plus uniquement le sien. Il portait un enfant et l'idée qu'il puisse être utilisé – abusé – était particulièrement effroyable.

– Je déteste les r-rats, déclara-t-il en la regardant droit dans les yeux.

Puis il fit volte-face et quitta la pièce.

CHAPITRE 17

Zach avait un terrible sentiment de déjà-vu. Devant lui, le cadavre putréfié d'une jeune femme gisait sur le sol, allongé, les mains enchaînées derrière le dos. La puanteur insoutenable le prit au nez et il dut se faire violence pour ne pas ressortir de là. La mort de cette fille était plus récente que celle de la précédente.

– Je ne doute pas de vos innombrables qualités, inspecteur, néanmoins j'espérais ne plus vous revoir avant un moment, lança Dolores en plaçant ce qui ressemblait à un fil dans un petit sac en plastique avec sa pincette.

– Pareil.

Zach entendit son nom derrière lui et se tourna pour voir Jimmy franchir la porte de la cave où ils avaient été appelés. Une cave jusqu'alors plongée dans le noir et désormais baignée d'un éclairage artificiel éclatant tandis que les experts s'affairaient à plusieurs endroits.

– Dolores, la salua Jimmy.

Elle lui adressa un signe de tête avant de se replonger dans son travail.

Il s'arrêta près de Zach et enregistra la scène et la victime.

– Tout droit sortie d'un film d'horreur, grommela-t-il. Qui l'a trouvée ?

– Un vagabond qui cherchait un endroit où dormir. Il dit qu'il l'a sentie à l'instant même où il est entré. C'est un vétéran du Vietnam et il a confié au standardiste qu'une fois qu'on a côtoyé un cadavre, on reconnaîtrait cette odeur entre mille.

– Ce n'est pas moi qui vais le contredire.

En effet, Jimmy et Zach savaient ça mieux que personne. L'odeur de la mort n'était comparable à nulle autre.

– Ce vagabond, il est descendu jusqu'ici pour vérifier ou il a directement appelé les flics ?

– Il a appelé.

– Brave gars.

Zach acquiesça. Une chance que ce sans-abri n'ait pas contaminé la scène de crime. Cela leur facilitait un peu la tâche.

Jimmy se pencha au-dessus du cadavre pour mieux examiner ses chaînes.

– Josie allait bien quand tu es parti ? lui demanda Zach.

Jimmy lui jeta un coup d'œil, mais il fit mine d'être concentré sur la victime pour ne pas lui donner la possibilité de déceler quoi que ce soit dans son expression.

– Oui, elle allait bien. Horton et Vogel restent dans les parages en attendant ton retour.

– Parfait.

– Le mode opératoire a l'air identique, si j'en crois les photos que j'ai vues de la première scène de crime, fit remarquer Jimmy. T'en penses quoi, toi qui t'es rendu sur place dans les deux cas ?

– C'est le même gars, répondit Zach. J'en mettrais ma main à couper. Cette fille est très jeune, comme Aria Glazer.

– Rien qui puisse nous indiquer depuis combien de temps elle est là ? demanda Jimmy à Dolores.

– Depuis assez longtemps pour mourir de dénutrition.

Ils se turent tous les deux, le temps d'assimiler l'information.

– Et dire que Josie Stratton a vécu la même expérience, nota Jimmy d'une voix tendue.

Zach remarqua un tic nerveux à sa mâchoire.

– Une expérience similaire, rectifia-t-il. À un certain moment, son bourreau lui a détaché une main. Ce qui n'est pas le cas de cette victime, ni d'Aria Glazer, du moins pas au moment où il les a laissées agoniser. Et, bien sûr, il y a eu la grossesse. Une autre différence.

– Présence de résidus provenant d'un préservatif chez celle-ci aussi, lança Dolores qui, à l'évidence, avait suivi leur conversation, même si elle paraissait très absorbée par son travail. Et traces d'agression sexuelle.

– Exactement comme Aria Glazer.

– Ce type a tiré les leçons de son prédécesseur.

– Ou alors, il est plus malin.

Le silence retomba tandis qu'ils étudiaient cette vie éteinte devant eux, une jeune femme dont l'avenir avait été happé en plein vol par un monstre.

Zach désigna une casserole en métal contenant une substance coagulée.

– On a retrouvé un élément comparable sur l'autre scène de crime. Et Marshall Landish avait fourni le même genre de récipient à Josie en guise de toilettes.

Jimmy se racla la gorge.

– Pourquoi s'embêter à leur laisser un semblant de dignité ? demanda-t-il d'un ton bourru.

Zach ne répondit pas. Il n'avait pas la réponse.

– Et les incisions sur la jambe ? s'enquit Zach au bout de quelques instants. On peut les voir ?

Dolores releva la jupe de la victime, exhibant le haut de sa cuisse où figuraient bel et bien les mots *casus belli*.

– Pré-mortem ? demanda Jimmy.

– Affirmatif, répondit Dolores. La blessure commençait tout juste à cicatriser au moment du décès.

Zach hocha la tête et se releva, imité par Jimmy.

– L'examen de Cathlyn ne devrait pas prendre trop de temps. Je vais l'appeler pour lui demander de nous tenir au courant si elle a du neuf.

Ils prirent congé de Dolores qui leur adressa un petit signe de la main sans relever la tête, puis remontèrent l'escalier en bois. Dehors, la nuit était fraîche et claire. La pluie avait fini de tout rincer. Le monde paraissait tout à fait différent de celui que Zach avait quitté un peu plus tôt pour descendre dans cette cave. Josie avait-elle eu la même impression lorsqu'elle s'était échappée de sa prison et avait retrouvé l'air libre par une froide journée d'hiver ? Il écarta aussitôt cette pensée incongrue. Il devait se concentrer sur la nouvelle victime.

– Parmi les femmes que nous avons retenues dans le fichier des personnes disparues, au moment où nous cherchions l'identité d'Aria Glazer, il y avait une étudiante de l'université dont le signalement remonte à six semaines, dit Zach.

– Celle qui est passée dans tous les journaux le mois dernier ? C'est Harley et Aymes qui sont sur cette enquête, je crois.

Zach acquiesça. Jimmy se frotta le menton, puis sortit son téléphone et s'éloigna de l'allée qui reliait la maison abandonnée au trottoir, afin de ne pas être vu des gens qui allaient et venaient. Zach le suivit. Après avoir pianoté quelque chose sur le clavier, Jimmy étudia son écran, puis le montra à Zach en pinçant les lèvres. La décomposition du corps était déjà entamée, mais il était prêt à parier que la jeune fille qu'il avait sous les yeux et celle qu'ils venaient de laisser entre les mains des experts de la police scientifique étaient la même personne.

– Mais oui, on dirait que c'est bien elle. Nom de Dieu ! Son père n'est-il pas membre du conseil municipal ou un truc comme ça ?

– Si, si. Il faut qu'on prévienne le sergent Woods.

Zach repensa à la colocataire d'Aria. Tessa lui avait appris que son amie suivait des cours du soir à l'université de Cincinnati. Bon sang, si leur nouvelle victime était bien cette étudiante disparue, ce serait la deuxième victime à avoir un lien avec cette université. Aria Glazer n'était pas inscrite à temps plein, mais elle fréquentait quand même régulièrement le campus.

En outre, Josie était elle aussi étudiante à l'université de Cincinnati lorsqu'elle avait été kidnappée. Coïncidence ?

Merde. La panique allait se répandre dans la population. La plus grande prudence s'imposait.

Jimmy et Zach grimpaient dans leur véhicule respectif lorsque la camionnette d'une chaîne d'information apparut au coin de la rue.

Le sergent Woods se renversa en arrière dans son fauteuil pour digérer la nouvelle que Zach venait de lui communiquer. Tout portait à croire que Miriam Bellanger, la fille de vingt et un ans d'un membre du conseil municipal, était la jeune femme qui venait d'être retrouvée morte dans la cave d'une maison abandonnée de Clifton, après avoir été enchaînée, violée, torturée et affamée jusqu'à ce que mort s'ensuive.

– Cathlyn est au labo, elle attend le corps. Les parents de Miriam ont été prévenus. Ils nous feront parvenir son dossier dentaire demain dans la matinée.

Jimmy soupira.

– J'ai peur qu'ils ne dorment pas beaucoup cette nuit. On aurait préféré leur épargner ça, mais la presse a débarqué au moment où on levait le camp et on ne voulait pas qu'ils apprennent la nouvelle à la télé.

– Vous avez bien fait. Nom d'un chien ! Si c'est elle et si le bruit court qu'un tueur s'en prend aux étudiantes de l'université de Cincinnati, ça va être le chaos. Il faut qu'on prévienne le chef pour qu'il prépare un communiqué, parce que dès que cette histoire éclatera au grand jour, elle va se répandre comme une traînée de poudre dans tout le département.

Il marqua une pause.

– Et du côté de Josie Stratton et de l'effraction, du neuf?

Zach lui raconta sa rencontre avec Archie.

– J'ai eu des nouvelles du labo juste avant d'arriver sur la scène de crime, tout à l'heure. Pas d'empreinte sur le couteau. Et ils n'ont rien relevé qui puisse le relier lui ou qui que ce soit d'autre au délit.

– Justement, le cousin a appelé pour se plaindre de toi, dit le sergent Woods en le lorgnant. Il prétend que tu l'as *menacé*. J'ai réfuté, mais il dit qu'il a engagé une avocate. Il m'a balancé un nom. Il refusera de s'exprimer tant qu'on n'aura rien de concret.

Ça, c'est fait, pensa Zach. Et, une fois de plus : *Quel enfoiré.*

– Quelqu'un a imprimé un vieil article sur Josie et l'a accroché partout en ville, les informa Jimmy.

Zach se raidit.

– Quoi ?

– Oui, je comptais t'en parler à ton arrivée, tout à l'heure. Elle était avec moi dans la pièce quand on s'est parlé au téléphone. Et après on a été appelés sur cette nouvelle scène de crime et...

– Que s'est-il passé ? l'interrompit Zach.

Jimmy lui parla des tracts que Josie avait placés un peu partout en ville pour faire la publicité de son vide-grenier. Ce matin-là, en allant faire une course en ville, elle avait découvert que quelqu'un avait attaché à chacune de ses affichettes un article accompagné d'une photo datant des jours qui avaient suivi sa libération.

Zach contracta les mâchoires.

– Quelqu'un est en train de se moquer d'elle. Je parie que c'est un coup du cousin. Cela dit, il serait bien du genre à faire faire le sale boulot par les autres. Tu paries que si on obtient les images de vidéosurveillance des endroits où elle a accroché son annonce, on y verra un gosse ou un sans-abri attacher ce fichu article ?

Jimmy hocha la tête. Le sergent Woods croisa les mains derrière sa nuque et son regard se perdit dans le vide derrière eux.

– Trouvez-moi ces enregistrements vidéo pour en avoir le cœur net. Ce pourrait très bien être l'imitateur qui joue au chat et à la souris avec elle. Ça reste une hypothèse.

Tous les muscles de Zach se tendirent.

– Exact.

Mais *pourquoi ?* Dans quel but ?

– Je sens venir un gros merdier. Il ne faut rien laisser au hasard, on ne peut pas se le permettre. Veillez bien à la sécurité de Josie Stratton.

Zach consulta Jimmy du regard.

– Vas-y, dit Jimmy. Moi, je vais tenir compagnie à Cathlyn au labo. Le supermarché où elle a découvert l'un de ces articles est ouvert vingt-quatre heures sur vingt-quatre. Je vais les appeler et demander au gérant de nous sortir les enregistrements de la semaine dernière, voire des précédentes. Il y a peut-être des caméras à la bibliothèque aussi, et le dernier qu'on a repéré était accroché à un coin de rue. Si j'ai quoi que ce soit, je te préviens.

Zach éprouva une profonde gratitude pour son partenaire qui s'était éveillé aux aurores et continuerait à travailler jusque tard dans la nuit, sans compter les heures. Bien sûr, si Zach avait protesté, Jimmy n'aurait rien voulu entendre, manque de sommeil ou pas. Mais bon sang, Zach l'aurait bien embrassé, là tout de suite, tellement il était content de pouvoir aller retrouver Josie. C'était un besoin impérieux. Il était prêt à remuer ciel et terre pour la jeune victime qui était en route pour la salle d'autopsie, mais il voulait aussi assurer la protection de Josie, veiller à ce qu'il ne lui arrive rien. Sans doute cette urgence découlait-elle de la sensation de malaise qui l'avait envahi et s'était logée au creux de ses os depuis qu'il avait descendu l'escalier de la maison abandonnée et découvert ce cadavre enchaîné. Cette scène de crime lui avait rappelé l'épreuve – le supplice – que Josie avait endurée. Plus il en voyait, plus la colère grondait en lui en pensant à ce qu'elle avait traversé. Le froid humide de la cave. Le raclement des chaînes. La terreur… *Bon sang. Ce monstre ne lui avait rien épargné.* Il était impatient d'arriver chez elle, de la voir de ses propres yeux, de s'assurer qu'elle allait bien.

Il ne s'autorisa pas à pousser l'analyse plus loin.

« *Veillez bien à la sécurité de Josie Stratton.* »

C'était exactement son intention.

CHAPITRE 18

Josie jeta un coup d'œil par la fenêtre. Les agents Horton et Vogel s'entretenaient à voix basse avec l'inspecteur Copeland qui tenait une grande boîte à pizza à la main. Son cœur bondit dans sa poitrine à la vue du bel enquêteur tandis que son estomac affamé se mettait à gronder. Elle choisit d'ignorer la première réaction pour se concentrer sur la deuxième. Elle n'avait pas encore dîné. La présence de Horton et Vogel l'avait mise mal à l'aise, bien qu'ils aient tous les deux l'air de braves hommes, alors elle s'était réfugiée à l'étage pour bénéficier d'un peu d'intimité. Elle avait essayé de travailler, mais son esprit n'avait pas arrêté de s'éparpiller, et elle, de bâiller. Pour finir, elle s'était allongée sur son lit. Elle était épuisée. Elle n'avait pas bien dormi la nuit précédente, avait dû se lever tôt, et puis elle n'avait pas été ménagée sur le plan émotionnel tout au long de la journée. D'abord la découverte de cet article odieusement associé à son annonce, puis le lamentable échec de son vide-grenier. Elle grimaça intérieurement. *Ces gens sont venus par pure curiosité.*

Josie vit l'inspecteur Copeland saluer Horton et Vogel et attendre, la pizza en équilibre sur une main, tandis que ses collègues remontaient dans leur voiture de patrouille et s'éloignaient. Ensuite, il grimpa les marches du perron et disparut de son champ de vision. Elle l'entendit ouvrir la porte d'entrée et la refermer délicatement.

Elle ôta les verrous de la porte de sa chambre et se précipita dans la salle de bains. Elle rassembla ses cheveux dans un chignon négligé au sommet de sa tête et plongea sous la douche. Lorsqu'elle en émergea, elle se sentit propre et plus énergique. Elle regagna sa chambre, enfila un jean et un tee-shirt et descendit, attirée par le fumet de la pizza.

Elle rejoignit l'inspecteur Copeland dans la cuisine. Lui tournant à moitié le dos, il était en train d'étudier les casseroles et marmites posées sur le sol. Une goutte atterrit dans l'une d'entre elles en produisant un bruit métallique. Il releva la tête et considéra la tache qui maculait le plafond, les yeux plissés.

– Salut, lança-t-elle.

Il pivota aussitôt et son expression se mua en sourire.

– Salut. On dirait qu'il y a une petite fuite, hein ?

– Elle était petite. Maintenant, elle est... plus grosse.

Lorsque celle-ci était apparue, deux casseroles suffisaient à récolter l'eau. À présent il en fallait six. Bientôt, Josie pourrait prendre sa douche dans la cuisine. Elle s'avança pour vérifier le niveau de l'eau dans chaque récipient.

– J'ai un ami qui répare les toits. Il pourrait peut-être venir y jeter un coup d'œil un de ces jours. Je vais me faire un plaisir de l'appeler. Quoique, ce n'est peut-être pas le moment d'inviter des inconnus chez vous.

– Oh, de toute façon, ce n'est pas vraiment dans le top de mes priorités pour l'instant.

Elle toussota et ses joues s'enflammèrent. Elle n'avait aucune envie d'expliquer sa situation financière calamiteuse à cet homme qui la trouvait sans doute déjà pathétique à souhait.

– Serait-ce de la pizza ?

Elle risqua un regard dans sa direction et le surprit en train de l'étudier avec un air entendu. Il se ressaisit presque aussitôt et désigna le carton qu'il avait posé sur la table.

– J'espère que vous aimez la pizza pepperoni.

– Qui n'aime pas ça, inspecteur ?

Il se mit à rire, découvrant ses dents d'une blancheur éclatante, et elle eut des papillons dans le ventre. Bon sang, ce n'était pas permis d'être aussi séduisant. Il sortit deux assiettes du placard et entreprit de couper des parts de pizza. Tandis qu'elle l'observait, elle ressentit une pointe de… stupéfaction. L'état dans lequel la mettait la présence de cet enquêteur était une sorte de révélation : elle était encore capable d'éprouver de l'attirance physique pour un homme. Elle ignorait si elle serait prête un jour à passer à l'étape supérieure, mais là n'était pas la question. La grande nouvelle, c'était qu'elle n'était pas détruite de façon irrémédiable.

En tout cas, pas question qu'elle retombe dans ses vieux travers – solliciter l'attention des hommes pour s'affirmer, chercher l'amour aux pires endroits possibles. Fini, tout ça. D'autant qu'une relation avec un homme responsable de sa protection entraînerait sans doute un conflit d'intérêts. Elle s'était déjà risquée sur cette pente glissante auparavant et ça ne s'était pas bien terminé. De toute façon, avec tout ce qu'il savait d'elle, il y avait peu de chance qu'il s'intéresse à elle « comme ça ». Bref. Ce qu'il fallait surtout retenir, c'était qu'elle était encore capable d'éprouver ce genre d'attraction physique alors qu'elle était persuadée qu'elle n'y arriverait plus jamais, et cette idée la rendait… débordante d'espoir. Heureuse. Un peu comme si elle venait de retrouver un trésor perdu.

– Vous souriez, remarqua-t-il.

Prise au dépourvu, elle releva la tête et camoufla ce sourire involontaire derrière sa main.

Zach émit un petit rire, les yeux pétillants.

– C'était un constat positif. Vous devriez le faire plus souvent.

Il laissa son propre sourire s'élargir, ce qui le rendit encore plus beau. Josie pouffa malgré elle. Il posa les assiettes garnies sur la table et referma le carton à pizza sur le plan de travail.

À boire. Il leur fallait des boissons. Elle se dirigea vers le frigo, nerveuse.

– Je, euh, n'ai pas de boissons gazeuses, mais j'ai du thé glacé et de l'eau.

– Du thé glacé, c'est parfait, répondit-il en s'asseyant.

Tandis qu'elle remplissait deux verres, elle se rappela qu'elle avait servi la même chose au même homme à peine deux jours plus tôt. Pourtant, elle avait l'impression qu'une éternité s'était écoulée depuis.

Ils commencèrent à manger en silence. Au bout de quelques minutes, il attrapa une serviette dans le panier posé au centre de la table et s'essuya la bouche, puis il la dévisagea comme s'il venait d'avoir une idée.

– On devrait vous installer un système d'alarme.

Josie posa son morceau de pizza et s'essuya les doigts et les lèvres à son tour. Elle n'était pas contre. En fait, elle avait eu l'intention de le faire lorsqu'elle avait emménagé à Oxford, mais... les finances, encore et toujours. Résignée à lui expliquer la situation, elle ouvrit la bouche, mais il la devança.

– Je vais en parler à ma hiérarchie. Mon supérieur veut quelqu'un ici de garde en permanence, jusqu'à ce que...

Il s'interrompit.

– ... jusqu'à ce que la situation s'éclaircisse, mais si entre-temps quelqu'un essaie encore de s'introduire chez vous, une alarme permettrait d'alerter celui qui sera de faction.

Il détourna les yeux, puis les ramena sur elle.

– Vous n'avez jamais pensé à adopter un chien ?

Elle fit la moue.

– Pas pour l'instant. Je suis trop occupée avec les travaux. Et...

Elle considéra les placards, derrière lui.

– ... si mon affaire ne marche pas et que je suis obligée de déménager, j'aurai plus de mal à trouver un appartement où les animaux sont acceptés.

– Ça marchera, je n'ai aucun doute là-dessus.

Elle reporta son attention sur lui, décidée à ne pas édulcorer sa situation.

– Je fais de mon mieux, inspecteur...

– Zach.

Leurs regards restèrent soudés.

– Zach, reprit-elle après une courte pause. Je fais de mon mieux, mais la vérité, c'est que je suis un peu dépassée. Je crains de ne pas avoir les épaules assez solides.

Elle avait ressassé ça tout l'après-midi et une partie de la soirée. Au fond, serait-ce si grave qu'elle revende cette fichue fermette à Archie et retourne vivre à Cincinnati ? Elle prendrait un petit appartement où les propriétaires s'occuperaient des fuites au plafond, des problèmes de plomberie et de tout le reste. Elle rappellerait les clients pour lesquels elle effectuait des transcriptions et recommencerait à travailler de chez elle. Un boulot insipide, mais qui paierait les factures et lui occuperait l'esprit.

– Josie, dit-il, l'air très sérieux. Votre vie a... déraillé il y a neuf ans, et de la pire manière qui soit, et je suis sûr que parfois, peut-être même souvent, vous avez l'impression de tout recommencer à zéro, alors que les gens de votre âge sont déjà bien installés dans leur vie, dans leur carrière.

Cette façon qu'il avait de la dévisager, si sérieuse, si *sincère*, lui coupa le souffle.

– Mais vous avez plus de cran, continua-t-il, plus de courage et de détermination que n'importe qui. Alors, oui, je le répète, je ne doute pas que vous réussirez à faire tourner cet endroit si vous en avez la volonté, répéta-t-il.

Elle avait cessé de respirer pendant qu'il parlait et relâcha son souffle en secouant la tête. Pourtant, elle ne pouvait pas nier que ses encouragements lui réchauffaient le cœur, la stimulaient même, provoquant un sursaut de cette détermination que selon lui elle possédait. Au cours de son enfance et de son adolescence, personne n'avait jamais exprimé une telle confiance en elle, pas avec autant de conviction. Et le plus drôle, c'était qu'elle avait fini par trouver ce que personne ne lui avait jamais insufflé – la *force intérieure* – dans les boyaux de l'enfer, alors qu'elle attendait la mort. Plus tard, sa tante l'avait aidée à se raccrocher à ce qu'elle avait saisi du bout des doigts dans cet entrepôt humide. Du moins, pendant un temps. Maintenant qu'elle était partie, Josie luttait toujours pour ne pas lâcher prise. Par conséquent, elle avait beaucoup de mal à exprimer ce que les paroles de cet homme représentaient pour elle.

– Merci, insp... Zach, mais...

– Pas de « mais », intervint-il avec un petit sourire penaud. Je vais vous faire une confidence.

Il s'interrompit et but une gorgée de thé. Tout à coup, on aurait dit qu'il appréhendait la suite.

– Il y a huit ans, je n'étais alors qu'une jeune recrue dans la police, je me suis retrouvé de faction devant la porte de votre chambre d'hôpital.

– Oh, fit-elle.

Elle détourna les yeux, assaillie par le souvenir de ce jour-là.

La liberté soudaine.

L'espoir.

Le désespoir.

Le chagrin déchirant.

Le choc.

Des bribes de son arrivée à l'hôpital remontèrent à la surface et elle faillit grogner sous l'intensité du flot d'émotions. Elle prit une profonde inspiration et soutint le regard de l'homme qui avait assuré sa protection cette nuit-là et l'assurait encore en ce moment même.

– Mon gardien, murmura-t-elle.

Il sourit et elle aurait juré qu'il rougissait sous son teint hâlé.

– Non. Beaucoup de gens vous ont soutenue, ce jour-là. Mais, Josie, c'est vous qui avez survécu, vous qui avez réussi à vous échapper, et vous devriez vous en féliciter chaque jour, vous le méritez, vraiment. C'est simple : vous m'épatez.

Une bouffée de chaleur l'envahit, nuancée par une pointe d'embarras. Non, elle ne méritait pas toutes ces louanges. Elle avait fait ce qu'elle devait faire, et n'importe qui aurait agi de la même façon dans une situation aussi désespérée. Et il n'en demeurait pas moins qu'elle avait raté la seule chose qui comptait vraiment : sauver son enfant. Son bébé, son petit garçon. Elle n'avait pas réussi à tenir sa promesse.

Pas encore, du moins.

– Merci, Zach, répondit-elle avec un sourire.

Il la considéra longuement.

– Il paraît que votre vide-grenier ne s'est pas très bien passé, aujourd'hui.

Au fond d'elle, elle grimaça. Elle détestait l'idée que l'homme qui venait de faire son éloge et de lui rendre un peu d'amour-propre soit au courant de ses échecs.

– C'est vrai. L'inspecteur Keene vous a-t-il parlé des articles qui ont été collés à mes annonces ?

La honte qui s'était emparée d'elle lorsqu'elle avait compris de quoi il s'agissait afflua une fois de plus.

– Oui. Vous pensez que votre cousin pourrait être responsable ?

Elle haussa les épaules.

– C'est l'hypothèse la plus plausible. Même en admettant que ce ne soit pas lui qui est venu mettre ce rat dans ma maison pour me faire peur ou pour... je ne sais pas, me faire passer un message, je ne vois personne d'autre qu'Archie pour vouloir me chasser d'ici.

– Ne le laissez pas parvenir à ses fins, Josie.

Le ton de sa voix était si sérieux. Elle croisa son regard, à la fois surprise et fascinée. *Il me soutient.* Cette prise de conscience la troubla. *Cet homme n'est pas là juste pour assurer ma sécurité, il est réellement de mon côté.* Il faisait si chaud, tout à coup. En fait, elle ne le connaissait pas du tout, pourtant il semblait avoir une telle foi en elle.

– Vous en avez vu d'autres, ajouta-t-il avec un regard éloquent.

C'était l'euphémisme du siècle.

Elle s'était fait une réflexion similaire, un peu plus tôt dans la journée, mais après son vide-grenier – en grande partie – raté, ce bel élan d'optimisme s'était évaporé. Et voilà que l'inspecteur Zach Copeland et sa sincérité l'aidaient à renouer avec cette idée. Elle se sentait à la fois débordante de gratitude et intimidée. Car si ces encouragements représentaient beaucoup pour elle, elle n'avait pas du tout l'habitude de recevoir des compliments et ne savait pas trop comment réagir.

Elle se leva avec leurs assiettes vides, mais alors qu'elle se dirigeait vers l'évier, il lui effleura le bras. Elle reçut une décharge électrique à l'endroit exact où leur peau entra en contact. Tout à coup, ce fut comme si tout son être était concentré en ce point précis, juste là où leurs molécules avaient fusionné.

– J'espère que je ne vous ai pas mise mal à l'aise, s'excusa-t-il en posant les yeux là où il avait placé sa main, comme s'il ressentait lui aussi cette énergie qui crépitait entre eux.

Elle recula d'un pas et il la lâcha.

– Pas du tout. J'apprécie beaucoup ce que vous avez dit. Ça compte énormément pour moi. J'essaie de me considérer comme une survivante plutôt que comme une victime.

– Voilà, c'est tout à fait ça, répondit-il tandis qu'elle déposait les assiettes dans l'évier.

Elle se tourna et s'appuya contre le rebord en porcelaine.

– À votre avis, combien de temps vos collègues et vous devrez-vous rester ici ?

Zach se leva et déposa les verres sur le plan de travail, à côté de l'évier devant lequel elle se tenait. Lorsqu'il se pencha, elle huma son parfum, une eau de toilette légère, à moins qu'il s'agisse de son déodorant. Une odeur fraîche. Masculine. Agréable.

Il se tourna vers elle, l'air hésitant.

– Nous avons découvert une autre jeune femme, ce soir.

Elle en eut le souffle coupé.

– Une autre jeune femme ?

Zach acquiesça.

– Mon Dieu. Dans le même... état que la première ?

– Oui.

Elle avala sa salive avec peine, en proie à l'horreur la plus totale.

– Où ça ? parvint-elle à articuler.

– Dans la cave d'une autre maison abandonnée, à Clifton.

– Cause de la mort identique ? Il y avait des chaînes ?

Ses lèvres remuaient, mais sa voix lui parut tout à coup très lointaine.

– Oui.

Prise d'un grand frisson, Josie serra ses bras autour d'elle.

– Qui est-ce ?

– Nous ne l'avons pas encore formellement identifiée, mais elle est jeune.

– Mais enfin, qu'est-ce qu'il veut, ce type ? Pourquoi copier ainsi Marshall Landish ?

Sa voix s'était brisée sur le dernier mot.

Zach s'appuya contre le plan de travail, en face d'elle, les bras croisés.

– Eh bien, d'après ce qu'on sait des imitateurs, le désir d'attirer l'attention des médias est en général prépondérant.

– Mon crime a reçu beaucoup d'attention des médias, mais ça s'est passé il y a huit ans.

– Aucune importance. Le tueur a fait en sorte que nous ne puissions pas passer à côté des similitudes. Et même si la perspective de tomber dans le sensationnalisme ne nous réjouit guère, nous allons devoir avertir la population.

Il marqua une pause.

– Comme je viens de le dire, reprit-il, nous n'avons pas encore identifié formellement la deuxième victime, mais nous pensons qu'elle fréquentait l'université de Cincinnati. La première victime y suivait des cours aussi, elle avait arrêté quelques mois avant son enlèvement. Alors, même si nous ne sommes pas encore certains de l'importance de ce lien, il faut avertir le campus.

– Il prendrait des étudiantes pour cible ?

Des étudiantes comme elle. Comme elle l'avait été. Pourtant, ce n'était pas l'un des motifs qui avaient poussé Marshall Landish à l'enlever et à la torturer. Mais ça faisait peut-être partie des détails que ce nouveau psychopathe avait décidé de copier. *Était en train* de copier. Une vague d'incrédulité s'abattit sur elle. Non, c'était impossible, elle ne pouvait pas le croire.

– C'est probable.

– Quels sont les autres mobiles des imitateurs ?

Zach se frotta la nuque.

– C'est une forme de dépersonnalisation. Le tueur choisit un personnage et se l'approprie, ce qui rend le crime plus facile à exécuter, parce que ce n'est pas *lui* qui le commet, c'est ce personnage. Un peu comme un guerrier qui se peint le visage avant de partir au combat, ça lui permet d'endosser une autre identité le temps des hostilités. En se dissociant de son moi véritable, le tueur agit plus facilement.

– C'est sans doute pour ça aussi que Marshall portait une cagoule, murmura-t-elle. C'était une manière de dépersonnaliser son crime. Même si j'ai pu l'identifier grâce à d'autres indices, il se cachait de moi et de lui aussi.

Un frisson remonta lentement le long de son échine tandis qu'elle visualisait son visage camouflé.

– C'est sûrement exact. Malheureusement, nous n'avons jamais eu l'occasion d'interroger Landish.

Elle s'écarta de l'évier.

– Non, en effet.

Marshall Landish avait emporté tous ses secrets dans la tombe, y compris l'endroit où il avait emmené leur enfant.

– Vous devez être fatigué, dit-elle en se dirigeant vers la porte. Je peux vous installer dans l'une des chambres d'hôtes à l'étage, si vous voulez ?

– Le canapé, c'est très bien. Je ne veux pas risquer de vous réveiller quand je me relèverai pour mes rondes.

Josie songea au canapé où il avait déjà passé la nuit précédente.

– Allez-vous réussir à dormir ?

– Somnoler un peu, c'est certain, répondit-il en la suivant.

Elle jeta un coup d'œil par-dessus son épaule. Il était en train de l'observer de derrière et son regard était incontestablement… appréciateur. Une onde de chaleur se répandit sous sa peau. Elle se dépêcha de détourner la tête. Bizarre, ce regard ne l'avait pas rendue nerveuse comme les quelques fois où il lui était arrivé de polariser ce genre d'attention ces dernières années. En même temps, ça lui était toujours arrivé dans des endroits publics tels que le supermarché ou la bibliothèque.

Cela ne voulait rien dire. Toutefois, elle voulait y voir une victoire de plus dans sa guérison. Bien sûr, elle se sentait en sécurité avec lui de manière générale – il était son gardien – mais il n'en restait pas moins un homme. Il était aussi plus grand et plus fort qu'elle. Le fait qu'elle accueille son intérêt de façon aussi positive était... encourageant. Une bonne nouvelle.

– Il n'y a, euh, qu'une seule douche qui fonctionne pour l'instant, expliqua-t-elle lorsqu'ils furent au pied de l'escalier. Je suis en train de recarreler les deux autres. Elles devraient être prêtes la semaine prochaine, mais en attendant...

Elle compléta d'un geste vague de la main. Voilà qu'elle se mettait à jacasser.

– Bref, si vous voulez prendre une douche, n'hésitez pas. La salle de bains est à l'étage. Deuxième porte à gauche.

– Je me suis lavé chez moi avant de venir. Mais merci.

Il inclina la tête en souriant, ce qui lui donna un charmant petit air juvénile. Les papillons réapparurent dans l'estomac de Josie et elle porta la main à son ventre comme si ceux-ci risquaient d'en jaillir dans un tourbillon d'ailes minuscules. Évidemment qu'il avait pris une douche. Il sentait si bon. Elle se mordilla la lèvre inférieure et il braqua son regard sur sa bouche. L'atmosphère se chargea de... quelque chose... Les nerfs vibrants, elle recula jusqu'à la première marche, la main toujours pressée à l'endroit où ces fichus insectes s'en donnaient à cœur joie. Ce n'était pas désagréable, cela dit.

Elle émit un petit gloussement, qu'elle supprima aussitôt. C'était inapproprié. Qu'y avait-il de drôle ? C'était fou ce qu'elle pouvait être *bizarre*, parfois.

– Bon, alors à demain matin, murmura-t-elle. Oh, je, hum, j'ai dit à ma mère que j'irais la voir demain.

– À quelle heure ?

– Tôt. Aux alentours de sept heures ? Je ne veux pas rentrer trop tard, j'aimerais continuer à carreler les douches.

Zach hocha la tête.

– Je vous y accompagnerai. Jimmy ne sera pas ici avant dix heures.

Josie hésita. Elle n'avait pas très envie de montrer à cet homme d'où elle venait ni de lui présenter sa vieille bique de mère, mais sans doute fallait-il qu'elle s'habitue à disposer – temporairement – d'un garde du corps armé. Elle n'allait pas arrêter de vivre. Une fois sur place, elle lui demanderait de l'attendre dans la voiture, voilà tout.

– D'accord. Bonne nuit, Zach.

– Dormez bien.

CHAPITRE 19

– Josie ? demanda Zach avec douceur.

Il avait attendu en bas jusqu'à sept heures et quart, mais comme il n'entendait toujours rien à l'étage, il était monté pour s'assurer qu'elle allait bien.

Des bruits furtifs lui parvinrent, puis les verrous glissèrent – trois, il n'avait pas rêvé ? – et enfin la porte de sa chambre s'ouvrit. Josie apparut, clignant des yeux, le visage froissé de sommeil, vêtue d'un débardeur et d'un pantalon de survêtement.

– Oh là là, je suis désolée.

Elle jeta un coup d'œil derrière elle et attrapa son peignoir à l'extrémité du lit.

– Je ne me suis pas réveillée. Ça ne m'arrive jamais.

Zach s'avança dans la pièce, intrigué par le bureau collé contre un mur et surmonté d'un tableau d'affichage recouvert de... d'articles, de listes, de photos... Subjugué par cette vision, il parcourut tout le tableau. On aurait dit la version miniature d'une cellule de crise comme celle qu'il ne manquerait pas de mettre sur pied aujourd'hui ou demain ; un endroit où centraliser les indices des deux crimes afin de pouvoir les visualiser, les comparer, et établir des liens entre eux. C'était ce que faisaient les enquêteurs.

Il passa rapidement en revue les éléments : noms de centres d'adoption, d'hôpitaux, d'individus. Un croquis représentant un nouveau-né retint son attention. Le trait était simple, inexpérimenté. Soudain, il comprit ce dont il s'agissait. Bon sang, c'était dur. Josie Stratton était toujours à la recherche de son fils. Elle n'avait jamais arrêté. Et ceci était son poste de commande.

– Je suis... nulle en dessin.

Il se tourna vers elle. Les joues rouges d'embarras, le regard fuyant, elle faisait courir ses doigts sur le bord du lit. À croire qu'il l'avait surprise toute nue. Au fond, il n'en était pas si loin.

– Je suis désolé, j'envahis votre sphère privée.

Elle secoua la tête ; son regard fusa vers lui avant de fuir à nouveau.

– Tout ça doit vous paraître...

Elle s'humecta les lèvres, visiblement à la recherche du bon mot, d'une description fidèle de ce qu'il avait devant lui.

– ... un peu fou.

– Pas du tout.

En réalité, il était époustouflé : elle n'avait pas renoncé alors que tous les professionnels censés l'aider avaient jeté l'éponge depuis longtemps.

« ... *ce gamin doit être mort. Je n'imagine pas un cinglé comme Landish déposer un bébé sur le pas de la porte d'une gentille vieille dame... Non, si tu veux mon avis, Landish a jeté ce gosse dans une poubelle, lui a réservé un sort semblable à celui de sa mère.* »

– Je trouve ça courageux.

Il étudia de nouveau le portrait qu'elle avait réalisé à partir de ses souvenirs de ce bébé qu'elle avait tenu dans ses bras si peu de temps.

– Lui avez-vous donné un nom ?

Josie le rejoignit en le dévisageant avec curiosité, les joues encore un peu rosies.

– Depuis toutes ces années, personne ne m'avait jamais posé la question, répondit-elle avec douceur.

Elle examina le portrait.

– Caleb.

Il hocha la tête.

– C'est un joli prénom.

– Merci, dit-elle avec un petit sourire timide.

Leurs regards s'accrochèrent et il prit la mesure de l'importance de ces mots.

Elle fit un geste vague en direction de la salle de bains.

– Je me dépêche. Rendez-vous en bas dans dix minutes ?

– D'accord.

Il rebroussa chemin, non sans un dernier regard à ce tableau d'affichage, preuve que Josie Stratton n'avait jamais cessé d'espérer, même s'il était probable qu'elle ne revoie pas son fils, que celui-ci soit mort entre les mains de son père depuis de nombreuses années. *Caleb.*

– Je vous attends en bas.

Zach contrôla toutes les fenêtres du rez-de-chaussée, même s'il l'avait déjà fait quelques heures plus tôt. C'était surtout pour s'occuper pendant qu'il patientait. Pour une raison qu'il avait du mal à identifier, il était très tendu, mais il était conscient que c'était à la fois personnel et lié à sa mission de protection de Josie Stratton. Il s'arrêta devant la fenêtre de la cuisine, les mains croisées sur la tête. *Eh merde.* Il était en train de développer des sentiments pour elle. Et il ne pourrait rien y changer. Le choix le plus judicieux – le plus professionnel – aurait été de confier sa protection à un autre enquêteur ou à un agent, mais rien que d'y penser, il grinçait des dents. *Non.*

Non, il n'abandonnerait pas Josie maintenant. Elle commençait à lui faire confiance. Et puis, il n'était pas aveugle. Il avait bien repéré l'exaltation frémissante qu'il y avait entre eux, celle qui donnait toujours à Josie cet air à la fois intrigué et vaguement terrifié. Mais, nom d'un chien, ça n'aurait pas pu tomber plus mal.

– Si vous êtes prêt, on peut y aller.

Il tressaillit, agacé d'avoir été perdu dans ses pensées au point de ne pas l'entendre arriver. *Il va falloir être un peu plus rigoureux, si tu veux être un gardien digne de ce nom, Copeland.*

– Je suis prêt.

La mère de Josie vivait dans une petite maison délabrée du village d'Addyston. Zach se gara sur le trottoir, en face de la bâtisse. La peinture était écaillée, un volet pendait dans le vide tandis que l'autre avait disparu, le jardin était envahi de mauvaises herbes... La personne qui habitait là devait traverser une mauvaise passe ou bien n'en avait rien à foutre. Il coupa le moteur.

– Je n'en ai pas pour longtemps, dit Josie. Vous voulez bien m'attendre ici ?

– Non. Je vous accompagne.

Elle posa une main sur son bras. Sa peau était douce et fraîche, et, *bon sang*, ce simple contact suffit à électriser tout son organisme.

– Vous n'êtes pas obligé, je vous assure. Tout ira bien, je vais me dépêcher.

– Josie, c'est mon boulot. Je suis navré, mais je dois toujours vous avoir dans mon champ de vision.

Ce qui n'était pas tout à fait exact. Personne ne lui aurait reproché de surveiller la maison depuis la voiture pendant que Josie rendait visite à sa mère, mais plusieurs hommes étaient rassemblés devant la maison voisine et quelqu'un les observait depuis une voiture parquée de l'autre côté de la rue. Son instinct protecteur était passé en alerte maximale.

Les épaules de Josie s'affaissèrent et elle se mordit la lèvre.

– Bon, d'accord, mais ma mère... elle... elle peut parfois se montrer très... agressive.

– Je garderai mes distances. Vous ne remarquerez même pas ma présence.

Cela lui valut un petit sourire de sa part.

– Alors ça, aucune chance que vous passiez inaperçu, vous pouvez me croire, grommela-t-elle en ouvrant la portière.

Ils gravirent les trois marches branlantes du perron et Josie entrebâilla la porte.

– Maman ?

– Entre ! répondit la voix féminine la plus éraillée que Zach ait jamais entendue.

Josie acheva d'ouvrir la porte. Ils pénétrèrent dans un salon sombre et humide. Un nuage de fumée flottait dans la pièce et ça empestait la cigarette, bien que la femme assise dans un fauteuil inclinable devant la télé ne soit pas en train de fumer pour l'instant. Elle releva la tête et, lorsqu'elle l'aperçut, son expression se transforma.

– Vous êtes qui, vous ?

Zach contourna Josie et tendit la main.

– Inspecteur Copeland, madame, de la police de Cincinnati.

Elle lui serra mollement la main en le toisant. Sa peau était fine et lisse.

– Diana, marmonna-t-elle en le scrutant d'un air suspicieux. La police, hein ? J'aime pas les flics.

– Maman, deux crimes ont été commis ces derniers jours et ils ressemblent étrangement à ce que j'ai vécu.

Josie plaça ses mains sur ses hanches comme si aborder ce sujet avec sa mère la rendait nerveuse.

– Quelqu'un s'est introduit chez moi, alors l'inspecteur Copeland et ses collègues s'assurent que je ne suis pas en danger.

– En danger ? Quel genre de danger ?

– Nous l'ignorons, madame. Nous espérons que cela restera de la simple précaution, mais tant que nous n'en serons pas certains, Josie sera escortée.

Il adressa un petit sourire à Josie. Il s'efforçait de donner de la situation une image aussi routinière que possible.

La mère de Josie le toisa de nouveau, puis émit un petit reniflement moqueur.

– Tu aurais pu tomber plus mal, lança-t-elle à Josie qui fit semblant de ne pas avoir entendu.

Elle ramassa une couverture sur le canapé et la replia.

– Maman, viens dans la cuisine avec moi. Je vais te préparer quelque chose à manger pendant que je nettoie.

La femme prit tout son temps pour la rejoindre, attrapant un paquet de cigarettes au passage et en faisant tomber une dans sa main. Lorsqu'elle coinça celle-ci entre ses lèvres, Zach remarqua un petit creux près de la commissure, sur sa lèvre inférieure – témoignage d'une vie de fumeuse littéralement gravé dans son corps.

Qu'est-ce que ça faisait, de grandir en compagnie d'une créature aussi revêche que cette femme ? Il paraissait impossible que quelqu'un comme Josie – sensible, raffinée, magnifique – ait été conçu par la femme qu'il avait devant lui.

Cette dernière, donc, finit par réussir à s'extirper de son fauteuil inclinable. Sa robe de chambre marron était sale et chiffonnée, et elle-même semblait ne plus s'être lavée depuis... trop longtemps. Pourtant, on devinait sur son visage ravagé les vestiges d'une beauté lointaine. Cela provoqua en lui une étrange impression, qu'il ne voyait pas comment qualifier autrement que de tristesse. Dans son métier, Zach était souvent confronté aux ignominies que les gens pouvaient s'infliger entre eux, mais aussi aux pires horreurs qu'ils s'infligeaient à eux-mêmes. Sans le lâcher de son regard suspicieux, Diana suivit Josie dans ce qui devait être la cuisine, derrière une porte battante.

Zach soupira et s'assit sur une chaise près de la fenêtre. Il écarta la lourde tenture. Un rayon de soleil illumina la pièce.

C'est mieux. Un peu mieux. Il sortit son téléphone et envoya un texto à Jimmy. Des cliquetis de vaisselle et la voix de Diana lui parvinrent très distinctement de la pièce voisine.

– Tu baises avec lui ? Ton inspecteur, là ? demanda-t-elle, apparemment la bouche pleine.

– Maman, la gronda Josie à voix basse, mais pas assez basse pour que Zach ne puisse l'entendre.

– Je parie qu'il est doué pour ça. Baiser, je veux dire, précisa-t-elle en produisant un son entre le rire et la toux, comme si Josie n'avait rien dit. Mais bon, pour ça, ils sont tous doués. Surtout ceux qui ont une belle gueule comme celui-ci. Le reste du corps est à la hauteur ? De toute façon, il aura foutu le camp avant que tu aies eu le temps de dire ouf.

Les ustensiles et les assiettes s'entrechoquaient bruyamment, tentative manifeste de Josie pour couvrir la voix de sa mère.

Zach grimaça pour elle.

– T'es toujours à la recherche de ton mouflet ? C'est plus difficile d'attraper un homme quand on a un gosse dans les pattes, tu sais, surtout un comme ça. Tu peux me croire, j'en sais quelque chose. C'est sûr, vaut mieux...

– Arrête, l'interrompit Josie.

Même sans être dans la pièce avec elles, Zach perçut la note d'avertissement dans sa voix.

Sa mère dépassait les bornes. Après ça, le silence retomba.

Zach ne bougea pas de sa place et échangea des messages avec Jimmy, qui n'avait pas de nouveaux éléments probants à lui communiquer. De temps à autre, il jetait un coup d'œil à son pick-up par la fenêtre. Josie se mit à faire des allers-retours dans la maison, les bras chargés de linge sale, de détritus et de tout ce fatras qui jonchait le moindre centimètre carré de la maison de sa mère. Cette dernière, quant à elle, s'exila dans une pièce du fond, et le bruit de la télévision ne tarda pas à s'élever, un programme avec une musique dramatique entrecoupé de nombreuses pages de publicité – un feuilleton sans doute. Zach regarda Josie s'activer. En fait, elle jouait les femmes de ménage pour sa mère. Depuis combien de temps faisait-elle ça ?

Vers neuf heures et demie, Josie alla la voir, s'ensuivit un bref échange, puis elle réapparut dans le salon.

– Prêt ?

Il n'avait jamais été aussi prêt de sa vie. Il hocha la tête et ils quittèrent cette maison sordide pour retrouver la lumière éclatante du jour et un air plus respirable.

Ils regagnèrent son pick-up et tandis qu'ils reprenaient la route, Josie resta tournée vers la fenêtre. Elle semblait dépitée, en colère. Les deux.

– Vous faites souvent le ménage pour elle ?

– Tous les quinze jours, répondit-elle d'un ton parfaitement neutre.

Au bout d'un certain temps, elle se tourna vers lui et il remarqua qu'elle le dévisageait. Ensuite, il dut reporter son attention sur la route.

– Vous allez devoir prendre une douche pour vous débarrasser de cette odeur.

– Oh j'ai déjà connu bien pire que l'odeur de tabac, la rassura-t-il.

Il enregistra la beauté de son profil, la ligne élégante de sa mâchoire, son nez, la cambrure de ses cils. Encore une fois : comment était-il possible que Josie partage le même ADN que cette femme qu'elle appelait maman ?

– Vous n'avez pas l'air ravie de devoir faire le ménage pour elle. Alors pourquoi vous l'imposez-vous ?

Josie soupira.

– Nous avons coupé les ponts pendant longtemps. Au moment de mon enlèvement, je n'avais plus adressé la parole à ma mère depuis plus d'un an. Et avant ça, je me limitais au strict nécessaire parce que j'habitais avec elle. Quand j'étais plus jeune, elle avait de gros problèmes d'alcool et dès qu'elle avait trop bu, elle devenait méchante, elle se défoulait sur moi. Les études, c'était mon issue de secours, alors j'ai travaillé comme une dingue pour entrer à l'université de Cincinnati et je suis partie sans regarder en arrière.

Elle marqua une pause et se mit à parcourir le contour de la portière avec le doigt.

– Quand j'ai retrouvé ma liberté, elle est venue me rendre visite à l'hôpital. Elle m'a expliqué qu'elle avait arrêté de boire et qu'elle voulait renouer avec moi. Il n'y a pas si longtemps encore, je ne sortais quasiment jamais de chez moi. Elle passait me rendre visite de temps en temps, mais pas souvent. Et puis, l'an dernier, elle m'a appelée pour m'annoncer qu'elle avait un cancer. Entre-temps, j'avais déménagé à Oxford et je me suis dit : *Comment puis-je rendre visite à ma tante malade et laisser tomber ma propre mère ?*

Elle jeta un coup d'œil à Zach.

– Elle avait besoin d'aide. Certains jours, elle était incapable de sortir de son lit. J'ai commencé par faire ses courses et un peu de nettoyage. Si j'avais les moyens, j'engagerais une aide ménagère, mais pour l'instant, le moindre sou va dans la maison d'hôtes.

Elle se tut et Zach crut qu'elle en resterait là, mais elle reprit la parole pour conclure d'une voix douce.

– Elle reste ma mère.

C'est vrai, c'était sa mère. Mais c'était aussi une mégère sans cœur qui avait maltraité sa fille pendant une bonne partie de sa vie, et qui continuait à le faire, d'après ce qu'il avait pu observer. Il avait déjà croisé ce genre de dynamiques familiales. Trop souvent, hélas. « *T'es toujours à la recherche de ton mouflet ?* » Le tableau d'affichage de la chambre de Josie s'imposa dans son esprit. Elle n'avait jamais renoncé à retrouver son enfant, elle se battait depuis huit longues années et il n'avait sans doute même pas idée à quel point. En tant que mère, Josie valait mille fois la sienne, alors qu'elle n'avait connu son fils que pour une période tragiquement courte.

C'était une sacrée leçon d'humilité que Josie lui donnait là, même si son intégrité était poussée à l'extrême.

CHAPITRE 20

AVANT

Une contraction l'arracha du profond sommeil où elle avait sombré, un élancement dans l'abdomen qui irradia jusque dans son dos avant de s'atténuer. Elle se redressa et prit une profonde inspiration, attendant la suite.

Elle avait des contractions de manière aléatoire depuis des semaines, mais la dernière était de loin la plus forte qu'elle ait eue jusqu'à présent. La douleur disparut et peu à peu elle s'abandonna de nouveau dans les bras de Morphée, la tête roulant sur le côté. Soudain, un nouvel éclair de douleur la frappa. Un gémissement lui monta dans la gorge. Elle s'allongea et ramena ses genoux contre son ventre. *Oh mon Dieu, cette fois, ça y est.* Son intuition féminine le lui criait de toutes ses forces : le moment était venu.

Pourtant, c'était tôt. Il devait lui rester deux ou trois semaines avant le terme, même si depuis quelque temps elle dormait énormément, trop sans doute, et avait perdu le fil des jours. C'était une conséquence de la dépression – la peur, le désespoir – mais que pouvait-elle faire, à part se réfugier dans son monde intérieur, là où contre toute attente la vie se développait tant bien que mal, condamnée à éclore sous un ciel sans soleil ?

Elle avait pris le contrôle de ses apports caloriques et, dernièrement, le temps s'était rafraîchi, elle avait bénéficié d'eau en abondance, la neige fondue s'écoulant dans les fissures du mur et lui fournissant cette hydratation vitale. Elle avait fait tout ce qu'elle pouvait pour aider son corps dénutri à supporter la grossesse et mener son bébé à terme, pour donner la vie. Et cette fois, ça y était. Elle avait réussi – ou était suffisamment proche du but pour qu'il ou elle soit en bonne santé, du moins l'espérait-elle de tout son cœur. Elle n'avait rien. *Personne.* Mais elle ne pouvait pas interrompre le cours des choses.

Son bébé arrivait.

Elle caressa son ventre et sentit ce minuscule être aimé bouger en elle.

– Tout va bien se passer, dit-elle. Nous allons faire ça ensemble, toi et moi, d'accord ? On est arrivés jusqu'ici, il faut juste continuer un peu pl...

Une contraction fulgurante lui coupa la parole et le souffle. Elle se roula en boule en poussant un gémissement.

Le travail se poursuivit pendant toute la journée et se prolongea dans la nuit. Elle était seule et terrifiée. Les vagues de douleur étaient de moins en moins espacées et de plus en plus fortes, écrasantes. Ruisselante de sueur, Josie pantelait, gémissait. À tâtons, elle chercha quelque chose, un élément auquel se raccrocher. Mais il n'y avait rien, rien que le vide. Alors elle puisa au plus profond de son âme et se raccrocha à *elle-même,* à son sang-froid, à son courage, à ce bébé en elle qui dépendait d'elle, qui attendait qu'elle le mette au monde sain et sauf. Elle ne voulait pas – ne pouvait pas – penser au-delà.

Alors que les étoiles apparaissaient dans le morceau de ciel lavande qu'elle apercevait par la petite fenêtre, sa poche des eaux se rompit et un liquide chaud se répandit sur le matelas. La contraction suivante fut si violente qu'elle hurla. Pendant les courtes phases de répit, elle se laissait flotter, se réfugiait en son for intérieur, dans un espace-temps où elle oscillait entre demi-conscience et concentration affûtée comme une lame.

Lorsqu'une sensation d'étirements brûlants s'éveilla au niveau de son bassin, Josie parvint à se redresser et s'accroupir de manière à atteindre son entrejambe avec sa main libre. Elle prit appui sur l'autre main qui s'enfonça dans le matelas. Soudain, son corps se mit à pousser de lui-même, alors elle se pencha en avant en arrondissant le dos. Elle avait déjà vu des accouchements à la télévision, et à chaque fois la future maman était entourée de toute une série de personnes qui lui indiquaient quand pousser et quand arrêter, mais ça ne devait pas être fidèle à la réalité, à moins que la péridurale rende cette étape nécessaire. En tout cas, l'expérience de Josie fut bien différente. En réalité, son corps prit les commandes et exerça des poussées vers le bas à chaque contraction, œuvrant pour faire sortir son bébé, qu'elle soit prête ou non.

Haletante, écartelée, elle pleura de douleur au moment où la tête de son bébé s'engagea vers la sortie. De ses doigts tremblants, elle s'aventura sous elle et rencontra le crâne humide de son tout-petit avant d'être submergée par une nouvelle contraction. Elle se courba vers l'avant et le reste de l'enfant glissa de son corps pour atterrir en douceur sur le matelas, sous elle.

Les sanglots de Josie emplirent la pièce. Son cœur cognait comme un fou contre sa cage thoracique. Elle ramassa son bébé entre ses cuisses tremblantes – un garçon, elle avait un fils – et le serra contre elle. Puis elle entreprit de l'essuyer avec les serviettes de table qu'elle avait conservées et accumulées. Il était si glissant, elle était si épuisée, mais elle se cambra et parvint à le garder contre elle. Étrange, il n'émettait aucun son. Saisie d'une peur croissante, elle lui tapota délicatement le dos, puis le retourna et introduisit un doigt dans sa bouche. Tout à coup, son petit torse se souleva et il prit une profonde inspiration tandis que ses yeux s'ouvraient et se posaient sur elle.

Josie lui rendit son regard, envahie de soulagement, de gratitude et d'un amour puissant tel qu'elle n'en avait jamais connu. Elle l'enveloppa dans un pan du plaid en veillant à lui couvrit la tête, puis se releva avec peine et le souleva afin de pouvoir observer son visage.

Caleb.

Son fils. Sa raison de vivre.

Il ne pleura pas, mais semblait bien portant. Son torse se soulevait et s'abaissait tandis qu'il inhalait l'air de cet enfer dans lequel il était né. Il cligna des yeux et ses lèvres minuscules se froncèrent. À cette vue, le cœur de Josie se serra si fort qu'elle en eut mal physiquement.

Soudain, une nouvelle contraction lui vrilla l'abdomen, pas aussi forte que les précédentes, mais elle serra malgré tout les dents. *Le placenta.* Elle devait encore expulser le placenta. Elle se blottit contre son nourrisson et expulsa ce qui l'avait maintenu en vie, filtrant les rations de nourriture qu'elle avait fournies à son corps. Elle n'avait aucun instrument à disposition, rien de tranchant, alors elle porta le cordon ombilical à sa bouche et le coupa avec ses dents, comme un animal. Ensuite, elle pinça l'extrémité entre ses doigts jusqu'à ce que le cordon cesse de palpiter.

Enfin, elle s'effondra sur le matelas, mit son enfant au sein et, de sa main libre, ramena le plaid sur eux. Il fallait arrêter les saignements, mais comment ? Que pouvait-elle bien faire ? Exténuée, elle était déjà à peine capable de nourrir son bébé. Caleb se mit à téter avec sa bouche chaude, ses yeux curieux, confiants, levés vers elle. Josie prit le temps de contempler le petit miracle qu'elle tenait dans ses bras, jusqu'à ce qu'il ferme les paupières. À cet instant, elle se sentit si impuissante... si petite. *Oubliée.*

Elle leva les yeux vers la fenêtre. Les étoiles scintillaient, loin, très loin. L'une d'entre elles brilla avec plus d'intensité pendant quelques secondes, et Josie imagina qu'une force bienveillante se penchait sur cette mère et son enfant couchés sur un matelas gorgé de sang, dans une glaciale cellule de prison.

– On a réussi, chuchota-t-elle à son bébé. On a réussi.

CHAPITRE 21

– Venez, installez-vous, lança le sergent Woods tandis que les enquêteurs affectés à l'affaire de l'imitateur, Zach compris, prenaient place autour de la table de conférence.

Zach jeta un coup d'œil au large tableau qui trônait à l'avant de la salle et sur lequel avaient été attachées les photos de Josie Stratton, Aria Glazer et Miriam Bellanger. Son regard s'attarda sur le portrait de Josie. Un peu plus jeune, les cheveux soulevés par une légère brise, elle arborait un grand sourire insouciant, comme si tout allait bien dans le meilleur des mondes. De toute évidence, ce cliché datait d'avant le crime dont elle avait été la victime, même si, d'après ce qu'il venait d'apprendre sur son passé, elle n'avait jamais réellement connu de période d'insouciance. Il étudia ensuite les visages d'Aria Glazer et de Miriam Bellanger, deux jolies jeunes femmes aux cheveux longs et au sourire radieux. L'imitateur semblait suivre un schéma très pointu, poussant la ressemblance jusqu'à l'apparence physique des victimes. Il avait le cœur lourd devant ces portraits.

– À partir de maintenant, cette salle devient la cellule de crise officielle pour cette affaire, annonça le sergent Woods. Tout ce qui est lié à l'enquête sera affiché sur ce tableau et nous organiserons des réunions quotidiennes pour discuter des nouvelles pistes et faire le point.

Il marqua une pause et observa l'assemblée, lèvres pincées.

– Vous connaissez déjà les trois femmes dont nous avons affiché la photo sur ce tableau, reprit-il, ainsi que les détails du dossier. La victime découverte hier dans une cave abandonnée a été identifiée, il s'agit bien de Miriam Bellanger, étudiante dont la disparition avait été signalée il y a un peu plus de six semaines. Vous n'êtes sûrement pas sans savoir que son père est membre du conseil municipal, cette affaire s'apprête donc à recevoir un regain d'attention médiatique, sans parler du contrôle politique.

Un murmure parcourut l'assistance.

– Le commissaire tiendra une conférence de presse aujourd'hui à midi. Nous envisageons d'informer la population – en particulier universitaire – des liens qui rattachent la toute première victime, Josie Stratton, aux deux meurtres de l'imitateur. Ces femmes fréquentaient toutes les trois le campus. Josie Stratton et Miriam Bellanger y étaient inscrites à temps plein et Aria Glazer suivait des cours du soir, qu'elle avait arrêtés plusieurs mois avant son enlèvement. Il est donc tout à fait plausible que ce tueur prenne pour cible des étudiantes de l'université de Cincinnati, dans la mesure où ce détail constitue un point commun avec le premier crime.

Ensuite le sergent passa en revue les conclusions des deux autopsies, dont la dénutrition et la présence de scarifications profondes dans la cuisse. Lorsqu'il fit circuler les photos prises sur les scènes de crime autour de la table, les traits de plusieurs officiers se crispèrent.

– Pour ceux qui ne l'auraient pas encore reconnu, je vous présente Reynard Pickering, enquêteur et profileur à la retraite qui a été actif dans notre département pendant près de trente ans. Il a étudié le dossier et il est prêt à nous livrer ses premières réflexions.

L'homme d'un certain âge, lunettes et rares cheveux blancs, adressa un signe de tête au sergent Woods et se leva pour s'adresser au reste du groupe.

– Je commencerai par aborder la question des assassins imitateurs en général, puis je vous communiquerai un profil établi selon mon analyse des indices récoltés jusqu'à présent dans cette affaire.

Il marqua une pause et lissa sa moustache entre le pouce et l'index.

– Un imitateur, aussi appelé *copycat*, se met dans la peau d'un personnage, le plus souvent afin de justifier ses actes violents. On appelle ça la dépersonnalisation. En substance, il *devient* le tueur qu'il imite. Dès lors, dans son esprit, ce n'est pas lui qui commet le crime et donc pas lui qui doit en être tenu responsable.

Zach avait employé des termes semblables pour expliquer ce qu'était un meurtrier imitateur à Josie. Il jeta un coup d'œil par la fenêtre et se demanda ce qu'elle était en train de faire en ce moment. Jimmy était arrivé chez elle à dix heures, accompagné d'un serrurier qui allait changer les serrures de sa porte d'entrée afin que son affreux cousin ne puisse plus utiliser le double des clés qu'il possédait peut-être. Zach avait filé pour participer à cette réunion. Il avait beau être impatient de se plonger dans cette enquête, il allait devoir récupérer quelques heures de sommeil s'il voulait être opérationnel.

– Un imitateur carbure aussi beaucoup à l'attention. Il ne rate pas une seule conférence de presse, et ce sera certainement le cas pour celle d'aujourd'hui. Il lit tous les articles, toutes les publications consacrés à ses crimes. C'est très important pour lui. Il en retire énormément de satisfaction. Par conséquent vous pouvez tout à fait vous adresser à lui, il vous écoute, où qu'il soit, soyez-en assuré.

L'inspecteur Pickering croisa ses mains derrière son dos et se mit à arpenter la salle.

– À présent, voyons à quoi ressemble l'homme que vous recherchez. Selon moi, il est proche ou au début de la trentaine et de type caucasien, déclara-t-il en embrassant la salle d'un regard circulaire. Dans une grande majorité des cas, les tueurs en série ciblent des victimes du même groupe ethnique qu'eux. Il a un véhicule et sans doute un petit boulot peu qualifié où il se débrouille bien sans s'en vanter. Il a grandi dans un contexte violent, dans une famille où le père était probablement absent ou pas impliqué sur le plan émotionnel, et la mère agressive. Il se fond parfaitement dans le décor d'un campus et il a accès à un ordinateur.

L'homme s'interrompit et balaya son auditoire du regard.

– Il est organisé. Il présente bien, il est propre sur lui. Il est aussi très intelligent et déterminé. Retenez ceci, inspecteurs : vous ne découvrirez sûrement *que* ce qu'il veut bien vous montrer.

Zach n'était pas sûr qu'ils soient beaucoup plus avancés avec ce profil, mais il était intéressant d'avoir la confirmation des hypothèses que Jimmy et lui avaient déjà établies. Et puis, le profil se préciserait au fur et à mesure que les indices apparaîtraient. Il adressa un signe de tête à l'enquêteur retraité lorsque celui-ci regagna sa chaise. Toute la partie sur le père absent et la mère agressive pouvait très bien s'appliquer à Josie Stratton. Comment était-il possible, d'ailleurs, que les êtres humains élevés dans de si mauvaises conditions deviennent des victimes ou à l'opposé, des prédateurs ? Qu'est-ce qui donnait à certaines personnes la force de surmonter leur passé là où d'autres étaient incapables de faire preuve de résilience ? Il soupira. S'il avait eu la réponse, il aurait pu la mettre en bouteille et guérir tous les maux de ce monde.

Hélas, il n'existait pas de remède unique, l'humanité était bien plus complexe que ça.

– Mesdames et messieurs, nous allons en rester là. J'ai conscience que cette réunion était un peu expéditive, mais nous nous réunirons demain ici même pour les premières mises à jour éventuelles. Nous sommes aussi en train de vérifier si des crimes similaires ont été perpétrés dans d'autres États. Les inspecteurs Copeland et Keene seront vos référents pour cette enquête. Ils auront sûrement besoin de votre aide et de celle du département d'Oxford, parce qu'ils sont également chargés de la protection de Josie Stratton, cible potentielle de cet imitateur. Comme je le disais tout à l'heure, tous les projecteurs seront braqués sur cette affaire qui risque aussi d'avoir pas mal de ramifications politiques. Nous ne pouvons pas nous permettre de la bâcler.

Il fit le tour de la table avec un regard éloquent et s'arrêta sur Zach.

– Débarrassons nos rues de ce détraqué.

Cette maison d'Indian Hill était grande et luxueuse. Zach sonna et un carillon lui répondit de l'intérieur. Derrière lui, la pelouse était taillée au cordeau. Un homme à l'air stoïque lui ouvrit la porte.

– Conseiller Bellanger ? demanda-t-il en brandissant son insigne. Inspecteur Copeland, de la police de Cincinnati. Nous nous sommes parlé au téléphone.

L'homme, que Zach avait déjà aperçu dans les journaux télévisés et à la mairie, hocha la tête en ouvrant tout à fait pour le laisser entrer.

– Ma femme est au salon avec des membres de notre famille. Je vais la chercher. Si vous voulez bien patienter ici un instant.

Il lui indiqua une pièce qui ressemblait à un bureau, mais disposait d'un petit coin salon.

Zach s'exécuta et prit place dans un fauteuil situé en face d'un petit canapé. Une conversation à voix basse se tint dans une autre partie de la maison et, quelques instants plus tard, des bruits de pas se rapprochèrent. Il se leva au moment où Julian Bellanger réapparut en tenant par le coude une femme mince aux cheveux blonds coiffés en chignon. Elle avait les yeux rouges et enflés. Monsieur Bellanger guida son épouse jusqu'au canapé et ils s'assirent tous les deux en face de Zach.

– Toutes mes condoléances.

Madame Bellanger tressaillit et se tamponna le nez avec le mouchoir chiffonné qu'elle avait dans la main.

– Merci, inspecteur.

– Je ne vous retiendrai pas longtemps. Je n'ai que quelques questions à vous poser, mais c'est important pour que nous puissions retrouver la personne qui a fait ça à votre fille.

Madame Bellanger laissa échapper un sanglot discret et porta la main à sa bouche. Son mari passa un bras autour d'elle et la serra contre lui. Zach leur accorda un moment de répit.

– Nous ferons tout ce qui est nécessaire pour attraper ce monstre, répondit monsieur Bellanger lorsque sa femme se fut un peu ressaisie.

– C'est pareil pour moi, monsieur. Et pour tout notre département de police. Nous mettrons tout en œuvre pour coincer celui qui a fait ça à Miriam, et nous ne nous arrêterons pas avant d'y être parvenus.

Monsieur Bellanger soutint son regard, les yeux luisants de chagrin, puis acquiesça, l'air réconforté par les paroles de Zach.

– Hattie, montre à l'inspecteur Copeland ce que tu as trouvé ce matin.

Hattie Bellanger ouvrit le tiroir d'un petit secrétaire placé à côté du canapé et en sortit un carnet rouge. La main tremblante, elle le tendit à Zach qui le prit, un peu déconcerté.

– C'est le journal intime de ma fille. Je ne savais même pas qu'elle en tenait un, expliqua-t-elle avant de renifler et de s'éponger le nez. Comme vous le savez sûrement, elle logeait dans la résidence du campus, mais quelques jours avant sa disparition, elle avait passé une nuit ici. Je...

Son visage se décomposa de nouveau, mais elle prit une profonde inspiration et maîtrisa une fois de plus ses émotions.

– Son oreiller porte encore son odeur. Parfois, il m'arrive d'aller dans sa chambre juste pour... sentir sa présence.

Sa voix se brisa et Zach se montra patient. Les parents de Miriam paraissaient exténués, hantés. Zach se cantonnerait aux questions les plus importantes, puis les laisserait rejoindre leurs proches.

– Enfin, reprit-elle en redressant les épaules. Ce matin, j'étais allongée sur son lit et j'ai aperçu quelque chose de rouge, derrière le lit, entre les barreaux en fer forgé. J'ai écarté le lit du mur et je suis tombée sur ceci, dit-elle en désignant le journal. Il était posé à la verticale contre le mur, comme s'il avait glissé là pendant sa dernière nuit dans ce lit. Je parie qu'elle ne s'en était même pas rendu compte.

Le cœur de Zach se mit à battre un peu plus vite.

– L'avez-vous parcouru, madame ?

Madame Bellanger hocha la tête, une étrange expression sur le visage. De la culpabilité ? Comme si elle craignait d'avoir violé l'intimité de sa fille, même par-delà la mort. À moins qu'elle ait été troublée par ce qu'elle avait lu.

– Apparemment, elle couchait avec quelqu'un, répondit-elle, les yeux baissés. Pourtant, elle ne nous avait pas parlé de petit ami, alors qu'en général elle est plutôt ouverte sur ce sujet, sur... ses fréquentations et tout ça.

– Mentionne-t-elle un nom ?

Madame Bellanger secoua la tête.

– Non, mais d'après ce qu'elle écrit, elle le retrouvait les mercredis soir.

Les mercredis soir.

– Pourquoi ce soir-là en particulier, vous avez une idée ?

– Pas du tout, mais elle devait le rejoindre après les cours. Le mercredi soir, elle avait un cours de littérature anglaise de dix-sept à dix-neuf heures. C'était la seule tranche horaire disponible pour cette matière-là, même si elle préférait suivre les cours le matin et étudier en soirée.

Elle baissa de nouveau les yeux.

– Miriam avait un trouble de l'apprentissage. Les études ont toujours été une sorte de combat pour elle. Mais nous avons été si heureux le jour où elle a été admise à l'université de Cincinnati. C'est un excellent établissement. Elle travaillait dur et c'était juste à côté de chez nous, en ville.

Le chagrin altéra de nouveau ses traits et ses yeux s'emplirent de larmes.

Zach fit rebondir le journal intime sur son genou.

– Merci, madame Bellanger. Cela pourrait nous être très utile, et va me permettre de comprendre l'état d'esprit dans lequel se trouvait Miriam juste avant sa disparition.

Elle jeta un coup d'œil à son mari.

– Il y a des détails personnels là-dedans, inspecteur, des détails intimes que...

– Aucune personne étrangère à l'enquête ne verra ce journal, madame Bellanger, vous avez ma parole.

Elle hocha la tête.

– Ce n'était pas la première fois que je m'allongeais sur son lit, murmura-t-elle encore, le regard de plus en plus lointain. Et je n'avais jamais vu ce carnet. Il a dû rester coincé un moment avant de glisser à cet endroit.

Elle marqua une pause pour tamponner son nez rougi.

– C'est un peu comme si Miriam était revenue d'entre les morts pour nous livrer cet indice et nous aider à retrouver son meurtrier.

Zach s'installa à son bureau et lut les notes personnelles de Miriam Bellanger, le récit de ses derniers mois sur terre. La plupart des entrées étaient brèves et reprenaient la date, l'endroit où elle s'était rendue, les initiales des gens qu'elle avait côtoyés et une courte description de l'événement. Il consulta son dossier pour faire correspondre les initiales avec les noms complets de ses amis, que la police avait interrogés au moment du signalement de la disparition de Miriam. Il inscrivit ceux-ci sur des Post-it qu'il colla aux pages du journal où ils apparaissaient. Apparemment, elle faisait partie d'une bande qu'elle fréquentait de manière régulière. Sa colocataire, deux amies qui louaient des chambres dans la même résidence et quelques amis qui habitaient à l'extérieur du campus.

Au milieu des soirées en boîte et dans les bars, des sorties étudiantes, des cours de Zumba, des rendez-vous chez le coiffeur et des dîners, plusieurs éléments laissaient bel et bien penser qu'elle voyait une fois par semaine quelqu'un avec qui elle avait des rapports sexuels. Zach se pencha sur la page qui indiquait : « 8 fév. P.M. m'a prise sur le bureau. Super hot ! Madame M. a failli nous surprendre. Oups. »

P.M. Zach feuilleta de nouveau le dossier de Miriam, à la recherche d'une personne portant les initiales P.M., sans succès. Les mercredis soir. Littérature anglaise. Il fallait qu'il se procure la liste de la classe qui avait suivi ce cours trois mois plus tôt, afin de vérifier si l'un des étudiants correspondait à ces initiales. Miriam avait peut-être rencontré ce mystérieux amant à ce cours et n'en avait pas parlé à ses parents parce que la relation n'était pas sérieuse et reposait essentiellement sur le sexe. Pas le genre de chose qu'on raconte à papa et maman.

Mais, si c'était le cas, n'en aurait-elle pas parlé à ses amis ? Ils avaient tous été interrogés et aucun d'entre eux n'avait fait allusion à un petit copain ou à une quelconque liaison au cours des mois qui avaient précédé son enlèvement. Soit ils n'étaient pas au courant non plus, soit ils n'avaient pas jugé l'information importante, comme la colocataire d'Aria Glazer. Il faudrait tous les réinterroger, d'autant que les circonstances avaient changé. Elle n'était plus portée disparue, elle était morte. Victime d'un crime odieux.

Il reporta son attention sur la description des ébats du 8 février. C'était peu de temps avant qu'elle disparaisse. Un soir, elle avait quitté le bar du campus plus tôt que ses amis parce qu'elle avait un examen le lendemain matin et elle n'était jamais arrivée à sa résidence. Elle n'avait plus jamais été vue, jusqu'à ce que son corps soit retrouvé dans cette cave abandonnée.

« P.M. m'a prise sur le bureau. Super hot ! Madame M. a failli nous surprendre. Oups. »

Sur le bureau. Posséder un bureau n'avait rien d'exceptionnel, surtout sur un campus. Tous les étudiants avaient un bureau dans leur chambre ou leur appartement. Mais... le partenaire sexuel du mercredi soir devait visiblement rester secret, puisqu'elle n'en avait parlé ni à ses parents ni à ses amis. Et quelqu'un avait failli les surprendre. *Nous surprendre.* « Madame M. » « P.M. » Se pouvait-il que madame M. soit la femme de cet homme ? Un homme marié, ça expliquerait la discrétion de Miriam. Et si cette liaison, elle ne l'avait pas entretenue avec un autre étudiant, mais avec l'un de ses professeurs ? P.M. P. pour *professeur*. Mais professeur qui ?

Ce matin-là, Zach avait demandé à l'université de lui fournir les listes des inscrits aux cours de Miriam et d'Aria. Il vérifia sa messagerie, mais il n'avait encore rien reçu. Il allait devoir insister pour qu'ils mettent le turbo. Était-ce donc si compliqué de ressortir quelques archives ? Bon, en attendant... Zach ouvrit une page Internet et fit une recherche pour découvrir qui était le professeur de littérature anglaise de l'université de Cincinnati. Il fit défiler les résultats et repéra le cours du mercredi soir qu'avait dû suivre Miriam au semestre précédent. Il avait toujours lieu dans la même tranche horaire, dix-sept à dix-neuf heures.

Le titulaire était un certain professeur Vaughn Merrick. *P.M.* Professeur Merrick ?

Son cœur tressauta : il tenait quelque chose, son sixième sens était catégorique.

Vite, le numéro de la colocataire de Miriam. Il le composa en toute hâte, remuant les jambes avec impatience tandis que les tonalités se succédaient.

– Allô ?

– Shannon Edwards ?

– Oui ?

– Inspecteur Copeland à l'appareil, police de Cincinnati.

Silence.

– C'est à propos de Miriam ?

– Oui.

– C'est affreux, articula-t-elle d'une voix émue. Je n'arrive pas à y croire.

Elle avait baissé la voix, comme si le drame ne s'était pas produit, mais qu'il risquait de devenir réel si elle parlait trop fort.

– Je sais. Je comprends. Je suis désolé et je vous présente toutes mes condoléances.

– Merci, inspecteur. J'ai déjà répondu à beaucoup de questions sur Miriam quand elle a disparu. Y a-t-il autre chose ? J'ai un cours qui va commencer et...

– J'imagine, et peut-être devrons-nous fixer un rendez-vous pour reparler de tout cela, mais pour l'instant si vous avez trois minutes à m'accorder, je n'ai que quelques petites questions.

– D'accord.

Il entendit ses pas pressés et la visualisa en train de traverser le campus à vive allure, le téléphone collé à l'oreille.

– Certaines preuves nous indiquent que Miriam aurait eu une liaison régulière le mercredi soir avec quelqu'un. Avez-vous une idée de qui il pourrait s'agir ?

– Une liaison ? Non. Miriam n'avait aucune aventure, pas à ma connaissance en tout cas. Et elle n'aurait jamais menti là-dessus. On se disait tout.

– Même si c'était avec un professeur ?

– Un professeur ?

Le bruit de pas s'arrêta.

– Connaissez-vous le professeur Vaughn Merrick ?

Shannon se tut pendant un moment, puis émit un petit rire.

– Bien sûr, toute la population féminine du campus le connaît. Il est canon. Mais... je crois qu'il est marié.

– Pensez-vous que cela pourrait expliquer le silence de Miriam sur sa liaison ?

– Je... Je suppose. Enfin, je veux dire... je n'en sais rien. Il y a des rumeurs...

– Quel genre de rumeurs ?

– Oh vous savez, on dit que si vous flirtez avec lui, vous avez des chances de vous retrouver allongée sur son bureau. Je croyais... je croyais que c'étaient des ragots, vous voyez ? Parce qu'il est sexy. Ce ne sont que... des histoires de filles.

« Vous avez des chances de vous retrouver allongée sur son bureau. »

« P.M. m'a prise sur le bureau. Super hot ! »

– Je vous remercie, Shannon. Je vous recontacterai si j'ai d'autres questions.

Après avoir raccroché, Zach se laissa aller contre le dossier de sa chaise. Au bout de quelques secondes à peine, il saisit à nouveau son téléphone, cette fois pour appeler la colocataire d'Aria Glazer.

Elle décrocha au bout de deux tonalités.

– Tessa ? C'est l'inspecteur Copeland, nous avons discuté l'autr...

– Je me souviens de vous, inspecteur.

Sa voix était un peu essoufflée.

– J'aurais une toute petite question sur les cours qu'Aria avait abandonnés avant de disparaître.

– Oh. D'accord.

– Ces cours avaient-ils lieu le mercredi soir ?

– Oui, c'est bien ça. Les lundis et mercredis soir.

– Vous rappelez-vous quels cours elle suivait ?

Tessa soupira.

– Il y avait deux cours de sciences, ça, j'en suis sûre. Aria voulait devenir infirmière un jour et ça faisait partie des matières incontournables.

Sciences, pas littérature anglaise. Cela dit, elle se rendait sur le campus les mêmes soirs que Miriam Bellanger, même si ce n'était pas pendant le même semestre. L'une pouvait avoir eu une aventure avec ce professeur de littérature et l'autre une liaison secrète avec un homme qui l'aurait mise enceinte.

Zach s'efforçait d'assembler les pièces du puzzle qui tourbillonnaient dans son esprit. Il y avait beaucoup trop de similitudes entre les deux victimes les plus récentes pour que ce soit une simple coïncidence. Ces coïncidences avaient-elles le moindre rapport avec Josie ?

Il fit une autre rapide recherche sur Vaughn Merrick et dénicha son profil sur le site web de l'université. Il travaillait au sein de l'université de Cincinnati depuis près de vingt ans. Il y enseignait donc déjà à l'époque où Josie était étudiante.

Nom de Dieu.

Il fallait qu'il ait une petite discussion avec ce professeur Vaughn Merrick sur-le-champ.

Et il fallait aussi qu'il parle à Josie.

CHAPITRE 22

Zack frappa à la porte de la maison ancienne superbement rénovée où le professeur Merrick vivait avec sa famille, à Hyde Park. Il attendit, mais il régnait un grand silence à l'intérieur de l'habitation. Il plaça les mains en visière et se pencha pour jeter un coup d'œil par la porte vitrée. Un hall sombre, complètement vide. Perplexe, il recula.

– Ils n'habitent plus là.

Zach se tourna et aperçut une femme blonde dans l'allée voisine. Elle tendit un sac de courses à une jolie jeune fille noire qui devait avoir autour de vingt ans. Cette dernière disparut dans la maison, les bras chargés de victuailles tandis que la femme plus âgée, elle aussi chargée de sacs, verrouillait le SUV garé à côté d'elle.

– Ils ont déménagé depuis longtemps ? demanda Zach.

Il redescendit les marches de ce qui apparemment n'était plus le perron des Merrick et se dirigea vers la voisine.

Elle posa l'un des sacs sur sa hanche.

– Ils sont partis il y a quelques semaines.

– Vous les connaissiez bien ?

Elle le scruta d'un regard suspicieux. À l'évidence, toutes ces questions lui paraissaient louches. Il lui montra son insigne.

– Police de Cincinnati. J'ai juste quelques questions à poser au professeur Merrick.

– C'est au sujet de ces étudiantes disparues ?

– C'est lié, en effet. J'espère qu'il pourra éclaircir quelques points.

– Quelle horrible histoire. J'espère que Vaughn pourra vous aider. Et donc, pour répondre à votre question, oui, je les connais très bien. Nous étions voisins depuis près de vingt ans. Leurs filles et les miennes jouaient ensemble, expliqua la femme en désignant du menton la jeune fille qui l'attendait sous le porche de sa maison.

– Tu veux que je prenne ceux-là aussi, maman ? lança-t-elle.

– Non, merci, ça ira, répondit-elle en lui souriant. Si tu veux, tu peux commencer à déballer, j'arrive dans une minute.

– OK.

La jeune fille adressa un sourire à Zach puis disparut dans la maison.

– Quel gâchis, fit la voisine en secouant la tête, la mine tout à coup très sérieuse.

– Pardon, madame ?

– Leur divorce. J'étais au courant qu'ils avaient connu des hauts et des bas, mais je trouvais que ça allait beaucoup mieux ces dernières années.

Elle changea le sac de bras.

– Leur fille aînée s'est fiancée et la cadette étudie dans un autre État. Certains soirs, je les voyais prendre des cocktails sur la terrasse. Je pensais qu'ils étaient dans une bonne période de leur vie, vous comprenez ?

Elle soupira.

– J'imagine que si on ne fait pas partie d'une famille, on ne sait jamais vraiment ce qui s'y passe. Vous avez des enfants, inspecteur ?

Ce changement de sujet soudain prit Zach au dépourvu.

– Je, euh, non. Je ne suis pas marié.

– Eh bien, quand ce sera fait, vous verrez que la vie de famille est truffée de difficultés et de défis inattendus, déclara-t-elle avec un sourire chaleureux.

Puis elle fronça les sourcils.

– Le mieux, c'est d'évoluer ensemble, pas chacun de son côté.

Elle jeta un regard déçu à ce qui avait été la maison familiale des Merrick et qui n'était plus désormais qu'une coquille vide, à l'image de leur famille brisée. Du moins était-ce l'impression qu'il eut.

– Maman, tu viens ? cria la jeune fille qui était réapparue sous le porche.

Sa mère lui fit signe, puis reporta son attention sur Zach avec un petit rire et leva les yeux au ciel.

– Oh oh, on dirait que je suis réquisitionnée. J'ai leurs nouvelles adresses. Si vous avez une minute, je vais vous chercher ça tout de suite.

– Ce serait formidable, merci.

Il regarda la voisine grimper au trot les marches du perron. Elle jeta son sac de courses dans les bras de sa fille et lui lança une réflexion qui la fit rire. Zach sourit. La voisine des Merrick lui était sympathique. Son sourire chaleureux sans doute, ou peut-être s'identifiait-il à ce qu'il avait aperçu de sa famille. Il avait été adopté aussi, il savait ce que c'était d'être l'exception au milieu d'une ribambelle de têtes blondes et rousses. Ses parents et ses frères et sœurs, qu'il aimait de tout son cœur, ne lui avaient jamais donné l'impression d'être le vilain petit canard, mais il avait été enfant et, comme n'importe quel enfant, il avait dû faire face à ces périodes de doute où l'on considère les différences comme des obstacles plutôt que comme des forces.

Et tandis qu'il patientait dans cette allée, l'amour que ces gens se portaient lui rappela sa propre famille. Puis il repensa à la maison de la mère de Josie et une bouffée de gratitude lui envahit le cœur. Il ne savait pas grand-chose de sa mère biologique, si ce n'est qu'elle était jeune et pauvre à l'époque de sa naissance. Il n'aurait peut-être pas grandi dans les mêmes circonstances que Josie, mais il n'aurait pas rencontré les mêmes opportunités qu'avec sa famille d'adoption, c'était une certitude. Alors il avait beaucoup de reconnaissance pour tous ceux qui lui avaient offert la vie qu'il avait, y compris la femme qui l'avait mis au monde et qui avait pris la décision de l'abandonner.

La voisine blonde réapparut et dévala les marches, un papier à la main. Elle le lui tendit.

– Au fait, moi, c'est Dawn Parsons. Je vous ai noté mon numéro aussi, au cas où vous auriez besoin d'autre chose.

– Merci beaucoup, c'est très gentil. Merci de m'avoir consacré un peu de temps, madame.

Dans sa poche, son téléphone se mit à vibrer. Il fit signe à Dawn et décrocha en regagnant sa voiture.

– Copeland.

Un grand vide se creusa dans son estomac tandis qu'il écoutait.

– J'y serai dans dix minutes, répondit-il en ouvrant vivement la portière.

Au moment de quitter le trottoir, il fut pris de vertiges. Mais qu'est-ce que ça voulait dire, bon sang ?

– Qui a découvert le corps ?

– La voisine, répondit l'agent qui était arrivé en premier sur les lieux. Elle affirme qu'elle venait parfois s'asseoir sous le porche pour s'en griller une avec la défunte. Ce soir, quand elle a frappé à la porte, personne n'a répondu, alors elle a essayé d'ouvrir la porte et ce n'était pas fermé à clé. Elle est entrée et elle a trouvé la vieille dame étalée dans le salon.

Elle attendait donc de la visite. Avait-elle, sans le savoir, répondu « entrez » au sadique qui était venu frapper à sa porte ? Il observa la maison où, d'après ce qu'on lui avait rapporté, un cadavre mutilé gisait sur le sol. *Celui de la mère de Josie.*

– Merci.

Un expert en criminalistique venait d'arriver. Zach enfila une paire de gants qu'il avait trouvée dans sa voiture.

– Voulez-vous bien demander à la voisine de rester à notre disposition ? J'aimerais l'interroger avant de repartir.

– Très bien.

Zach attendit l'expert, un homme prénommé Barry avec lequel il avait déjà collaboré à deux ou trois reprises. Ils enfilèrent tous les deux des chaussons de protection et pénétrèrent ensemble dans la maison. Il flottait dans la pièce la même odeur que le matin même, si ce n'est que des relents de chair brûlée étaient venus s'y ajouter. Hormis la présence du cadavre, rien ne semblait avoir bougé depuis qu'il était venu. Pas de traces de lutte. Rien n'avait été déplacé, à part la télécommande jetée au sol, les piles éjectées à côté. Il s'approcha du corps tandis que Barry ouvrait sa mallette.

– Nom de Dieu.

– Ce n'est pas très beau à voir, confirma Barry.

Il prit son appareil et commença à photographier le corps sous différents angles.

La femme que Zach avait rencontrée le matin même fixait le plafond d'un regard vide, la langue pendante, les yeux exorbités, le visage parsemé de petites brûlures circulaires. Quelqu'un s'était servi d'une cigarette pour lui marquer la peau.

– Pré ou post-mortem ? demanda Zach en désignant son visage constellé de plaies.

Barry baissa son appareil photo et considéra la vieille femme.

– Tu vois le sang sur cette brûlure, près de son œil ? Et le pus sur quelques autres, au niveau des joues ? Ça indique qu'elle était vivante au moment où on lui a fait ça.

Merde.

Zach n'avait pas beaucoup de sympathie pour cette femme, mais personne ne méritait de mourir de cette manière.

– Elle doit avoir hurlé, murmura-t-il.

Barry pointa du doigt une sorte de torchon de cuisine partiellement roulé en boule, sur le sol, à côté du corps.

– On s'en est peut-être servi comme bâillon. Je vais le faire analyser.

Zach hocha la tête. Il n'avait guère envie de visualiser les derniers instants de Diana Stratton, mais ça faisait partie de son boulot. Et s'il voulait le faire correctement, il n'avait pas le choix. Le plus dur, c'était de mettre toutes ces images de côté lorsqu'il fermait les yeux pour s'endormir, le soir.

Il balaya la pièce du regard. Le cendrier était plein, sur la table basse ; le contenu serait analysé afin de déterminer si l'un de ces mégots portait d'autres traces que celles de Diana Stratton.

Les paroles de l'inspecteur Pickering, lorsqu'il avait dressé le profil du tueur, lui revinrent en mémoire : « *Retenez bien ceci, inspecteurs : vous ne découvrirez sûrement que ce qu'il veut bien vous montrer.* »

De sa main gantée, Barry écarta les pans de la robe de chambre de Diana Stratton.

– Il n'y a pas que son visage qui est couvert de brûlures, annonça-t-il en se penchant pour photographier son entrejambe. On les retrouve jusque sur ses parties génitales.

Zach en eut la nausée.

– Traces d'agression sexuelle ?

Barry se pencha pour examiner de plus près.

– Difficile à dire, avec toutes ces lésions. Ce sera à Cathlyn de le déterminer.

– Cause de la mort ?

Barry baissa de nouveau son appareil.

– En faisant abstraction des brûlures, même si ça a dû être atroce...

Il s'agenouilla près de la tête de la victime et baissa sa paupière inférieure avec son index ganté.

– Présence d'hémorragies pétéchiales, et pas qu'un peu.

Il ouvrit le col de sa robe de chambre, découvrant son cou.

– Bingo. Mort par strangulation.

La gorge présentait des marques rouges. Bien sûr, Cathlyn examinerait les os du cou et d'autres paramètres avant de se prononcer définitivement sur la cause de la mort, mais tout portait à croire que la mère de Josie avait été étranglée.

Étranglée.

Pas affamée ni enchaînée.

– Tu peux vérifier sa cuisse droite ?

Barry écarta davantage le tissu de manière à découvrir le haut de la cuisse droite et Zach eut l'impression de recevoir un coup à l'estomac. *Casus belli.* Les mots étaient recouverts de sang séché. L'accusation avait été rageusement gravée dans cette peau fine et ridée.

Mais bon sang, qu'est-ce que ça voulait dire ?

Des pas résonnèrent derrière lui et il se tourna au moment où d'autres experts scientifiques entraient. Ils en auraient pour un bon moment, à passer au peigne fin cette maison que Josie avait nettoyée le matin même. Toute cette scène lui paraissait surréaliste, sachant qu'il était resté une partie de la matinée sur cette chaise à côté de la fenêtre, à écouter cette vieille femme insensible débiter des horreurs d'une cruauté sans nom à sa fille.

Il devait interroger la voisine.

Ensuite, il faudrait qu'il aille annoncer à Josie que sa mère était morte.

CHAPITRE 23

Les coups cessèrent au-dessus de Josie et elle sortit. Les mains sur les hanches, elle plissa les yeux en direction du toit où Jimmy était perché avec une boîte désormais vide d'ardoises.

Il lui sourit, puis manœuvra son corps imposant et descendit prudemment par l'échelle. Sa ceinture à outils cliqueta dans le mouvement. Il sauta du dernier échelon et se frotta les mains.

– Terminé. J'ai dû remplacer certaines parties de la charpente en bois qui étaient pourries.

Puis il désigna la boîte d'ardoises du menton.

– J'ai aussi ajouté quelques ardoises neuves, vous êtes tranquille pour un moment. Vous pouvez ranger vos casseroles.

Il referma l'échelle, la souleva et s'éloigna.

Le cœur de Josie se contracta de gratitude.

– Je ne pourrai jamais assez vous remercier.

Elle n'aurait pas besoin d'investir dans un nouveau toit. Cet homme l'avait réparé en quelques heures et avec peu de matériaux.

– Qu'est-ce que je vous dois ? demanda-t-elle.

– Pas un centime, répondit-il en se dirigeant vers la cabane à outils, l'échelle sous le bras. J'étais là de toute façon. Ça m'a occupé, c'est parfait.

Elle se dépêcha de le rattraper.

– D'accord, mais je tiens quand même à vous rembourser les ardoises et le bois. J'insiste.

Il entra dans la cabane et raccrocha l'échelle là où il l'avait trouvée.

– Non, j'avais tout ça qui traînait chez moi. Je suis bien content de m'en débarrasser, je vous assure.

Elle le dévisagea d'un air suspicieux.

– Je croyais que vous étiez en train de rénover un bateau ?

– Tout à fait.

– Les bateaux n'ont pas de toits en ardoise, Jimmy.

Il sourit.

– C'est bien ce que je dis : je n'en avais aucun besoin.

Il tourna les talons et repartit en direction de la maison. Josie poussa un soupir. Il mentait, elle le savait. Il avait acheté ces ardoises – exactement les mêmes que celles qui se trouvaient déjà sur son toit – avant de venir. Le soleil l'effleura de ses rayons tandis qu'elle regardait Jimmy regagner le porche de sa démarche nonchalante. Au bout d'un moment, il s'arrêta et pivota vers elle.

– Rentrez, maintenant. Ma mission, c'est d'assurer votre protection.

Josie éclata de rire et se dépêcha de rejoindre cette grosse grenouille d'homme au cœur de prince.

Jimmy allait ouvrir la porte lorsqu'une voiture se rapprocha. Ils se tournèrent tous les deux pour voir Zach entrer dans l'allée. Le cœur de Josie exécuta une cabriole lorsqu'il descendit de son pick-up et s'avança vers eux avec sa grâce toute masculine.

Cependant, quelque chose clochait dans son expression et Jimmy dut s'en apercevoir aussi, car il lui lança :

– Tout va bien ?

Zach ne répondit pas tout de suite. Il grimpa les marches et braqua aussitôt son attention sur Josie. Elle en eut le souffle coupé. Oh mon Dieu, il s'était produit quelque chose, et c'était grave.

– Qu'y a-t-il ? parvint-elle à articuler avec peine.

– Josie, venez dans la maison, je...

– Non. Dites-moi tout de suite. Que se passe-t-il ?

Il échangea un regard avec Jimmy, puis posa les yeux sur elle.

– C'est votre mère. Elle a été retrouvée morte à son domicile.

Josie se raccrocha à la balustrade, sur le côté.

– Quoi ? Mais je ne... Comment ?

Il la dévisageait avec une telle intensité qu'elle aurait juré le ressentir physiquement.

– Elle a été assassinée. Étranglée.

– Quoi ?

Zach échangea de nouveau un regard avec Jimmy, puis scruta la route derrière elle, dans les deux directions. Rien à signaler.

– Rentrons.

Josie se laissa guider par Zach jusque dans la cuisine où ils s'assirent tous les trois à la grande table. Elle se mit à passer le doigt frénétiquement sur une entaille creusée dans le bois, se focalisant sur ce petit impact pour ne pas craquer.

Elle croisa le regard de Zach.

– Je ne comprends pas. Étranglée ? Alors, ça n'a aucun rapport avec l'imitateur ? C'est juste... un hasard ?

– Non, c'est lié. Les mots *casus belli* étaient gravés sur sa cuisse. C'est la seule similitude, mais nous partons quand même de l'hypothèse qu'il s'agit du même assassin que pour Aria Glazer et Miriam Bellanger.

– Mais *pourquoi* ? demanda-t-elle dans un murmure choqué. Pourquoi ma mère ? Et pourquoi l'étrangler alors qu'il a fait mourir les deux autres femmes de faim ?

– Je ne sais pas.

Il s'interrompit et elle devina qu'il hésitait à lui révéler la suite.

– Il faudra plusieurs jours au moins pour connaître tous les détails entourant la mort de votre mère, mais certains éléments étaient tout à fait visibles sur son corps.

Il marqua de nouveau une pause. Lui ménageait-il du temps pour se préparer à ce qui allait venir ?

– Avant de mourir, votre mère a été brûlée avec une cigarette à de nombreux endroits.

Une vague de nausée lui souleva le cœur et sa gorge se noua.

– On a relevé des lésions sur son visage et ses parties génitales. Il... y en avait beaucoup.

Oh mon Dieu. Elle porta une main à sa bouche. Brûlée ? Avec une cigarette ?

– Je suis vraiment désolé, Josie.

La voix de Zach traversa l'épais brouillard qui avait envahi son esprit. Elle avait les pensées boueuses, troubles.

Elle secoua la tête.

– Nous... nous n'étions pas proches, et vous le savez.

Elle releva la tête et remarqua du coin de l'œil que Jimmy l'observait, lui aussi.

– Mais savoir qu'elle a souffert comme ça...

Elle secoua de nouveau la tête avec véhémence. Peut-être que si elle le faisait assez, tout ça ne se serait pas réellement passé ?

– Je sais, dit Zach.

Il enveloppa ses petites mains avec les siennes, chaudes, robustes. Il avait les doigts fins, les ongles courts et propres. Elle eut envie de poser sa joue sur ces mains-là et de s'immerger dans la force qui s'en dégageait, dans sa chaleur. Il étreignit ses mains, puis les relâcha.

– J'ai besoin de m'entretenir avec Jimmy quelques minutes. Vous voulez que je vous prépare du thé ?

Elle fit non de la tête, mais ne put s'empêcher de sourire au souvenir du thé qu'il lui avait apporté quelques jours plus tôt. Ça se voyait qu'il n'en avait jamais préparé de sa vie. Le breuvage auquel elle avait eu droit n'était pas assez fort, limite imbuvable, et pourtant elle avait bu chaque gorgée avec gratitude.

– Non, merci. Allez-y, discutez. Je vais bien. Il faut juste que je me tienne occupée.

Ils se levèrent. Avant de suivre son partenaire vers la porte, Jimmy posa une main sur son épaule.

– Je suis désolé.

– Merci, Jimmy. Et merci encore pour votre aide aujourd'hui.

Ils sortirent sur la terrasse et elle ne tarda pas à percevoir les murmures de leur conversation. De toute évidence, ils s'efforçaient d'être discrets. Hébétée, Josie se prépara elle-même une tasse de thé, plus pour se réchauffer les mains que par envie d'en boire. Elle emporta sa tasse au salon, s'assit sur le sofa et regarda par la fenêtre. Il l'avait brûlée avec des cigarettes ? Pourquoi ? « *C'est ta faute s'il ma quittée, espèce de bonne à rien ! Tu la sens, cette brûlure ? C'est rien comparé à ce que tu as fait à ma vie. J'aurais dû te balancer à la poubelle, c'est tout ce que tu vaux !* »

Le souvenir de ces paroles était toujours aussi douloureux, bien plus que les brûlures ne l'avaient jamais été. Les cigarettes avaient marqué sa peau, ces reproches qui l'accusaient d'exister, tout simplement, avaient marqué son cœur.

Quelques minutes plus tard, elle entendit la porte d'entrée s'ouvrir et se refermer, puis la clé tourner dans la serrure. Zach apparut dans la pièce.

– Ça va, vous tenez le coup ? demanda-t-il gentiment en venant s'asseoir près d'elle.

– Oui. Ça va aller. C'est juste que... Je n'arrive pas à y croire. Je venais d'aller la voir. Enfin, ça, vous le savez. Mais c'est... surréaliste. Et, Zach, je... il faut que je vous dise quelque chose.

Tout à coup, la chaleur de sa tasse de thé ne put repousser le froid qui l'envahit. Elle avait froid, elle avait mal au cœur et elle avait peur.

– Oui ?

Josie posa sa tasse, se détourna de lui et souleva sa blouse afin de lui montrer le bas de son dos. Le silence de Zach résonna derrière elle, presque assourdissant, mais elle n'osa pas lui jeter un coup d'œil. Elle sentait son regard sur sa peau meurtrie.

– Qui vous a fait ça ? demanda-t-il au bout d'un moment, d'une voix étrange, tendue.

Elle baissa sa blouse et se tourna à nouveau vers lui. Elle se sentait toujours aussi exposée, même si sa peau était de nouveau cachée, tout comme les cicatrices qu'elle n'avait montrées qu'à une seule autre personne jusque-là. Il arborait une expression indéfinissable.

– Ma mère.

Un muscle de sa mâchoire tressauta et il se frotta la lèvre inférieure, comme s'il prenait un moment pour réfléchir ou pondérer sa réaction.

– Vous m'avez confié qu'elle avait l'alcool mauvais. Est-ce que ceci – il désigna son dos de la tête – fait partie des conséquences ?

Josie hocha la tête.

– En général, ça la prenait quand mon père la quittait. Elle buvait trop, puis me reprochait le fait qu'il ne revienne pas... et elle me brûlait.

Sa voix mourut et le rouge lui monta aux joues. Ce n'était pas sa faute, elle le savait très bien, pourtant, elle en éprouvait une honte profonde et indicible, même après tout ce temps.

– Le plus souvent, elle ne s'en rappelait même pas le lendemain.

Il la dévisagea pendant quelques secondes. Elle décela de la colère dans son expression, mais pas de pitié, et elle lui en fut reconnaissante.

– Pensez-vous qu'il y ait un lien entre ce que votre mère vous a infligé et ce que son meurtrier lui a fait subir ?

– Il doit forcément y en avoir un. Mais je ne comprends pas comment c'est possible. J'ai montré ces cicatrices à Marshall Landish dans une tentative de... Je ne sais pas, je voulais me rendre humaine à ses yeux, lui montrer que moi aussi j'avais souffert. Ça a été... compliqué.

Elle fronça les sourcils.

– Ou peut-être pas, reprit-elle. Je me raccrochais à tout ce que je pouvais.

Zach avait lu son dossier, il devait avoir survolé les questions que lui avaient posées les enquêteurs à l'époque sur le déroulement de sa captivité et les choses que Marshall lui avait dites.

– J'avais le sentiment que Marshall avait souffert à un moment ou à un autre. J'espérais qu'en lui montrant mes cicatrices, il verrait en moi une alliée plutôt qu'une ennemie.

Elle détourna la tête et son regard se perdit dans le vide tandis que les paroles de son bourreau lui revenaient.

« *Je vois t-très bien pourquoi tous ces hommes te voulaient, Josie. Et t-tu m'as piégé aussi. Tu crois que je n'ai pas compris ? Il y a q-quelque chose chez toi. Quelque chose qui rend les hommes faibles, même m-moi.* »

Un frisson dévala le long de sa colonne vertébrale. Elle croisa le regard de Zach.

– Hormis vous maintenant, il est le seul à avoir vu mes cicatrices.

Zach sembla déconcerté.

– Pourtant, votre mère a subi le même supplice.

Il marqua une pause.

– Ce pourrait être une coïncidence, ajouta-t-il. Le tueur a peut-être pris ce qu'il avait sous la main pour lui faire mal.

– C'est possible, mais je ne sais pas, ça… Je n'ai pas l'impression que ce soit une coïncidence. Elle serait trop grosse, sachant que ce type prend Marshall Landish comme modèle pour ses crimes, et sachant qu'il a gravé les mêmes mots sur sa cuisse.

Zach s'adossa au canapé et passa une main dans ses cheveux.

– Non, c'est vrai, je n'ai pas l'impression non plus que ce soit une coïncidence, murmura-t-il. Mais pourquoi réserver à votre mère un sort différent de celui des deux autres victimes ? Et pourquoi tuer votre mère, pour commencer ?

« *Pourquoi tuer votre mère ?* » Les mots repassèrent plusieurs fois en boucle dans sa tête. Sa mère était morte. Josie n'en revenait toujours pas. Ça paraissait irréel.

– Se pourrait-il que nous ayons affaire à deux imitateurs ?

– Peu probable. Nous n'avons pas révélé à la population le fait que l'imitateur gravait les mots *casus belli* dans la cuisse de ses victimes. Et même en admettant qu'un second imitateur parvienne à le deviner, il chercherait à reproduire les autres détails aussi. Je pense que la mort de votre mère est différente de celle des autres victimes parce que votre mère est différente des autres victimes. C'est presque comme si…

– Quoi ?

Il alla à la rencontre de son regard.

– Comme si l'imitateur voulait vous faire une faveur. Comme s'il avait fait ça pour vous venger de votre mère.

Cette idée lui avait effleuré l'esprit, mais elle n'avait pas osé la formuler parce que ça n'avait aucun sens.

– Mais comment aurait-il pu être au courant ? Marshall aurait parlé de mes cicatrices à quelqu'un ? Est-ce que ce tueur et lui se connaissaient ?

– C'est possible, même si Landish apparaît plutôt comme un loup solitaire, mais je suis sûr que vous le savez.

Oui, bien sûr qu'elle le savait. Elle avait suivi toutes les pistes possibles et imaginables pour retrouver son fils.

– La seule personne avec qui il était en contact régulièrement, c'était sa sœur. Et elle a fait l'objet d'interrogatoires poussés.

Le silence retomba pendant quelques instants. Zach semblait en proie à un débat intérieur, comme s'il hésitait à lui donner le fond de sa pensée. Elle patienta.

– Êtes-vous certaine que personne n'a jamais vu vos cicatrices, pas même dans... un contexte intime ?

Un contexte intime. Voilà comment il avait choisi d'aborder la question du sexe. Elle réprima un sourire. Il avait l'air si mal à l'aise, et autre chose aussi, mais elle préférait éviter de faire intervenir les émotions. Elle était déjà suffisamment troublée par l'inspecteur Zach Copeland.

– Enfin... si je peux... Je ne veux rien insinuer du tout.

Il se frotta de nouveau la lèvre inférieure.

Elle inclina la tête et ne put retenir un petit sourire.

– Vous voulez savoir si j'étais vierge quand Marshall m'a violée ? La réponse est non.

Son sourire s'évanouit et elle baissa la tête pour se focaliser sur ses mains.

– La vérité, c'est que j'ai commis beaucoup d'erreurs, avoua-t-elle. Et il est possible que j'aie blessé certaines personnes. J'ai aussi fait des choix idiots qui m'ont blessée moi-même. Je... je n'étais pas quelqu'un de très... bien. J'étais perdue... à cause de mon enfance. Ça n'excuse rien, mais... bref, comme ça, vous le savez.

Elle risqua un regard vers Zach. Il l'observait avec intensité, une petite ride creusée entre les deux yeux.

– Je suis persuadé que vous avez toujours été quelqu'un de bien, Josie. Commettre des erreurs n'enlève rien à ça. À moins que vous n'en ayez tiré aucune leçon.

Il était si gentil. Elle eut de nouveau cette impression que cet homme beau et fort était de son côté. Cela lui toucha le cœur. Et l'âme. Il parvenait presque à la convaincre qu'elle avait toujours été quelqu'un de bien, malgré tous ses regrets. Et surtout, il parvenait presque à la convaincre qu'elle pouvait être quelqu'un de bien maintenant.

Zach se leva.

– Le nom d'un homme est apparu au cours de l'enquête, en lien avec les deux autres victimes. D'ailleurs, j'allais justement chez lui quand j'ai reçu l'appel pour votre mère. Jimmy va lui rendre une petite visite ce soir. Ça ne débouchera peut-être sur rien, et je sais qu'il y a très longtemps que vous n'avez plus mis les pieds à l'université de Cincinnati, mais avez-vous par hasard connu un professeur de littérature anglaise du nom de Vaughn Merrick ?

Josie se sentit blêmir.

– Vaughn ? Que voulez-vous dire par « son nom est apparu au cours de l'enquête, en lien avec les deux autres victimes » ?

– Vous le connaissez ?

– Je l'ai connu.

Le sang afflua de nouveau dans son visage, violemment, se concentrant dans ses joues, et elle en eut le tournis.

– Je... Nous avons eu une liaison.

Zach releva brusquement la tête et la considéra pendant un moment.

– Merde.

– Zach, dites-moi ce qui se passe.

Il fronça les sourcils, visiblement en proie à une intense réflexion, comme s'il assemblait les pièces d'un puzzle. Tout à coup, il se leva. Josie sursauta.

– Je reviens tout de suite, lança-t-il en se ruant vers la cuisine.

Elle l'entendit au téléphone avec Jimmy. Quelques instants plus tard, il réapparut dans le salon.

– Jimmy était presque arrivé chez cet homme. Je l'ai mis au courant de votre relation avec lui.

Il se rassit.

– Il est possible qu'il ait eu une aventure aussi avec les deux autres jeunes femmes.

Ce fut comme si une énorme pierre tombait du ventre de Josie pour atterrir à ses pieds.

Le regard de Zach était intense.

– Josie, pensez-vous que cet homme, ce professeur, pourrait être l'imitateur ?

CHAPITRE 24

Jimmy prit place sur le canapé flambant neuf du professeur. Il y avait encore une étiquette sur le bras gauche. Le reste de l'habitation était un peu dépouillé. Apparemment, l'ex-épouse avait gardé les meubles.

Le professeur replia une jambe, posant sa cheville sur son genou.

– De quoi s'agit-il ? Inspecteur Keene, c'est bien ça ?

Il le gratifia d'un sourire, puis jeta un regard faussement furtif à sa montre. Ce type était une œuvre d'art.

Jimmy ignora la deuxième question. Tout le petit manège du professeur était destiné à l'intimider et à lui rappeler que son temps était précieux. Tactique de crétin arrogant n° 101. Le tout était de savoir si cette espèce de Brad Pitt prétentieux était un tueur de sang-froid ?

Jimmy prit tout son temps et ôta une poussière imaginaire de son pantalon tandis que le professeur remuait le pied.

– Êtes-vous au courant que les deux jeunes femmes qui ont été retrouvées mortes récemment sont directement liées à l'université de Cincinnati ?

Le professeur désigna son appartement vide d'un geste circulaire.

– Je n'ai pas encore la télé, inspecteur. Et j'ai bien peur d'être complètement hors circuit en matière d'actualités.

– La nouvelle ne s'est pas répandue sur le campus ?

– Sans doute. Il y a toujours des rumeurs qui circulent. Mais ces derniers temps, je n'ai pas vraiment l'occasion de m'arrêter pour bavarder.

Jimmy hocha lentement la tête.

– Je vois. Connaissiez-vous cette jeune fille qui a été portée disparue il y a six semaines environ ? Miriam Bellanger ?

Les traits du professeur ne trahirent aucune réaction.

– Attendez, vous êtes en train de me dire que *Miriam* est l'une des victimes des meurtres dont vous venez de parler ?

– J'en suis désolé, mais oui, il s'agit bien de Miriam Bellanger. Et d'une autre jeune femme, dont la disparition avait elle aussi été signalée depuis un certain temps : Aria Glazer.

Le professeur cessa de remuer le pied et dévisagea Jimmy comme une biche prise dans les phares d'une voiture. Sa pomme d'Adam monta et redescendit. Jimmy l'étudia avec attention.

– J'en déduis que vous les connaissiez toutes les deux ?

– Oui, je... *Bon sang.* Mortes ? Elles sont mortes toutes les deux ? Assassinées ?

Il passa la main dans ses épais cheveux châtains aux tempes grisonnantes. Oh oui, les jeunes étudiantes devaient idolâtrer ce type.

– Miriam suivait mon cours de littérature anglaise le mercredi soir et Aria... Je l'avais simplement rencontrée sur le campus.

– Sur le campus ? releva Jimmy avec un petit sourire.

Le professeur lui adressa un petit clin d'œil et sembla se détendre un peu.

– Écoutez, inspecteur, ce serait très mal vu si cela venait à se savoir à l'université, mais par souci d'honnêteté, je tiens à ce que vous sachiez que j'ai eu une brève liaison avec ces deux femmes.

Il leva les mains.

– Je n'en suis pas fier, d'ailleurs c'est en partie la raison de mon récent divorce, et croyez bien que je le regrette.

– Où entreteniez-vous ces liaisons ?

– Dans mon bureau, la plupart du temps.

Il leva de nouveau les mains.

– Je sais ce que vous vous dites, mais je vous assure que ce sont ces jeunes femmes qui sont venues à moi.

Puis il se pencha en avant, comme s'il allait lui divulguer un secret.

– De nos jours, les femmes, et *a fortiori* les étudiantes, sont souvent les agresseurs. C'est triste à dire, mais elles ne demandent guère plus qu'une surface lisse pour se faire...

Il laissa sa phrase en suspens et la ponctua d'un petit frétillement des sourcils.

Jimmy se passa la langue sur les dents.

– Je vois.

Il jaugea le professeur. *Enfoiré.*

– Aria Glazer ne suivait pas vos cours, alors comment l'avez-vous rencontrée ?

– Si mes souvenirs sont bons, nous nous sommes retrouvés en même temps à la machine à café, ce soir-là. Nous avons entamé la conversation et... une chose en amenant une autre... Vous savez comment c'est, inspecteur.

Non, Jimmy ne savait absolument pas comment c'était. Sa femme, qu'elle repose en paix, était morte dix ans plus tôt et il n'y en aurait jamais d'autres dans sa vie. Il lui resterait fidèle jusqu'à ce qu'il la rejoigne dans la tombe.

Jimmy prit note mentalement qu'il faudrait qu'il réclame les images de vidéosurveillance de l'université afin de vérifier si on n'y voyait personne suivre ces femmes lorsqu'elles sortaient du bureau du professeur et quittaient le campus.

– Comment se sont terminées ces liaisons ?

Le professeur renifla et leva les yeux vers le plafond comme s'il essayait de se rappeler.

– Alors, voyons... Aria a abandonné les cours qu'elle suivait le mercredi soir et je ne l'ai tout simplement plus jamais revue après ça.

– Elle ne vous a jamais recontacté ?

– Si elle l'a fait, je n'ai jamais décroché ni rappelé. Mais je ne peux pas l'affirmer à cent pour cent. Ça fait trop longtemps.

Ils n'avaient pas encore reçu les relevés téléphoniques d'Aria Glazer, mais Jimmy était prêt à parier sa chemise qu'ils y découvriraient qu'elle avait tenté de joindre le professeur à de nombreuses reprises. Et il n'aurait pas été surpris que le professeur dise la vérité lorsqu'il affirmait n'avoir jamais rappelé. Il n'en démordrait pas : *enfoiré*.

– Certains indices laissent supposer qu'elle serait tombée enceinte à cette époque, dit Jimmy. Étiez-vous au courant ?

Un éclair traversa son regard, mais il détourna rapidement la tête. *Oui, il savait.*

– Elle ne m'en a jamais rien dit. Si elle était enceinte, ce n'était pas de moi.

– Bon.

Le silence s'installa brièvement.

– Alors, vous ignoriez qu'elle avait disparu ?

Il hocha la tête.

– Absolument, je vous le jure. Je n'en avais pas la moindre idée.

– Et Miriam ?

– Oui, j'étais au courant pour Miriam. J'étais fou d'inquiétude, bien sûr.

– Bien sûr.

Jimmy eut beaucoup de mal à ne pas lever les yeux au ciel.

– Avez-vous cherché à contacter la police ? Pour l'avertir que vous aviez été en contact avec elle peu avant sa disparition ?

Le professeur rougit.

– Non. Les cours avaient été annulés la semaine précédente, je ne l'avais plus vue depuis plusieurs semaines. Et jamais je n'aurais pensé que notre relation puisse faire avancer l'enquête. Ça ne me paraissait d'aucune utilité.

En effet. D'aucune utilité pour toi.

– Ça ne vous a pas semblé bizarre qu'une autre étudiante avec laquelle vous aviez une aventure s'évapore dans la nature ?

Le professeur plissa les yeux, puis son regard s'éclaira : il avait compris. Il s'affaissa un peu plus sur le canapé.

– Josie, dit-il dans un souffle. Josie Stratton.

Il baissa la tête, puis passa une main dans ses cheveux.

– Si... J'ai pensé à Josie, mais...

Il releva la tête, les yeux écarquillés.

– Celui qui l'avait enlevée s'est suicidé. Donc il était impossible que... Je veux dire, oui, bien sûr que oui, j'ai trouvé ça bizarre. Mais les disparitions d'étudiantes ne sont pas non plus si rares, inspecteur. Vous en savez sûrement quelque chose. C'est une affreuse coïncidence, mais je n'ai rien à voir là-dedans.

Jimmy le dévisagea. Vaughn Merrick écarquilla encore plus les yeux.

– Vous croyez que je suis impliqué dans le kidnapping et le meurtre de ces deux filles ? Mais enfin, pour quelle raison ferais-je une chose pareille ?

Jimmy haussa les épaules.

– La peur de perdre votre poste ? Votre carrière ? Votre famille ? Je trouve que ces mobiles tiennent plutôt la route, moi.

Le professeur Merrick grinça des dents.

– Je n'ai fait aucun mal à ces deux jeunes femmes, inspecteur. Et tout le monde sait qui a martyrisé Josie Stratton. Je suis désolé, mais en ce qui me concerne, nous pouvons en rester là.

Je vais contacter mon avocat. Si vous avez d'autres questions, vous n'aurez qu'à vous adresser à lui.

-\<\<\<•\>\>\>-

– Madame Merrick ? Inspecteur Jimmy Keene, de la police de Cincinnati. Auriez-vous le temps de répondre à quelques questions ?

La jolie brune qui se tenait dans l'entrebâillement de la porte parut surprise, puis hésitante, mais finit par reculer pour le laisser entrer.

– Bien sûr. Je vous en prie, entrez.

Jimmy la suivit dans un intérieur de style ranch entièrement meublé. Comme il l'avait soupçonné, madame Merrick avait obtenu les meubles dans la procédure de divorce. Ils pénétrèrent dans un vaste salon.

– Voilà, installez-vous, dit-elle en lui désignant un canapé modulable gris pâle agrémenté de nombreux coussins.

Jimmy s'installa au bout de celui-ci et se tourna vers madame Merrick qui avait pris place à l'autre extrémité. Elle s'empara de l'un des coussins et le serra contre elle.

– Puis-je vous offrir quelque chose à boire ?

– Non merci, madame.

Elle pencha la tête et le regarda avec impatience.

– Madame Merrick...

– Alicia, je vous en prie. Et je redeviendrai bientôt Alicia Neely. Je reprends mon nom de jeune fille.

– Ah. Je vois. J'ai cru comprendre que votre divorce était très récent. Vous m'en voyez désolé. En réalité, je viens à l'instant de m'entretenir avec votre ex-mari.

Il se garda de préciser qu'il venait de faire placer le professeur sous surveillance. Une voiture allait guetter ses allées et venues et ne le quitterait pas d'une semelle. Son lien avec les trois victimes était trop suspect et le justifiait largement, bien qu'à ce stade aucun chef d'accusation ne puisse être retenu contre lui. Qu'à cela ne tienne, le département le suivrait à la trace et consignerait avec soin tous ses faits et gestes.

Alicia fronça les sourcils.

– Vaughn ? Mais pourquoi ?

– Avez-vous entendu parler des deux crimes en lien avec l'université de Cincinnati ?

Alicia cligna des yeux.

– Je sais juste que deux jeunes filles ont été assassinées. Retrouvées mortes de faim, c'est bien ça ? On en parle partout dans la presse, j'ai entendu quelques bribes d'information par-ci par-là, mais je n'en sais pas plus. J'étais trop occupée à m'installer dans ma nouvelle maison.

Elle marqua une pause et le toisa.

– Quel est le rapport entre ces femmes et Vaughn ?

– Eh bien, madame...

Comment formuler ça avec tact ?

– Son nom est apparu pendant l'enquête et nous n'étions pas certains du lien qu'il y avait, jusqu'à ce que je lui parle il y a quelques instants. Il s'avère...

– ... qu'il a couché avec elles, compléta Alicia Merrick d'un ton morne, presque éteint.

Elle baissa la tête et se frotta le cou, faisant apparaître des marques rouges.

– Bien sûr qu'il l'a fait.

Elle darda son regard sur Jimmy.

– Mais qu'est-ce que ça vient faire dans votre enquête ?

– Nous ne le savons pas encore. Votre ex-mari prétend qu'il n'a rien à voir dans leur disparition ni dans les meurtres qui ont suivi. Il n'avait même pas fait le rapprochement entre elles et les victimes dont on parle aux infos.

Le regard fuyant, Alicia pressa légèrement le coussin contre elle.

– Vaughn n'est pas un grand amateur de télévision, murmura-t-elle.

– Vous ne semblez pas surprise d'apprendre que votre mari entretenait des liaisons avec deux étudiantes.

– C'est que je ne le suis pas.

Mais ensuite, ses épaules s'affaissèrent et elle sembla tout à coup abattue. *La pauvre*, songea Jimmy. Elle avait jeté l'éponge. Pas étonnant. Apparemment, elle avait été mariée à un homme atteint d'infidélité chronique. Subir ça pendant des années devait ronger la confiance en soi d'une femme, jusqu'à l'anéantir tout à fait.

– Cela dit, je suis étonnée qu'il soit impliqué avec ces deux femmes-là.

– Vous n'aviez jamais entendu leurs noms avant de les découvrir aux informations ?

– Jamais. Je... Quand j'ai rempli les papiers du divorce, il y a huit mois, je savais que Vaughn avait recommencé à me tromper, mais je me fichais de savoir avec qui. Quelle importance ? Elles se ressemblent un peu toutes, toujours la même étudiante aux seins pointus et au petit cul bien ferme.

Malgré ses paroles amères, son visage était plus boudeur que réellement en colère. Elle détourna de nouveau la tête.

– Je vois. Vous venez de dire que votre mari avait « recommencé » à vous tromper. Savez-vous combien de fois il a été infidèle avant ça ?

Alicia laissa échapper un petit rire sec.

– Trop pour les compter, inspecteur. Il est l'incarnation du narcissisme.

Un narcissique. Peut-être. Ou pas. Les gens aimaient bien coller cette étiquette sans trop savoir ce qu'il y avait derrière. Un connard égoïste ? Ça oui, Jimmy l'avait diagnostiqué à l'instant même où il avait rencontré le professeur. Il adressa un regard empreint d'empathie à Alicia Merrick.

– Dites-moi, madame Merrick, vous êtes-vous rendue à son bureau, sur le campus, récemment ? Disons, en février ?

Miriam Bellanger avait écrit dans son journal que le professeur et elle avaient failli être surpris par « madame M. » Copeland et lui présumaient qu'elle faisait allusion à sa femme, à madame Merrick. Bien sûr, comme ils avaient juste « failli » être surpris, madame Merrick n'était sans doute même pas au courant de ce à quoi elle avait échappé. Bien piètre consolation pour cette pauvre femme.

– En février ? C'est possible. Si j'avais des documents ou autre chose à faire parvenir à Vaughn, je suis sûrement allée jusqu'à son bureau pour les glisser dans sa boîte aux lettres. C'était plus rapide comme ça et ça me permettait d'éviter de le croiser.

– Je vois.

– Une de ces filles a débarqué à la maison, un soir, il y a des années, lança-t-elle à brûle-pourpoint. Elle avait l'air défoncée. Elle est restée plantée dans le jardin à crier des insanités pendant un long moment. Nous avons dû appeler la police. Ils l'ont emmenée. Je suppose que ça doit figurer dans un rapport de police.

Elle arborait toujours cet air morose. Il faudrait que Jimmy vérifie cette information dès qu'il rentrerait au bureau.

– Merci, madame Merrick, ça pourrait s'avérer utile. Vous rappelez-vous si Josie Stratton a fait partie des conquêtes de votre mari ?

Elle plissa le front.

– Josie Stratton... ça me dit quelque chose, mais, honnêtement, inspecteur, j'évite de retenir leur nom. Je l'ai surpris plusieurs fois, j'en ai entendu une ou deux dans son bureau à l'occasion de l'une de mes visites éclair sur le campus.

Elle baissa les yeux, comme si elle se remémorait le bruit de ces ébats. Car elle n'avait sans doute pas entendu que leur conversation. Ensuite, elle sembla se ressaisir et releva la tête.

– Comme je le disais, l'une d'entre elles a carrément débarqué chez nous. Mais ça ne m'a pas donné plus envie de retenir leur nom pour autant, ça me faisait plus de mal que de bien. Je suis sûre que vous comprenez.

Cela avait dû être moins pénible en les déshumanisant. Comment les qualifiait-elle dans ses pensées ? « Ces femmes » ? Ou peut-être « ces putes » ?

– Oui, répondit-il. Je peux tout à fait comprendre. Le nom de Josie Stratton vous semble peut-être familier parce qu'il s'agit de la jeune femme qui a été enlevée il y a neuf ans et qui avait accouché de l'enfant de son violeur avant de réussir à s'enfuir.

Alicia en resta bouche bée, sous le choc.

– Oh mon Dieu, mais oui !

Elle secoua la tête et garda les paupières closes pendant quelques instants, comme si tout ça la dépassait.

– Vous êtes en train de me dire qu'elle aussi a été l'une des p...

Elle s'éclaircit la voix et le rouge lui monta aux joues.

– Que c'est l'une des femmes avec lesquelles Vaughn a eu une liaison ?

L'une des putes de Vaughn, avait-elle failli dire, Jimmy l'aurait parié. Il avait vu juste.

– Oui.

– Je ne comprends pas. Quelqu'un a décidé d'enlever et de tuer les maîtresses de Vaughn ? C'est bien ce que vous insinuez ?

– Pour l'heure, j'ignore si ça fait partie du mobile du suspect ou si ça a un quelconque rapport avec cette affaire tout court. Ce qui est certain, c'est que la coïncidence mérite d'être relevée, et soulève toutes sortes de questions. Par exemple, en admettant que quelqu'un s'en prenne à ces femmes à cause de leur lien avec le professeur, qui serait assez en colère pour commettre des actes aussi odieux sur ces jeunes victimes ?

Alicia dévisagea Jimmy, l'air suspicieux.

– Vous n'êtes tout de même pas en train de... Oh mon Dieu, mais si. Vous êtes en train d'insinuer que j'aurais pu, *moi*, être remontée contre ces femmes au point de les assassiner ? Ou de... les faire assassiner ?

Scandalisée, elle porta la main à son cœur et resta bouche bée.

– Je n'insinue rien du tout, madame. J'essaie simplement de comprendre le lien entre ces trois victimes qui ont beaucoup souffert – deux d'entre elles en sont même mortes. Et le fait est que chacune d'entre elles avait entretenu une relation avec votre ex-mari.

Alicia se tut et se rejeta en arrière, au milieu des coussins, et, l'espace d'un instant, on aurait pu croire qu'elle allait être aspirée par ce vortex rembourré.

– Attendez, la police n'a-t-elle pas arrêté le kidnappeur de cette Stratton ?

– Il s'est suicidé avant l'intervention de la police.

– C'est ça, murmura Alicia. Ça me revient, maintenant. Vaughn était très...

Sa voix mourut et elle braqua vivement son regard sur Jimmy.

– Oui, madame ?

– Vaughn s'est beaucoup intéressé à cette affaire. Dès que le sujet passait au JT, il arrêtait tout pour regarder. J'ai cru... J'ai cru que c'était parce que Josie Stratton fréquentait l'université.

Elle se mordit l'intérieur de la joue.

– Mais ce n'était pas la seule raison, continua-t-elle. C'était aussi parce qu'il la connaissait. Intimement.

Jimmy ne réagit pas. Tout à coup, Alicia Merrick lui sembla très petite, et ce n'était pas à cause des coussins qui l'encerclaient. Elle rétrécissait émotionnellement. Cette femme était-elle capable d'engager quelqu'un pour torturer et éliminer les maîtresses de son mari ? Pas un, mais deux tueurs, puisque le premier s'était tiré une balle dans la tête ? Non, Jimmy n'en était pas convaincu. Ou alors, c'était une excellente actrice. En outre, les crimes perpétrés contre Josie, Aria et Miriam étaient *personnels*, et pas l'œuvre d'un tueur à gages. Pourtant, quelque chose sonnait faux. Hélas, ils ne disposaient pas encore d'assez d'informations pour découvrir ce que c'était.

Jimmy sortit une carte de visite de sa poche et la tendit à Alicia Merrick.

– Si quoi que ce soit d'autre vous revient, s'il vous plaît n'hésitez pas à m'appeler. Nous vous recontacterons si nous avons d'autres questions.

Il allait mettre madame Merrick sous surveillance aussi pendant quelques jours. Il était curieux de découvrir ce qu'elle ferait lorsqu'elle aurait digéré la nouvelle qu'il venait de lui livrer.

Il se leva et elle parvint à s'extraire de son nid de coussins.

– Je n'y manquerai pas. Je vous raccompagne, inspecteur.

En regagnant l'entrée, Jimmy avisa une grande photo encadrée au mur qu'il n'avait pas remarquée en entrant, trop concentré sur le salon où l'emmenait madame Merrick. On y voyait deux jolies petites filles blondes.

– Vos filles ? demanda-t-il.

Madame Merrick le rejoignit et lui offrit le premier sourire sincère depuis son arrivée.

– Oui. Ophélie et Esmé. J'imagine que vous êtes au courant que leur père enseigne la littérature anglaise, précisa-t-elle pour expliquer le choix des prénoms.

Elle étudia la photo. Elles ressemblaient beaucoup à leur père.

– Elles ont très mal vécu le divorce.

– Je suis désolé, répondit Jimmy avec sincérité, pour tout ce que votre famille a traversé dernièrement.

Elle le regarda avec une expression indéchiffrable, puis lui adressa de nouveau un sourire.

– Moi, je ne le suis pas.

Puis elle contempla la photo de ses filles.

– J'aurais dû nous accorder la priorité, à mes filles et moi, bien plus tôt. Je l'ai fait pour tout le reste, mais j'ai toujours trouvé des excuses à Vaughn. Grave erreur, car vous savez, inspecteur, c'est vrai ce qu'on dit, murmura-t-elle, presque pour elle-même.

Elle se tourna vers lui, une flamme dans les yeux malgré son expression morose.

– « Infidèle un jour, infidèle toujours. »

CHAPITRE 25

AVANT

Josie était malade. Ça, elle l'avait compris, mais qu'avait-elle au juste ? Une infection ? *Pitié, faites que ce ne soit pas trop grave.* Elle avait entendu quelque part – mais où ? – que jusqu'à l'invention des antibiotiques, les infections étaient la première cause de mortalité chez les jeunes mères. Elle ne pouvait pas mourir ici, maintenant. Elle ne pouvait pas mourir et abandonner Caleb comme ça, seul.

Il était pelotonné à côté d'elle, sur le matelas sale, et elle avait rabattu le plaid sur eux. Après la naissance, elle avait utilisé les dernières lingettes pour bébé que Marshall avait oubliées un jour, plusieurs mois plus tôt, et quelques serviettes de fast-food pour nettoyer Caleb le mieux possible. Cependant, elle avait dû en conserver quelques-unes pour s'en servir de couches.

Josie avait chaud, trop chaud, et elle mourait de soif. Elle avait besoin de plus d'eau que le fin filet de pluie qui s'écoulait du mur de façon aléatoire. Elle avait besoin de bien plus que pendant sa grossesse. L'allaitement l'assoiffait beaucoup trop, c'était désespérant. Elle avait besoin d'eau pour produire du lait en suffisance.

À chaque fois que la petite bouche affamée de Caleb se mettait à téter, son utérus se contractait douloureusement, intensifiant ses pertes de sang. Cela dit, encore une fois, sa définition de la douleur avait radicalement changé depuis qu'elle avait accouché sans péridurale, enchaînée à un mur.

Son désespoir était incommensurable. Elle était épuisée, assoiffée, mal installée, terrifiée, et... affamée. Ses réserves de nourriture étaient vides. Elle jeta un coup d'œil au placenta qu'elle avait repoussé aussi loin que possible du matelas. Peut-être aurait-elle dû en consommer un peu. À présent, c'était trop tard. Il était en train de pourrir en répandant son odeur de chair putréfiée.

Caleb était né depuis une semaine et il y avait déjà trois jours qu'elle avait mangé les six frites froides et le dernier quart du misérable hamburger qu'elle avait conservés.

Elle contempla son fils et son cœur se serra tandis qu'une larme s'échappait de son œil. Si son lait se tarissait, allait-elle devoir regarder cette petite vie qu'elle avait mise au monde contre toute attente et qu'elle aimait de tout son être, s'éteindre à petit feu dans ses bras ? L'idée seule suffisait à lui comprimer la poitrine, à susciter un chagrin si lourd, si écrasant, qu'elle avait l'impression de passer sous un rouleau compresseur.

Elle rouvrit les yeux et se figea. *Des pas.* Elle se redressa et son souffle s'accéléra.

Marshall ouvrit la porte et eut un mouvement de recul.

– Bon sang ! Ç-ça pue, là-dedans.

Puis il resta cloué sur place lorsqu'il aperçut ce que Josie tenait dans son bras, l'autre étant toujours enchaîné. Il s'avança lentement vers eux. Elle avait remonté le plaid jusqu'au petit cou du bébé.

Alors, c'est facile d'accoucher ?

Oh oui, trop fastoche. Je l'ai fait avec une main dans le dos.

Cette pensée avait surgi sans crier gare dans son esprit et elle fut saisie d'un besoin irrépressible de hululer d'un rire hystérique jusqu'à ce que son esprit craque et qu'elle parte à la dérive sur l'océan paisible de la folie. Non, elle ne se laisserait pas entraîner loin de son enfant par le délire. Non, elle n'irait pas là-bas. Pas de son plein gré, en tout cas.

Marshall s'approcha et s'agenouilla près du matelas. Son attitude avait quelque chose de... différent. Il écarta le plaid et elle fut frappée par un détail : sa main tremblait. *Il a peur ? Est-ce de la peur ou... Mais qu'est-ce, au fond ?*

– C'est quoi ?

Sa voix aussi avait changé, avait pris un accent étrange. Josie se redressa.

– Un garçon. C'est un garçon. C'est notre fils. Et il est parfait.

Elle s'humecta les lèvres.

– J'ai besoin d'eau. Et je suis malade. Je suis malade et je crois que ça s'aggrave, je...

– C'est quoi son n-nom ?

– Son nom ?

Elle n'avait pas envie de le lui dire, de donner à ce monstre le privilège de connaître le nom de son précieux petit garçon. Cependant, elle avait besoin que Marshall le considère comme un humain, qu'il s'attache à lui et le laisse partir. *Les* laisse partir.

– Caleb. Il s'appelle Caleb.

Marshall continua à observer le bébé, une lueur indéfinissable dans ses yeux noisette. De la curiosité ? De la peur ? Sous sa cagoule, sa pomme d'Adam montait et descendait. Il tendit la main et l'instinct de Josie lui dicta de ramener le bébé contre elle, de l'éloigner de cet être malfaisant qu'était son géniteur. Elle n'en fit rien. Elle retint sa respiration et se figea. Toutefois, au moment où la main de Marshall allait entrer en contact avec la joue de Caleb, il la retira vivement et se leva.

Josie éclata en sanglots.

– S'il te plaît, laisse-nous partir. S'il te plaît. Sinon nous allons tous les deux mourir ici. C'est ça que tu veux ? C'est ton fils. Je t'en supplie.

– La ferme, aboya-t-il en reculant. La ferme ! Je croyais que tu serais déjà morte. J'étais persuadé que j'allais retrouver ton cadavre aujourd'hui.

Josie secoua la tête.

– Je ne le suis pas. *Nous* ne le sommes pas. Mais ça ne devrait plus tarder. S'il te plaît, s'il te plaît...

Marshall tourna les talons et sortit en lui jetant un sac de nourriture et une bouteille d'eau avant de claquer la porte. Tous les espoirs de Josie s'effondrèrent et elle hurla son nom en pleurant, l'implora encore et encore. Elle l'entendit remonter précipitamment l'escalier, comme s'il prenait ses jambes à son cou.

CHAPITRE 26

Zach était au téléphone sous le porche ; Josie entendait les lattes en bois de la terrasse grincer tandis qu'il exécutait des allers-retours. Qui était à l'autre bout du fil ? Jimmy très probablement. Ils étaient en train de faire le point sur cette affaire dans laquelle elle se retrouvait désormais impliquée jusqu'au cou.

Se pourrait-il que le professeur Vaughn Merrick soit l'imitateur ? Zach lui avait posé la question la veille. Depuis, celle-ci lui trottait dans la tête, mais elle n'avait toujours pas la réponse. C'était possible, mais en toute honnêteté, cette hypothèse l'avait choquée. Elle avait eu une relation intime avec cet homme, pourtant elle n'avait qu'un souvenir très flou de sa véritable personnalité. Sans doute parce qu'elle n'avait jamais réellement connu sa vraie nature. Peut-être ne s'y était-elle pas intéressée, même si à l'époque elle était persuadée du contraire. Elle avait projeté sur lui ses idéaux, sans jamais se demander s'il était en mesure d'y correspondre. Oui, elle avait commis beaucoup d'erreurs dans des tentatives désespérées pour obtenir l'amour dont ses parents l'avaient privée. Malheureusement, elle avait toujours jeté son dévolu sur des hommes qui étaient incapables de l'aimer. Elle était prisonnière d'un lamentable cercle vicieux.

Ce triste constat mis à part, Vaughn était-il coupable de ces meurtres odieux ? Et si oui, *pourquoi* ?

Quel dommage que personne ne puisse lui rafraîchir la mémoire. Elle avait perdu contact avec ses amis de l'université. Ils étaient venus lui rendre visite à l'hôpital, après son évasion, mais elle s'en souvenait à peine. Lorsqu'elle avait enfin pu sortir, ils avaient tenté de lui téléphoner à de nombreuses reprises, mais à l'époque, elle ne s'était pas sentie émotionnellement en état de leur parler. Elle n'avait pas répondu à leurs appels et n'avait jamais rappelé, si bien qu'ils avaient fini par renoncer.

Attirée par le délicieux arôme du café, elle se rendit dans la cuisine et s'en servit une tasse. Elle y ajouta un nuage de lait, puis alla se poster devant la fenêtre pour siroter le breuvage chaud en admirant le paysage. Matinée paisible, beau ciel bleu avec quelques nuages épars. Zach était toujours au téléphone. Impossible de saisir ce qu'il disait, seule l'intonation de sa voix lui parvenait. Elle repensa à tout ce dont ils avaient parlé la veille et ne put réprimer une grimace. Elle n'arrivait toujours pas à croire que sa mère était morte. Elle était condamnée, bien sûr. Elles en avaient même discuté, et sa mère lui avait fait part de sa volonté d'être incinérée, le moment venu. Josie était aussi surprise par la tristesse qui l'habitait depuis cette annonce, surprise que cette femme, qui l'avait tant fait souffrir, lui inspire un tel chagrin. Au fond, elle n'avait jamais réellement connu sa mère, et sa mère ne l'avait jamais connue. Elles étaient liées par le sang, mais c'était à peu près tout.

À vrai dire, elle était surtout triste *pour* sa mère. Triste de la manière dont Diana Stratton avait choisi de vivre. Car il s'agissait bel et bien d'un choix, n'est-ce pas ? Certes, la vie n'avait pas fait de cadeaux à sa mère – Josie le reconnaissait tout à fait – mais celle-ci avait décidé de se raccrocher à son amertume, d'imputer ses malheurs aux autres, notamment aux êtres qu'elle était censée aimer. Comme à Josie, sa propre enfant. Toutefois, Josie ne nourrissait plus le moindre ressentiment à cet égard. Elle non plus n'avait pas été gâtée par la vie, mais elle n'était pas devenue aussi aigrie que sa mère. Elle n'avait pas laissé l'amertume lui dicter ses choix. Et elle ne perpétuerait pas ce cycle de maltraitance. Ça, *jamais*.

La porte d'entrée se referma, puis Zach entra dans la cuisine.

– Bonjour, lança-t-il en posant son téléphone sur la table.

Elle s'appuya contre l'évier.

– Bonjour.

– Comment vous sentez-vous ?

– Bien.

Il scruta son visage, comme s'il cherchait autre chose dans la réponse qu'elle avait formulée. Elle détourna la tête et but une gorgée de café.

– Je crois... Je crois qu'il faut que j'appelle mes amis. Ceux dont j'étais proche avant mon enlèvement, dit-elle en baissant les yeux.

Elle aurait bien aimé ne pas ressentir cette pointe de culpabilité qui surgissait à chaque fois qu'elle repensait à cette époque.

– Ceux dont j'étais proche à l'époque où je fréquentais le professeur Merrick.

Ceux avec lesquels elle avait passé la dernière soirée de sa vie d'*avant*. Ceux qu'elle n'avait pas été capable de revoir *après*, parce qu'elle avait radicalement changé alors qu'ils étaient restés les mêmes. Leur vie avait continué à suivre leur cours, là où la sienne avait dévié, irrémédiablement dévié. Cependant, à bien y penser, leur existence était-elle vraiment restée la même ? Reagan, mon Dieu, Reagan. Quelqu'un s'était introduit chez elle, avait kidnappé sa colocataire dans la chambre voisine de la sienne. Comment avait-elle surmonté ça ? Ce soir-là, Reagan était saoule et avait choisi de ne pas rentrer avec Josie. Se l'était-elle reproché par la suite ? Peut-être la vie de ses amis avait-elle été bien plus chamboulée qu'elle ne l'imaginait.

Elle releva la tête. Zach était toujours en train d'étudier ses traits, la mine soucieuse.

– Rien ne vous y oblige, Josie. Si vous pensez qu'ils détiennent certaines réponses, je peux aller les interroger moi-même. Ou Jimmy s'en chargera.

Elle se tourna et posa sa tasse vide dans l'évier.

– Non. Je... Je leur dois bien ça, Zach. Ils ont essayé de me contacter si souvent et j'ai ignoré toutes leurs tentatives. Si ça se trouve, ils ne se rappelleront rien qui puisse nous être utile dans le cadre des récents kidnap... meurtres. Mais peut-être ont-ils des informations sur le professeur que j'ignorais. Reagan suivait son cours avec moi. Même si ça ne donne rien, je dois au moins essayer.

– Vous êtes sûre ?

– Oui. J'y tiens.

Elle se sentait si impuissante, terrifiée, déboussolée face à cette situation tragique. Alors, non seulement elle devait bien ça à ses amis, et depuis longtemps, mais ce serait aussi pour elle une façon de contribuer à l'enquête.

Zach garda le silence pendant quelques instants, mais finit par acquiescer.

– D'accord. Appelez-les.

Josie alla chercher son téléphone. Pourvu qu'ils n'aient pas changé de numéro. Et pourvu qu'ils aient toujours envie de lui parler.

Elle espérait aussi qu'ils parviendraient à lui pardonner.

Josie sortit une plaque de cookies du four et la posa sur la cuisinière, humant le fumet délicieux des pépites de chocolat fondues. Derrière elle, des pas se rapprochèrent tandis qu'elle transférait les cookies sur un plat de service.

– Tout va bien ?

Elle pivota et tendit à Zach un gâteau encore tout chaud en souriant. Il croqua dedans.

– Bon chang, ch'est délichieux ! lança-t-il, la bouche pleine.

Elle rit, puis lui tourna le dos et continua à arranger les cookies sur son plat. Zach s'avança et se pencha vers elle avec un regard interrogateur. Elle acquiesça et répondit à sa question initiale.

– Oui, je vais bien.

Elle était nerveuse, mais aussi impatiente. Cooper et Reagan avaient tous les deux eu l'air si heureux d'avoir de ses nouvelles. Et ils avaient tout de suite accepté son invitation. Heureusement, c'était un dimanche et ni l'un ni l'autre n'avait quoi que ce soit de prévu, ou, si c'était le cas, ils avaient annulé pour lui donner la priorité.

Un moteur vrombit dans l'allée. Josie se redressa et ajusta ses vêtements. Zach l'encouragea d'un petit signe de tête. Elle se dirigea vers la porte d'entrée et sortit sous le porche pour attendre son premier invité. L'homme qui descendait de sa voiture la repéra presque aussitôt. Leurs regards se croisèrent et, l'espace d'un instant, ils restèrent tous les deux figés. Ensuite un grand sourire illumina le visage de Cooper et il s'avança vers elle. Josie descendit les marches en couvrant de sa main le sourire qui avait jailli sur ses lèvres et se précipita vers son ami. Il la serra dans ses bras, la souleva et la fit tournoyer tandis qu'elle riait.

– Mon Dieu, dit-il après l'avoir reposée sur le sol, en s'écartant pour l'étudier. Mais tu es *magnifique*.

Elle sourit et l'observa à son tour. Sa luxuriante masse de cheveux brun foncé, ses yeux marron profond dont les coins trahirent quelques ridules lorsqu'il lui rendit son sourire. *Cooper. Oh là là.* Il était si beau qu'elle en eut presque le souffle coupé.

– Toi aussi, Cooper. Merci d'être là, c'est si gentil. Comment vas-tu ?

– Tu plaisantes, j'espère ? Ça m'a fait un plaisir fou d'entendre ta voix après tout ce temps. J'ai... si souvent pensé à toi, Josie. Je me demandais comment tu allais. Je m'inquiétais pour toi...

Ses traits reflétèrent brièvement cette inquiétude. Cooper avait toujours été beau, mais il avait aussi toujours été très gentil.

– Je suis désolée d'avoir mis si longtemps à reprendre contact. Je... Ça n'a pas été facile pour moi.

Elle prit une profonde inspiration et parvint à sourire.

– Mais je vais beaucoup mieux, maintenant.

– Super, répondit-il avec douceur.

Puis son attention se déplaça sur le corps de ferme, derrière elle.

– Cet endroit m'a tout l'air d'un petit coin de paradis.

Elle se tourna vers sa maison et l'observa avec un regard neuf : pas celui qui ne voyait que les réparations et les rafraîchissements encore nécessaires, mais celui qui se réjouissait de la sérénité authentique de l'endroit, de son charme paisible. À moins que pendant quelques secondes, elle n'ait retrouvé le regard d'*avant*, cette vision dorée que son esprit avait précieusement sauvegardée et qui l'avait aidée à traverser les jours sombres et solitaires de sa captivité.

– C'est en bonne voie, répondit-elle en souriant. Viens, entre.

Elle le précéda.

Zach les regarda s'approcher depuis la porte d'entrée, appuyé contre le chambranle. Il semblait tellement *à sa place*, à cet endroit, que le cœur de Josie se mit à palpiter un peu plus fort.

Il s'écarta pour leur céder le passage et Josie balaya l'émoi qui venait de la traverser.

– Cooper Hart, je te présente l'inspecteur Zach Copeland, de la police de Cincinnati. Il travaille sur l'affaire dont je t'ai parlé au téléphone, celle où je me retrouve impliquée, mais aussi... Marshall Landish.

Cooper serra la main de Zach.

– Ravi de vous rencontrer.

Zach lui adressa un petit signe de tête et le dévisagea avec une expression étrange. Était-ce... de la jalousie ? Elle repoussa aussitôt cette idée. Sûrement pas. De toute façon, Cooper était gay... Mais ça, Zach l'ignorait.

Ils s'installèrent dans le salon. Cooper se pencha vers elle, les coudes posés sur les genoux, et la regarda droit dans les yeux en inclinant la tête.

– Ce doit être très dur pour toi.

– Ça l'est, mais Zach... L'inspecteur Copeland et tous ses collègues sont formidables.

Elle considéra Zach, puis baissa timidement les yeux. Lorsqu'elle releva la tête, Cooper les regardait tous les deux tour à tour avec un petit sourire entendu. Il lui adressa un clin d'œil et elle rougit, laissant même échapper un petit rire gêné. Bon sang, où étaient passés son sens de la repartie, sa... *légèreté* et... son naturel ? Peut-être les avait-elle définitivement perdus. Elle frotta la paume de ses mains sur son jean, au comble de la nervosité malgré sa joie de revoir Cooper.

– Et toi, comment vas-tu, Cooper ? demanda-t-elle. Parle-moi de toi, de ta vie.

Il se redressa en soupirant.

– Rien de bien excitant. J'ai eu quelques amourettes ces derniers temps, mais rien de sérieux. Je travaille dans un cabinet d'architectes du centre-ville, poursuivit-il en jetant un coup d'œil à Zach.

– C'est génial.

Il avait donc décroché son diplôme et le job de ses rêves. Cela rappela une fois de plus à Josie quc tout le monde avait progressé tandis qu'elle avait longtemps stagné. Toutefois, elle n'était pas d'humeur à s'apitoyer sur son sort. Et puis, elle allait enfin de l'avant et, maintenant qu'elle était lancée, plus rien ne l'arrêterait.

Le crissement du gravier annonça l'arrivée d'une autre voiture. Zach se leva.

– Je m'en occupe.

Des voix s'élevèrent bientôt dans le hall et, quelques secondes plus tard, Reagan et un homme que Josie ne connaissait pas pénétrèrent dans le salon. Josie se leva et Reagan poussa un petit cri en se précipitant vers elle. Une vague d'émotion submergea Josie tandis qu'elle serrait dans ses bras cette jeune femme qui avait été sa meilleure amie. Elle se cramponna à elle, trouvant une sorte de soulagement dans cette étreinte.

Elle finit par s'écarter en écrasant une larme.

– Oh, Reagan. Tu es superbe.

C'était sincère. Qui aurait pu croire, en la voyant, que neuf années s'étaient écoulées ? Elle était toujours la jeune étudiante aux yeux brillants que Josie avait rencontrée à l'époque.

– Toi aussi. Waouh ! lança Reagan en essuyant ses propres larmes.

Elle se tourna et tendit la main vers l'homme qui l'accompagnait. Josie avait un peu le tournis, l'impression de perdre l'équilibre. Lorsqu'il s'approcha, elle le reconnut sans parvenir à l'identifier. Où l'avait-elle déjà rencontré ?

– Voici mon mari, Evan, le présenta Reagan.

– Salut, Josie, dit Evan en croisant son regard.

– On se connaît, murmura-t-elle. Je... Je t'ai déjà vu quelque part.

– Je l'ai rencontré au cours de géologie, à l'université, confirma Reagan en hochant la tête. Nous avons commencé à sortir ensemble juste avant...

Elle toussota et détourna la tête.

Juste avant que tu disparaisses.

Josie dévisagea Evan.

– Oui, murmura-t-elle. Tu étais là aussi, ce soir-là.

Reagan hocha de nouveau la tête.

– Oui. C'est pour ça que je tenais à ce qu'il m'accompagne aujourd'hui. Je veux dire, en plus du fait que je voulais te présenter l'homme que j'aime, ajouta-t-elle avec humour.

Elle se blottit contre lui et son sourire s'élargit. Josie les regarda tour à tour, puis se tourna vers Cooper qui observait la scène avec intérêt.

Pourquoi avait-elle l'impression qu'elle allait s'évanouir ? Comme si, tout à coup, elle avait été propulsée dans une machine à remonter le temps et n'avait plus aucune notion du présent ?

– Je... Euh, cookies.

Elle secoua la tête pour s'éclaircir les idées.

– J'ai fait des cookies, expliqua-t-elle avec un sourire embarrassé. Je vais...

– Je m'en occupe, l'interrompit Zach.

Elle croisa son regard, s'y raccrocha un instant, et soudain, elle se sentit plus solidement ancrée. Plus... réelle. *Présente.*

– Merci.

Elle se détendit.

– Venez, asseyons-nous. Encore merci à tous d'être venus, d'être là avec moi, vraiment.

Reagan et son mari s'installèrent sur le canapé.

– Salut, Coop, lança Reagan avec le sourire.

– Reagan, Evan.

Josie reprit sa place.

– Êtes-vous restés en contact ? demanda-t-elle.

Cooper secoua la tête.

– Pas assez. C'est la vie, déclara-t-il en haussant les épaules.

Josie acquiesça.

– C'est bien vrai.

Zach déposa le plat de cookies au centre de la table basse.

– Je sais que vous avez essayé de me joindre au début et je voudrais que vous sachiez à quel point ça m'a fait plaisir.

Les larmes affluèrent.

– C'est juste que je ne me sentais pas en état de répondre. Et j'espère... J'espère que vous pourrez me pardonner.

– Oh, Josie.

Reagan se leva et vint la serrer dans ses bras.

– Tu n'as aucune raison de t'excuser, ajouta-t-elle en lui étreignant encore la main avant de s'écarter.

– C'est nous qui devrions être désolés, Josie, renchérit Cooper. Nous avons abandonné trop vite.

Josie secoua la tête.

– Non, non. Vous avez essayé pendant longtemps. Trop longtemps, même, quand on pense que je ne vous ai jamais donné le moindre signe de vie en retour. Vous n'auriez pas pu deviner que j'avais envie que vous continuiez.

– Le principal, c'est que tu aies repris contact, et on en est très heureux, Jos', lui assura Reagan en reprenant sa place.

Ce pardon plein de bienveillance fit aussitôt retomber la pression chez Josie. Cette belle preuve d'empathie. D'un coup, elle se sentit... moins seule. Ces gens l'avaient connue et appartenaient à son monde d'*avant*. D'une certaine manière, ces retrouvailles lui permettaient de reconnecter les deux périodes de sa vie. L'*avant* et l'*après*.

– Nous sommes tous réunis, maintenant, conclut-elle.

Cooper prit un cookie et croqua dedans.

– Alors, se lança Josie, je vous ai expliqué au téléphone pourquoi votre présence ici aujourd'hui était si importante. L'affaire...

Ils hochèrent la tête. Ils avaient tous les deux suivi l'actualité et étaient au courant pour l'imitateur. Cooper avait même songé à l'appeler, lui avait-il assuré, mais, après tout ce temps, il avait hésité. Ce que Josie pouvait tout à fait comprendre.

– La police, continua-t-elle en avisant Zach, pense que ces enlèvements, le mien et les deux plus récents, pourraient avoir un rapport avec le professeur Merrick.

Cooper s'adossa au fauteuil et continua à mâcher lentement tandis que Reagan écarquillait les yeux.

– Le professeur Merrick ?

Josie acquiesça.

– Tu te souviens de lui, n'est-ce pas ?

Reagan déglutit et échangea un regard avec Evan.

– B... bien sûr.

– C'est le type que tu voyais, c'est ça ? demanda Cooper en jetant un coup d'œil à Zach comme s'il craignait d'avoir trahi un secret de Josie.

Elle s'empressa d'acquiescer.

– C'est bien ça. L'homme avec lequel j'ai eu une liaison. La police pense que les deux femmes retrouvées assassinées ont elles aussi eu une aventure avec lui.

Reagan écarquilla encore plus les yeux et se figea complètement. Cooper en resta bouche bée.

– Je me demandais si, en y repensant, vous vous souviendriez de quelque chose sur lui, n'importe quoi, qui puisse nous aider. Je ne sais pas... Même un tout petit détail peut faire la différence.

Elle se tourna d'abord vers Cooper, qui secoua lentement la tête comme s'il n'était pas encore tout à fait remis du choc.

– Je ne connaissais pas ce type, répondit-il. Je me rappelle juste son nom parce que tu m'en as parlé à l'époque. Tu étais bouleversée quand ça s'est fini avec lui.

Ce n'était pas tout à fait exact. Elle avait été bouleversée d'apprendre qu'il était marié, et elle avait eu beaucoup de mal à le quitter. Elle s'était accrochée à lui à cause de ses émotions dysfonctionnelles. Elle hocha la tête malgré tout. Ensuite, elle se tourna vers Reagan, qui triturait ses doigts, les yeux baissés. Après un autre regard en direction d'Evan, elle soupira.

– Peut-être que ce n'est pas important, mais...

Elle baissa de nouveau la tête.

– ... après ta disparition, nous étions tous anéantis. Nous avons passé beaucoup de temps à imprimer des tracts et à contacter les médias, pour que ton avis de recherche continue à être diffusé et que tu ne tombes pas dans l'oubli.

Un nœud de culpabilité se forma dans l'estomac de Josie. Ils avaient tellement fait pour elle après sa disparition, et elle les avait remerciés en ignorant leurs appels après son évasion.

– Bref, c'était une période chargée en émotion, reprit Reagan. Le professeur Merrick est venu plusieurs fois nous demander s'il pouvait nous aider...

Elle leva les yeux vers Josie, l'air accablée de honte.

– Un soir... il était tard, j'étais en train de pleurer et il m'a consolée et...

– Une chose en a amené une autre, acheva Josie d'une voix monocorde, même si tout son corps était crispé.

Elle n'était pas en colère... enfin, pas tout à fait. Mais... Bon sang, c'était donc ça que faisait Reagan pendant qu'elle croupissait dans cet entrepôt désaffecté, terrorisée et seule ?

Reagan releva la tête et acquiesça.

– Oui. Ça n'est arrivé qu'une seule fois et je...

De nouveau, rapide coup d'œil à Evan qui restait impassible.

– Je l'ai avoué à Evan. À l'époque, nous n'étions pas ensemble depuis longtemps.

Elle lui prit la main et la serra. Il lui adressa un petit sourire.

– Il m'a pardonnée et nous avons tourné la page. J'ai dit à Vau... au professeur Merrick que ça ne se reproduirait plus. Après ça, il a gardé ses distances et je ne l'ai plus jamais revu depuis.

Elle regarda une fois de plus son mari.

– En fin de compte, tout ce qui s'est passé, cette terrible épreuve, nous a rapprochés, Evan et moi, conclut-elle avec un faible sourire.

Josie expira longuement, relâchant toute l'amertume en elle. Elle aussi avait commis des erreurs et espéré qu'on lui pardonnerait. Qu'avait-elle à gagner en n'accordant pas son pardon aux autres ? Elle balaya la pièce du regard. Cooper avait pris un autre biscuit et avait la bouche pleine, et Zach étudiait Reagan, l'air à la fois surpris et soupçonneux. Soudain, il braqua son attention sur Josie, et s'attarda sur elle. On aurait dit qu'il se demandait si elle était affectée d'apprendre que son amie et l'homme qu'elle fréquentait elle-même à l'époque avaient couché ensemble juste après sa disparition. Elle se décontracta un peu. Sur le plan sentimental, elle en avait terminé depuis longtemps avec le professeur Merrick.

– Il pouvait être très charmant quand il s'y mettait, déclara Josie. Il l'est sûrement encore.

– J'espère que tu ne me détestes pas, dit Reagan. Si je pouvais revenir en arrière...

Ses yeux s'emplirent de larmes et elle considéra son mari.

– Je ne pourrai jamais te détester, Reagan, lui assura Josie. Et puis, ça s'est passé il y a très longtemps.

Elle se pencha et tendit le bras au-dessus de la table basse. Reagan alla à sa rencontre et lui serra la main avec un petit sourire reconnaissant.

– Merci pour ton honnêteté, ajouta Josie en se tournant vers Zach. Cette information sera peut-être utile.

Après ça, ils continuèrent à bavarder, mais la conversation prit une tournure plus légère. Josie leur parla de la rénovation de la ferme, et lorsqu'ils lui demandèrent si elle avait déjà fait la connaissance de ses voisins, elle leur parla de la pétillante Rainbow en se promettant intérieurement de lui rendre une petite visite, comme elle le lui avait proposé. Car la vie venait de lui rappeler que les amis étaient indispensables. Zach disparut sur la terrasse et Josie l'entendit de nouveau au téléphone tandis qu'elle papotait et évoquait le bon vieux temps avec ses amis en gloussant. Lorsque ces derniers se levèrent pour prendre congé, Josie avait le cœur plus léger, elle était heureuse d'avoir renoué les liens avec eux. Peut-être se reverraient-ils plus souvent lorsque son existence aurait repris son cours normal, quel qu'il soit.

L'image de sa fermette s'imposa dans son esprit, vacillante ; l'herbe ondulait sous une douce brise, puis Zach apparut sous le porche avec un grand sourire et... Elle chassa une fois de plus ces pensées.

Sur le pas de la porte, elle échangea une dernière étreinte avec Reagan qui lui promit de l'appeler bientôt.

– Porte-toi bien, Josie, dit Evan en lui serrant la main, un sourire qui semblait sincère aux lèvres.

Reagan serra aussi Cooper dans ses bras avant de s'éloigner.

– J'espère qu'on pourra rattraper le temps perdu, Reagan, répondit-il en souriant.

Il resta debout à côté de Josie tandis que Reagan et Evan regagnaient leur voiture.

– Ça a dû être difficile pour Evan d'écouter sa femme avouer qu'elle l'avait trompé dans une pièce remplie de gens, fit-il remarquer, un éclat particulier dans le regard. Il devait avoir envie de se cacher au fond d'une *grotte*, ajouta-t-il, renouant avec leur blague d'antan.

Josie éclata de rire à cette évocation d'une époque simple, où elle pouvait plaisanter sans être rappelée à l'ordre en permanence par la morsure de la culpabilité. Elle étreignit Cooper qui déposa un baiser sur sa joue avant de s'éloigner à son tour. Le soleil projeta de magnifiques reflets caramel dans ses cheveux tandis qu'il rejoignait sa voiture.

Elle regarda leurs véhicules disparaître sur la route, puis aperçut Zach debout près de sa voiture, toujours au téléphone. Il lui adressa un petit signe pour lui indiquer qu'il avait bientôt terminé. Tout à coup, c'est son propre téléphone qui se mit à sonner dans la cuisine et elle s'empressa d'aller répondre. Elle ne reconnut pas le numéro qui s'affichait.

– Allô ?

– Salut, J-Josie.

Tous ses muscles se liquéfièrent et elle dut se retenir au plan de travail.

– Qui êtes-vous ? lança-t-elle d'une voix sourde, le cœur battant à tout rompre.

– Le pourfendeur de r-rats. Le j-justicier poète. Alors, ça t'a fait p-plaisir ? Ce que j'ai f-fait à ta salope de mère ?

Un bruit de fond couvrait un peu sa voix, mais on aurait vraiment dit que c'était *lui*. L'horreur referma ses griffes sur chaque cellule de son être.

C'est impossible. C'est impossible.

– Marshall ? demanda-t-elle avec un filet de voix.

Elle nageait en plein cauchemar. C'était la seule explication.

Il se mit à rire.

– Non. Non, ce n'est p-pas Marshall. Il est m-mort, Josie. Tu n'étais pas au courant ? Il s'est f-fait exploser la cervelle.

– Alors qui êtes-vous ? insista-t-elle, la gorge obstruée par les larmes et la terreur.

Elle entendit la porte d'entrée et Zach apparut dans la cuisine. Il commença à sourire, mais en la voyant, il se précipita vers elle. Tremblante, elle pressait le téléphone contre son oreille.

– Je pense à toi, Josie. Je v-vais avoir besoin de te revoir une fois. Ça, t-tu dois t'en douter, n'est-ce pas ? Juste une f-fois. Toi et moi. Enfin réunis. Ça n'a pas été facile de garder mes distances, tu sais.

Elle ferma les paupières de toutes ses forces ; une larme roula sur sa joue. Zach se pencha pour essayer d'entendre, mais la communication s'interrompit, comme si l'interlocuteur l'avait repéré à travers le combiné. Josie rouvrit les yeux et lâcha le téléphone avec un sanglot tétanisé.

Zach l'attrapa par les épaules.

– Qui était-ce ?

Elle secoua la tête, refusant d'admettre ce que sa bouche était déjà en train d'articuler.

– Marshall. C'était la voix de Marshall, exactement la même. Il a dit... que c'était lui qui avait déposé le rat, et tué ma mère. Il s'est qualifié de justicier poète, il...

Sa voix tremblait tellement qu'elle parvenait à peine à s'exprimer. Zach l'attira contre lui et l'enveloppa dans ses bras.

– Il a dit qu'il avait besoin de me revoir encore une fois, ajouta-t-elle d'une voix étranglée. Il va venir me chercher.

– Chhhh, chuchota Zach contre ses cheveux. Je suis là. Vous êtes en sécurité. Tout va bien, Josie.

« *Je pense à toi, Josie. Je v-vais avoir besoin de te revoir une fois. Ça, t-tu dois t'en douter, n'est-ce pas ? Juste une f-fois. Toi et moi.* » Non, tout n'allait pas bien. *C'est impossible. Il est mort. Pourtant c'était bien lui. C'était Marshall.*

Zach l'étreignit encore plus fort et lui frotta le dos. Josie se raidit, peu habituée à ce genre de marque d'affection et plutôt réticente au contact physique en général. Cependant, il était si solide, et son corps si chaud contre elle, qu'elle se laissa aller ainsi pendant un moment. Lorsqu'il s'écarta, il la regarda droit dans les yeux.

– Vous êtes en sécurité, répéta-t-il. Prenez une grande inspiration et racontez-moi exactement ce qu'il a dit.

Elle avait trouvé du réconfort dans ses bras – même si ça n'avait duré qu'un court instant – et elle en trouva aussi dans ses paroles. Oui, avec lui, elle était en sécurité. Il ne laisserait personne lui faire du mal. Elle prit donc une profonde inspiration, s'imprégnant de toute cette force qu'il lui insufflait. Elle lui répéta mot pour mot ce que cet inconnu lui avait dit, lui expliqua qu'il bégayait de la même façon que Marshall Landish et que le ton de sa voix était identique, elle pouvait l'affirmer malgré la présence d'un bruit de fond qu'elle n'avait pas réussi à identifier.

Zach hocha la tête, puis ramassa le téléphone et vérifia le numéro du dernier appel reçu. Il sortit son propre téléphone de sa poche. Une seconde plus tard, un « allô ? » sonore retentit dans le combiné, ce qui acheva d'apaiser les nerfs à vif et le cœur affolé de Josie. Jimmy. Jimmy, le roc.

– J'ai besoin que tu me retraces un numéro, dit Zach. Quelqu'un vient d'appeler Josie en se faisant passer pour Landish.

Ils échangèrent encore quelques mots, puis Zach raccrocha et emmena Josie jusqu'à une chaise de la cuisine. Les jambes sciées, elle s'effondra sur celle-ci.

– On aurait tellement dit que c'était lui, chuchota-t-elle. C'était... J'ai cru que c'était lui.

Zach s'agenouilla devant elle et lui prit la main.

– Ce n'est pas possible. C'est un malade qui essaie de vous faire peur. Marshall Landish est mort. Aucun risque que ce soit lui.

Elle acquiesça. Elle savait qu'il était mort. La police ne pouvait pas s'être trompée là-dessus. Ni le légiste. Ni celui qui avait été chargé d'identifier le cadavre. Bien sûr que ce ne pouvait pas être lui, elle le savait. Seulement, elle ne pouvait lutter contre cet horrible sentiment qu'il était revenu d'entre les morts.

« Juste une f-fois. Toi et moi. Enfin réunis. Ça n'a pas été facile de garder mes distances, tu sais. »

Oh mon Dieu.

Zach s'appuya à la balustrade, tournant le dos à la maison. Il scruta la route et les alentours tandis qu'il attendait que le sergent Woods décroche.

– Copeland. Jimmy est ici avec moi, au bureau. Nous avons retracé les données du coup de fil. Téléphone jetable. Voie sans issue.

Zach soupira. C'était bien ce qu'il craignait.

– Ce doit être un coup de l'imitateur. Et cet imitateur, il devait connaître Landish. Josie dit que même s'il y avait un bruit de fond, au début elle a réellement cru que c'était lui. Je ne sais pas qui s'amuse à incarner son personnage, mais il fait un sacré bon boulot. Il a réussi à la terroriser.

Le sergent poussa un juron.

– Tout ça ne me dit rien qui vaille. Ce type mijote un sale coup, Cope. Tous mes instincts de flic me le crient.

Zach ne pouvait pas dire le contraire. Et la possibilité que Josie soit en danger lui donnait mal au ventre. Au début, assurer sa protection n'était qu'une simple mesure de précaution. Désormais c'était une nécessité. Et à la moindre négligence, elle risquait d'être blessée. Ou pire, assassinée.

– Vaughn Merrick a pris un avocat. Nous lui avons soumis une requête de prélèvement d'ADN volontaire et nous lui avons demandé de nous fournir la liste des femmes avec lesquelles il a eu une liaison aussi loin qu'il s'en souvienne. Ce type s'emmêle les pinceaux dans ses versions, commence par dire qu'il n'y en a eu que quelques-unes, puis qu'il ne connaît pas tous les noms par cœur, qu'il va devoir se replonger dans ses archives, etc. Un bel enfoiré. Mais dès que nous aurons cette liste, il faudra placer chacune de ces femmes sous surveillance aussi. D'ailleurs nous avons déjà envoyé une patrouille chez Reagan Hutchinson.

Merde. Cela allait mobiliser pas mal d'effectifs. Des effectifs dont ils ne disposaient pas nécessairement. Mettre Reagan Hutchinson sous surveillance n'était peut-être pas indispensable, pourtant Zach se rendait tout à fait compte de l'ampleur de l'enquête, savait à quel point il était vital de ne rien laisser au hasard. Peut-être pourraient-ils réquisitionner quelques agents des villes avoisinantes.

– Pour la protection de Josie Stratton, le département d'Oxford ne peut mettre personne à notre disposition pour le moment, l'informa le sergent, comme s'il avait lu dans ses pensées. Ils sont en sous-effectif. Une grippe qui traîne. Je pourrais t'envoyer quelques renforts de chez nous, mais je ne vais pas le faire parce qu'on a besoin de tout le monde sur le pont, sans compter qu'on doit aussi patrouiller sur le campus et ses alentours. On est vraiment débordés.

Zach se raidit. Le sergent était-il en train d'insinuer qu'il fallait laisser Josie sans protection ?

– Sergent, avec tout le respect que je vous dois, vous venez vous-même de dire que ce type mijotait un sale coup...

– Exact. C'est pour ça que je veux que vous l'emmeniez loin d'ici pendant quelque temps.

– Comment ça, l'emmener loin d'ici ?

Zach se tourna vers la maison. À l'une des fenêtres, un rideau s'écarta et Josie apparut. Leurs regards se croisèrent.

– Jimmy t'a parlé du nom qu'il a déniché dans un vieux rapport datant d'il y a cinq ans, il me semble : la fille à laquelle madame Merrick a fait allusion, celle qui avait déboulé dans leur jardin et fait tout un scandale ?

– Oui. Celle qui a déménagé dans le Tennessee, c'est ça ? Qui est retournée vivre chez ses parents, apparemment ? Jimmy n'a pas réussi à la contacter.

– Non, mais écoute. On a une maison de protection des témoins dans ce coin-là. Je voudrais que tu ailles interroger les parents de cette fille en personne, voir s'ils peuvent t'indiquer où la trouver. Emmène Josie avec toi et planquez-vous là-bas, dans cette maison protégée. Elle sera autorisée à sortir, elle ne se sentira pas prisonnière, et nous, on n'aura pas à s'inquiéter pour sa sécurité pendant quelques jours. Ce qui est sûr, c'est qu'il faut que tu l'emmènes loin d'ici.

CHAPITRE 27

– Comment ça, m'emmener loin d'ici ? s'écria Josie, les yeux ronds.

– Ce type prend de plus en plus d'assurance. Il est entré en contact avec vous, vous a menacée. Mon sergent est convaincu qu'il va encore monter d'un cran et je crois qu'il a raison. Nous avons une piste au Tennessee, ce n'est qu'à quatre heures de route, et il a suggéré que vous m'accompagniez là-bas.

Zach passa une main dans ses cheveux.

– Écoutez, Josie, nous ne disposons tout simplement pas des effectifs nécessaires pour à la fois assurer votre protection ici et tout mettre en œuvre pour résoudre cette affaire. Nous avons dû établir un dispositif de sécurité pour Reagan. À terme, nous risquons de faire un choix malheureux qui pourrait bien coûter une vie.

– La mienne ? demanda-t-elle d'une voix morne, dépourvue d'émotion.

– Jamais je ne permettrai que ça se produise, mais ce tueur est imprévisible.

Ils ne pouvaient rien faire pour protéger la ou les femmes encore anonymes qui se trouvaient potentiellement dans sa ligne de mire. En revanche ils pouvaient protéger Josie. Et pour être honnête, Zach avait été soulagé lorsqu'il avait reçu l'ordre de la faire disparaître, de l'emmener loin de la ville où ce psychopathe se baladait en liberté.

Josie hocha la tête, mais semblait toujours ébranlée.

– Je vais préparer mes affaires.

Une heure plus tard, Zach et Josie retrouvèrent Jimmy dans l'un des postes de police de la ville. Zach se vit remettre un téléphone jetable, de l'argent liquide et on lui communiqua verbalement l'adresse de la maison protégée. Josie coupa son portable. La ligne serait déviée et un agent féminin répondrait au cas où le suspect rappellerait. Ils tenteraient alors de retracer l'appel. Ensuite, Zach confia Josie à Jimmy afin qu'il recueille sa déposition suite au coup de fil pendant qu'il faisait un rapide aller-retour chez lui, le temps de jeter quelques vêtements dans un sac et d'arroser la seule plante qui occupait le rebord de sa fenêtre. Celle-ci était morte depuis six mois au moins, mais, qui sait, peut-être finirait-elle par refleurir ? Il n'y connaissait rien aux plantes, mais il n'était pas prêt à renoncer à sauver celle-là. Ensuite, il alla rechercher Josie au poste et l'emmena.

La tension qui pesait sur les épaules de Zach se relâcha petit à petit tandis qu'il quittait la ville et prenait la direction du Tennessee avec Josie à côté de lui. Il lui jeta un coup d'œil et eut le sentiment qu'elle aussi respirait de mieux en mieux.

– Savez-vous où se trouve cette maison de protection des témoins ?

– Je n'ai qu'une adresse, mais c'est assez reculé, je crois.

La sonnerie du téléphone jetable posé sur le tableau de bord retentit. Zach vérifia le numéro. *Jimmy.* Il décrocha.

– Salut, mec.

– Yo. Vous êtes sortis de la ville ?

– Oui. Nous sommes en train de traverser le Kentucky.

– Soyez prudents sur la route. Comme l'a dit le sergent, le professeur traîne toujours les pieds pour nous fournir sa liste de maîtresses. Tu penses que Josie pourrait nous aider là-dessus ?

Il jeta un coup d'œil à Josie de profil. Quelques mèches de cheveux s'étaient échappées de sa queue-de-cheval et encadraient son visage. Tout à coup, elle lui sembla si jeune, si vulnérable. Presque inconsciemment, il appuya plus fort sur l'accélérateur, comme s'il voulait à tout prix mettre le plus de distance possible entre elle et le danger.

– J'en doute. Je vais lui poser la question.

Jimmy garda le silence pendant quelques secondes, puis reprit :

– Écoute, je suis assis ici, en train de passer l'affaire en revue. J'ai relu le dossier qui contient toutes les informations sur Landish...

– Qu'y a-t-il, Jimmy ?

Zach connaissait son coéquipier, il savait très bien quand il tournait autour du pot.

– Eh bien, c'est bizarre, mais... Ce nouveau suspect qui était au courant pour les brûlures de cigarette, pour les rats... Je sais qu'on a déjà établi toute une série d'hypothèses sur la question, mais Josie a bien dit qu'elle avait vraiment eu l'impression d'avoir Landish au bout du fil quand cet inconnu l'a appelée, pas vrai ?

Zach jeta de nouveau un coup d'œil à Josie et elle lui rendit son regard.

– Oui, c'est exact.

– Bon, alors s'il a fait un boulot d'imitation remarquable *aujourd'hui*, n'aurait-il pas déjà pu faire un boulot remarquable d'imitation *à l'époque* ?

Zach secoua la tête.

– Attends, attends.

Jimmy était un excellent enquêteur, l'un des meilleurs même, mais ça, n'était-ce pas un peu trop tiré par les cheveux ?

– Josie n'a entendu ce type que ce matin et par téléphone.

Il se tourna vers elle et lui adressa un petit sourire rassurant. Il était évident qu'elle avait compris qu'il était en communication avec Jimmy. Et qu'ils étaient en train de discuter de son cas. En réalité, elle pouvait contribuer à plus d'un titre à cette enquête. Sans en avoir conscience, elle détenait peut-être certaines pièces manquantes du puzzle.

– Elle ne connaissait pas Landish uniquement à travers sa voix.

Zach vit Josie tressaillir.

– Oui, je sais, soupira Jimmy, mais il n'a jamais enlevé sa cagoule, il me semble ?

– C'est ce que j'ai cru comprendre, en effet.

– J'ai étudié le rapport sur le suicide de Landish. Et il reste quelques... points à éclaircir.

Zach sentit ses nerfs se tendre.

– Comme quoi ?

– Eh bien, par exemple : on n'a jamais retrouvé de cagoule dans son appartement.

– Il s'en est sûrement débarrassé dans une poubelle.

– Possible. On n'a pas retrouvé la moindre trace ADN appartenant à Landish à l'entrepôt. En revanche, on a prélevé sur le matelas quelques cheveux qui n'appartenaient ni à lui ni à Josie Stratton.

Zach se frotta les yeux.

– Je croyais qu'on en avait conclu qu'il s'agissait d'un matelas acheté en seconde main et que ces cheveux devaient appartenir au propriétaire précédent.

– Oui. C'est possible aussi. Un autre détail qui m'interpelle, c'est qu'il n'y avait aucune empreinte dans cet entrepôt. Rien sur la poignée de porte ni nulle part ailleurs. À croire qu'il est revenu nettoyer la pièce avant l'arrivée de la police.

– Landish aurait-il pu s'apercevoir de la disparition de Josie juste après son évasion et nettoyer la pièce ?

– Avant de rentrer chez lui pour se tirer une balle ? Quel intérêt de perdre du temps à tout nettoyer ?

– Il n'avait peut-être pas prévu ce scénario-là.

– Mmh, fit Jimmy.

Zach l'entendit feuilleter des pages.

– Ça ne colle pas, parce que quand on a découvert le corps de Landish, il était mort depuis plusieurs heures au moins. Mais apparemment, l'heure exacte n'a pas été simple à déterminer parce qu'il faisait très chaud dans son appartement.

Quoi ?! Zach réfléchit pendant quelques instants.

– Est-ce qu'on a relevé des pièges à rats parmi les pièces à conviction, dans l'entrepôt ?

Il y eut une courte pause.

– Non. Pas de piège, répondit Jimmy.

Alors il aurait repris les pièges à rats que Josie a évoqués ? En somme, il aurait nettoyé la pièce de fond en comble et emporté les éléments sur lesquels il était difficile d'effacer ses empreintes ? Mais comment était-ce possible, s'il était déjà mort ? Car même si l'heure de sa mort n'est pas très précise, ça veut dire qu'il aurait dû se précipiter dans la pièce au moment où Josie s'en échappait pour tout récurer, et ensuite courir chez lui pour se suicider. La police avait mis moins d'une heure pour débarquer en masse à l'entrepôt et chez Landish.

– Je n'ai pas encore terminé de lire les rapports d'autopsie, reprit Jimmy, interrompant le raisonnement de Zach. Mais Landish a une sœur qui affirme que son frère n'aurait jamais pu commettre un tel crime parce que ce n'était tout simplement pas dans sa nature. Et elle aurait lourdement insisté là-dessus à l'époque.

– Oui, j'ai lu ça aussi, mais parmi les gens qu'on arrête, combien ont des proches qui nous soutiennent mordicus que ça ne peut pas être eux parce que « ce n'est tout simplement pas dans leur nature » ?

– Un bon paquet.

– Et puis, le mec s'est suicidé.

– On peut très bien maquiller un meurtre en suicide, argua Jimmy. Écoute, je ne fais qu'explorer toutes les pistes. Si ça se trouve, je suis à côté de la plaque.

Explorer toutes les pistes, c'était leur boulot, et c'était comme ça qu'on élucidait les affaires. Il leur arrivait souvent d'emprunter un chemin pour s'apercevoir qu'il s'agissait d'une impasse, mais ce qui les rendait si efficaces – et leur valait un taux d'élucidation si élevé –, c'était leur rigueur : ils ne laissaient rien au hasard, peu importait le degré de vraisemblance des pistes qu'ils suivaient.

– Ce qui me chiffonne, poursuivit Jimmy, c'est le lien avec le professeur Merrick. Où le nouveau suspect est-il allé chercher tout ça ? Parce qu'il ne se contente pas de choisir des étudiantes de l'université de Cincinnati, il sélectionne celles qui ont eu une liaison avec le professeur, comme Josie Stratton.

Ce point contrariait aussi Zach. S'ils avaient affaire à un sadique tout à fait distinct – un imitateur –, alors comment ce dernier s'y était-il pris pour copier autant d'éléments ? Car ses critères de sélection n'étaient pas anodins, la coïncidence aurait été beaucoup trop grosse. S'agissait-il d'une connaissance de Landish qui partageait ses griefs et avait repris le flambeau ? Ou bien les points soulevés par Jimmy méritaient-ils d'être pris en compte ? Se pouvait-il que cet imitateur et le bourreau de Josie ne soient qu'une seule et même personne ?

– Continue à éplucher les rapports, je vais en toucher un mot à Josie. Je t'envoie un texto dès que nous serons arrivés.

– Encore une chose, lança Jimmy. Nous avons reçu les enregistrements des caméras de surveillance du supermarché d'Oxford. C'est bien le cousin de Josie qui a attaché l'article à son annonce. J'ai comparé les images avec la photo de son site internet. Aucun doute.

– Nom de Dieu, grommela Zach. Pourquoi ne suis-je pas surpris ?

– Une belle ordure, c'est sûr. Cela dit, l'humiliation publique ne constitue pas vraiment un crime. Josie pourrait le poursuivre au civil, j'imagine.

Zach lâcha le volant d'une main pour se frotter la mâchoire. Il était peu probable que Josie ait les moyens de poursuivre qui que ce soit en justice. Et même si elle les avait, aurait-elle envie de perdre du temps avec ça ? Ainsi donc, c'était le cousin qui avait diffusé l'article et l'autre cinglé qui s'était introduit chez elle pour y déposer un rat crevé. Il serra les dents, encore plus soulagé qu'ils aient quitté la ville.

– Merci, Jimmy. On se tient au jus.

Zach raccrocha, jeta le téléphone sur le tableau de bord et se mura dans le silence pendant un certain temps. Lorsqu'il risqua un coup d'œil en direction de Josie, celle-ci était en train de le dévisager, dans l'expectative.

– Alors, allez-vous me dire ce que Jimmy vous a raconté ?

Zach commença par lui parler de son cousin. Josie détourna la tête et regarda droit devant elle, l'air maussade, mais ne sembla pas plus surprise que lui.

– Eh bien, voilà un mystère élucidé.

Au bout de quelques instants, Zach lui expliqua enfin les doutes de Jimmy sur Landish. Le choc se peignit d'abord sur les traits de Josie, peu à peu supplanté par le déni. Elle secoua la tête.

– Non, Zach. J'ai tout de suite reconnu Marshall Landish, malgré son passe-montagne.

Il regretta d'avoir causé un tel émoi chez elle. Elle déglutit avec peine.

– Il avait une façon de parler vraiment unique, mais il n'y avait pas que ça. Sa démarche, son attitude, son maintien, et même son odeur... C'était lui, à tous points de vue.

– Sauf le visage. Vous n'avez jamais vu son visage.

– Non, et heureusement. Grâce à ça, j'étais convaincue qu'il ignorait que je l'avais reconnu. C'est ce qui m'a permis de garder l'espoir qu'il me relâche un jour : il n'avait pas à craindre d'être identifié ni traqué.

Zach hocha la tête tout en réfléchissant.

– Et puis, continua Josie, si c'était le même homme, ça veut dire non seulement qu'il se serait mis dans la peau de Marshall Landish avec un jeu d'acteur digne d'un Oscar, mais qu'en plus, il aurait dû mettre en scène le suicide de Marshall en veillant à laisser des preuves irréfutables pour le relier au crime, après quoi il aurait fait profil bas pendant huit ans avant de refaire surface et de recommencer à enlever et laisser mourir de faim des jeunes filles.

Elle avait débité tout ça très vite, visiblement sous le coup de l'émotion. Zach posa une main rassurante sur son genou.

– Eh, on ne fait qu'explorer toutes les pistes, qu'elles soient plus ou moins plausibles. C'est notre boulot.

– Je sais.

Elle prit une profonde inspiration.

– Je sais, et je tiens vraiment à participer. Je veux vous aider si je peux. S'il y a quelque chose – en dehors de l'imitation de ses crimes – qui relie ce suspect à Marshall Landish, je veux contribuer à trouver ce que c'est. Peut-être qu'il le connaissait... peut-être qu'il...

Elle se mordit la lèvre.

– ... qu'il venge sa mort.

Elle marqua une pause, puis reprit.

– Je ne sais pas, mais de là à supposer qu'ils ne font qu'une seule et même personne... ? Non, Zach. C'était lui. C'était Marshall Landish. Et je n'ai pas le moindre doute là-dessus.

Cependant, l'incertitude qu'il décela sur ses traits démentait cette affirmation.

CHAPITRE 28

AVANT

Les pleurs de Caleb emplissaient la pièce tandis que ses petits membres se débattaient de colère et qu'il écartait la tête du sein de Josie. Elle le berça dans le creux de son bras, puis tenta désespérément de le remettre au sein. Il finit par prendre son mamelon et recommença à téter, apaisé pendant quelques instants, jusqu'à ce qu'il s'aperçoive que le lait ne venait pas. Désemparée, Josie laissa échapper un sanglot. Elle n'avait plus de lait, avant même d'avoir eu sa première vraie montée de lait. La douleur lui vrillait l'abdomen, lui tordait les entrailles et irradiait jusqu'à sa cage thoracique.

Sans cesser de bercer Caleb de son bras libre, elle releva les genoux en poussant un grondement profond. Elle était incapable de s'extirper de ce matelas, incapable d'enchaîner les allers-retours dans la pièce pour apaiser son bébé comme le ferait n'importe quelle autre mère, elle n'avait que son propre corps à lui offrir en guise de réconfort, et voilà que désormais celui-ci était trop malade pour le nourrir.

Il faisait froid. Glacial. Elle parvenait à peine à se réchauffer elle-même, alors un nouveau-né, inutile d'en parler. *Rien qu'un plaid. Ça fait des mois que je porte le même short et le même débardeur puants. Et maintenant ils sont couverts de sang en plus. Et puis, j'ai si froid.*

Caleb trouva à nouveau le chemin de son mamelon et, pendant quelques instants, fut apaisé par la succion. Josie partit à la dérive, étourdie par les vagues de douleurs qui se succédaient, un peu plus intenses à chaque mouvement de la bouche de son bébé. Malgré le froid qui régnait dans cette pièce, une goutte de sueur roula sur sa tempe, puis sur sa joue. Assoiffée, elle tira la langue pour récupérer cette humidité que son corps perdait.

Caleb ferma ses petits yeux, épuisé à force de pleurer. Josie exécuta quelques rotations du cou. Son regard se posa sur l'une des boîtes de mort-aux-rats, dans un coin de la pièce. Si elle jetait le plaid dans cette direction, parviendrait-elle à faire glisser la boîte jusqu'à elle ? se demanda-t-elle tristement. Qu'est-ce qui était le pire : mourir empoisonnée ou de dénutrition ? La faim avait déjà failli la tuer, mais à chaque fois, Marshall avait surgi avec de la nourriture à la dernière minute. *Pourquoi ?* Pourquoi continuait-il à lui jeter des vivres ? Avait-il du mal à trancher sur son sort ? Ou bien était-ce un petit jeu vicieux destiné à prolonger son agonie ?

Josie s'assoupit. Des rats plus gros que des chiens peuplèrent ses rêves fébriles. Ils se précipitaient vers elle et son nourrisson, avec leurs dents acérées et leurs yeux globuleux, et lui hurlaient qu'elle allait m-mourir, m-mourir, m-mourir. Elle s'éveilla en sursaut, avec un sanglot au bord des lèvres. Caleb dormait profondément dans son bras et elle avait toujours le sein dénudé. Marshall était debout à côté du matelas, il les observait. Son image vacillante se dédoubla et ils furent deux là où il n'avait été qu'un. L'espace d'un instant, elle douta qu'il soit réel.

– Tu es malade, constata-t-il d'une voix monocorde.

Elle hocha la tête, du moins c'est ce qui lui sembla, mais elle n'aurait pu le jurer. La douleur lui perforait le crâne et sa langue était bien trop épaisse pour sa bouche.

– Oui, répondit-elle.

Sa voix était si rauque, si sèche.

Il s'agenouilla à côté d'elle et porta une bouteille d'eau à ses lèvres. Elle émit un son de désespoir et de gratitude mêlés, le regard rivé au sien tandis qu'il versait cette eau douce dans son gosier desséché. Lorsqu'il ôta la bouteille vide, Josie se redressa, installa le bébé sur le matelas et posa la main sur l'avant-bras de Marshall. Il braqua les yeux à l'endroit où leur peau entra en contact.

– Emmène-le, le supplia-t-elle. Laisse-moi ici si tu veux, mais emmène-le. Tu m'as infligé une punition et je la mérite. Je mérite tout ça. Mais lui...

Elle désigna leur enfant et son petit visage angélique.

– ... lui, il est innocent.

Un éclair de douleur fusa dans son abdomen et un gémissement lui remonta dans la gorge. Elle avait une grave infection. Elle était en train de mourir et elle n'avait plus de lait, à cause du manque d'hydratation ou de cette maladie contre laquelle son corps luttait.

– Il est innocent, répéta-t-elle d'une voix éraillée. Il ne mérite pas de mourir. Moi, peut-être, mais pas lui. Pas notre fils, cette vie qui vient de toi. Emmène-le à l'hôpital, ou dans une église. Quelque part. Tu n'auras qu'à le laisser là. S'il te plaît, s'il te plaît, s'il te plaît.

Ses mots se muèrent en hoquets de sanglot.

Pendant deux secondes, peut-être trois, il plongea son regard dans le sien et son torse se souleva, puis s'abaissa. Elle retint son souffle, une bouffée de chaleur envahissant son corps déjà rongé par la fièvre. La pièce se mit à tournoyer. Son cœur battait dans ses oreilles.

Soudain, Marshall s'empara de leur fils. Le morceau de plaid dans lequel il était enveloppé tomba. *Non ! Non !* Malgré les suppliques qu'elle venait de formuler, Josie tendit les bras vers lui en hurlant, lutta de toutes ses forces pour se redresser et le lui reprendre. *Non-non-non.* Qu'avait-elle fait ?

– Ne lui fais pas de mal, l'implora-t-elle. Il est innocent. Ce n'est qu'un bébé. Pitié ! Pitié !

Marshall se leva et tourna les talons, le nourrisson dans ses bras. Le peu de lumière qui filtrait par la fenêtre fit luire la peau nue, nacrée, de Caleb. *Non-non-non !* Son bébé chéri, nu par ce froid, sans défense, entre les griffes d'un monstre encagoulé. Le cœur de Josie s'emballa, en proie à la panique totale. Arraché à son cocon bien chaud, au sein de sa mère, Caleb se mit à crier.

– Ne lui fais pas de mal ! hurla-t-elle de nouveau.

Sa voix se brisa et elle fondit en larmes.

Elle continua à tendre le bras en direction de son fils, à se jeter désespérément vers lui, ses fers entamant la peau de son poignet. *Je veux le toucher juste une dernière fois, lui donner un dernier baiser, lui chuchoter quelques mots qu'il pourra emporter dans son âme, à défaut de sa mémoire.* Ses sanglots s'accentuèrent et prirent une tonalité de plus en plus aiguë au fur et à mesure que Marshall s'éloignait.

– S'il te plaît, s'il te plaît, s'il te plaît !

Il sortit et referma la porte à clé derrière lui. Son bébé était parti. Josie se retrouvait seule, une fois de plus. Elle s'effondra sur le matelas, ramena ses genoux contre elle et pleura toutes les larmes de son corps et de son cœur brisé par le chagrin. Les cris de Caleb se mêlèrent aux siens pendant quelques instants, la mère et le fils réclamant désespérément d'être réunis, puis s'estompèrent avant de disparaître tout à fait, comme si cet enfant n'avait jamais existé.

Josie continua à sangloter jusqu'à la dernière goutte de son organisme, jusqu'à ce que la fièvre l'emporte dans un néant sombre et profond. Elle refit brièvement surface puis perdit à nouveau connaissance, immergée dans l'océan de la maladie et de la dévastation. Son bras continuait à bercer dans le vide. À cet instant, elle souhaita mourir. Elle n'avait plus aucune raison de vivre.

Tout à coup, le bruit de la porte l'arracha à sa torpeur. Combien de temps s'était écoulé ? Elle souleva les paupières, mais ne bougea pas. De son regard trouble, elle vit Marshall entrer. Sa posture était étrange. Différente. Pendant un moment, il se contenta de rester là, de l'observer.

– Il a été pris en charge.

Le ton de sa voix était bizarre, indescriptible. Son image vacilla. Il se dédoubla de nouveau.

Josie essaya de relever la tête, mais elle était trop faible.

– Où est-il ? demanda-t-elle.

Il l'ignora, ce fut comme si elle n'avait rien dit.

Peut-être n'avait-elle rien dit.

Il lui jeta un sac.

– C'est le dernier, annonça-t-il sans ambages. Je ne reviendrai plus.

Après son départ, après que le bruit de ses pas s'était estompé, Josie considéra le sac de fast-food sur le sol. Elle referma les yeux. Non, elle ne mangerait pas. Elle ne prolongerait pas cette agonie insoutenable une minute de plus.

Elle se rendormit. Un son la tira du sommeil. Les pleurs d'un enfant. Son bébé. Juste ici, dans la pièce avec elle. Mais lorsqu'elle ouvrit les yeux, elle ne trouva personne. Pas le moindre bruit. Il n'y avait que sa douleur lancinante. Elle avait mal partout. Au corps, au cœur, à l'âme.

Son souffle forma un nuage de condensation. Elle n'était plus qu'un fantôme. À peine visible, aussi transparente que la brume matinale.

Marshall. Qu'avait-il fait de Caleb ? L'avait-il abandonné à l'hôpital ? Quelqu'un était-il en train de prendre soin de lui ? Avait-il chaud ? Était-il rassasié ?

Ça ne suffit pas.

Toujours allongée, elle observa le rai de lumière qui se déversait par la petite fenêtre, et dans lequel les poussières de la pièce dansaient paresseusement. Cette idée fit jaillir une étincelle d'espoir en elle. Non, ça ne suffisait pas. Il avait encore besoin d'elle. Il avait besoin qu'elle l'éduque, besoin de son amour. Besoin qu'elle panse ses bobos et qu'elle lui dise combien il comptait. *Besoin qu'elle lui dise son nom.*

Elle s'empara du sac de victuailles. Il lui restait un but. Elle ne baisserait pas les bras. Elle essaierait jusqu'à la fin. Pour lui. Pour son enfant. Elle finirait sûrement par mourir quand même, mais elle mourrait en essayant. Jusqu'à son dernier souffle. Parce que c'était ce que faisaient les bonnes mères.

Elle commença par sortir la bouteille d'eau et en but la moitié en trois grosses lampées. Son estomac brûlait. L'infection s'aggravait.

Alors qu'elle ôtait ce que Marshall lui avait apporté du sac, sa main toucha quelque chose de dur. Décontenancée, elle sortit un objet. Un jouet dans un emballage en plastique transparent, une sorte de personnage debout sur une plate-forme. Les employés du fast-food avaient-ils par inadvertance ajouté un jouet du menu enfant dans la commande de Marshall ?

Josie le déballa et appuya sur le fond de la plate-forme avec le doigt, actionnant le personnage. Celui-ci se coucha. Elle recommença plusieurs fois, le personnage se redressant et se couchant au gré des pressions qu'elle exerçait avec son doigt. Entre-temps, elle parvint à se mettre en position assise et fut prise de vertiges. Il lui fallut plusieurs minutes pour reprendre ses esprits. De son bras, elle essuya son visage en sueur.

Quelque part dans son esprit, elle savait que ce jouet détenait la solution. Mais quelle était-elle ?

– Que dois-je faire de toi ? marmonna-t-elle à la figurine au visage grotesque.

Enfin, elle pensait avoir prononcé ces mots. Elle avait du mal à se concentrer.

Son cœur battait de plus en plus vite et elle prit une profonde inspiration pour tâcher de se calmer. Ce truc ne lui serait probablement d'aucune utilité. Néanmoins, elle ne put annihiler la graine d'espoir qui germait en elle. Au prix d'un gros effort, elle cassa le jouet en deux, privant le personnage de sa plate-forme en plastique. À l'intérieur de cette dernière, elle découvrit un petit ressort en métal. Elle relâcha sa respiration et entreprit d'extraire le ressort avec son ongle. Elle déglutit et essuya de nouveau son visage couvert de sueur tandis qu'une crampe lui tordait l'estomac.

Son cœur recommença à cogner violemment.

– Du calme, du calme, du calme, répéta-t-elle comme un mantra. Il faut que tu restes calme.

Josie retint à nouveau son souffle et, d'une main tremblante, tenta d'aplatir le ressort. Elle craignait qu'il casse, mais rien de tel ne se produisit. Elle continua à lisser le métal entre son pouce et son index jusqu'à ce qu'il soit le plus raide possible.

Ensuite, elle le leva devant ses yeux et s'émerveilla à la vue de cette tige métallique à peine plus longue que son doigt.

Un outil. Elle avait un outil.

CHAPITRE 29

Cette cabane en rondins nichée dans un petit bois à la végétation luxuriante aurait été l'écrin parfait pour une escapade, si ladite escapade n'avait pas eu pour but d'échapper à un tueur sadique. La vue qui s'ouvrait sur les montagnes majestueuses au loin n'en restait pas moins magnifique et, tandis qu'elle respirait l'air frais, debout sous le porche enveloppant, Josie s'autorisa à relâcher la pression, évacuant à chaque expiration toute cette inquiétude refoulée qui s'était logée dans ses muscles. Elle n'avait pas pris conscience du point auquel se retrouver dans le collimateur d'un nouveau pervers l'avait stressée, pourtant elle s'était surprise à jeter des coups d'œil par-dessus son épaule même lorsqu'elle était enfermée, seule, dans sa chambre.

Un oiseau atterrit sur la balustrade en gazouillant, puis s'envola. Josie sourit. Ici, elle n'avait aucune raison de s'inquiéter, aucune raison de regarder par-dessus son épaule. Personne ne savait qu'ils étaient ici, à l'exception de quelques employés de confiance du département de police de Cincinnati et, pour la première fois depuis le jour où Zach Copeland était apparu dans son jardin alors qu'elle étendait son linge, Josie respira plus librement. Au départ, elle avait été un peu réticente à l'idée de devoir quitter la ville, pas convaincue de la nécessité de la démarche, mais maintenant, *maintenant*, elle était si heureuse que le patron de Zach ait eu cette idée. Que ce soit « nécessaire » ou pas, que l'intuition de Zach et de son sergent se confirme ou pas, Josie avait besoin de cette parenthèse. Elle en prenait seulement conscience.

– Y'a pire, comme bureau.

Zach s'avança à côté d'elle.

– C'est vrai, répondit-elle avec un petit rire. Les conditions de travail sont pas mal.

Elle s'éclaircit la voix et reprit son sérieux.

– Cela dit, je suis certaine que vous vous seriez bien passé de cette mission. Je suis désolée que vous ayez dû tout lâcher pour m'emmener loin de la ville.

Elle ne connaissait rien du tout de la vie de Zach. Avait-il une compagne, quelqu'un qui l'attendait chez lui ? À cette idée, elle eut le cœur lourd. Gênée par cette réaction importune, elle se détourna et agrippa le garde-corps.

Zach pivota pour lui faire face et appuya sa hanche sur la balustrade.

– En fait, je me suis porté volontaire pour cette mission.

Josie lui fit face à son tour. Il était si proche qu'elle distingua parfaitement la couleur de ses yeux, à la lueur du soir tombant. Ceux-ci n'étaient pas noirs comme ils le paraissaient parfois, ni même marron foncé. Ils étaient d'un superbe bleu nuit profond, et son iris gauche présentait un minuscule point blanc, détail impossible à repérer de loin. *Chaque paire d'yeux est unique au monde*, songea-t-elle, en proie à une sensation étrange, comme si cela faisait écho à quelque chose.

– Je ne voulais pas que quelqu'un d'autre se retrouve ici avec vous pour assurer votre protection, Josie.

Il fronça légèrement les sourcils et une lueur particulière traversa son regard, de la confusion peut-être, ou de la vulnérabilité.

– On dirait que j'ai du mal à confier cette responsabilité à qui que ce soit d'autre.

Elle le dévisagea et plongea dans ces yeux couleur firmament. C'était une sorte d'aveu, même si elle n'en devinait pas le sens exact. Peut-être n'en savait-il rien lui-même. Toutefois, un changement subtil était en train de s'opérer, entre autres dans sa façon de la regarder, pas comme un flic considère la victime qu'il protège, mais comme un homme contemple une femme. À moins que son interprétation soit un peu excessive ? Cela faisait si longtemps...

Josie se détourna pour admirer le spectacle des montagnes.

– Parlez-moi de vous, Zach.

Il en savait tellement sur elle – bien plus que n'importe qui, à bien y réfléchir – et elle ne savait presque rien de lui. Il était son défenseur, son gardien, et demeurait pourtant, à de nombreux égards, un inconnu.

– Que voulez-vous savoir ? demanda-t-il en souriant.

– Vous êtes originaire de l'Ohio ?

– Oui. Né et élevé à Cincinnati.

– Et votre famille ? Elle vit toujours à Cincinnati aussi ?

– Yep.

– Des sœurs ? Des frères ?

Tandis qu'il se pliait à son interrogatoire, elle se tourna de nouveau vers lui avec intérêt. Il croisa les bras sans cesser de sourire, même si une pointe de tristesse vint ternir son enthousiasme.

– Une sœur. J'avais un jeune frère, Aaron, mais il est mort quand j'avais huit ans. Cancer.

Aaron.

– Je suis désolée.

Tout à coup, elle vit cet homme sous un nouveau jour. Depuis le début, elle le considérait comme un héros protecteur, comme une sorte de Superman et sous bien des aspects, il l'était, mais c'était aussi un homme simple. Un être humain avec sa propre histoire, ses blessures et ses failles.

Un homme comme tout le monde, qui avait souffert de la perte d'êtres chers et qui, à l'évidence, en portait toujours les cicatrices dans son jardin intérieur. Elle éprouva tout à coup une bouffée d'empathie pour lui. En outre, pour la toute première fois, elle n'était pas au centre de leur conversation, et cela lui fit du bien.

– Merci, répondit-il avec un petit signe de la tête.

Elle scruta l'horizon. Le jour déclinait. Le soleil descendait de plus en plus rapidement tandis que la lune encore à peine perceptible apposait son empreinte diaphane dans le ciel cobalt. Ils assistaient à ce moment charnière où le jour et la nuit coexistaient.

– Et à part la famille, vous... avez quelqu'un de spécial dans votre vie ? demanda-t-elle en allant à la rencontre de son regard.

Zut, trop tard pour ravaler sa question. Elle n'avait pas nécessairement envie de savoir. D'autant que poser la question, c'était lui révéler que la réponse l'intéressait. Elle sentit le poids de son attention accrue. Son estomac bondit.

– Non, il n'y a personne de spécial dans ma vie.

– Pourquoi ?

Comment était-il possible qu'un homme tel que Zach Copeland soit célibataire ?

Il esquissa une petite grimace et jeta son regard au loin.

– Peut-être parce que je suis marié à mon boulot ? C'est cliché, de dire ça ?

– Pas si c'est la vérité, j'imagine, répondit-elle avec un petit rire.

Tout à coup, le rôle qu'elle avait en ce moment devint clair. Il s'intéressait à elle parce qu'elle se trouvait au centre de sa mission. Cependant, elle ne garderait pas éternellement ce statut. Est-ce qu'apprendre que l'intérêt que Zach lui portait était provisoire la rendait plus vulnérable ? Elle n'en avait pas la moindre idée.

Quelle importance, au fond ? Sa vie était un foutoir sans nom. Et Zach Copeland était « marié à son boulot ». Peut-être qu'en d'autres circonstances... Mais non, la situation était celle-là.

– Et vous, Josie ? Parlez-moi de vous.

Elle laissa échapper un petit gloussement déconcerté.

– Que me reste-t-il à vous apprendre ? Vous savez tout de moi.

Il l'étudia pendant un moment, la tête inclinée sur le côté.

– Je connais tout du crime que vous avez subi, mais ce crime ne vous définit pas.

Ah non ? Elle tritura une petite écharde sur le garde-corps. Que répondre à cela ? Elle avait bel et bien pris l'habitude de se laisser définir par cette horrible année de captivité et de solitude. Peut-être était-ce un tort... peut-être ne se résumait-elle pas à cet événement traumatique. Cette réflexion lui redonna un peu d'espoir, mais lui fit aussi un peu peur. En réalité, elle était perdue : à quoi se raccrocher alors ?

– Que voulez-vous savoir ? demanda-t-elle prudemment.

Il ferma un œil avec une moue théâtrale, comme si cela demandait une intense réflexion, et elle ne put contenir le rire sonore qui jaillit de sa poitrine.

– Votre plat préféré ?

– Les desserts. N'importe quoi, pourvu que ce soit sucré.

– Intéressant. Je n'aurais pas deviné. Film préféré ?

– *Fenêtre sur cour.*

Il eut l'air surpris par sa réponse.

– Fan d'Hitchcock ? Moi aussi. Saison préférée ?

– L'été.

– C'est vrai, l'été, c'est super.

Elle rit.

– Oui, l'été, c'est super.

Le silence retomba et ils restèrent comme ça, à échanger des sourires, tandis que l'atmosphère se chargeait d'une tension frémissante. Partagée entre l'envie de faire un pas vers lui et celle de s'enfuir en courant, Josie porta la main à son cou. Sa peau était de plus en plus chaude. Soudain, elle se sentit submergée par tout ça. L'appel qu'elle avait reçu dans la matinée de l'homme qui s'était introduit dans sa maison et avait tué sa mère, les questions qui tourbillonnaient dans son esprit, celles que Jimmy avait soulevées pendant leur trajet. Et enfin *ça*, ce truc indéfinissable qu'il y avait entre Zach et elle. Ils reprirent tous les deux leur sérieux. Il ressentait la même chose, c'était évident.

Elle prit appui sur la balustrade et s'écarta de lui.

– Ça vous ennuie si je vais prendre une douche et me coucher ? Je sais qu'il est encore tôt, mais la journée a été longue et épuisante. Et je n'ai pas très bien dormi la nuit dernière.

Était-ce de la déception qu'elle lut dans son regard ? Ou était-ce juste le fruit de son imagination ?

– Vous ne dînez pas ? Normalement, il y a des provisions dans la cuisine. Quelqu'un s'est chargé du ravitaillement avant notre arrivée.

Josie bâilla.

– Non. Je crois que je vais juste aller me coucher. Merci, Zach. Pour… tout.

À ces mots, elle battit en retraite dans la sécurité de sa petite chambre où Zach avait déjà déposé son sac. Toutefois, elle ne put échapper au torrent d'émotions qu'il avait fait jaillir en elle ni à la vision de ses yeux bleu nuit qui la poursuivit jusque dans ses rêves.

Elle s'éveilla en sursaut au beau milieu de la nuit, se redressa dans son lit, en sueur, sa chemise de nuit collée à sa peau moite. Elle ravala le cri étranglé qui lui montait dans la gorge. Pas moyen de se rappeler le cauchemar qui venait de l'arracher au sommeil, mais lorsqu'elle eut retrouvé un souffle normal et qu'elle se fut rallongée, les yeux rivés aux poutres du plafond, elle aurait juré sentir quelque chose foncer droit sur elle. Quelque chose de confus, de compliqué, une chose chargée d'émotions trop nébuleuses pour être identifiées.

CHAPITRE 30

Il frappa à la porte du mobile home où vivaient Stanley et Ida Breene. Il était encore tôt. Zach avait laissé Josie dormir tranquillement dans la cabane et avait pris la route pour se rendre à l'adresse des parents de Deanna Breene.

– Qui c'est ? cria quelqu'un de l'intérieur.

– Zach Copeland, police de Cincinnati, répondit-il sur le même ton.

Un gros grincement résonna, comme si quelqu'un de lourd se relevait d'un fauteuil à bascule. La porte s'ouvrit et il s'en éloigna un peu.

Une femme bien en chair, vêtue d'une robe à rayures informe, apparut dans l'encadrement en le toisant d'un air suspicieux.

– Badge ?

Zach détacha son insigne et le lui montra.

– Vous êtes Ida Breene ?

Elle étudia sa plaque, puis hocha la tête d'un air satisfait et s'écarta pour le laisser entrer. Il régnait à l'intérieur de ce mobile home une odeur de graisse rance et de linge sale. Zach réprima une grimace.

– Asseyez-vous, lança Ida en désignant un canapé à fleurs.

Elle s'installa dans un fauteuil à bascule bleu foncé qui exprima sa désapprobation par un lourd grincement, identique à celui qu'il avait entendu un peu plus tôt.

– Qu'est-ce qu'un flic de l'Ohio vient faire ici, au Tennessee ?

– Je suis juste de passage dans la région. Notre département essaie de vous joindre depuis plusieurs jours.

Du menton, elle indiqua un téléphone mural beige. Bon sang, quand Zach avait-il croisé ce genre d'engin pour la dernière fois ?

– Cassé, expliqua-t-elle.

Et, apparemment, ils n'étaient pas pressés de le réparer ni d'entrer dans l'ère de la communication sans fil.

– Je vois. J'ai quelques questions à vous poser au sujet de votre fille, madame. Son nom a été cité au cours d'une enquête.

– Je me disais bien que quelqu'un finirait par arriver.

Il fronça les sourcils.

– Pourquoi ?

– On n'a plus aucun signe de vie depuis quatre ans.

Zach fut pris de court.

– Euh, tiens, c'est curieux, j'ai dû passer à côté de son avis de disparition...

– Oh, on n'a pas fait de signalement. Elle est partie de son plein gré.

– Pourriez-vous m'en dire plus ? La dernière adresse que nous avons pour Deanna est ce mobile home.

– Ouais. Elle a emménagé ici avec nous. Vous savez, Deanna a commencé à se droguer quand elle avait douze ou treize ans. Après, ça a été mieux pendant un moment, elle a même réussi à être acceptée à l'université. Seulement, une fois à Cincinnati, elle a replongé et elle a vite lâché ses études. Quand elle est revenue vivre avec nous, on lui a bien dit : « Si tu déconnes encore une fois, on te fiche dehors. » Je suis peut-être grosse et pauvre, inspecteur, et pas super instruite non plus, et Stan a de la crasse sous les ongles, je sais bien ce que disent les gens quand ils nous voient, mais on est des honnêtes gens. Et la drogue, on tolère pas ça chez nous.

Hum. Bon, admettons.

– Deanna a-t-elle fait allusion à un professeur avec lequel elle aurait eu une liaison ? Un rapport de police nous indique qu'elle est allée faire du tapage chez lui. Sa femme pense qu'ils avaient une aventure.

Ida Breen haussa les épaules.

– Qu'est-ce qu'on en sait, nous ? Ce ne serait pas étonnant. Deanna faisait des bêtises, surtout quand elle était droguée.

Zach s'éclaircit la voix.

– D'accord, donc elle a abandonné ses études, elle est revenue vivre ici et elle a arrêté de se droguer pendant un moment ?

– Pendant un moment, oui. Après elle a replongé et elle nous ramenait des losers. Parfois elle disparaissait pendant des jours, puis elle revenait ici pour manger et dormir. Sauf que moi, je tiens pas un hôtel. De toute façon, un jour, elle a mis les voiles pour de bon. Je connais personne qui peut supporter d'être délaissé comme ça si souvent. Alors cette fois-là, on a décidé que c'était plus notre problème.

Zach éprouva une sorte de malaise.

– Êtes-vous certaine qu'elle a disparu d'elle-même ? Et s'il lui était arrivé quelque chose de grave ?

– C'est possible. Mais ça devait bien arriver un jour. C'était qu'une question de temps. En tout cas, s'il est arrivé malheur à Deanna, nous, on n'aurait rien pu faire.

CHAPITRE 31

Le torrent s'écoulait en bouillonnant à côté de Josie. Elle avait emprunté l'étroit sentier qui serpentait à travers bois, derrière la cabane où Zach et elle séjournaient. Une journée et demie qu'ils étaient là, et ils avaient passé la plupart du temps à s'éviter, ne partageant que les repas.

Zach avait du boulot et elle avait besoin d'espace, de temps. Car même si elle avait clamé haut et fort que c'était impossible, l'hypothèse avancée par Jimmy la taraudait. Celle-ci lui paraissait toujours aussi invraisemblable, mais elle devait envisager toutes les possibilités : elle devait bien ça aux femmes qui avaient été enlevées après elle, et à celles qui se trouvaient peut-être encore en danger. Parce que si celui qui l'avait séquestrée et violée neuf ans plus tôt et celui qui avait assassiné ces filles étaient le même homme, alors la police avait pris la mauvaise direction le jour où elle avait découvert le cadavre de Marshall Landish, et elle poursuivait dans la mauvaise direction en ce moment même.

Ainsi, Josie passa la journée à revivre, petit à petit et avec précaution, ses longs mois de captivité. Son esprit avait beau faire de la résistance, la supplier de renoncer comme elle l'avait fait si souvent au fil des ans, ce travail d'introspection était capital, elle le savait. Fait étrange... elle se sentait plus en sécurité dans cet endroit inconnu et reculé pour fouiller sa mémoire. Sans autre distraction que les oiseaux, les arbres ou le cours d'eau, elle put faire le vide et passer en revue chacun des horribles souvenirs qu'elle parvint à faire remonter, remettre en question des éléments qu'elle n'avait jamais reconsidérés jusque-là.

Ce faisant, elle commença aussi – enfin – à faire son deuil. Pas celui de son enfant ; ce deuil-là – cette souffrance-là – était loin d'être terminé. Peut-être même n'en verrait-elle jamais la fin et elle s'était en partie résignée à ça. Cependant, à côté de la perte de son bébé, Josie n'avait jamais entrepris le deuil de sa propre vie, de sa vision du monde, de l'avenir qu'elle s'était tracé, de toutes ces choses qu'elle pensait découvrir. Elle avait réappris à fonctionner, elle avait surmonté le pire de son traumatisme, chaque jour elle mettait un pied devant l'autre et vivait cette nouvelle vie qui lui avait été accordée, mais elle ne s'était jamais autorisée à revivre cette terrible période d'emprisonnement, de maltraitance et de viols à répétition. Jamais elle n'avait pris le temps de s'asseoir avec sa douleur, sa solitude et sa terreur. Mais cela avait assez duré. Pas question de continuer à fuir ses souvenirs. Alors, elle invita ces derniers à s'asseoir avec elle et les laissa, chacun à leur tour, lui tenir compagnie.

Elle ferma les paupières et retourna dans cette chambre de torture où elle avait passé dix mois. Elle se revit au début : désespérée et terrorisée. Elle traversa à nouveau les viols, la faim, l'espoir qui s'amenuisait, puis le moment où elle avait compris qu'elle était en train de concevoir une vie. Elle se remémora ses conversations avec Marshall, les choses qu'il avait faites, qu'il avait dites. Elle rassembla tous les fragments qu'elle jugea importants, certains détails parfois enfouis si profondément qu'elle avait craint de ne plus pouvoir y accéder.

Et tandis qu'elle effectuait ce travail, elle sentit la présence de Zach qui n'était jamais bien loin sans pour autant empiéter sur son intimité. Il suffisait qu'elle l'appelle pour qu'il accoure, elle le savait. *Mon gardien.* Le savoir là, tout proche, lui donna le courage d'explorer sa douleur, de se pencher sur ses souvenirs, de les analyser, non pas en tant que victime, mais en tant que survivante.

Mais ça fait mal. Oh bon sang, ce que ça fait mal.

Elle éprouva à nouveau le désespoir, la terreur, la solitude extrême et incommensurable du temps qu'elle avait passé enchaînée à ce mur. Elle se rappela les jours qui avaient précédé la naissance de Caleb et ceux qui avaient suivi. Elle autorisa des émotions longtemps refoulées à remonter à la surface, à jaillir, pour ensuite être évacuées dans un torrent de larmes chaudes et régénératrices. Elle eut le souffle coupé par les sanglots et par la puissance de la bombe émotionnelle qu'elle avait déclenchée. Et pourtant, lorsque la poussière de la déflagration se dissipa, c'est une grande paix qui l'envahit. Les fragments de son âme étaient intacts. Ses cicatrices ne pourraient jamais être effacées, mais peut-être, *peut-être*, parviendrait-elle à se reconstruire tout autour, à aller de l'avant malgré leur présence.

Elle s'assit sur la berge, ôta ses chaussures, plongea ses pieds dans la rivière et laissa l'eau glisser sur sa peau comme de la soie humide. Les larmes continuèrent à dévaler ses joues, inévitables séquelles de la purification qu'elle venait de pratiquer et au cours de laquelle elle s'était affranchie d'une partie de sa détresse accumulée. Sa douce complainte se mêla au clapotis de l'eau vive. La souffrance, certes toujours présente, n'avait plus rien de comparable au tsunami qui l'avait submergée, et se réduisait désormais à quelques vaguelettes qui lui léchaient le corps. Elle ramena ses jambes contre elle, les enveloppa de ses bras et posa la tête sur ses genoux, pour pleurer encore un peu et accueillir les derniers sursauts de douleur. Cette position lui était familière, elle y avait passé de nombreuses heures, une main enchaînée derrière le dos.

Elle sentit la présence de Zach avant de l'entendre, aussi ne fut-elle pas surprise lorsque des pas se rapprochèrent sur le sentier, derrière elle. Il s'installa à côté d'elle sur la berge et la prit doucement dans ses bras. Elle se laissa aller contre lui et accepta le réconfort, la solidité, la tendresse de son étreinte. Après avoir exploré ses souvenirs les plus traumatisants, le contact attentionné de cet homme était tout ce dont son cœur avait besoin, mais ça, elle n'aurait pas pu le deviner avant qu'il arrive. Ils restèrent blottis l'un contre l'autre sur la berge pendant un long moment. Peu à peu, les larmes de Josie se tarirent tandis que Zach lui caressait les cheveux, lui murmurait des mots de réconfort, la serrait dans ses bras comme s'il comptait ne plus jamais la lâcher.

Un savoureux fumet de sauce pour pâtes se répandit dans la cabane tandis que, sur le plan de travail, une radio diffusait de la musique country. Zach n'avait plus vu ce genre de poste radio depuis des lustres et il écoutait rarement de la country, mais il fallait savoir s'adapter aux us et coutumes locaux... Et puis, il devait bien reconnaître que les trémolos et la voix de crooner du chanteur collaient parfaitement non seulement au cadre rustique de cette cabane des montagnes du Tennessee, mais aussi à l'humeur introspective et silencieuse de Josie.

Un peu plus tôt dans la journée, il l'avait serrée contre lui pendant qu'elle pleurait, sur la berge. Son cœur se serra à cette évocation. Cependant, même si la profonde tristesse de la jeune femme avait fait vibrer sa corde sensible, il avait trouvé dans son regard une grande clarté lorsqu'elle s'était redressée et l'avait laissé essuyer ses larmes. Il y avait aussi cette intimité naissante entre eux dont ni l'un ni l'autre n'osait parler. Pourtant, il était indéniable, ce subtil changement qui s'opérait dans leur relation, cette attraction réciproque qu'ils ignoraient tous les deux comment gérer. Il tentait bien sûr d'y résister.

Outre le fait qu'il risquait son job en s'impliquant dans une relation avec elle, il savait aussi que l'origine de cette tension qui vibrait en lui en sa présence était tout sauf simple, dans la mesure où Josie avait traversé des épreuves très difficiles.

En clair, il était dans la mouise jusqu'au cou.

– Ça sent divinement bon.

Zach se tourna au moment où Josie entrait dans la cuisine.

– J'espère que vous avez faim. Je crois que j'ai fait à manger pour un régiment, dit-il en désignant les marmites où bouillonnaient les spaghettis et la sauce.

Un pain à l'ail cuisait dans le four et il avait également préparé une salade César. Par chance, la personne chargée de remplir les placards et le frigo avait prévu des repas simples à préparer. Zach revendiquait quelques talents, mais la cuisine n'en faisait pas partie.

Josie esquissa un petit sourire. Petit, mais sincère. Elle avait encore les yeux un peu rougis par les larmes qu'elle avait versées, mais ça ne l'empêchait pas d'être belle et fraîche. Elle sortait de la douche. Elle avait revêtu un legging et un long sweat-shirt, et avait lâché ses cheveux. Bon sang, elle était magnifique.

– Je meurs de faim, répondit-elle en s'approchant de lui.

– Parfait, lança-t-il d'une voix éraillée.

Elle se pencha à côté de lui pour jeter un coup d'œil à ses préparations.

– Je peux vous aider ?

– Vous pouvez mettre les couverts et les serviettes sur la table, si vous voulez. Tout est prêt, il n'y a plus qu'à dresser les assiettes.

Zach égoutta les pâtes, puis prépara deux assiettes tandis que Josie installait serviettes et couverts, et leur servait un verre d'eau chacun. Qu'est-ce que Zach aurait donné pour qu'il y ait de l'alcool dans cette maison ! Il aurait bien eu besoin d'une ou deux bières. Mais il n'y en avait pas, et il ne risquait pas d'abandonner Josie pour aller en chercher en ville.

Ils s'assirent, prirent de la salade et commencèrent à manger sans un mot.

– C'est délicieux, déclara Josie entre deux bouchées. Je ne vous ai même pas demandé comment s'était passé votre interrogatoire ce matin.

Zach acheva de mâcher avant de répondre.

– C'était bizarre.

Il lui parla de la mère de Deanna, des problèmes de drogue de cette dernière et de sa disparition qui n'avait jamais été signalée.

Josie écarquilla les yeux.

– Comment est-ce possible ? Elle se volatilise dans la nature et personne ne s'en soucie ?

Il secoua la tête.

– Ça me dépasse que des parents puissent oublier leur enfant comme ça, mais c'est bien ce qui s'est passé. Le problème, c'est qu'il n'y a aucun moyen de savoir si sa disparition est liée à son problème de drogue ou s'il lui est arrivé quelque chose de pire.

– Bref, rien de probant, conclut-elle tristement.

– Non, mais j'ai persuadé sa mère d'aller signaler sa disparition. Comme ça, la police locale va pouvoir entamer les recherches.

Elle acquiesça, puis ils continuèrent à manger en silence. Zach étudia la mine songeuse de Josie.

– Comment allez-vous, Josie ?

Elle pencha la tête, le regard rivé sur sa fourchette qu'elle était en train de tourner dans son assiette, puis elle s'arrêta, mais ne la porta pas à sa bouche.

– Bien. Merci, fit-elle en lui jetant un petit coup d'œil. Pour tout à l'heure… Je… il y a longtemps qu'on ne m'avait plus réconfortée comme ça. Je n'imaginais pas à quel point j'en avais besoin.

Elle s'empourpra, mais soutint son regard, et il vit sa poitrine se soulever tandis qu'elle prenait une profonde inspiration.

Le cœur de Zach manqua un battement.

– Je suis content, si ça vous a aidée. Vous voulez en parler ?

Elle avala une bouchée et mastiqua, l'air songeur. Elle se tamponna la bouche avec la serviette et lui répondit.

– J'ai beaucoup réfléchi à l'hypothèse de Jimmy. L'éventualité que je n'aie pas eu affaire à Marshall Landish, que ce ne soit pas lui qui se cachait sous cette cagoule.

– Je croyais que vous aviez dit que c'était impossible.

– C'est vrai, c'est ce que j'ai dit.

Son expression trahissait un conflit intérieur. Elle fronça les sourcils.

– Mais Jimmy a raison : il faut explorer toutes les pistes. Alors, c'est ce que j'ai fait.

– Ça a dû être douloureux, de revivre ces moments passés avec lui…

Une émotion traversa les traits de Josie. Du soulagement ? Parce qu'elle se sentait comprise ?

– Oui. Très. Et paradoxalement, ça m'a fait beaucoup de bien aussi. Comme une sorte de thérapie dont j'ignorais avoir besoin. Peut-être que sans la situation actuelle, je ne me serais jamais obligée à revivre tout ça. Il n'y a pas si longtemps, dès que je commençais à me replonger dans mon passé, j'avais pris l'habitude de tout de suite chasser ça de mon esprit, vous voyez ? Une espèce d'instinct de survie, sans doute. Et jusque-là, ça ne m'avait jamais posé de problème parce que je ne pensais pas que cela vaille la peine de revivre tout ça dans le détail. Mais… C'est fini, je ne peux plus me le permettre.

Plus maintenant. Pas alors qu'un de ces détails dont je pourrais me souvenir est susceptible d'apporter des réponses aux familles endeuillées de ces femmes. Pas alors que ma mémoire pourrait contribuer à l'arrestation de ce malade.

Cette réflexion ne fit qu'accroître l'admiration que Zach lui portait, et son cœur se gonfla.

– Vous êtes incroyable. Vraiment.

Elle secoua vivement la tête, mais le petit sourire timide qu'il vit poindre sur ses lèvres lui indiqua que son compliment avait fait mouche.

– Et est-ce qu'un élément important vous est revenu en mémoire ?

Elle retrouva tout son sérieux.

– Rien de capital, mais...

Elle posa sa fourchette et le regarda droit dans les yeux.

– ... des petites choses. Marshall bégayait, mais parfois, quand il était en colère ou nerveux, il ne bégayait plus du tout.

Zach plissa le front.

– Ce pourrait être lié à la nature de son trouble de l'élocution. Peut-être que les émotions fortes accéléraient son débit et, en quelque sorte, « réparaient » temporairement son bégaiement ?

Elle acquiesça.

– C'est possible. Encore une fois, je n'ai pas eu de révélation transcendante. J'essaie juste de faire remonter à la surface des éléments qui nous permettraient de confirmer ou de réfuter la théorie de Jimmy.

Elle tapota son assiette avec sa fourchette.

– Je veux vous aider, Zach. Je veux être certaine que ce qui m'est arrivé, à moi et aux autres victimes, ne puisse plus jamais arriver à aucune femme.

Ils mangèrent en silence pendant quelques minutes, la musique en fond sonore.

– Jamais je n'aurais cru que vous étiez fan de musique country, lança Josie en désignant du menton la radio posée sur le plan de travail.

– Ah non ? fit Zach en riant. Et de quoi m'auriez-vous cru fan ?

Lorsqu'elle releva la tête en souriant, il crut que son cœur allait s'arrêter. *MerdeMerdeMerde.*

Elle haussa les épaules.

– De rock, sans hésiter. Quelque chose de fort et intense, mais aussi de profond et... poétique.

Sans cesser de sourire, Zach se leva, prit son assiette vide et désigna celle de Josie du menton. Elle la poussa dans sa direction.

– Je prends ça pour un compliment. Le rock, ça me va, répondit-il en déposant les assiettes dans l'évier tandis que Josie le rejoignait avec les verres. Cela dit, je dois bien reconnaître que certains airs country sont vachement sympa.

Il se tourna brusquement, la prit dans ses bras sans crier gare et la fit tournoyer sur place. Elle poussa un petit cri de surprise, puis éclata de rire, la tête renversée en arrière.

Bon sang, quel son agréable. C'était si bon, surtout après tout ce chagrin qu'elle avait évacué un peu plus tôt, ces larmes qu'elle avait laissé couler sans entrave, blottie dans ses bras, sur cette berge.

– Réflexion faite, je me suis peut-être trompée sur votre compte, lança-t-elle, pince-sans-rire. Il y a du cow-boy en vous, pas vrai, inspecteur ?

– Je suis connu pour avoir remis quelques mauvais perdants dans le droit chemin, gouailla-t-il en grimaçant comme s'il hallucinait de la ringardise de sa propre réplique.

– C'est votre meilleure interprétation de cow-boy ? demanda Josie en riant.

– Il faut croire, répondit-il en riant à son tour.

Il la fit de nouveau virevolter, puis lui attrapa la main et l'attira contre lui. Ils se heurtèrent en douceur, leurs rires s'évanouirent et Josie leva les yeux vers lui. Zach retint sa respiration. Son corps chaud et délicat contre le sien, ses courbes féminines qui épousaient parfaitement son anatomie. Les premières notes de la chanson suivante, plus lente, résonnèrent dans la pièce et affluèrent aux oreilles de Zach en même temps que son sang. Le regard de Josie se déplaça sur sa bouche, elle s'humecta les lèvres. Le cœur de Zach se mit à tambouriner de plus en plus fort, ses muscles se tendirent. Le temps semblait suspendu.

Soudain, Josie plaqua sa bouche sur la sienne et se pressa un peu plus contre lui. Il poussa un grondement de plaisir au moment où leurs langues se rencontrèrent, se mêlèrent. Elle pencha la tête, l'invitant à explorer sa bouche. Le goût de Josie propulsa des éclairs de désir jusque dans son entrejambe et son sexe ne tarda pas à enfler contre la fermeture de son pantalon. Ils trébuchèrent en arrière et Zach se retrouva adossé au plan de travail. Il remonta les mains, enfonça ses doigts dans les cheveux soyeux de Josie tandis que leurs bouches continuaient à se dévorer. Bon sang, il était si dur, son érection palpitait comme jamais. Il tenta d'écarter son bassin, craignant de lui faire peur, de la faire fuir avec son excitation si flagrante, mais elle semblait en proie à un appétit aussi désespéré que le sien et elle suivit son mouvement d'un brusque déhanché qui lui arracha un petit grognement. Ils se séparèrent et se dévisagèrent avec intensité. Josie avait les yeux mi-clos, lourds de désir, les lèvres rouges et humides, malmenées par la fougue de leur baiser. Elle était si belle. Il fut traversé par un élan de possessivité qui le désarçonna, une convoitise déstabilisante qui pulsait au plus profond de son être. Le souffle saccadé, il renversa la tête en arrière, contre le placard. Son sang battait dans ses veines à toute vitesse, l'encourageant à donner et à prendre. Nom d'un chien, il n'avait jamais été aussi excité. Une femme l'avait-elle déjà rendu fou de désir à ce point ? Pas à sa connaissance. Cependant, il tenait à lui accorder – avait besoin de lui accorder – quelques minutes pour changer d'avis si elle le souhaitait, pour ralentir la cadence. Et puis, il devait bien admettre qu'il était à peine capable de réfléchir et presque choqué qu'elle ait fait le premier pas. Elle releva la tête vers lui et, en plus du désir, il décela autre chose dans son regard… une sorte de détermination, de certitude. Il avait beau être enivré par une passion féroce, il savait lire sur les traits – c'était ce qui faisait de lui un bon enquêteur.

Elle revint dans ses bras et l'embrassa dans le cou, lui arrachant de nouveau un grognement. Il se pencha pour s'emparer de ses lèvres et l'entraîna dans un baiser enfiévré. Leurs mains sillonnaient avidement le corps de l'autre. Tout à coup, sans dessouder sa bouche de la sienne, Josie l'emmena hors de la cuisine. Une fois dans le hall, elle s'écarta brutalement de lui. Elle jeta un coup d'œil à sa chambre puis à celle de Zach, et sembla jeter son dévolu sur la première. Elle lui attrapa la main et le tira dans cette direction. Il s'arrêta devant la porte, la plaqua sur le côté, contre le mur, et l'embrassa avec plus de douceur, lui laissant quelques secondes de plus pour reprendre ses esprits et éventuellement changer d'avis. Au lieu de quoi, elle émit un petit son impatient, arracha ses lèvres aux siennes et le força à entrer dans sa chambre où elle le poussa sur le lit. Sans attendre, elle grimpa sur lui et se pencha pour qu'ils puissent reprendre leur baiser. Zach lui saisit les fesses et souleva le bassin instinctivement, le corps en quête d'un soulagement à cette fièvre infernale. Bon sang, la moindre cellule de son corps pétillait de ce désir ravageur, ce même désir qui affluait entre ses jambes et rendait son érection presque douloureuse. Josie se redressa et s'attaqua à son pantalon. Il chercha à établir un contact visuel avec elle, mais elle semblait investie d'une mission, et l'espace d'un instant, le brouillard de désir se dissipa, juste assez pour qu'il puisse bien la regarder. Ses mamelons durcis pointaient à travers son haut, sa peau était enflammée par la passion, mais son expression, elle, ne reflétait qu'une concentration intense tandis qu'une lueur presque triste brillait dans ses yeux, une lueur qui témoignait davantage d'un besoin d'accomplir cet acte sexuel que d'en retirer du plaisir.

– Josie, attends...

Elle empoigna son sexe et le caressa sur toute la longueur. Il poussa un grognement rauque. Elle croisa son regard. Ses caresses provoquaient une telle extase chez lui qu'il en oublia ce qu'il s'apprêtait à dire.

– Tu en as envie ? demanda-t-elle.

Une minute, ne venait-elle pas de lui voler sa réplique ?

– Oui, mille fois oui, mais...

Elle s'écarta de lui, juste le temps de le débarrasser du bas. Il se redressa à moitié pour ôter le haut et se retrouva couché sous elle, complètement nu.

Il désigna son pantalon.

– Préservatif. Portefeuille.

Elle extirpa son portefeuille de sa poche arrière, en sortit un préservatif, se dépêcha d'ouvrir l'emballage et le déroula sur lui, les mains tremblantes. Ensuite elle monta de nouveau sur lui à califourchon, enveloppa de sa main son sexe bouillant et palpitant et recommença à exercer un lent va-et-vient. Il plaça ses mains sur les siennes pour l'interrompre. Malgré la courte pause déshabillage et la présence du préservatif, il était à deux doigts de l'orgasme.

– Josie, si tu continues comme ça, je vais jouir.

Elle sourit, puis avec une petite moue, se releva et se dénuda à son tour en conservant toutefois son soutien-gorge.

Elle considéra son érection avec une certaine nervosité qu'elle sembla vite maîtriser. Elle l'enfourcha à nouveau, prit son sexe et s'installa dessus. Le contact chaud et humide de son intimité déclencha instantanément en lui un plaisir fulgurant d'une puissance telle que sa vue se brouilla.

– Bon sang, ce que c'est bon d'être en toi.

Lorsqu'elle commença à bouger sur lui en prononçant son nom d'une voix haletante, il se cambra et sa tête s'enfonça dans le matelas.

Il lui saisit les hanches et son pouce rencontra une zone au relief singulier sur sa cuisse. Il souleva la tête et son cœur eut un raté lorsqu'il comprit. Il s'agissait des deux mots accusateurs qui étaient à jamais gravés dans sa chair : *casus belli*.

Oh Josie...

D'un geste brusque, elle chassa sa main de sa cuisse abîmée. Son visage était marqué par la panique. Elle émit un petit son haché, mi-soupir exaspéré mi-sanglot, puis elle lui plaqua les mains sur ses hanches et les maintint à cet endroit. Elle perdit le rythme, ses mouvements devinrent saccadés. Zach l'arrêta et la dévisagea. Son expression se décomposa et elle enfonça ses ongles dans ses biceps, le ramenant vivement à la réalité.

– Josie, eh, tout va bien. On n'est pas obligés de...

– Si, protesta-t-elle avec force, reprenant son mouvement de va-et-vient avec frénésie, l'allure un peu sauvage.

Zach prit appui et se redressa pour la prendre dans ses bras, l'apaiser, lui offrir du réconfort. Elle n'était pas prête. Quel idiot. Il s'était laissé complètement happer, n'avait pas réussi à décoder ses signaux.

– Non, s'il te plaît, insista-t-elle, au bord des larmes, les yeux affolés. S'il te plaît.

Elle se pencha et l'embrassa avec hargne, sans délicatesse.

– S'il te plaît, murmura-t-elle encore contre ses lèvres, sans cesser de remuer le bassin.

Les larmes jaillirent. Le cœur de Zach se serra devant la peine, la profonde détresse que tout cela suscitait chez elle.

– S'il te plaît, Zach, chuchota-t-elle encore.

Elle en avait envie, peut-être besoin, pour se prouver à elle-même qu'elle en était capable, ou pour conjurer ses souvenirs. Déboussolé, Zach ne savait plus quoi faire. Tout ce qu'il voulait, c'était apaiser sa douleur, être là pour elle, et satisfaire ses besoins. Son corps continuait à répondre à celui de Josie, de réagir à sa chaleur qui enveloppait son membre, à son odeur, à *elle*.

Après quelques dernières hésitations, il finit par suivre son instinct. Il lui attrapa les poignets et la renversa sur le dos. Elle ferma les yeux. Les larmes continuaient à affluer. Elle tremblait.

– Regarde-moi, Josie, dit-il en roulant du bassin.

Elle s'exécuta, l'air perdue. Et toujours cette détresse.

– Regarde-moi dans les yeux. Tu es en sécurité. On arrête quand tu veux. Maintenant même, si tu le décides.

Il s'enfonça en elle et ressortit.

– Je n'ai jamais désiré personne comme je te désire, mais je m'arrêterai si tu en as besoin. Tu le sais, ça, hein ?

Elle battit des paupières et son expression se détendit, s'adoucit. Elle acquiesça, puis, lentement, noua les jambes autour de ses hanches tandis qu'il la pénétrait.

Il ne put contenir un grognement de volupté tout droit venu de sa cage thoracique.

– Voilà, c'est ça. Tu me sens, Josie. Il n'y a que nous deux ici, personne d'autre. Rien que nous. Et j'arrête tout de suite si tu me le demandes.

Pendant un instant, elle le dévisagea, étudia ses traits, et bientôt les larmes cessèrent. Ses lèvres s'entrouvrirent et un petit soupir s'en échappa. Il la sentait si tendue ; ses muscles enserraient son membre tandis qu'il entrait et sortait, entrait et sortait, installant un rythme lent, mais régulier. Leurs regards s'accrochèrent et il resta à l'affût du moindre signe de détresse, mais cette fois son expression resta sereine. Elle semblait même confiante tandis que ses yeux lui livraient son cœur et son âme. Bon sang, ce moment était si intime. Il se sentait relié à elle de toutes les façons possibles et imaginables. Jamais, jusqu'à cet instant, Zach n'avait fait l'expérience d'une communion aussi profonde, aussi intense. Il en fut ébranlé jusqu'au tréfonds de son âme. Soudain, son entrejambe se resserra, les muscles de son bas-ventre se contractèrent. L'orgasme arrivait. Il tenta de se retenir, de lui laisser plus de temps, mais son corps l'en empêcha.

– Josie ! s'écria-t-il d'une voix étranglée.

Aspiré par Josie, il parvint à exécuter un dernier aller-retour avant de pousser un long et puissant grondement, terrassé par une extase extrême. Sa peau se couvrit de frissons brûlants.

Il s'effondra sur elle et respira contre son cou pendant quelques instants, tandis que leurs cœurs battaient à l'unisson et qu'il tentait de se remettre de cette expérience indescriptible. Il se redressa et plongea son regard dans le sien. Du pouce, il essuya les dernières larmes de ses joues. Quelque chose de fort surgit entre eux ; une compréhension mutuelle, un lien qui venait de se forger. Il le ressentit et il sut qu'elle aussi. Elle lui adressa un sourire si tendre que son cœur chavira. Il était en proie à une émotion pour laquelle il n'avait d'autre nom que l'amour. Mais il était bien trop tôt pour ça, n'est-ce pas ? C'était trop... dangereux. Compliqué. Malgré tout, il avait cette sensation que leurs vies étaient inextricablement mêlées depuis cette nuit où il avait monté la garde devant sa chambre d'hôpital, huit ans plus tôt, et à cet instant précis, il comprit que c'était vrai. Cette femme avait amorcé chez lui un changement fondamental et, quelle que soit l'issue de tout ceci, il ne serait plus jamais le même.

Il se pencha et l'embrassa, sans précipitation cette fois. Elle prit son visage dans ses mains et caressa sa barbe de trois jours tandis qu'ils échangeaient un long et profond baiser.

Il sentit ses tétons durcir contre son torse. D'une main, il libéra l'un de ses seins de son soutien-gorge et en caressa la pointe arrondie du pouce en suivant le tempo de plus en plus rapide de sa respiration. Sur une impulsion, il baissa la tête et aspira son mamelon dans sa bouche, le titilla avec sa langue. Dans un premier temps, il la sentit se figer, mais il continua à sucer le bout de son sein et au bout d'une minute, elle se détendit. Lorsqu'il s'empara de son deuxième sein et referma les lèvres autour du téton, elle enfonça ses doigts dans ses cheveux en laissant échapper un gémissement de plaisir et pressa sa poitrine contre lui. Il passa de longues minutes à cet endroit avant de descendre en traçant un sillon de baisers jusqu'à son ventre à la peau satinée et d'y enfouir son nez.

– Tu es si belle, murmura-t-il. Si parfaite.

Josie parut un peu hésitante tandis qu'il s'intéressait à chaque partie de son corps, mais avant de se déplacer vers un autre endroit, il attendait patiemment qu'elle se décontracte, que ses soupirs lui indiquent qu'elle trouvait du plaisir dans ce qu'il lui faisait. Lorsqu'il déposa un baiser sur sa cicatrice à la cuisse, elle tressaillit, mais ne l'arrêta pas. Il prit son temps, et lorsqu'il atteignit enfin son entrejambe, elle s'ouvrit à lui en gémissant. Il se mit à titiller le point culminant de son sexe en exécutant de petits cercles avec la langue et elle lui laboura le cuir chevelu avec ses ongles. Il alterna petits coups de langue et succions suaves jusqu'à ce que ses soupirs se fassent de plus en plus impatients, qu'elle projette les hanches vers le haut pour aller à la rencontre de sa bouche. Alors, Zach accéléra le tempo, encore et encore, jusqu'à ce qu'elle pousse un petit cri et, dans une dernière ruade du bassin, jouisse, les mains agrippées à sa tête, en émettant une succession de gémissements de délectation.

Après quelques instants, elle s'immobilisa et il remonta pour l'embrasser sur la bouche avec douceur. Elle le dévisagea avec une expression ébahie, les yeux emplis de… d'émerveillement, lui sembla-t-il.

Il ôta sans tarder le préservatif, qu'il enveloppa d'un mouchoir, puis ramena la couverture sur eux et prit Josie dans ses bras. Il lui caressa les cheveux, lui embrassa le front et la serra tout contre lui. Au bout de quelques minutes, il perçut un changement dans son souffle et comprit qu'elle s'était endormie. Alors seulement il ferma les paupières à son tour et s'autorisa à s'assoupir.

Dans la nuit, elle se tourna vers lui et écarta les jambes pour l'accueillir en elle pour la deuxième fois. Cette fois, ils firent l'amour plus lentement, avec tendresse. Les mains de Josie coururent sur sa peau, découvrant les creux et les plats du relief de son corps. Elle avait plus confiance en lui, à moins qu'elle ait pris confiance en elle, quoi qu'il en soit, cela emplit le cœur de Zach de bonheur. Si le temps qu'ils passaient ensemble pouvait contribuer à la guérison de cette femme intelligente, sensible, magnifique, brisée, alors il était comblé. Ce qu'il voulait plus que tout au monde, c'était être celui qui lui apporterait l'apaisement, le baume nécessaire. *L'amour.*

Lorsque le soleil frappa ses paupières, il ouvrit et plissa aussitôt les yeux. Il était seul dans la pièce inondée par l'éclat doré du matin. Il bondit du lit. Josie. Où était-elle ? Il la retrouva sur la terrasse, enveloppée dans une autre couverture, debout devant la balustrade, en train de contempler le lever du soleil derrière les montagnes. Elle tourna la tête en l'entendant arriver et sourit.

Il lui enlaça la taille.

– Bonjour, dit-il d'une voix rocailleuse, encore un peu ensommeillée.

– Bonjour, répondit-elle avec douceur.

Elle se blottit contre lui et reporta son attention sur le paysage.

– Merci, ajouta-t-elle. J'ai passé une nuit fantastique.

Il poussa un soupir comblé.

– Je crois que c'est plutôt à moi de te remercier.

Sans cesser de sourire, elle se tourna pour le regarder droit dans les yeux et prit son visage en coupe.

– Non, tu sais très bien ce que je veux dire.

Il retrouva son sérieux, ôta une mèche de cheveux de sa joue et s'imprégna de sa beauté soulignée par la douce lumière du matin.

– Oui, je sais ce que tu veux dire.

Elle l'enveloppa avec elle sous la couverture et ils admirèrent le lever du jour enlacés.

CHAPITRE 32

Ils passèrent la journée en randonnée. Ils plongèrent leurs orteils dans les ruisseaux froids qu'ils croisèrent et se laissèrent pénétrer par la quiétude des lieux. Le décor était brut, sauvage, il renfermait la franchise simple dont Josie avait besoin.

Elle se sentait régénérée, sur le plan spirituel... mais aussi physique. Un esprit neuf dans un corps neuf. Elle repensa à la nuit précédente, le désir fou que Zach avait provoqué en elle. Sa beauté, lorsqu'il l'avait prise dans ses bras en souriant. Au début, elle avait été submergée par une énergie incroyable qui l'avait rendue puissante, vivante. C'étaient leurs rires qui l'avaient convaincue de sauter le pas et de l'embrasser. Pourtant, tout aurait pu si mal tourner, elle aurait pu en ressortir encore plus brisée qu'avant. Au final, Zach avait compris ce dont elle avait besoin, et lorsque les ténèbres avaient menacé de l'engloutir, il l'avait aidée à trouver la voie de la guérison – la lumière.

Sans qu'elle sache comment, il avait deviné ce qu'elle était en train de traverser et avait su quoi faire pour qu'elle redevienne elle-même, pour qu'elle lui accorde sa confiance et le laisse prendre les rênes.

Elle avait attendu longtemps avant de se sentir prête à laisser un homme la toucher de façon érotique, à confier son corps aux mains de quelqu'un qui pouvait très bien la blesser s'il le voulait. Ce n'était pas uniquement l'aspect sexuel qu'elle appréhendait. Sa propre réaction lui faisait peur aussi, les souvenirs que cela risquait de déclencher à tout moment. Ses seins avaient nourri un bébé dans des circonstances atroces, son ventre avait été distendu par une grossesse traumatisante, sa cuisse avait été scarifiée, tout cela avait généré énormément de souffrance, de chagrin. *De honte.* Chaque partie de son corps était associée à un outrage, à la dévastation. Alors oui, elle avait été terrorisée à l'idée de laisser quelqu'un la toucher et tenter de lui procurer du plaisir à des endroits encore marqués par tant de stigmates.

Et pourtant... elle avait découvert qu'elle était encore capable de profiter des délices charnels, qu'elle n'était pas « fichue » comme elle l'avait cru. En ce sens-là aussi, elle avait cessé d'être une victime. Alors, certes, elle devait encore réapprendre à faire pleinement confiance, mais ce matin, elle éprouvait un soulagement indescriptible, parce qu'elle avait compris qu'elle n'était pas irrémédiablement brisée. Cette résurrection de son corps l'emplissait d'un merveilleux sentiment d'espoir.

Bien sûr, la peur ne l'avait pas tout à fait quittée, car au-delà de son corps, elle avait aussi ouvert son cœur à Zach.

Arrivés au sommet du sentier en pente qu'ils gravissaient, ils s'assirent sur les rochers. Le soleil était haut dans le ciel. Zach prit un morceau de bœuf séché et le mâcha, absorbé par ses pensées. Il mâcha, mâcha et mâcha encore... et encore. Josie pouffa. Sans cesser de mastiquer, il la considéra d'un air perplexe, pour ne pas dire légèrement paniqué.

– Je crois que tu vas devoir l'avaler tout rond, constata-t-elle d'un ton enjoué, en espérant ne pas devoir pratiquer la manœuvre de Heimlich ici, au beau milieu de nulle part.

Zach finit par ingurgiter le morceau au prix d'un effort évident, puis rangea le reste du paquet dans son sac à dos. Il croisa son regard avec une grimace, puis éclata de rire, déployant une nuée de papillons dans le ventre de Josie. Il était d'une beauté quasi surnaturelle, avec sa peau douce et son teint de plus en plus mat sous le soleil, ses cheveux noirs aux reflets presque bleus parfois, selon la lumière. Elle aurait tellement voulu que ça reste comme ça pour toujours, mais bien sûr c'était impossible. Ce bonheur-là était éphémère.

– Quand nous rentrerons, rien ne sera plus pareil, pas vrai ? demanda-t-elle, le cœur déjà comprimé à cette idée.

Les sentiments de Zach à son égard seraient peut-être tout aussi éphémères. Pourtant, ce matin-là, alors qu'elle contemplait le lever du jour sur la terrasse, elle s'était juré de ne pas être triste. Il lui avait déjà fait un précieux cadeau, un don d'une générosité inestimable. Et en réalité, peut-être elle-même n'était-elle pas prête à s'engager plus loin, même si elle en mourait d'envie. Elle tourna la tête vers l'horizon.

– Je ne sais pas, répondit-il. Je... ça risque d'être compliqué. Il faudra...

Il soupira. Elle reporta son attention sur lui.

– ... il faudra aviser en rentrant, selon l'évolution de la situation, acheva-t-il en se passant une main dans les cheveux.

Elle hocha la tête. Il dut lire sa déception sur ses traits, parce qu'il lui prit aussitôt les mains.

– Eh, je ne peux pas prendre le risque de mettre ta sécurité en péril ou de compromettre cette enquête. Quand tout ça sera fini, nous trouverons une solution, d'accord ?

Josie acquiesça.

– Fais-moi confiance, Josie.

Elle soutint son regard, puis étudia son beau visage.

– J'ai confiance, répondit-elle, sincère.

Aussi fou que ça puisse paraître, elle avait eu confiance en lui dès l'instant où ils s'étaient rencontrés. D'emblée, il l'avait regardée dans les yeux, il avait été honnête avec elle, sans y aller par quatre chemins. Certes, il était très prudent, mais sans tomber dans le paternalisme ; il faisait preuve de discrétion et suivait son intuition, ce qu'elle appréciait.

Ils rebroussèrent chemin jusqu'à la cabane et passèrent l'après-midi à faire l'amour. Elle était accro à lui, à cette façon qu'il avait d'envoyer son corps au septième ciel, ce corps qu'elle pensait incapable de retrouver un jour le chemin de la jouissance. Ils tombèrent vite à court de préservatifs, mais elle prenait la pilule. Cette contraception pouvait paraître superflue. Elle n'avait plus couché avec personne depuis huit ans et, pas plus tard que la veille, elle était encore persuadée que ça ne lui arriverait plus jamais. Cependant, cette protection représentait beaucoup pour elle, c'était une façon de maîtriser sa fertilité… une mesure de précaution. D'une certaine manière, cette pilule incarnait aussi sa peur que tout recommence. La vie était imprévisible et elle craignait en permanence pour sa sécurité. Voilà les conséquences du crime violent qu'elle avait subi. Celui-ci avait altéré sa vision du monde. Dans la vie, les gens aiment bien affirmer que « tout se passera bien » ou que « ça n'arrivera jamais ». Oui, mais, et quand tout ne se passait pas bien ? Quand l'impensable se produisait ? Le destin pouvait à tout moment décider de retirer le tapis sous vos pieds. Ça risquait d'arriver, parce que c'était déjà arrivé.

Avec Zach, Josie parvint à exprimer ouvertement ces réflexions sur le sujet, non seulement parce qu'il côtoyait des crimes violents dans son métier, mais aussi parce que le destin avait retiré le tapis sous les pieds de sa famille, avec la mort de son petit frère. Lui, il pouvait la comprendre. Il savait. Ça aussi, c'était un cadeau qu'il lui faisait.

Lorsqu'ils sortirent enfin du lit, il était tard. Ils étaient affamés et avaient grand besoin de reprendre des forces. Ils se jetèrent sur des sandwiches en riant, debout devant le plan de travail. Zach prit une bouchée de son pain et passa un bras autour des épaules de Josie, comme s'il ne pouvait plus rien faire sans la toucher. Le cœur de Josie débordait de joie.

Soudain, le téléphone de Zach se mit à sonner. Ils échangèrent un regard et, d'un coup, déchantèrent. Zach la lâcha et posa son sandwich. À cet instant, Josie crut entendre leur petite bulle de bonheur éclater.

– Attends, dit-il.

Il alla prendre son téléphone sur la table, vérifia le numéro et décrocha.

– Jimmy.

Il s'assit sur le bord de la table et, même si le monde réel venait de faire irruption dans leur petite parenthèse enchantée, Josie prit quelques secondes pour admirer son corps sculpté à la perfection. Elle parcourut du regard son torse à la peau lisse et mate et descendit jusqu'au sillon de poils noirs qui s'enfonçait sous la ceinture de son jean. Quelques minutes plus tôt, sa bouche se trouvait encore à cet endroit. Elle rougit à cette pensée et s'empressa de relever la tête. Les yeux sombres de Zach étaient braqués sur elle. Il avait sûrement deviné ce qui venait de lui trotter dans la tête.

Soudain, il détourna le regard et l'inquiétude se peignit sur ses traits.

– Oui, dit-il, répondant à Jimmy. Merde. Treize ans, marmonna-t-il, une main dans les cheveux. Comment est-ce possible ?

Un frisson remonta le long de la colonne vertébrale de Josie. Elle posa son sandwich et lui indiqua d'un geste qu'elle revenait tout de suite. Tout à coup frigorifiée, elle venait de s'apercevoir qu'elle ne portait que ses sous-vêtements et un tee-shirt appartenant à Zach. Elle se rendit dans sa chambre pour enfiler son jean, des chaussettes et un sweat-shirt, puis passa aux toilettes.

Zach raccrocha au moment où elle regagna la cuisine. Il pinça les lèvres, l'air très soucieux.

– Que se passe-t-il ? s'enquit-elle.

– Le professeur Merrick nous a enfin fourni une liste de ses maîtresses, liste qui contient en tout et pour tout le nom de deux femmes avec lesquelles il aurait eu une liaison. Il doit avoir la mémoire courte.

Il lui jeta un coup d'œil furtif. Craignait-il de l'avoir blessée avec cette réflexion ? Il y avait bien longtemps qu'elle se fichait de ce que Vaughn Merrick pouvait penser. Il s'était servi d'elle, c'était un fait qu'elle avait digéré depuis belle lurette. Mieux encore, elle reconnaissait l'avoir laissé faire et était désormais en paix avec elle-même à ce sujet. Elle assumait sa part de responsabilité dans les relations douloureuses qu'elle avait eues au cours de sa vie et ça faisait toute la différence. Elle avait commis des erreurs, point.

– Et ? l'encouragea-t-elle, le voyant perdu dans ses pensées.

Il sortit de sa torpeur et se frotta la nuque.

– La première femme de cette liste a déménagé à l'étranger. Elle est mariée et a des enfants. La deuxième a disparu sans laisser de trace il y a treize ans.

Josie écarquilla les yeux.

– Disparue ? murmura-t-elle avec effroi.

Elle peina à déglutir.

– Tu penses qu'elle a été victime de Marshall Landish aussi ? demanda-t-elle en s'appuyant contre le plan de travail.

Zach secoua la tête.

– Impossible. Marshall Landish avait dix-huit ans et venait d'être enrôlé dans l'armée. À cette époque, il suivait sa formation initiale en Caroline du Sud.

– Caroline du Sud, répéta-t-elle. N'aurait-il pas pu faire l'aller-retour jusque dans l'Ohio, un week-end ?

Zach soupira.

– La Caroline du Sud se trouve à neuf heures de route de l'Ohio. Quelle raison l'aurait poussé à se coltiner un tel trajet jusqu'à Cincinnati pour kidnapper une femme avant de rentrer ? En plus, d'après ce que nous savons, il n'avait encore jamais mis les pieds dans l'Ohio à cette époque. Il y a déménagé quelques années plus tard pour se rapprocher de sa sœur qui venait d'être engagée chez Procter et Gamble et de s'installer à Cincinnati.

Il marqua une pause.

– Cela dit, reprit-il, même en admettant qu'il ait fait ce trajet, ce qui est donc peu probable, qu'est-ce qui le relie à cette femme et à Vaughn Merrick ?

Il secoua la tête.

– Ça n'a aucun sens.

Josie se mordit les lèvres. Cette femme enlevée – et sans doute assassinée – treize ans plus tôt, elle-même et les deux victimes les plus récentes avaient toutes un point commun : elles avaient eu une aventure avec le professeur Merrick. Ce ne pouvait pas être une coïncidence. Cela dit, Zach avait raison : quel lien y avait-il entre Marshall Landish et le professeur, à supposer qu'il y en ait un ? Un mauvais pressentiment s'insinua en elle et elle rentra les épaules. L'hypothèse selon laquelle son bourreau ne serait pas Marshall Landish apparaissait de plus en plus plausible. Toutefois, son esprit luttait toujours contre cette idée. Non, c'était forcément lui. À l'époque, elle ne le connaissait pas plus que ça, mais elle avait très bien identifié sa voix – pas juste son bégaiement, mais le ton, le débit, le timbre – sans parler de son odeur, de son corps et de son allure.

– Se pourrait-il qu'il ait un frère jumeau ? Ou un frère tout court ?

Zach secoua la tête.

– Ni l'un ni l'autre, seulement une sœur.

Josie détourna la tête.

– Et sa sœur est convaincue qu'il n'a pas pu faire ça et a même lourdement insisté, se remémora-t-elle dans un murmure. Les enquêteurs chargés de mon affaire l'ont interrogée longuement. Elle a demandé à me rencontrer, mais...

Elle secoua la tête.

– Je n'ai pas pu. Je n'ai pas voulu. J'avais peur. Peur de ma réaction si je le voyais à travers elle, et je...

Elle poussa un long soupir pour communiquer toute son impuissance. Elle avait jugé son traumatisme trop grand pour risquer de l'aggraver davantage. En l'occurrence, à cette période, elle avait l'impression de n'être qu'un trou noir ambulant.

Zach s'approcha d'elle et la prit dans ses bras.

– Je comprends. Tu n'avais aucune raison d'aller lui parler.

Elle s'écarta.

– Parfois, ça me travaille. Si je l'avais moi-même interrogée, est-ce que... ? Peut-être... peut-être qu'elle savait quelque chose sur mon fils.

Pourtant les enquêteurs avaient bien assuré à Josie que la sœur de Marshall n'était au courant de rien. Ils en étaient convaincus et ils l'en avaient convaincue. Marshall n'avait révélé à personne le sort qu'il avait réservé à son bébé.

En admettant qu'il s'agisse bien de Marshall...

Zach repoussa ses cheveux en arrière et l'embrassa sur la tempe.

– Les meilleurs enquêteurs de notre département ont été mis sur ton dossier. Des hommes capables de deviner tout de suite quand quelqu'un leur ment.

Josie hocha la tête, mais ne se sentit pas plus tranquille pour autant.

– Jimmy est en train de creuser dans le passé de Landish, lui expliqua Zach. Comme toutes les preuves le désignaient à l'époque et que tu étais sa seule victime connue, personne n'a jugé nécessaire d'aller fouiller son passé. Jimmy a déjà obtenu son dossier médical de l'armée et il a déniché un élément pour le moins caractéristique.

Tous les muscles de Josie se tendirent.

– De quoi s'agit-il ?

– Il était daltonien.

Elle fronça les sourcils.

– Daltonien. Que... qu'est-ce que ça implique ?

– Ce n'est pas un détail qui se remarque à l'œil nu, mais ça implique par exemple qu'il ne pouvait pas exécuter certaines tâches à l'armée.

Le cœur de Josie se serra. « *Ce n'est p-pas pour moi que tu portes ces beaux dessous r-rouges, espèce de salope ?* » Elle braqua les yeux sur Zach.

– Je crois que l'homme qui m'a séquestrée n'était pas daltonien.

Elle lui fit part de la réminiscence qu'elle venait d'avoir.

Ses mâchoires se contractèrent et son regard s'assombrit tandis qu'elle lui répétait les paroles que Marshall Landish – ou celui qu'elle avait pris pour tel – avait prononcées cette horrible nuit-là.

– Tu en es sûre ?

– Certaine. Ces derniers jours, je me suis justement replongée dans mes souvenirs, Zach. J'ai... autorisé mon esprit à retourner... là-bas.

– Rien d'autre ne lui aurait permis de deviner la couleur de tes... vêtements ?

Elle haussa les épaules.

– Là comme ça, ça ne me dit rien, non.

Le silence retomba pendant quelques instants tandis que Josie revivait une fois de plus ces terribles instants.

Contrairement aux jours précédents, elle ne se contenta pas de faire remonter le souvenir, elle s'y attarda, revit son agresseur déchirer sa lingerie et, plus tard, se tenir debout, le visage encagoulé tourné vers cette petite fenêtre qui déversait de la lumière dans la pièce. Il s'était produit quelque chose à ce moment-là... quelque chose, mais pas moyen de mettre le doigt dessus.

Elle se creusa les méninges, mais tout ce que lui renvoyait sa mémoire était incomplet ou accessoire, comme si celle-ci lui suggérait que toutes les zones d'ombre finiraient par s'expliquer d'elles-mêmes. La frustration l'assaillit.

– Il faut que je parle à sa sœur. À l'époque, je n'en ai pas été capable émotionnellement, mais là, j'en ai besoin.

– Tu n'es pas obligée. Je peux m'en charger si tu veux.

Elle secoua la tête.

– Non, non. J'en ai besoin. Si je me suis trompée sur le compte de Marshall. Si quelqu'un... je ne sais pas, s'est fait passer pour lui ou...

Elle poussa un soupir contrarié.

– Je ne sais pas, mais j'ai besoin de lui parler de son frère en la regardant dans les yeux, d'évoquer la personne qu'il était. Zach, je dois le faire.

Il la scruta avec ses superbes yeux, si doux, si expressifs, puis acquiesça.

– OK. Je vais organiser ça.

Elle posa les mains sur ses épaules nues.

– Merci.

Avait-elle fait fausse route depuis le début dans sa quête pour retrouver son fils ? Car si ce n'était pas Marshall qui l'avait séquestrée, ce n'était pas Marshall non plus qui lui avait pris son enfant.

– Il faut y aller tout de suite. Je... Je dois me dépêcher. Ce type est peut-être déjà en train de cibler sa prochaine victime, alors si je détiens la clé de l'énigme qui nous mènera jusqu'à lui, il n'y a pas une seconde à perdre.

Elle passait à côté de quelque chose, elle le sentait dans ses tripes.

CHAPITRE 33

AVANT

Les yeux rivés au mur en face d'elle – sans le voir –, Josie inséra une fois de plus la petite tige métallique dans la serrure de sa menotte et écouta les cliquetis que le mouvement produisait. Une crampe lui tordit la main et elle lâcha son outil improvisé en grognant de frustration. *C'est inutile. Ça ne marchera jamais.*

La sueur ruisselait de son front, lui picotait les yeux et elle résista à l'envie de se rouler en boule sous son plaid sale pour s'endormir, tout simplement. Au lieu de ça, elle s'essuya les yeux et ramena ses genoux contre elle, en proie à un nouvel élancement. Elle sentait le sang s'écouler de son entrejambe. Cela avait commencé un peu plus tôt dans la journée, un petit filet au début, mais à présent le flux était de plus en plus important. Au moins, la fièvre l'empêchait de souffrir du froid glacial qui régnait dans cette pièce.

Elle était si faible qu'elle tenait à peine assise. Elle ramassa le petit ressort transformé en tige et roula sur le dos. Les yeux rivés au plafond cette fois, elle leva le bras et fit une nouvelle tentative. Le crépuscule n'était pas loin, mais les réverbères n'étaient pas encore allumés. Quelques étoiles commençaient à scintiller dans le ciel gris pâle. Le vent accumula quelques flocons de neige dans les coins de la vitre. Tandis qu'elle se focalisait sur les minuscules points lumineux dans le ciel, elle se sentit partir à la dérive, mais elle s'efforça de continuer à manipuler le petit outil qu'elle avait fabriqué. Soudain, la tige rencontra un obstacle et, plutôt que de tirer, Josie exerça une pression sur celle-ci. Un gros *clic* résonna dans la pièce.

Sa main retomba. Libre.

Au début, Josie ne comprit pas ce qui se passait, ne comprit pas qu'elle était *libre*, que ses mains reposaient toutes les deux sur le matelas, au-dessus de sa tête, tandis que ses chaînes gisaient à côté.

Puis, ce fut le choc. Elle se redressa tant bien que mal, un cri s'échappant de ses lèvres, et chercha à intégrer ce que son cerveau refusait encore d'admettre alors même que plus aucune entrave ne gênait ses mouvements, que plus aucune menotte n'encerclait son poignet. Elle avisa le bracelet en métal ouvert sur le matelas, puis se couvrit la bouche des deux mains pour contenir les sanglots incrédules qui en jaillirent, l'émerveillement se mêlant à la consternation.

Je suis libre. Libre ! Libre !

Elle se leva, les jambes flageolantes, en prenant appui sur le mur.

Hélas, elle n'était pas encore tout à fait libre.

Les jambes littéralement en coton, Josie s'approcha de la porte, rassembla le peu de forces qui lui restait et tira sur la poignée. Fermée à clé, verrouillée de l'extérieur. Ensuite, elle considéra la fenêtre ; les étoiles scintillaient toujours tout là-haut, dans le ciel de plus en plus noir. Soudain, elle crut entendre un bruit à l'extérieur – des pas ? Elle se dépêcha de regagner sa couche, se rassit et plaça sa main derrière son dos afin de donner l'impression qu'elle était toujours enchaînée au mur. Son cœur battait à tout rompre, son visage dégoulinait de sueur. Le sang sur le sol. Les grosses gouttes qui allaient du matelas jusqu'à la porte allaient la trahir.

« *Je ne reviendrai plus.* »

Malgré cette promesse, la peur s'abattit sur elle et l'adrénaline se répandit dans son système tandis qu'elle tendait l'oreille. *Rien.*

– Du calme. Reste calme, murmura-t-elle.

Un besoin irrépressible de pleurer, de céder à la panique, de hurler menaça de la submerger, mais elle parvint de justesse à retrouver son sang-froid. Son bébé. Un sanglot lui monta dans la gorge. Son enfant était quelque part dehors et il avait besoin d'elle. Alors, elle se releva.

J'arrive, Caleb. Maman arrive.

Aucune chance qu'elle sorte par l'épaisse porte en métal condamnée de l'extérieur. Son seul espoir était la petite fenêtre, tout en haut du mur. Elle l'étudia pendant quelques instants et celle-ci lui sembla tout à coup ridiculement petite, mais c'était la seule issue. Ça ou attendre le retour de Marshall – s'il revenait un jour, mais il lui avait assuré qu'il ne le ferait pas.

Quelque chose lui brûla les yeux. Larmes ou sueur, elle ne savait plus. Saisie par une vague de nausée, elle vacilla et se rattrapa au mur. Elle n'avait plus le temps de tergiverser. Elle empoigna l'extrémité du matelas duquel elle n'avait pas bougé depuis de nombreux mois, le matelas sur lequel elle avait mis son bébé au monde, et elle le traîna jusque sous la fenêtre. Elle le cala contre le mur selon un certain angle, puis tenta de l'escalader. Il se plia en deux et s'effondra sous son poids. Elle poussa un grognement de frustration, réessaya, et encore, puis encore, avec le même résultat, jusqu'à ce que ses jambes se mettent à trembler et qu'elle soit prise de vertiges. Et son sang qui continuait à s'écouler lentement le long de ses jambes ; le semblant de vie qui lui restait était en train de quitter son corps.

Il fallait qu'elle prenne de l'élan et grimpe plus vite, pour ne pas laisser le temps au matelas de ployer sous son poids.

Son but était de parvenir à s'agripper au rebord de la fenêtre. Pas évident dans la mesure où sa main qui était encore menottée dix minutes plus tôt fourmillait toujours et restait faible. Une tâche herculéenne, même, pour elle qui avait déjà du mal à tenir debout.

Elle prit une profonde inspiration et se précipita sur le matelas en poussant de toutes ses forces au moment où il commença à s'avachir. Elle cria de douleur, rata le rebord d'au moins trente centimètres et retomba lourdement sur le sol. Elle resta prostrée comme ça pendant un moment et pleura, le corps secoué de tremblements. *C'est impossible. Je vais mourir ici.* Mourir à deux mètres de la liberté, les étoiles pour seule compagnie, tandis qu'elle se viderait de son sang sur le sol de sa prison. *Non !*

Elle se redressa. *Non. Non.* Survivre si longtemps dans de telles conditions lui avait aussi semblé impossible. Mener sa grossesse à terme : pareil, sans parler d'accoucher seule. Si on lui avait dit qu'elle parviendrait à se débarrasser de ses chaînes, elle ne l'aurait jamais cru. Pourtant, elle avait fait tout ça. Elle avait réussi à braver l'impossible. Et elle réussirait encore une fois.

Pas question de renoncer, de mourir là, recroquevillée sur le sol, alors que quelque part là-bas, dehors, son bébé pleurait, réclamant sa mère. La réclamant, elle. C'est elle qui lui avait donné naissance, elle lui devait au moins de continuer à essayer jusqu'à son dernier souffle.

Au prix d'un effort surhumain, Josie parvint à se relever et à replacer le matelas contre le mur. Elle secoua sa main encore à moitié engourdie, prit pour la énième fois une profonde inspiration et s'élança vers le matelas en se projetant vers la fenêtre. Elle se heurta au mur en hurlant, sans même parvenir à toucher le rebord.

Toutefois, elle s'en était rapprochée.

Sans relâche, elle repositionna le matelas et enchaîna les tentatives, ses râles de douleur se mêlant aux sanglots qu'elle n'avait pu contenir plus longtemps. Autour d'elle, la pièce tanguait, tout son corps tremblait, des élancements lui vrillaient le crâne et ses épaules souffraient des impacts répétés contre le mur.

Elle rassembla ses toutes dernières forces et, avec un puissant cri de bataille sorti de nulle part, elle se rua une fois de plus sur le matelas, se propulsa en l'air et jeta les bras en direction de la pâle tache de lumière sur le mur. Ses doigts effleurèrent le large rebord de la fenêtre et se refermèrent sur celui-ci. Cette fois, ça y était, elle était accrochée. *Je l'ai fait! Je l'ai fait!* Lorsqu'elle prit appui sur le mur avec les jambes, elle remarqua que le matelas ne s'était pas complètement affaissé. Au prix d'un gros effort, elle attrapa celui-ci entre ses pieds et le redressa contre le mur, à la verticale cette fois. Les bras tremblants, les doigts glissants, elle se servit de l'extrémité du matelas pour se soutenir tandis qu'elle se hissait sur le rebord de la fenêtre. L'épaisse masse rembourrée ploya, mais tint bon. Elle était pantelante, ruisselante de sueur et de sang, à bout de forces. Tout à coup, elle fut terrassée par une vague de nausée et pencha la tête sur le côté pour vomir de la bile. Tandis qu'elle crachait, assaillie de haut-le-cœur, elle crut qu'elle allait perdre connaissance, mais non. Au bout d'un certain temps, elle recouvra même ses esprits.

Elle reprit longuement son souffle et reposa ses muscles avant de les mettre de nouveau à contribution. *Je n'en peux plus. Je n'y arriverai pas.* Dehors, les réverbères prirent vie et leur lumière laiteuse se mêla aux dernières lueurs du jour, éclairant sa cellule. Soudain, la ferme de sa tante se matérialisa dans son esprit, image de sérénité dorée qui lui rendit de l'espoir. Ensuite, son imagination lui envoya les rires d'un enfant – son enfant – et cette évocation acheva de lui réchauffer le cœur. Elle rouvrit les yeux, prête à en découdre. Il y avait une minuscule brèche dans le coin de la vitre, un petit éclat. Toujours soutenue par le matelas à la verticale qui n'avait pas bougé, elle ôta son bras droit du rebord et donna un coup de poing à cette minuscule craquelure. Puis un deuxième. Une nouvelle vague de nausée menaça, elle gémit. Au troisième coup, une fissure se forma et, au quatrième, la vitre éclata. Les échardes lui lacérèrent la peau et elle hurla de douleur.

L'air froid s'engouffra par le trou ainsi formé et se déversa sur sa peau trempée. Elle en eut le souffle coupé, laissant même échapper un cri de désespoir et d'impatience mêlés devant ce petit avant-goût de liberté. Elle dégagea au maximum l'encadrement de la fenêtre, puis, se servant du bord du matelas comme tremplin, elle se projeta vers le haut et se hissa sur le rebord pour passer à travers la fenêtre.

Son buste resta coincé et, l'espace d'un instant, elle se débattit, à moitié à l'intérieur, à moitié à l'extérieur. Dans un nouveau rugissement puissant, elle se tira à bout de bras, secoua les jambes et, peu à peu, la peau lacérée par les morceaux de verre, elle parvint à s'extirper de ce qui avait été son donjon de torture pendant presque un an.

Elle s'effondra dans la neige sale, gémissante, à bout de souffle. Incapable de se relever, elle rampa. Il fallait à tout prix qu'elle s'éloigne de cet endroit. *Le plus loin possible. Le plus loin possible.* Ses sanglots s'élevaient dans la nuit, son souffle formait des nuages blancs de condensation. Elle s'efforçait, en vain, de rester discrète, mais son corps avait pris le contrôle. Elle crut entendre le moteur d'une voiture, au loin. Son cœur se mit à cogner comme un fou contre ses côtes. Elle tourna la tête dans tous les sens. Elle se sentait observée.

Et si c'était lui ? Non, pas question qu'elle se retrouve à nouveau enchaînée. Ça, jamais. Elle ramassa un éclat de verre et tenta de se relever en le serrant dans sa main. Elle glissa, trébucha, puis commença à évoluer en boitant, secouée par des tremblements de peur et de froid. *Cours ! Cours !* Et Josie se mit à courir, pieds nus, à peine vêtue du débardeur et du short en lambeaux qu'elle avait enfilés dans une autre vie, il y avait une éternité. Lorsqu'elle jeta un coup d'œil derrière elle, elle s'aperçut qu'elle laissait dans son sillage une piste de sang dans la neige.

Des gouttes comme autant de petits cailloux rouges qu'il pourrait suivre s'il arrivait avant qu'elle ne soit en sécurité.

Elle glissa sur une plaque de verglas, trébucha en avant, mais retrouva l'équilibre et évita la chute de justesse. Elle poursuivit sa progression lente et laborieuse. Le quartier était désert. Partout, des immeubles à l'abandon, où qu'elle aille. Pas étonnant que personne n'ait jamais entendu ses cris. Elle erra de-ci de-là, haletante, mue par sa seule volonté.

Soudain, un mouvement, droit devant. Des phares. Une voiture. Josie sanglota. Et si c'était lui ? Mais non, c'était un taxi. Un taxi ! Chancelante, Josie continua à avancer et rassembla toutes ses forces pour crier. Elle hoquetait si fort qu'elle parvenait à peine à respirer. Elle agita les bras.

Le taxi tourna et prit une autre direction. Josie hurla de nouveau. Un voile rouge et palpitant s'abattit sur elle et, pendant un instant, le monde s'éteignit. Elle tomba à genoux, la main toujours levée vers le taxi qui s'éloignait lentement. *Revenez ! Revenez !* Elle tenta de se relever, sans succès, alors elle rampa dans la neige boueuse en direction du véhicule de plus en plus petit.

Tout à coup, deux lumières rouges brillèrent devant elle. Les feux arrière. Le taxi freinait ! Puis il entama une marche arrière. Josie continua à lui faire signe, la tête bringuebalante, luttant pour rester consciente. Elle tendit les bras comme si elle pouvait toucher ces phares en approche.

Le bruit d'une portière. Des pas. Une voix d'homme. Il était en train de crier. S'adressait-il à elle ? Non, il était au téléphone. Elle se recroquevilla sur le sol, huma l'odeur de l'asphalte, de la neige sale et sa propre puanteur.

– Allô ? Les urgences ? Une jeune femme sur la route... en sang... presque nue... Je ne sais pas.

Josie roula sur le dos. Où étaient les étoiles ? Son regard ne croisa que du béton. Peut-être était-elle sous un pont, ou une passerelle. La voix de l'homme allait et venait. Il parlait vite. Il était paniqué.

– ... l'air à moitié morte. Envoyez-moi des secours !

Josie ferma les yeux et s'endormit.

Une succession de lumières vives, du bruit, de l'agitation. Elle se trouvait dans un endroit lumineux, animé. Les gens s'activaient autour d'elle. Elle avait mal. Partout. Elle gémit.

– Elle fait une hémorragie ! lança quelqu'un.

Elle souleva les paupières, groggy, et détourna la tête de tous ces gens qui remuaient dans tous les sens. Son regard fut attiré par un homme en uniforme – un agent de police – debout contre un mur. Il l'observait aussi, l'air à la fois choqué et triste. Leurs regards se croisèrent. *Ses yeux.* Indigo, la couleur du ciel en pleine nuit. Elle lâcha prise. Elle avait réussi à l'atteindre, cette étoile qui scintillait tout là-haut, elle baignait dans sa lueur aveuglante.

Libre.

Libre.

Libre.

CHAPITRE 34

La sœur de Marshall Landish vivait dans une maison en briques dotée d'un vaste porche, dans le quartier de Mount Lookout, à Cincinnati. La petite pelouse était fraîchement tondue et, aux fenêtres de l'étage, des balconnières débordaient de fleurs rouges et jaunes. Un tricycle rouge était abandonné au pied des larges marches en pierre du perron.

Pourquoi fut-il perturbé par ce détail ? Sans doute parce que le nom de Landish évoquait de bien funestes événements qui détonnaient avec ce symbole de la famille américaine parfaite.

Bien sûr, la sœur de Marshall, Linda, n'était plus une Landish. Son nom de femme mariée était Winston.

Zach jeta un coup d'œil à Josie qui lui répondit par un petit sourire, malgré la nervosité qui l'habitait à en juger par son regard tourmenté et sa façon d'ouvrir et de fermer le poing, comme si inconsciemment elle cherchait à se raccrocher à quelque chose. Il ne put s'empêcher de lui prendre la main et de la serrer dans la sienne pour la rassurer avec un contact, aussi bref soit-il.

Avant de frapper à la porte, Zach perçut le bruit de jeux turbulents d'enfants. Lorsqu'il utilisa le heurtoir, le bruit s'amplifia à l'intérieur, comme si tous les habitants de la maisonnée se précipitaient en même temps pour ouvrir.

La porte s'entrebâilla et une femme aux cheveux noirs apparut, retenant par le collier un caniche pétulant tandis que deux bambins la rejoignaient en courant.

– Madame Winston ? Je suis l'inspecteur Copeland. Nous nous sommes parlé au téléphone.

Elle hocha la tête et avisa Josie d'un petit regard nerveux avant de s'intéresser de nouveau à lui. Elle recula et écarta ses enfants d'un geste du bras.

– Oui. Entrez, je vous en prie.

Elle se tourna vers l'escalier qui trônait dans le hall et cria :

– Carl ?

Zach et Josie entrèrent et quelques secondes plus tard, un grand homme à la barbe blonde et au front dégarni descendit l'escalier.

– L'inspecteur est arrivé, lui expliqua son épouse.

L'homme acquiesça et emmena les enfants et le chien dans un cortège bruyant de petits pieds, de pattes de chien et de vives réclamations pour obtenir des cookies et du jus de fruit.

Linda Winston les invita à la suivre dans un salon où ils s'installèrent tous les trois. Elle leur proposa des rafraîchissements qu'ils déclinèrent, puis elle prit une grande inspiration et croisa les mains sur ses genoux. Elle risqua un coup d'œil en direction de Josie, mais s'adressa à Zach.

– Je dois dire que j'ai été extrêmement surprise par votre appel tout à l'heure. De quoi s'agit-il ?

– Je sais que vous aviez demandé à me rencontrer il y a huit ans, s'interposa Josie.

Linda braqua son attention sur elle.

– À l'époque, je n'étais pas prête et je suis désolée de ne pas avoir pu accéder à votre requête.

Josie chercha le regard de Zach et il l'encouragea d'un petit signe de tête.

– Je comprends tout à fait, répondit calmement Linda.

Josie étudia ses mains pendant quelques instants. *Bon sang, ce qu'elle est courageuse.* Zach n'en revenait pas qu'elle réussisse à faire ça. Quelle force elle avait, sa Josie.

– Tout à l'heure, quand Zach... l'inspecteur Copeland vous a contactée, vous lui avez dit que vous aviez entendu parler de cet imitateur qui reproduit le crime de votre frère.

Linda hocha la tête et un voile de tristesse recouvrit ses traits.

– Oui. J'ai suivi toute cette histoire. C'est... horrible.

– En effet, confirma Josie en toussotant. Au cours de l'enquête, certaines zones d'ombre sont apparues et j'essaie de me rappeler certains détails spécifiques concernant votre frère dans le but d'aider les autorités à attraper cet imitateur.

Linda fronça les sourcils.

– Quel genre de détails ?

Zach avait conseillé à Josie de ne pas révéler que la culpabilité de Marshall Landish dans le premier crime était remise en cause. Ils ne disposaient encore d'aucune preuve, uniquement des doutes, et il aurait été cruel de donner de faux espoirs à cette femme. Josie s'éclaircit la voix.

– Rien de précis pour l'instant. Pour être franche, je ne sais pas exactement quels souvenirs pourraient être utiles.

– Alors vous êtes en train de repenser à tout ce... à tout ça.

Josie acquiesça.

Linda la considéra pendant un moment.

– Ça ne doit pas être évident.

– Non, c'est vrai. J'espérais... eh bien, j'espérais que vous seriez d'accord pour me parler de Marshall disons... dans les grandes lignes. Je sais que ça risque d'être difficile pour vous aussi.

Linda dévisagea encore Josie pendant quelques instants, puis se redressa dans son fauteuil avec un soupir.

– Non, en réalité, ça ne me dérange pas du tout de parler de mon frère, répondit-elle avec un sourire doux à l'attention de Josie. Je ne pense pas qu'il soit coupable.

Elle releva le menton et la défia du regard pendant quelques secondes. Ces deux femmes appartenaient à deux camps si opposés dans l'affaire qui incriminait l'homme dont elles parlaient. Pourtant, il ne faisait pas un pli aux yeux de Zach que la sœur de Landish était quelqu'un d'honnête. Elle n'était peut-être pas très objective quant à l'innocence de son frère, mais il était évident qu'elle était convaincue de ce qu'elle avançait. Et il était tout aussi évident qu'elle comprenait la situation compliquée dans laquelle se trouvait Josie, suffisamment pour lui apporter son soutien.

– Je sais, répondit Josie avec délicatesse. Pourriez-vous m'expliquer pourquoi ?

– Tout simplement parce que ça n'était pas du tout dans sa nature de commettre un crime. Marshall était... bizarre, timide. Il pouvait même passer pour un peu simple d'esprit parfois, à cause de son bégaiement, mais ce n'était pas du tout le cas. Il était intelligent. Mais par-dessus tout, il était très empathique. Je le connaissais mieux que personne parce que je l'ai pratiquement élevé.

Elle secoua la tête.

– Quand il était petit, il ramenait à la maison tous les animaux errants qu'il croisait, leur raconta-t-elle avec un petit sourire indulgent. Il aurait été incapable de tuer quoi que ce soit, pas même une araignée, par exemple. S'il en croisait une, il la faisait entrer dans une tasse et la relâchait dehors. C'était un gentil garçon, et un homme tout aussi gentil.

– Son bégaiement... est-ce qu'il disparaissait par intermittence ? Quand il était surexcité ou très en colère, par exemple, était-il possible qu'il se mette à parler normalement ?

– Honnêtement, je n'ai pas souvenir d'avoir vu une seule fois Marshall en colère, mais... non. Quand il était frustré ou nerveux, son défaut d'élocution avait même tendance à s'aggraver, au contraire. Quoi qu'il se passe, ça ne disparaissait jamais. Et il en était tout à fait conscient, ajouta-t-elle en baissant la tête. Il a essayé de l'atténuer avec plusieurs méthodes, mais rien n'a jamais été très efficace. Marshall était tout à fait conscient de son bégaiement, madame Stratton, répéta-t-elle en croisant le regard de Josie. Jamais il n'aurait pu imaginer que vous ne le remarqueriez pas ni même qu'il pourrait vous dissimuler son identité. Il suffisait qu'il prononce une phrase pour être démasqué. L'homme qui vous a enlevée portait cette cagoule pour une autre raison.

Josie déglutit.

– Au cours de mes échanges avec Marshall, il a fait plusieurs allusions qui m'ont donné l'impression qu'il avait eu faim au cours de sa vie.

Elle noyait le poisson, c'était clair. Les arguments de Linda avaient dû la chambouler.

Les épaules de Linda s'affaissèrent et elle baissa de nouveau la tête.

– Nos parents n'ont pas eu une vie facile. Il a pu arriver que les placards restent vides quelques fois.

Visiblement, elle n'avait aucune envie d'apporter de l'eau au moulin de Josie, mais elle tenait à être honnête.

– Qu'entendez-vous par « ils n'ont pas eu une vie facile » ? demanda Josie avec prudence, comme si elle craignait que Linda coupe court à son interrogatoire.

Mais cette dernière n'eut pas la moindre hésitation et ne donna pas l'impression que les questions de Josie étaient trop personnelles. Elle avait attendu si longtemps pour pouvoir parler de son frère – pour prendre sa défense, même si son plaidoyer contredisait la version officielle.

– Notre père souffrait de troubles post-traumatiques. Il connaissait des épisodes de profonde dépression. C'était difficile pour mon frère. Il était très sensible et voir son père prendre de la distance comme ça était très douloureux pour lui. Il arrivait souvent que mon père se retrouve sans travail. Notre mère faisait de son mieux pour joindre les deux bouts, mais elle avait beaucoup de mal la plupart du temps.

Le silence retomba. Zach se demanda si Linda connaissait son frère aussi bien qu'elle le prétendait. On ne peut pas tout connaître de quelqu'un, sa vie intérieure, ce qu'il cache, les rôles qu'il joue. En outre le fait que leur père ait été dépressif et instable déclenchait tous ses signaux d'alarme. Et si Landish avait nourri et réprimé de la rancœur – des pulsions violentes – envers son père pendant toute son existence jusqu'à ce qu'il craque et que cela se traduise par un crime sadique ?

– Et son daltonisme ? s'enquit Josie. La police a obtenu son dossier de l'armée et apparemment cette information y figurait.

Linda haussa les épaules.

– Oui. Ça n'avait pas l'air de le handicaper du tout. Nous avons découvert son incapacité à différencier le rouge et le vert alors qu'il était enfant, mais le sujet est rarement revenu sur la table par la suite. Les enfants s'adaptent, je suppose, et ce n'était pas bien grave. Je n'y pensais même jamais. Notre père était daltonien aussi. Il paraît que ça ne se transmet que de père en fils. Son fils l'aurait probablement été aussi.

Soudain elle écarquilla les yeux, s'apercevant sans doute de sa bourde. Elle se tordit les mains.

– En tout cas, ce... c'était surtout son bégaiement qui le tourmentait, parce que c'était là-dessus que les gens le jugeaient.

Josie se mordit les lèvres et dévisagea Linda, le front plissé, comme si quelque chose venait de lui revenir.

– Il était incapable de distinguer le rouge... murmura-t-elle.

Linda secoua la tête.

– C'est ça. Le rouge et le vert lui apparaissaient gris. Pourquoi ? L'homme qui vous a enlevée a-t-il fait allusion à quelque chose de rouge ? demanda-t-elle, le regard plein d'espoir.

Toujours songeuse, Josie ne répondit pas à sa question.

– Il était incapable de reconnaître le rouge ou le vert, mais s'il se retrouvait devant quelque chose qui avait de fortes chances d'être vert, comme une feuille d'arbre ou de l'herbe par exemple, aurait-il pu donner la bonne couleur ? Aurait-il affirmé que c'était vert, même si ça lui paraissait gris, parce qu'il était conscient que son daltonisme l'induisait en erreur ?

– Je... suppose que oui, répondit Linda, l'air perplexe. Peut-être. J'avoue que je ne sais pas trop quoi répondre.

Josie parut soulagée, comme si elle venait d'obtenir une réponse satisfaisante à sa question. À savoir : Landish aurait-il pu reconnaître la couleur de ses sous-vêtements, ou deviner celle-ci ? Zach eut des frissons. Il voyait où Josie voulait en venir. Si Landish, en découvrant ses dessous, les avait trouvés gris, il en avait sans doute déduit qu'ils étaient rouges plutôt que verts. Le raccourci était un peu facile, mais... cela pouvait servir d'explication.

– Merci, Linda. J'apprécie la franchise avec laquelle vous m'avez répondu. Merci de nous avoir consacré du temps.

Le regard de Josie s'attarda sur le manteau de cheminée, où trônaient plusieurs photos. Tout à coup, elle se leva et se dirigea vers le portrait grand format d'un jeune homme en toge universitaire. Linda l'imita et la rejoignit. Josie prit le cadre et l'examina de plus près. Elle était de profil, mais Zach remarqua le mouvement de sa gorge lorsqu'elle déglutit. Elle replaça la photo sur la cheminée d'une main légèrement tremblante.

Elle se tourna vers Zach.

– Nous devrions y aller.

Zach attendit qu'ils aient regagné la voiture et qu'ils aient quitté le trottoir.

– Que se passe-t-il ? demanda-t-il d'un ton calme.

Josie avait le regard hanté depuis qu'elle avait étudié cette photo sur la cheminée.

– Ses yeux, répondit-elle en secouant la tête. Ils ne correspondent pas. La couleur était... ressemblante, mais pas tout à fait identique.

Zach serra le volant un peu plus fort.

– Josie, ça fait longtemps...

– Non.

Sa voix avait fusé. Elle prit une profonde inspiration.

– Non. Ses yeux, c'était la seule partie de son visage que je voyais distinctement. Je... Je ne pourrai jamais les oublier. Je n'avais jamais eu l'occasion d'examiner une photo de Marshall d'aussi près. Et... non. Ils n'étaient pas pareils.

Elle se tourna vers lui, l'air à la fois choquée et terrorisée.

– Il y a un truc qui cloche, Zach... Ce n'étaient pas les yeux de Marshall qui me regardaient sous cette cagoule.

CHAPITRE 35

La fermette apparut au loin, image ondulante sous le soleil de l'après-midi. Le vent remuait légèrement les arbres qui bordaient la propriété. Un déclic s'opéra en Josie et elle se sentit envahie par une grande sérénité. Au début, elle ne reconnut pas cette sensation, mais très vite, elle comprit que c'était tout simplement le plaisir de rentrer chez soi. Car elle avait désormais un chez-elle. Avait-elle déjà éprouvé ce sentiment au cours de sa vie ? Pas qu'elle s'en souvienne. C'était si agréable, indispensable, un vrai baume pour l'âme. Ici, c'était chez elle. Et elle était prête à se battre pour y rester.

Jimmy, qui les attendait sous le porche, leva la main lorsqu'ils se garèrent dans l'allée. Zach avait appelé son patron la veille au soir et ce dernier avait accepté que Josie quitte la maison protégée. Zach avait terminé sa mission dans le Tennessee et resterait en contact avec la police locale qui enquêtait désormais sur la disparition de la jeune Deanna. Le suspect ne s'était plus manifesté et le campus avait obtenu la dérogation budgétaire nécessaire pour renforcer sa sécurité, la police allait donc pouvoir récupérer ses effectifs et élargir la portée des patrouilles. Quant à cette épidémie de grippe qui avait sévi dans la police d'Oxford, elle était terminée.

En outre, Jimmy avait supervisé l'installation d'un système d'alarme temporaire financé par la ville dans la maison de Josie.

En descendant de la voiture, elle remarqua un gros changement au niveau de la terrasse. La balustrade avait été réparée et entièrement repeinte dans un blanc éclatant. Elle posa ses mains sur ses hanches avec un air réprobateur, mais les larmes jaillirent de ses yeux lorsqu'elle s'approcha de Jimmy. *Cet homme est une perle.*

– Il vous restait une balustrade de terrasse complète en trop, prévue à la base pour votre bateau, je présume ? demanda-t-elle avec des trémolos dans la voix.

Il hocha vivement la tête, faisant remuer ses bajoues.

– Je n'en avais pas besoin et ça m'encombrait.

– Ben voyons, murmura-t-elle en le serrant dans ses bras et en déposant un baiser sur l'une de ses joues grêlées. Je ne vous mérite pas, vous savez ?

– Vous méritez le monde, rétorqua-t-il en retrouvant tout son sérieux.

Zach s'approcha et Josie surprit le regard que lui jeta Jimmy. L'expression de Zach se mua aussitôt en inquiétude. Josie considéra les deux hommes tour à tour.

– Que se passe-t-il ?

Jimmy la dévisagea, l'air hésitant, puis sembla se résigner.

– Reagan Hutchinson a disparu.

Le cœur de Josie s'affola.

– Quoi ?

– Quand ça ? demanda Zach. Elle était sous protection.

– Je sais. Ce matin, elle s'est rendue à son cours de gym, elle est rentrée dans le bâtiment, mais n'en est jamais ressortie.

Zach poussa un juron.

– Des caméras ?

– La salle de sport ne possède pas de dispositif de vidéo-surveillance. Il y a des caméras de l'autre côté de la rue, mais jusque-là on n'a rien relevé d'inhabituel.

Tout à coup, Josie eut la bouche sèche. Son rythme cardiaque chaotique reflétait sa peur. Ce n'était pas possible. Elle s'adossa au pilier qui se trouvait derrière elle et se revit dans cet entrepôt sordide, se remémora le moment où elle avait repris connaissance, enchaînée au mur. Reagan avait-elle été propulsée dans un cauchemar similaire ? Elle frissonna et resserra ses bras autour d'elle. Comment avait-il su ? Pourquoi maintenant ?

– Et c'est tout ? demanda-t-elle à Jimmy. Rien d'autre n'a été mis en place pour la retrouver ?

– Nous n'avons aucune piste pour l'instant. Son mari est interrogé. Il coopère, il affirme que tout allait bien entre eux.

– Merrick ? s'enquit Zach.

– Il a un alibi. Il était en rendez-vous avec son avocat ce matin au moment où Reagan s'est volatilisée.

– Et maintenant, où est-il ?

– Chez lui. Toujours sous surveillance. Où qu'il aille, nous serons au courant.

– Son ex-femme aussi ? demanda Zach.

Jimmy acquiesça.

– Le patron veut tout le monde sur le pont, dit Jimmy. Oxford envoie deux agents pour veiller sur Josie. Ils devraient arriver d'une minute à l'autre.

Josie secoua la tête.

– Pas question.

Elle se tourna vers Zach.

– Je veux venir avec vous. Ne me laisse pas croupir ici les bras croisés. Je peux peut-être vous aider. Je pourrais... reconnaître un détail qui vous échapperait...

Elle baissa brusquement les bras, frustrée, désespérée.

– Peu importe, mais je ne peux pas rester assise ici à me tourner les pouces. S'il te plaît, Zach.

Sa réponse ne tarda pas.

– D'accord, alors voilà ce qu'on va faire. Il faut contacter tous ses amis, toutes les personnes à qui elle est susceptible d'avoir parlé récemment. Nous allons réclamer une liste à son mari. En route.

Le commissariat bourdonnait d'activité. Josie s'installa au bureau de Zach et attendit qu'il revienne avec la liste fournie par Evan, celle qui répertoriait les noms et les coordonnées des gens avec lesquels Reagan aurait pu avoir une conversation dernièrement. Elle avait déjà tenté de joindre Cooper, mais elle était directement tombée sur sa messagerie vocale. Nous étions en plein après-midi, il devait être au boulot.

Elle balaya le grand open space du regard. Les autres enquêteurs s'affairaient de leur côté, certains au téléphone, d'autres discutant entre eux. Soudain le bruit s'estompa et elle se retrouva plongée dans un moment irréel, comme dans un rêve étrange. *Est-ce que ça s'est passé comme ça aussi, à l'époque où c'était moi qu'ils recherchaient ?* Pourtant, ils ne l'avaient jamais retrouvée. Elle avait dû s'échapper toute seule. *Pitié, faites qu'ils sauvent Reagan.*

Zach sortit du bureau dans lequel il était en réunion avec Jimmy et leur sergent, et se dirigea vers elle.

– Tu as réussi à le contacter ?

– Non, il ne répond pas.

– Quel est le nom de la boîte où il travaille ?

Josie fouilla sa mémoire.

– Je ne crois pas qu'il l'ait mentionné. Il a juste parlé d'un cabinet d'architecture du centre-ville.

– D'accord. Il ne doit pas en exister vingt mille. On commencera à passer des coups de fil depuis la voiture. Parce qu'entre-temps...

Il brandit un petit bout de papier.

– ... je viens d'avoir un appel de l'ancienne voisine des Merrick. Je l'avais croisée la semaine dernière.

– Et qu'a-t-elle dit ?

– Elle a juste laissé un message pour me demander de la rappeler, mais je préfère qu'on aille directement sur place, si tu es partante ?

Aussitôt, Josie se leva et se dirigea vers la sortie, pressée de suivre la moindre piste pour retrouver son amie.

Moins de quinze minutes plus tard, ils se garaient dans une magnifique rue de Hyde Park, devant une ravissante bâtisse en briques blanches. Zach stationna sa voiture à l'ombre d'un chêne géant.

Ils frappèrent à la porte turquoise et une femme blonde d'une cinquantaine d'années leur ouvrit. D'abord perplexe, son expression s'illumina lorsqu'elle reconnut Zach.

– Oh mon Dieu, inspecteur Copeland. Vous n'étiez pas obligé de vous déplacer jusqu'ici !

– Madame Parsons. Il n'y a aucun problème, lui assura-t-il avec un sourire.

Elle ouvrit la porte toute grande.

– Appelez-moi Dawn, je vous en prie, et, oh, j'espère que je ne vous fais pas perdre votre temps.

Ils la suivirent dans un salon, à l'avant de la maison. Une grande baie vitrée rendait la pièce lumineuse et aérée. Josie et Zach prirent place sur le canapé tandis que Dawn s'installait dans un fauteuil en face d'eux. Zach présenta Josie, se limitant à dire qu'elle apportait son aide aux forces de police. Dawn lui accorda un sourire distrait.

– J'ai parlé à Alicia, il y a quelques jours. Je l'ai appelée après avoir appris aux informations que Vaughn avait été interrogé pour cette histoire d'étudiantes disparues.

Elle considéra Zach d'un air penaud, comme si elle venait d'avouer qu'elle s'adonnait volontiers aux commérages.

– Je n'avais pas pu la joindre, mais elle a fini par me rappeler et nous avons bavardé un peu.

Elle mordit sa lèvre inférieure avant de poursuivre.

– Je n'avais pas compris que Vaughn était suspecté dans cette affaire avant qu'Alicia m'en parle.

– Oui, c'est exact, répondit Zach. Avez-vous des informations au sujet du professeur Merrick ?

Elle s'empressa de secouer la tête.

– Non, ça ne le concerne pas. Pour être honnête, je suis persuadée que ce n'est rien du tout, mais ça fait quelques jours que ça me travaille, alors je me suis dit que ça ne ferait pas de mal de vous passer un petit coup de fil.

– Bien sûr. Et j'apprécie votre geste, peu importe ce dont il s'agit.

Elle hocha la tête, l'air soulagée.

– Eh bien, l'autre jour, j'ai surpris un jeune homme sur l'ancienne terrasse des Merrick. Il regardait par la fenêtre et n'arrêtait pas de jeter des coups d'œil par-dessus son épaule. J'ai trouvé ça suspect. J'ai pensé qu'il était peut-être à la recherche des Merrick, mais sa façon d'agir était étrange, alors j'ai continué à l'observer un peu. Il a fait le tour de la maison et a épié chaque fenêtre. Pour finir, je suis sortie et je l'ai appelé. Il m'a tourné le dos et il est parti. J'ai eu l'impression qu'il m'évitait. Je n'ai pas appelé la police. Après tout, il n'a rien fait de mal, c'était juste bizarre, conclut-elle en haussant les épaules.

– Pouvez-vous me décrire cet homme ?

– Grand, cheveux sombres, mais il était presque tout le temps de dos. Cela dit, quelque chose chez lui m'a semblé familier, je n'arrive pas à mettre le doigt dessus. Peut-être avait-il déjà rendu visite aux Merrick. Je suis certaine que ça ne va pas plus loin, mais j'ai trouvé son attitude louche.

Josie étudia le bel intérieur de madame Parsons tandis que Zach posait encore quelques questions. Elle adorait ce genre de maisons rénovées, mais qui avaient conservé leur cachet ancien. Un peu plus tôt, lorsqu'ils étaient arrivés, elle avait jeté un coup d'œil à ce qui avait été la maison de la famille Merrick et un petit relent de culpabilité lui avait noué l'estomac. C'était dans cette demeure que l'épouse et les filles du professeur Merrick dînaient ou regardaient la télévision pendant qu'elle s'envoyait en l'air avec leur mari et père. Elle nourrissait toujours beaucoup de regrets, mais elle savait désormais qu'il avait couché avec un grand nombre de jeunes femmes au fil des ans. Lui était-il seulement arrivé une fois de penser à sa femme et à ses filles lorsqu'il récitait du William Wordsworth à une nouvelle étudiante naïve ?

Le mur qui se trouvait à côté d'elle était couvert de photos de famille des Parsons. Elle les étudia, enregistrant tous ces sourires heureux. Dawn Parsons et son mari avaient visiblement opté pour l'adoption. Sur les clichés les plus récents, on les voyait en compagnie de deux superbes jeunes femmes noires. Ces photos retraçaient la vie de leurs deux filles depuis le premier âge jusqu'à aujourd'hui. L'une d'entre elles en particulier retint son attention et elle se leva afin de l'examiner de plus près. Son sang se glaça dans ses veines.

– Qui est-ce ? demanda-t-elle d'une voix éraillée.

Madame Parsons et Zach interrompirent leur conversation et la rejoignirent devant la photo. Cinq enfants assis devant des assiettes pleines, à une table de pique-nique, dans un jardin. Josie se focalisa d'abord sur les deux filles de Dawn, puis sur les filles des Merrick pour enfin atterrir sur un magnifique petit garçon – plus âgé que les quatre filles – assis en bout de table avec un large sourire et une tranche de pastèque à la main.

– Oh, lui, c'est Charlie.

– Charlie ? s'enquit Josie.

Elle ne tenait plus en place.

Dawn hocha la tête avec un air désolé.

– Oui. Il y a de cela pas mal d'années, Vaughn et Alicia ont accueilli un petit garçon qui s'appelait Charlie.

Pendant un moment, elle sembla perdue dans ses pensées.

– Pardon. Je... J'avoue que c'est moi qui leur avais soufflé cette idée. Mon mari et moi étions en train de vivre une expérience merveilleuse avec le programme d'accueil et d'adoption. Nos filles sont venues compléter notre famille. Je n'arrêtais pas de chanter les louanges de ce programme. Alors ils ont accueilli ce garçon, oh il devait bien avoir dix ou onze ans à l'époque. Leur... eh bien, il n'a pas su s'intégrer à leur famille et ils n'ont pas pu le garder.

Le cœur de Josie s'était mis à battre trois fois plus vite.

– Connaissez-vous le nom de famille de Charlie ? demanda Zach.

Dawn réfléchit.

– Non. Il faudrait poser la question à Alicia.

– Auriez-vous une autre photo de lui ? demanda Josie d'une petite voix.

Dawn adopta une mine songeuse.

– Mmh... attendez voir.

Elle pivota brusquement et se dirigea vers une bibliothèque sur laquelle elle prit un album photo qu'elle se mit à feuilleter.

– Maman ?

Ils se tournèrent tous. L'une des filles de Dawn était apparue dans l'encadrement de la porte.

– Tu as bien prononcé le nom de Charlie, je n'ai pas rêvé ?

– Oui, ma chérie. Euh, voici ma fille, Nia. Elle étudie le graphisme à l'Art Academy, précisa Dawn à l'attention de Zach et Josie. Pourquoi me poses-tu cette question sur Charlie, ma chérie ?

Nia regarda tour à tour sa mère, Zach et Josie.

– Je l'ai croisé, il y a quelques années. Je ne me rappelle même plus si je t'en avais parlé. Tu n'étais pas à la maison et j'ai dû oublier, expliqua-t-elle en haussant les épaules. Il m'a vue dans la rue et m'a dit bonjour. Sans ça, je pense que je ne l'aurais pas reconnu. J'étais encore si petite quand il est venu habiter chez les voisins. Enfin, il allait très bien. Il m'a demandé des nouvelles des Merrick et je lui ai parlé de cette femme qui était venue crier dans leur jardin, tu sais, celle qui s'était fait arrêter par la police ?

Elle marqua une pause et baissa la tête, l'air gênée.

– Je n'aurais sans doute pas dû. C'est de la médisance. Il a ri et il a dit : « On ne le changera pas, ce cher vieux Vaughn. » Je ne sais pas si c'est important. En tout cas, je sais que vous essayez de résoudre ces histoires d'enlèvement, alors quand je vous ai entendus mentionner son nom, ça m'est revenu.

– Je te remercie, Nia, dit Zach. Cette information est tout à fait intéressante.

– Se pourrait-il que cet homme sur la terrasse des Merrick vous ait paru familier parce qu'il s'agissait de lui, madame Parsons ? s'enquit Zach.

Elle réfléchit un moment, puis secoua la tête.

– Je n'en suis pas certaine. Mais c'est possible. Je ne l'ai pas assez bien vu, tout simplement.

Nia quitta la pièce et Dawn recommença à feuilleter son album.

– Je n'en suis pas fière, mais j'avoue que je n'avais plus pensé à Charlie depuis très, très longtemps, déclara-t-elle en replaçant l'album pour en sortir un autre. J'imagine qu'il a dû se sentir rejeté.

Elle tourna une page, puis une autre.

– Et d'une certaine manière, je suppose qu'il a raison.

Soudain, elle s'arrêta.

– Ah, nous y voilà.

Elle tourna l'album vers eux.

Zach et Josie s'approchèrent et découvrirent une autre photo, un plan plus rapproché des cinq enfants debout sur le trottoir avec un sac à dos à l'épaule. Le petit garçon tenait à la main un écriteau annonçant un premier jour d'école.

Il était jeune, ce n'était qu'un enfant, mais Josie le reconnut immédiatement. C'était Cooper.

CHAPITRE 36

En fin de compte, il s'avéra que le centre-ville de Cincinnati comptait trente cabinets d'architecture. Zach appela le poste de police et lança un avis de recherche au nom de Cooper Hart. Jimmy était en train de tenter de le localiser en appelant toutes les entreprises où il était susceptible d'être employé. Josie réessaya de le joindre sur son portable, mais lorsque Zach l'interrogea du regard, elle secoua la tête. Messagerie vocale, une fois de plus. Elle semblait en état de choc, distante.

– Ce n'est pas possible, il ne peut pas être mêlé à tout ça, murmura-t-elle comme pour s'en convaincre à défaut de le convaincre lui.

Elle se tourna vers lui tandis qu'il les conduisait chez le professeur Merrick.

– Il n'aurait jamais pu me faire de mal, Zach. Et puis je... je l'aurais reconnu, non ? Je ne comprends pas. Non. Il a dû mentir sur son passé pour une autre raison. Quelque chose...

Tout à coup, elle se redressa sur son siège, comme si elle venait de se rappeler un élément capital.

– En plus, Cooper est gay !

Zach en resta stupéfait. Il n'avait pas du tout eu cette impression. *Sa façon de regarder Josie...* On aurait plutôt cru que Cooper en pinçait pour elle depuis longtemps. Bon sang, Zach avait même été *jaloux. Nom de Dieu.*

– Ah bon ? fit-il.

– Zach, l'homme de l'entrepôt m'a violée. À de nombreuses reprises.

La tension lui contracta les épaules. Il lui jeta un coup d'œil. Une lueur farouche brillait dans son regard. Peut-être n'était-ce pas une bonne idée de l'emmener. Peut-être valait-il mieux passer la déposer au bureau avant de continuer. Non, pas question, il tenait à ce qu'elle reste dans son champ de vision. Maintenant plus que jamais.

– Josie, dit-il d'une voix égale. Le viol est un crime violent, ce n'est pas du sexe.

Elle le dévisagea pendant un moment. Les images que cette conversation engendrait dans son esprit, le fait qu'il ne puisse pas revenir en arrière pour effacer ce qui était arrivé à Josie, tout ça lui mettait les nerfs en pelote.

Elle poussa un long soupir tremblant.

– Oui… Je sais.

– Et ses yeux ? De quelle couleur sont les yeux de Cooper ?

– Marron. Marron foncé.

Elle tourna vivement la tête vers lui, comme si elle venait d'avoir une révélation.

– Oh mon Dieu. La voilà, l'explication à ce cercle marron bizarre qui entourait l'iris des yeux de Marshall, enfin de mon ravisseur.

Elle reporta son attention sur la route, l'air anéantie.

– Il portait des lentilles de contact.

Des lentilles. D'accord. Restait à élucider le mystère de l'élocution identique à celle de Landish, sans parler de l'odeur et de la démarche que Josie avait formellement identifiées. Comment était-ce possible ? Les pensées de Zach fusaient dans tous les sens tandis qu'il s'évertuait à emboîter les pièces du puzzle qu'on était en train de lui jeter. Cooper… *Charlie* était au courant pour la fille du Tennessee, Deanna Breene, parce qu'il avait croisé Nia Parsons. Avait-il fait une petite excursion là-bas ? Finiraient-ils un jour par tomber sur le squelette de Deanna, toujours enchaîné au mur d'une cave ?

Vaughn Merrick était un mari infidèle très prolifique. Cooper... Charlie, si c'était bien lui, ne pouvait pas connaître toutes ses maîtresses, à moins de lui avoir filé le train en permanence. Pour lui, les potins de Nia avaient dû être une aubaine.

Mais pourquoi ? Pourquoi un tel acharnement sur les conquêtes de Merrick ? En quoi était-ce si important pour lui ?

Soudain, il revit Reagan, assise en face de Cooper, dans le salon de Josie lorsqu'elle avait confessé sa liaison avec le professeur. *Bon sang.* Avait-elle signé son propre arrêt de mort à cet instant, alors que Cooper l'écoutait comme si de rien n'était, en camouflant sa réaction derrière un cookie au chocolat ?

Il en tira une autre déduction.

– L'appel que tu as reçu de l'imitateur, Josie. Il est bien arrivé juste après le départ de Cooper de chez toi, n'est-ce pas ?

Elle acquiesça, puis écarquilla les yeux.

– Le bruit de fond que j'ai entendu... Ce pourrait être un... moteur. Celui de sa voiture ?

Possible, oui, songea Zach en contractant les mâchoires. Dans son esprit, c'était toujours l'effervescence. *Le profil.* Cooper/Charlie correspondait au profil de Pickering. Blanc, autour de la trentaine, intelligent... Toutefois, ils ne connaissaient rien de son passé et rien ne leur permettait d'affirmer qu'il avait subi des abus. Il restait trop de points d'interrogation, et pas assez de réponses.

Dans la rue de Vaughn Merrick, il se gara sur un trottoir et repéra un agent assis dans une voiture, en face de la maison du professeur. Il se tourna vers Josie.

– Reste ici. Merrick risquerait de se braquer en ta présence, et j'ai besoin qu'il se mette à table.

Josie sembla sur le point de protester, puis se ravisa et se contenta d'acquiescer. Zach sortit et se dirigea au petit trot vers le véhicule banalisé. Il demanda à l'agent de garder un œil sur Josie pendant qu'il s'entretenait quelques minutes avec le professeur. Son collègue acquiesça et Zach s'avança vers la maison. Il gravit le perron en vitesse et frappa avec vigueur à la porte. Pas de réponse. Il recommença en y mettant encore plus de force. Cet enfoiré était chez lui, il le savait. S'il était sorti, ça n'aurait pas échappé à l'agent qui le surveillait. Un rideau remua à la fenêtre. Il s'en approcha.

– Professeur, j'ai besoin de vous parler, cria-t-il à travers la vitre.

– Voyez ça avec mon avocat, inspecteur, répondit l'homme sur le même ton. Je ne parlerai qu'en présence de mon avocat.

Espèce de fumier.

– J'aurais juste quelques questions sur...

– Voyez ça avec mon avocat, répéta-t-il. À moins que vous ayez un mandat.

Le rideau remua de nouveau et Zach devina sa silhouette qui s'éloignait vers l'intérieur de la maison. Il se remit à frapper à la porte, du plat de la main cette fois.

– Enfoiré ! hurla-t-il.

Il remonta en voiture, au comble de l'exaspération. Josie dut deviner ce qui s'était passé, car elle ne pipa mot. Il s'empara de son téléphone et composa le numéro d'Alicia Merrick. Pas de réponse. Alors il appela la patrouille qui la suivait. On lui expliqua qu'elle était en train de faire ses courses.

– Entrez dans ce magasin et amenez-la-moi, voulez-vous ?

L'agent lui assura qu'il demanderait à madame Merrick de se mettre en contact avec lui dès que possible. Zach le remercia et prit un autre appel. Jimmy.

– J'ai fini d'appeler tous les cabinets d'architecture de la liste et aucun d'entre eux n'a de Cooper Hart ni de Charlie

Hart parmi ses employés. J'ai aussi contacté le bureau des admissions de l'université de Cincinnati et il n'y a aucune trace dans leurs archives d'un étudiant portant ces noms-là.

– Merde, marmonna-t-il lorsqu'il eut raccroché.

Il expliqua à Josie ce que Jimmy venait de lui apprendre.

– Il n'a jamais été inscrit à l'université ? s'étonna-t-elle dans un souffle. Mais pourquoi... pourquoi se faire passer pour un étudiant ?

– Josie, je n'en sais rien, mais quelque chose ne tourne vraiment pas rond.

Elle avait le regard hanté, aux abois. Zach fut tenté de se ranger sur le bas-côté pour la réconforter, mais ils n'avaient pas le temps. Il se tramait quelque chose et ils devaient découvrir quoi et, avec un peu de chance, sauver Reagan avant qu'elle subisse le même sort que les autres victimes.

– Tu as dit que Cooper travaillait dans un café, il y a neuf ans ?

Josie sembla reprendre pied dans la réalité et hocha la tête.

– Oui. Juste à côté du campus. Reagan et moi y allions très souvent.

– Et si on allait y faire un tour ? Peut-être que quelqu'un là-bas a encore des contacts avec lui ? Ce sera toujours mieux que d'attendre.

Josie acquiesça.

Le quartier voisin du campus abritait de nombreux restaurants, quelques boutiques de vêtements et d'autres enseignes fréquentées par les étudiants. Un jour de semaine, à quinze heures, le café bourdonnait d'activité. Zach remonta d'emblée la file d'étudiants en manque de caféine, s'attirant quelques regards meurtriers. Il montra son insigne à la jeune serveuse et demanda à rencontrer un responsable. Elle hocha la tête avec de grands yeux et disparut aussitôt au fond de l'établissement. Quelques secondes plus tard, elle réapparut et informa Zach que la manager serait à lui dans un instant. Josie et lui s'installèrent à l'une des tables hautes. Au bout de quelques minutes, une femme noire d'âge mûr émergea de la réserve. Josie la reconnut.

– Elle travaillait déjà ici à l'époque, apprit-elle à Zach.

La femme s'approcha d'eux et tendit la main à Zach, puis à Josie.

– Inspecteur ? Susannah Washington. Que puis-je faire pour vous ?

Susannah prit place sur le troisième tabouret et Zach lui expliqua le but de leur visite. Elle resta songeuse pendant un moment.

– Oui, je me souviens bien de lui. Un très beau garçon, c'est ça ? Toutes les filles gloussaient et flirtaient avec lui et il le leur rendait bien. Pourtant, il sortait avec un garçon d'à côté.

Elle marqua une pause.

– Il faudrait que je contacte le propriétaire pour avoir accès au fichier des employés d'il y a neuf ans. On ne conserve pas ce genre d'informations sur place, et un tout nouveau système informatique a été installé il y a cinq ans. Mais je peux m'en occuper tout de suite, si vous voulez.

– Ce serait super, répondit Zach. Le plus tôt sera le mieux. Donc, vous, vous le connaissiez sous le nom de Cooper, c'est bien ça ?

Elle inclina la tête.

– Oui, mais je crois que c'était son deuxième prénom. Je ne me souviens que d'une initiale pour le premier. Un C. À moins que ce soit un R. ? Je ne me rappelle plus, cependant son nom de famille, ça, je l'ai complètement oublié, mais j'ai l'impression que ce n'était pas Hart, je ne saurais vous dire pourquoi. Cela dit, le garçon avec lequel il sortait, Ron, il travaille toujours dans la sandwicherie d'à côté. Il en est même devenu le propriétaire. Si j'étais vous, j'irais lui parler.

Zach la remercia et lui remit sa carte afin qu'elle puisse lui envoyer le fichier des anciens employés par e-mail.

Lorsque Zach et Josie entrèrent dans la sandwicherie voisine, une clochette tinta au-dessus de la porte. L'endroit n'était pas aussi bondé que le café, mais il y régnait une atmosphère frémissante. Des jeunes à la mine concentrée étaient installés aux tables rondes avec leur ordinateur portable.

Ils s'approchèrent d'un bel homme aux cheveux bruns en pleine conversation avec un employé. Ce dernier s'éloigna et l'homme se tourna vers eux avec le sourire. Aussitôt, Josie fit un bond dans le passé, des bribes de musique lui emplirent la tête et elle revit cet homme qui les observait, Cooper et elle, à l'autre extrémité du bar bondé, elle revit son visage s'illuminer tandis que Cooper le rejoignait.

Il dévisagea Josie avec un air intrigué, comme s'il la reconnaissait sans se rappeler où il l'avait déjà rencontrée.

– Nous cherchons le propriétaire. Ron ?

– C'est moi. Que puis-je pour vous ?

Zach lui montra son badge et fit les présentations.

– J'essaie de rassembler des informations sur un homme avec lequel nous pensons que vous avez eu une relation il y a neuf ans. Cooper Hart. Ce nom vous évoque quelque chose ?

L'air abasourdi, Ron les invita à s'asseoir à une table.

– Oui, j'ai connu Cooper.

– Et vous le connaissiez sous ce nom, Cooper Hart ?

– Oui. Mais de quoi s'agit-il, si je peux me permettre ?

– Il détient peut-être des informations susceptibles de faire avancer une enquête criminelle.

Ron fronça les sourcils.

– Alors, vous avez eu une relation avec lui, c'est bien ça ? demanda Zach.

– Non, on ne peut pas vraiment parler de relation. Je peux être franc ? Ce n'était qu'un allumeur, déclara-t-il en émettant un petit rire gêné. Quand nous étions en public, il flirtait avec moi, mais dès que je voulais me retrouver un peu seul avec lui, il devenait froid et distant.

Il marqua une pause et jeta un coup d'œil à Josie avant de reporter son attention sur Zach.

– Vous voulez que je vous dise ? Je le soupçonne de ne pas aimer les hommes. J'avais l'impression qu'il jouait un rôle. Mais pourquoi faire semblant ? Ça, ça me dépasse.

CHAPITRE 37

Josie claqua la portière et son regard se perdit dans le vide, derrière le pare-brise, tandis que Zach grimpait derrière le volant. En proie à une grande effervescence, elle avait l'impression que des centaines d'aiguilles lui perçaient la peau de l'intérieur. Elle tenta désespérément de faire le vide dans sa tête, de mettre de l'ordre dans l'avalanche d'informations qu'ils avaient reçues, d'y trouver un sens.

Zach lui prit la main et sonda son regard. Le sien était si profond.

– Est-ce que ça va ? s'inquiéta-t-il.

– Oui.

Elle s'obligea à respirer un bon coup pour se calmer. Elle aurait tout le loisir de décortiquer les conséquences émotionnelles de leurs récentes découvertes plus tard. Pour l'heure, le sang-froid était le maître mot, elle devait bien ça à son amie Reagan. Il fallait qu'elle cloisonne au maximum ses émotions. Car c'était un véritable tsunami qui se préparait. Elle le sentait. Et celui-ci risquait de l'engloutir.

Le téléphone de Zach se mit à sonner. Il décrocha.

– Super. Merci. Nous serons là d'ici dix minutes.

Il démarra aussitôt en lui jetant un coup d'œil.

– Madame Merrick est disposée à répondre à nos questions. Elle nous attend au poste.

Zach mit les gaz et se faufila dans la circulation. Josie accueillit les pics de tension qui lui remontèrent l'épine dorsale à chaque coup de volant. Ce trajet eut le mérite de la distraire et lui permit de reprendre le contrôle. Pas question de se laisser aller au petit jeu du « et si ? » Lorsqu'on lui avait demandé s'il connaissait Vaughn Merrick, Cooper avait menti – par omission au minimum. Pas question non plus de s'attarder sur les raisons qui l'avaient poussé à mentir ni... ni sur la situation dans son ensemble. En fait, c'était bien simple, son esprit refusait toujours d'associer Cooper à l'homme qui l'avait agressée, enlevée, violée. *Je n'y arrive pas... Je n'y arrive pas.*

Arrivés sur place, ils se précipitèrent dans le bâtiment, mais à peine la porte franchie, Zach s'arrêta net et entraîna Josie sur le côté, face à lui.

– Écoute, tu ne peux pas assister à cet interrogatoire.

– Pourquoi, Zach, je...

– Parce que tu as eu une liaison avec le mari de cette femme, Josie.

Ce fut comme si elle recevait une gifle. Bon sang, ce qu'elle pouvait être *fragile* en ce moment. Sa réaction dut se lire sur son visage, parce qu'il se radoucit aussitôt et baissa la voix.

– Je ne suis pas en train de te juger, Josie. C'est un fait, et madame Merrick a peut-être toujours une dent contre toi. On a besoin qu'elle coopère au maximum.

Soudain, il détourna la tête comme s'il venait d'avoir une idée.

– Attends ! Tu pourrais peut-être t'asseoir de l'autre côté de la vitre... Toutes les salles d'interrogatoire sont équipées d'un miroir sans tain. Comme ça, tu pourras confronter ce qu'elle va nous dire avec ce que tu connais de son mari. Et si quelque chose sonne faux, tu pourras m'en informer après coup. Ça te va ?

Josie acquiesça.

– Ça me va.

Zach balaya le hall d'un regard circulaire, puis lui prit la main et la dévisagea intensément.

– On gère, Josie.

On. Nous, ensemble. Elle hocha de nouveau la tête.

– Oui.

Elle s'installa sur une chaise, derrière la vitre sans tain. De l'autre côté, madame Merrick entra dans la salle sous escorte et s'assit en face de Zach. La porte du petit cagibi où Josie se dissimulait s'ouvrit et Jimmy la rejoignit avec un signe de tête solennel. Elle l'accueillit avec un petit sourire, puis reporta son attention sur la salle d'interrogatoire. Tandis qu'elle étudiait madame Merrick, les souvenirs affluèrent et la scène du musée se cristallisa dans son esprit. C'était à ce moment précis qu'elle avait commencé à ouvrir les yeux sur la nature de sa relation avec le professeur, même s'il lui avait encore fallu du temps après ça pour s'affranchir de son propre penchant pour le chaos émotionnel.

– Merci d'avoir accepté cet entretien, madame Merrick. Au cours de l'enquête, un fait nous a été rapporté et nous aimerions en discuter avec vous.

Elle hocha la tête et croisa les mains sur la table devant elle.

– À une certaine époque, votre ex-mari et vous avez eu pour projet d'adopter un enfant, est-ce exact ?

Madame Merrick se figea et le désarroi le plus complet se peignit sur ses traits.

– Comment ? Oh… euh, en effet. Mais cela s'est passé il y a très, très longtemps et ça… ça n'a jamais fonctionné.

– Comment s'appelait l'enfant ?

Elle battit des paupières.

– Euh, Charlie. Charles Hartsman.

Zach adressa un subtil signe de tête dans leur direction, en direction du miroir donc. Aussitôt, Jimmy se leva et sortit discrètement de la pièce. Le cœur de Josie se serra et elle serra les poings sur ses genoux. Charles Hartsman.

– Quel était son deuxième prénom ?

– Son deuxième prénom ? Je ne me rappelle pas, inspecteur. Mais de quoi s'agit-il ?

– J'ai besoin que vous me parliez de Charlie, madame Merrick.

Elle parut sur le point de protester, mais ensuite, elle s'adossa à sa chaise et ses épaules s'affaissèrent.

– Je n'avais plus pensé à Charlie depuis des années.

Elle détourna la tête, comme pour se replonger dans ses souvenirs.

– Notre mariage battait de l'aile. C'était souvent le cas, précisa-t-elle en croisant le regard de Zach. Ce n'est plus un secret pour personne, mon ex-mari a beaucoup de mal à la garder dans son pantalon.

Son expression trahissait une certaine amertume, mais ensuite, elle soupira et l'animosité céda la place à l'abattement.

– Je suppose que je cherchais une solution pour combler le vide affectif, pour convaincre Vaughn de devenir un meilleur mari, un meilleur père. Il avait toujours voulu un fils, mais je ne pouvais plus avoir d'enfant. Ma voisine et amie participait à un programme d'accueil et d'adoption, et sa famille semblait si heureuse, si... comblée. Tout le monde vantait leur générosité, leur bonté de prendre ainsi sous leur aile des enfants qui n'avaient personne.

Elle marqua une pause.

– Il existe un site internet qui recense tous les enfants qui cherchent un foyer, vous le saviez, inspecteur ? Un peu comme le site de la SPA, mais pour les enfants. On trouve les noms, les âges...

Zach se redressa et adopta une posture rigide. Josie avait la gorge nouée et son cœur battait la chamade.

Madame Merrick soupira.

– Bref, nous sommes tombés sur sa photo. Un si beau petit garçon. Il était plus âgé que ce que nous avions prévu, mais nous nous sommes dit : « Pourquoi pas ? » Beaucoup de gens adoptent des enfants plus âgés.

Avaient-ils choisi un enfant plus âgé pour marquer des points par rapport à leurs voisins ? Josie se dépêcha de balayer cette pensée. Elle n'était pas là pour juger cette femme.

– Charlie est venu vivre avec nous. C'était un si gentil garçon, toujours soucieux de plaire, du moins c'était ce que nous pensions. Mais ensuite… il a commencé à jouer la comédie. Rien de grave au début, mais il se montrait manipulateur. Il mentait, prétendait qu'il n'avait pas fait ce que nous lui reprochions en connaissance de cause. Nous avons mis ça sur le compte d'un mauvais départ. Nous étions censés l'aider à s'adapter, expliqua-t-elle en triturant ses doigts. Nous lui avons fait suivre une thérapie, nous l'avons inscrit à des cours de théâtre.

Son regard s'éclaira.

– C'était un merveilleux petit acteur. Avec son physique et son talent, nous étions persuadés qu'il deviendrait célèbre un jour. Et puis, la comédie, c'est un excellent moyen d'extérioriser ses émotions, vous comprenez ? Il était très doué pour entrer dans la peau des personnages. Ses imitations étaient troublantes, même après avoir observé quelqu'un très peu de temps, ça frôlait le surnaturel. Il imitait mon mari à la perfection, affirma-t-elle avec un petit rire. Il arrivait derrière moi en parlant et j'aurais juré que c'était Vaughn. Il allait même jusqu'à s'asperger de son eau de Cologne pour avoir la même odeur que lui. Il avait compris qu'une personne, c'est un ensemble de caractéristiques qui forment un tout et que si l'une de ces caractéristiques ne colle pas à la perfection, alors la supercherie ne fonctionne pas.

Elle secoua la tête avec une petite moue.

– Il avait tellement de talent, à seulement onze ans.

Bouleversée, Josie dut porter la main à sa bouche pour réprimer le sanglot qui lui montait dans la gorge.

Madame Merrick regarda Zach droit dans les yeux avec un air mélancolique.

– Notre petit imitateur, c'est comme ça que nous l'appelions.

Zach, qui était resté immobile pendant qu'elle parlait, se tourna vers le miroir. Son regard transperça Josie, même si elle savait qu'il ne pouvait pas la voir. Il lui adressa malgré tout un discret signe de tête qui l'aida à respirer plus librement. Il fallait absolument qu'elle se détende.

– Pour quel motif l'avez-vous renvoyé ? demanda Zach.

Madame Merrick le dévisagea avec un regard dur.

– J'ai découvert que Vaughn avait une nouvelle liaison.

Elle tourna la tête vers la fenêtre, à l'opposé du miroir.

– Nous avons essayé de voir un psychologue, mais malgré tous nos efforts, le comportement de Charlie n'arrêtait pas de s'aggraver. Et puis, un jour, il a failli noyer l'une de nos filles dans la piscine. Ça a été la goutte d'eau. C'était devenu ingérable, tout était en train de s'écrouler autour de moi et j'ai commencé à avoir peur pour mes filles. Nous avons pris la décision de mettre un terme à la procédure d'accueil.

– Charlie était-il au courant que votre mari vous trompait, madame Merrick ? A-t-il compris que c'était la raison principale de son départ ?

Elle sembla décontenancée par sa question.

– Je... Peut-être. Il a dû m'entendre y faire allusion au téléphone, admit-elle. J'étais complètement désemparée, j'avais besoin de vider mon sac.

Elle paraissait à bout, épuisée, totalement abattue.

– Vous avez dit ce que vous pensiez de la femme qui couchait avec votre mari ?

Tandis qu'elle dévisageait Zach, une lueur farouche s'alluma dans son regard. Elle se pencha en avant et martela la table avec ses poings.

– *Des* femmes, inspecteur. Au pluriel. Chacune d'entre elles crachait allègrement sur mon mariage. Attention, Vaughn est le premier coupable, n'allez pas vous imaginer que je me méprends là-dessus, mais elles n'étaient pas innocentes. En fin de compte, elles sont *toutes* responsables de la ruine de notre famille.

Elle se redressa.

– Elles sont toutes responsables du fait que nous n'ayons pas pu offrir un foyer stable à Charlie.

CHAPITRE 38

Zach ferma à clé derrière lui et se tourna vers Josie qui s'était levée. Accablé par sa mine dévastée, il se précipita vers elle et la prit dans ses bras. Tremblant comme une feuille, elle se raccrocha à lui et l'autorisa à la réconforter. Lorsqu'il s'écarta, elle avait les yeux noyés de larmes, mais la petite flamme y brûlait toujours, celle qu'il avait décelée il y avait de cela si longtemps. Il caressa ses cheveux. *Je t'aime. Peut-être même depuis l'instant où je t'ai vue pour la première fois, affaiblie, abattue, mais pas brisée.* Exactement comme en ce moment.

– C'est lui, dit-elle d'une voix étouffée. Cooper. Il s'est fait passer pour Marshall, n'est-ce pas ?

Elle secoua la tête en forçant un petit soupir haché.

– Je le crains, répondit-il. En tout cas, tout porte à le croire.

– Dès que j'ai été persuadée de l'avoir identifié, je n'ai plus prêté attention aux petites incohérences.

– C'est humain, notre esprit fonctionne comme ça, Josie. Il comble les trous. Tu ne peux pas te le reprocher.

– Il s'est glissé dans la peau de Marshall, et ensuite, il l'a tué et il a maquillé son meurtre en suicide.

Il prit son visage entre ses mains.

– Nous allons le coincer, Josie.

Elle hocha la tête et, du pouce, écrasa une larme sur sa joue. Soudain, ses traits se décomposèrent.

– Zach, murmura-t-elle. Tu sais ce que ça signifie ? Cooper est le père de mon bébé. Pendant tout ce temps, je... je n'ai jamais cherché dans la bonne direction. Pendant tout ce temps...

Zach ouvrit la bouche pour répondre, mais on frappa à la porte. Josie recula, essuya ses joues mouillées et lui fit signe d'ouvrir.

Zach déposa un petit baiser sur son front, puis fit entrer Jimmy.

– On a son adresse. Il vivait dans un appartement de Price Hill sous le nom de C. Cooper Hartsman. L'endroit est vide. Il s'est fait la malle.

Zach poussa un juron.

– Vous avez fouillé tout l'immeuble ?

– Tout. Aucune trace de lui nulle part ni de personne d'autre d'ailleurs.

Aucune trace de Reagan.

Zach se frotta la tempe.

– Bon, donc il employait son nom légal pour travailler et louer un appartement, mais le reste du temps il se présentait sous le nom de Cooper Hart.

– D'après ce qu'on sait jusque-là, c'est ça.

Et donc, ce type était un imitateur hors pair, un maître de la manipulation. Il pouvait apparaître n'importe où n'importe quand. Pendant ce temps-là, Reagan était sûrement enchaînée dans une cave lugubre.

– Nous avons le nom de son assistante sociale. Elle pourra nous dire par qui il a été pris en charge après s'être fait jeter de chez les Merrick.

Jeter. C'était le mot, même si Zach refusait d'éprouver la moindre empathie pour un meurtrier psychopathe.

Josie s'avança vers eux.

– Je peux vous accompagner ?

Devant l'air dubitatif de Zach, elle s'empressa d'ajouter :

– S'il te plaît. Ne me mets pas sur la touche maintenant.

– Tout le monde est sur l'affaire, Cope, intercéda Jimmy. On ne peut affecter personne à sa sécurité.

Josie parut reconnaissante envers Jimmy pour son soutien. De toute façon, Zach devait bien admettre qu'elle connaissait l'affaire aussi bien qu'eux, à ce stade. L'obliger à rentrer chez elle et à rester assise les bras croisés en attendant de leurs nouvelles aurait été un sacré coup de massue.

– D'accord, capitula-t-il. Je prends le volant.

Il était presque dix-sept heures lorsqu'ils entrèrent dans le bureau de Janelle Gilbert du département de l'emploi et des services à la famille. Une petite femme aux cheveux gris coupés court et aux grands yeux bruns se leva. Jimmy l'avait appelée en chemin et elle les attendait, même si, pendant la communication, les bruits de fond avaient laissé penser qu'elle s'apprêtait à partir.

Après les présentations et lorsque tout le monde fut assis, Zach n'y alla pas par quatre chemins et apprit à Janelle que l'un des enfants dont elle s'était occupée était suspecté de meurtre.

Elle devint blanche comme un linge.

– Charlie Hartsman ?

– Il a été placé dans une famille pendant une courte période, puis il est revenu. Vous souvenez-vous de lui ?

Elle hocha la tête, visiblement sous le choc.

– Oui, oui, bien sûr que je m'en souviens.

– Qu'est-il devenu ensuite, madame Gilbert ?

– Janelle, murmura-t-elle, le regard fuyant. Ce qui est arrivé à Charlie est terrible. Je... Je n'ai jamais pu l'oublier.

– Racontez-nous, s'il vous plaît. La vie d'une femme est peut-être en danger, l'encouragea Jimmy avec douceur.

Janelle se tourna vers lui et parut rassurée par sa voix et son air débonnaire. Il produisait souvent cet effet sur les victimes et les personnes qu'il interrogeait.

Elle se leva et se tourna vers l'armoire derrière son bureau. Elle ouvrit le premier tiroir et fouilla dedans pendant quelques instants avant d'en sortir une chemise cartonnée. Elle regagna sa chaise, posa le dossier devant elle et l'ouvrit. Zach aperçut la photo d'un petit garçon agrafée à l'intérieur de la couverture. Le regard de Janelle s'attarda dessus, puis elle releva la tête. Zach décela une pointe de culpabilité dans son expression. Se sentait-elle responsable du fiasco de son expérience d'accueil chez les Merrick ?

– Avant d'aller vivre chez les Merrick, Charlie avait été placé chez un couple, expliqua-t-elle. Ça... n'avait pas marché avec eux non plus. Charlie n'arrêtait pas de fuguer. Ces gens disaient qu'il avait un problème, qu'il était ingérable. J'ai pensé que ça se passerait mieux chez les Merrick. Ils semblaient si équilibrés – un professeur et sa jolie épouse. J'espérais de tout cœur que cette fois, la magie opérerait. Né de parents toxicomanes qui ne voulaient pas d'enfant et qui l'avaient confié au système, Charlie avait été trimballé d'un foyer d'accueil à l'autre toute sa courte vie.

Elle inspira et expira longuement en remuant les épaules.

– Quand Charlie est revenu chez nous, j'ai contacté le couple chez qui il avait déjà été placé et ils ont accepté de lui donner une deuxième chance. Charlie, il...

Sa voix se brisa et, l'espace d'un instant, Zach crut qu'elle allait pleurer, mais elle se ressaisit et reprit son récit, toujours en s'adressant Jimmy.

– Il m'a suppliée de ne pas le renvoyer chez eux. Il s'est mis à me raconter des horreurs que j'ai prises pour des mensonges : il prétendait que ces gens l'enfermaient dans un débarras et le privaient de nourriture pour le punir. Je ne l'ai pas cru. Charlie était extrêmement intelligent, mais c'était aussi un manipulateur et un menteur invétéré. Alors, je l'ai renvoyé là-bas malgré tout et je crois que je le regretterai jusqu'à mon dernier souffle. Ils l'ont torturé, il n'y a pas d'autres mots pour décrire ce qu'ils lui ont fait. Ils l'attachaient à la cave avec une chaîne pour chien, ils le privaient de nourriture et l'abandonnaient, seul, pendant des jours entiers avec à peine assez d'eau pour survivre.

Elle déglutit. Zach jeta un coup d'œil à Josie. Elle écoutait Janelle, l'air captivée, les poings serrés sur les genoux, les lèvres tremblantes.

– Pour finir, c'est un voisin qui nous a appelés pour nous alerter. Il entendait un enfant hurler, il avait vu des adultes quitter la maison la veille et ils n'étaient toujours pas rentrés. Ils étaient partis passer le week-end dans l'Indiana et ils avaient laissé Charlie enchaîné là. Quand on l'a découvert, il était émacié et il avait été mordu par des rats...

– Nom d'un chien, grommela Jimmy.

Janelle hocha la tête.

– Oui.

Elle marqua une pause et se mit à pianoter sur le dossier ouvert devant elle.

– Ils ont été arrêtés. C'est passé aux infos, mais comme Charlie était mineur, son identité n'a pas été révélée.

Zach fouilla sa mémoire, mais il n'avait aucun souvenir de cette sordide histoire qui avait dû se passer... dix-huit ou dix-neuf ans plus tôt.

– Pour finir, le couple en question a été assassiné au cours d'un cambriolage, quelque temps après. Ils avaient été ligotés et on ne les a retrouvés qu'une semaine plus tard. Si mes souvenirs sont bons, la police a conclu à l'époque qu'il s'agissait d'une affaire de drogue.

Elle referma le dossier et le poussa dans leur direction.

– Tout est là-dedans.

Puis elle inclina la tête.

– Vous dites que Charles Hartsman est suspecté dans une enquête pour meurtre ? C'est récent ?

– Oui et non, répondit Zach en échangeant un regard avec Josie. Il se pourrait qu'il soit lié à des crimes commis il y a plusieurs années.

– Je... Je vois.

Elle déplaça son attention sur Josie et la considéra un moment avant de détourner les yeux.

– Qu'est devenu Charlie après avoir été sauvé de cette maison ? demanda Josie, attirant de nouveau l'attention de Janelle sur elle.

Le cœur de Zach tripla de volume lorsqu'il entendit la clarté de sa voix, la force qu'elle véhiculait. Même ébranlée jusqu'au plus profond d'elle-même, elle tenait bon. Une vraie guerrière.

Les lèvres de Janelle s'étirèrent pour former un sourire.

– Une dame âgée l'a pris sous son aile. Je lui ai souvent rendu visite là-bas, pour m'assurer qu'il allait bien. Je lui devais bien ça, vous comprenez ? Après tout, je suis en partie responsable de ce qui lui est arrivé.

CHAPITRE 39

L'appartement de Zach sentait le renfermé et la nourriture avariée. Il pianota le code de l'alarme et referma la porte derrière eux en grimaçant.

– Je crois que j'ai oublié de sortir la poubelle, dit-il, l'air contrit. Je t'en prie, installe-toi dans le salon, fais comme chez toi. Je reviens tout de suite.

Toujours hébétée, elle s'avança dans la direction indiquée. Elle avait à peine ouvert la bouche sur la route qui les avait ramenés du bureau de Janelle Gilbert à l'appartement de Zach et – heureusement – Zach n'avait pas perturbé le cours de ses pensées. Il semblait avoir compris qu'une véritable guerre faisait rage en elle. Elle déployait des efforts acharnés pour intégrer tout ce qu'elle avait appris en une seule journée. Ne s'était-il réellement écoulé qu'une seule journée depuis qu'elle s'était éveillée dans cette cabane au Tennessee, quand l'innocence de Marshall Landish n'était qu'une vague hypothèse ?

Josie s'installa sur le canapé de Zach et observa la pièce d'un œil hagard, enregistrant à peine les détails. Les meubles et la décoration étaient modernes et masculins. Il ne régnait pas un ordre irréprochable, mais on sentait surtout que c'était presque inhabité. Zach lui avait avoué être marié à son travail et son appartement pouvait en témoigner. Il ne devait venir ici que pour manger, dormir et vider le fond de ses poches. Au milieu du choc et de la noirceur qui l'avaient envahie, Josie éprouva une bouffée de tendresse pour lui. Elle était en train de découvrir une nouvelle facette de Zach Copeland, l'homme.

Il la rejoignit avec deux verres emplis d'un liquide ambré. Il lui en tendit un, puis s'assit à côté d'elle. Elle ne put réprimer un petit sourire.

– Tu dois te dire que je craque complètement, souffla-t-elle.

– Non, je sais très bien que c'est faux, répondit-il en scrutant son visage. Mais il faut avouer qu'aujourd'hui, on a encaissé pas mal de coups. Alors je me suis dit qu'un petit remontant ne nous ferait pas de mal.

Elle leva son verre en souriant. Il n'avait pas tort. Et, non, en effet, elle ne craquait pas – pas encore du moins –, ce qui ne l'empêchait pas d'avoir l'impression d'être au bord du gouffre. Elle porta le verre à ses lèvres et but une gorgée avec une grimace. La chaleur de l'alcool se répandit en elle et commença à dissoudre le rocher qui lui écrasait la poitrine depuis qu'elle avait appris la disparition de Reagan. *Bon sang, où est-elle ? Evan doit être fou d'inquiétude.* L'alcool apaisa aussi son souffle. Bien sûr, elle ne pouvait rien faire pour son amie, mais savoir qu'elle souffrait n'en restait pas moins atroce. *Garde ton sang-froid. Continue à réfléchir.* Elle but une deuxième gorgée, puis une autre avant de reposer le verre.

Zach posa le sien aussi et se rapprocha d'elle.

– Ça va mieux ?

Elle se laissa enlacer, se blottit contre lui et posa la tête sur son torse pour écouter les battements réguliers de son cœur. Elle avait envie de s'abandonner, de partir à la dérive, d'oublier ces horribles révélations avec lesquelles elle se débattait. Elle s'agrippa à son tee-shirt et renversa la tête en arrière pour lui offrir sa bouche. Il baissa sur elle un regard enflammé, mais aussi hésitant. Que voyait-il ? N'avait-il donc pas envie d'elle ?

Elle approcha ses lèvres des siennes et l'entraîna dans un baiser désespéré, affamé. Il poussa un grognement. Elle était en train de se servir du sexe comme échappatoire, elle en était tout à fait consciente, mais était-ce si grave ? Était-ce si grave qu'ils s'abandonnent l'un à l'autre pendant quelques instants, qu'ils se coupent du reste du monde, monde qui s'avérait être un endroit aussi ignoble que terrifiant ?

Elle se redressa et, de ses mains tremblantes, ouvrit le pantalon de Zach et empoigna son érection. Il était dur, il était prêt. *Il a envie de moi aussi.* Le nœud qu'elle avait à l'estomac se desserra un peu. Sans le quitter des yeux, elle se débarrassa de ses chaussures et, dans un équilibre instable, se leva pour ôter son jean et son tee-shirt. Puis, elle grimpa sur lui à califourchon, s'empara à nouveau de son sexe et effleura sa propre intimité avec l'extrémité à la peau veloutée de celui-ci. Ce contact électrisa tout son corps et elle rejeta la tête en arrière en gémissant.

Le souffle de Zach s'accéléra, son bassin se souleva du canapé avec impatience pour aller à sa rencontre. Lui aussi avait les tétons durcis, elle les aperçut à travers son tee-shirt. Pour une raison qu'elle ignorait, elle trouva cette vue particulièrement excitante. Chaque particule de son corps répondait au sien. Elle maîtrisait ce moment. Le maîtrisait, lui. C'était divin. Son entrejambe était de plus en plus mouillé.

Elle raffermit sa prise sur le membre viril de Zach qui en eut le souffle coupé. Il tenta de se redresser, le regard enfiévré. Elle se servit de son érection pour caresser l'entrée de son sexe, répandant son humidité jusqu'au bourgeon sensible, point culminant de son désir, qu'elle titilla en exécutant de petits cercles, jusqu'à ce qu'elle soit à deux doigts de jouir.

– Oh Josie, bon sang, je...

Avec un sourire, elle ramena sa verge tendue vers l'entrée de son intimité et, sans crier gare, presque avec violence, s'empala dessus. Il poussa un grondement de plaisir et bascula la tête en arrière tandis qu'elle le chevauchait, lentement d'abord, puis de plus en plus vite. Elle était si mouillée d'excitation qu'à chaque fois qu'elle se relevait, le sexe de Zach manquait de glisser hors d'elle avant qu'elle se plaque à nouveau sur lui. Il l'observait, les traits empreints de volupté, mais avec une lueur dans le regard que Josie aurait préféré ne pas voir : de la préoccupation, du désarroi. Elle ferma les yeux et redoubla d'énergie.

– Regarde-moi, Josie.

Elle obéit et soutint son regard. Soudain, il agrippa ses hanches et prit le contrôle de ses mouvements. Elle le laissa faire, et cette forme de soumission brisa un rempart en elle. Elle hoqueta, mais ne le quitta pas des yeux tandis qu'elle le laissait prendre les rênes, en totale confiance.

La spirale du plaisir s'enclencha et elle se laissa emporter dans un tourbillon vertigineux de ruades débridées, au son de leurs gémissements d'extase et des impacts humides de leurs deux corps en communion. Lorsqu'elle sentit l'orgasme s'approcher, elle partit à sa rencontre. Les muscles de son bas-ventre se contractèrent, puis une sorte d'engourdissement se répandit entre ses cuisses, des picotements fusèrent jusqu'à chacune de ses terminaisons nerveuses, et soudain, l'explosion, la jouissance à l'état pur. Josie poussa un cri au moment où le bassin de Zach fut pris d'un violent soubresaut, et son propre cri de plaisir se mêla au sien.

Elle s'effondra sur lui, le cœur comprimé jusqu'à ce qu'un sanglot jaillisse. Elle sentit le corps de Zach se figer sous le sien et tenta d'endiguer ce tsunami de larmes, en vain. Le désespoir la submergea, balayant tout sur son passage. Elle était à sa merci. Impuissante, elle ne pouvait rien faire qu'attendre que ça passe. Elle se laissa glisser du corps de Zach et sentit le flot chaud de sa semence s'écouler d'elle. Il l'enveloppa de ses bras.

Elle pleura à n'en plus finir et Zach resta là, contre elle, il la soutint, lui caressa le dos et lui chuchota des mots de réconfort à l'oreille. Pourtant, sa position devait être inconfortable. Il était toujours à moitié plié sous elle, le pantalon aux chevilles, incapable de bouger. Malgré cela, il attendit patiemment que ses larmes se tarissent, que son dernier sanglot s'évanouisse, que son souffle s'apaise.

Lorsqu'elle se redressa enfin, elle fut incapable de le regarder dans les yeux.

– Je suis désolée, murmura-t-elle.

Elle se leva avec maladresse, ramassa sa culotte et son pantalon. Zach put enfin s'asseoir correctement.

– Josie, dit-il avec une telle tendresse dans la voix qu'elle faillit à nouveau éclater en sanglots.

Elle se sentit honteuse, mal à l'aise, brisée.

– Je vais me laver, déclara-t-elle.

Bien que son visage soit marqué par l'inquiétude, il se contenta d'acquiescer.

– La salle de bains est juste là, sur le côté.

Josie ferma la porte derrière elle et y resta adossée pendant un certain temps, appréhendant une nouvelle salve de sanglots qui ne se déclencha pas. Elle devait être asséchée. Elle se lava, rinça son visage, effaça les coulées de mascara sur ses joues, puis s'examina longuement dans le miroir. Sa tête était une catastrophe, mais pour l'heure, c'était le cadet de ses soucis.

Elle sortit de la salle de bains et rejoignit Zach. Toujours assis sur le canapé, il avait néanmoins remis son pantalon et réajusté sa tenue. Il lui adressa un sourire d'une grande douceur. Il était époustouflant. Elle fut assaillie par une bouffée de possessivité, et aussi par un embarras cuisant. Elle lui devait tellement. Bien plus qu'elle ne pourrait jamais lui rendre. Ils avaient connu une si belle expérience dans le Tennessee, et voilà qu'elle gâchait tout. Serait-il toujours obligé de la « gérer » dès qu'il serait question de sexe, d'amour ou de ses émotions ? N'était-ce pas un peu injuste envers lui ? Elle reprit place sur le canapé et se tourna vers lui.

– Je suis désolée.

– Il n'y a pas de quoi l'être. Tu avais besoin de décompresser. Et de pleurer.

Il marqua une pause et la dévisagea.

– Josie, ne sois pas trop dure avec toi-même. Les circonstances sont tout à fait exceptionnelles. Aujourd'hui, tu as appris que l'homme qui t'a torturée, qui t'a mise enceinte et qui a bien failli te tuer n'était pas celui que tu pensais, mais l'un de tes amis.

Il contracta les mâchoires, puis reprit.

– Tu as découvert son histoire, ainsi que celle de l'homme que tu as si longtemps pris pour le coupable. N'importe qui serait complètement sous le choc après une telle avalanche de révélations.

Il écarta une mèche de ses cheveux.

– Parle-moi. Dis-moi ce que tu ressens. Tu as besoin d'exprimer tout ça avec des mots aussi.

Elle poussa un soupir. Il était si *généreux*. Si compréhensif. La vérité, c'était qu'elle n'avait pas les mots. Pas encore. Tout ce qu'elle avait appris aujourd'hui était en train d'infuser en elle, mais elle n'y avait pas accès. Toutes ces informations se tortillaient, frémissaient dans un coin sombre de son esprit – trop enchevêtrées pour être démêlées sans heurt. Et puis, elle n'était pas prête et n'avait aucune envie d'aller remuer tout ça pour l'instant. « *Le viol est un crime violent, ce n'est pas du sexe.* » Il lui était toujours impossible d'associer Cooper à cette réalité. « *Le viol est un crime violent.* » Cet homme qu'elle avait pris pour son ami avait lui aussi été victime de violence. Toutefois, cela ne justifiait pas une seconde ses actes.

Il m'a violée. Il a tenté de m'assassiner. Il a enlevé mon bébé. Il a tué ma mère, que je... Non, elle était incapable de verbaliser tout ça, c'était trop tôt. Les larmes avaient déjà fait remonter beaucoup d'émotions à la surface et cela lui apportait un certain degré de réconfort. Et pour être honnête, faire l'amour lui avait procuré autant de bien-être que de honte.

– Je n'ai pas envie d'en parler, répondit-elle avec un regard désolé. Pas encore. Je le ferai, et c'est très gentil de m'offrir une oreille si bienveillante. Tu es tout simplement... d'une gentillesse infinie, Zach Copeland.

Il l'étudia pendant quelques instants, comme s'il cherchait une signification plus profonde à ses paroles.

– Le moment est peut-être mal choisi pour aborder ça, Josie, mais...

Il se redressa, l'air tout à coup vulnérable, hésitant.

– ... mais, quand tout ça sera terminé, je voudrais qu'on se donne une chance. Je veux... je veux te protéger et t'aimer. Je... te veux, toi.

Son cœur se serra. Elle brûlait de répondre « oui, OUI, moi aussi j'ai envie d'être avec toi », parce que c'était la vérité, mais quelque chose l'en empêcha, une peur indicible qui lui donnait aussi envie de fuir. Elle était paumée, si paumée. *Une fois de plus.* Et tout ce qu'elle avait à lui offrir pour l'instant, c'était sa sincérité. C'était le mieux qu'elle puisse faire.

– Je ne sais pas comment me comporter avec un homme sans... sans me raccrocher à lui avec désespoir. L'amour, ça a toujours été ça, pour moi.

Elle détourna les yeux et se remémora ses premiers émois du lycée. Lorsque ses petits copains la quittaient, elle s'humiliait en leur courant après dans la rue, en pleurs. Et que dire des innombrables hommes qu'elle avait ramenés chez elle en se jurant que ce n'était qu'un coup d'un soir, pour ensuite se sentir affreusement rejetée lorsqu'ils ne rappelaient pas ? Tout cela provenait de l'exemple qu'elle avait eu dans son enfance, elle en était bien consciente. Dans ce sinistre entrepôt, elle s'était retrouvée face à elle-même. Hélas, elle n'avait toujours pas réussi à se dépêtrer de ses entraves émotionnelles. Au fond, c'était un peu comme si elle était toujours enchaînée. Ou pas. Même ça, elle ne le savait pas.

Ce qui était sûr, c'était qu'elle avait retrouvé ce désespoir qui lui était si familier avec Zach, ce besoin irrépressible de s'agripper à lui, de se perdre en lui, de retirer une sorte de pouvoir malsain de son désir pour elle.

Cependant, tout au fond d'elle, une petite voix lui susurra que cette fois, c'était bien plus que ça, que c'était plus profond, plus fort. Cette même petite voix qui la poussait à lui faire confiance. Hélas, il était impossible de déterminer si cette petite voix avait raison ou tort, car elle provenait d'elle-même, or elle ne pouvait pas se fier à elle-même.

– Je ne veux pas tout gâcher, conclut-elle tristement.

En outre, l'heure n'était pas à l'introspection ni à l'étude de sa tendance à la dépendance affective. En ce moment même, son amie était assise quelque part dans le noir et dans le froid, affamée et terrorisée, pendant que Cooper se promenait en liberté, là dehors, probablement en train de mijoter ses prochains crimes abjects.

Zach lui prit la main.

– Je te le dirai, si tu gâches tout, d'accord ? la rassura-t-il avec un petit sourire. Je ne suis pas parfait non plus, tu sais.

Josie redressa les épaules et le dévisagea.

– Ah bon ? Et qu'est-ce qui ne le serait pas chez toi ? Parce que, en toute franchise, tu m'as l'air foutrement parfait.

– Eh bien, pour commencer je suis bordélique, répondit-il en balayant son appartement du regard. Je laisse traîner mes affaires par terre, je jette mes vêtements à côté du panier à linge et je peux les laisser moisir là pendant des semaines.

– Mais c'est dégoûtant.

Il acquiesça, hilare.

– Je sais. Plus dégoûtant, tu meurs. Et puis, je triche aux jeux de société. Je n'ai jamais joué une seule partie sans tricher.

– C'est scandaleux.

– Absolument.

Il se rapprocha et la prit dans ses bras.

– Nous avons beaucoup de choses à gérer pour l'instant, beaucoup de mystères à élucider, mais fais-moi confiance, Josie, chuchota-t-il. S'il te plaît.

Elle se blottit tout contre lui. Elle avait confiance en lui, oh ça oui. Le problème, c'était qu'elle n'avait pas du tout confiance en elle. Et surtout pas lorsqu'il était question d'amour.

CHAPITRE 40

Zach referma délicatement la porte de sa chambre derrière lui et attendit d'être dans le salon pour décrocher.

– Salut, Jimmy.

– Yo. Comment va-t-elle ?

– Ça va. Elle dort.

– Ça ne m'étonne pas. Elle devait en avoir bien besoin.

– Oui.

Il s'assit sur le canapé et se passa une main sur le visage, soulagé que son partenaire reconnaisse le courage de Josie, mais aussi sa fragilité. Ils œuvreraient tous ensemble pour assurer sa sécurité, se démèneraient non seulement pour les femmes qui avaient perdu la vie entre les griffes de Charles Hartsman, mais aussi pour celle qui avait survécu à ses sévices.

– Écoute, je suis éveillé depuis l'aube, j'ai beaucoup réfléchi à tout ça, et je n'arrive pas à m'ôter cette assistante sociale de la tête.

– Janelle Gilbert ? Pourquoi ? demanda Zach, décontenancé.

– C'est son attitude, hier... cette façon de s'attribuer la responsabilité de ce qui est arrivé à Charles Hartsman.

– Tu n'aurais pas réagi de la même façon ?

– Si. Sans doute. Mais ce que je n'arrête pas de me demander, c'est jusqu'où elle serait prête à aller pour se racheter.

– Je ne te suis pas.

– Pour moi, son comportement n'était pas normal, Cope.

Zach ne pouvait pas le contredire. Elle lui avait semblé extrêmement sensible concernant cette affaire qui avait été résolue près de vingt ans plus tôt. Il avait mis ça sur le compte de la culpabilité, de la nervosité. Un degré d'empathie très élevé, peut-être. Pourtant, avec un tel métier, Janelle Gilbert devait trimballer des centaines d'histoires tragiques de ce genre. Tout comme lui. Tout comme Jimmy. C'était un poids avec lequel on apprenait à vivre, sous peine de s'écrouler.

– Quoi qu'il en soit, j'ai fait quelques recherches sur elle et j'ai découvert que sa sœur était avocate.

– D'accord.

– Elle est spécialisée dans les adoptions.

Un grand vide s'installa dans l'estomac de Zach.

– Qu'est-ce que tu en déduis ?

Mais il connaissait déjà la réponse.

– Il faut qu'on la réinterroge. Sans Josie. Rendez-vous à son bureau dans une heure ?

Il jeta un regard en direction de la chambre où Josie dormait paisiblement, en sécurité tant qu'elle était en sa présence, derrière sa porte verrouillée, avec son système d'alarme. Il fallait qu'il passe quelques coups de fil, qu'il réquisitionne deux agents, deux des meilleurs éléments, pour veiller sur elle en son absence, même s'il n'en avait pas pour longtemps. Bon sang, tout ce tintouin pour suivre une piste qui risquait de se révéler fausse. Non, qui l'était sûrement. Toutefois, elle méritait d'être approfondie comme toutes les autres.

– OK, OK. J'y serai.

Zach ne s'activa pas tout de suite, il resta assis là quelques instants, dans la quiétude de son appartement, tandis que son esprit le renvoyait à la veille au soir. Il se faisait du souci pour Josie. Ça le tracassait qu'elle n'ait pas verbalisé son ressenti après les révélations de la veille, même si pleurer constituait déjà un pas dans la bonne direction. Il repensa à leurs ébats, à la tournure désespérée qu'ils avaient prise, à l'aveu de Josie qui ignorait ce qu'était une relation saine. Le cœur lourd, Zach soupira. Elle était si forte et, pourtant, avait si peu confiance en elle. Pouvait-on le lui reprocher ? Elle cherchait encore comment faire fusionner sa réalité d'avant avec celle d'après. Et bien sûr, pour le sexe, c'était compliqué. Peut-être même resterait-elle traumatisée à vie sur ce plan-là. Peut-être n'aurait-elle que rarement envie de faire l'amour, ou, au contraire, en éprouverait très souvent le besoin. S'il voulait être avec Josie, il devrait le découvrir et l'accepter.

Avec un long soupir, Zach se leva et alla prendre une douche. Tout ça devait passer au second plan. Pour l'instant, du moins.

– Nous sommes désolés pour ce désagrément, madame Gilbert, mais nous avions quelques questions supplémentaires qui ne pouvaient pas attendre.

– J'aurais tout de même apprécié que vous m'appeliez pour prévenir, messieurs les inspecteurs. J'avais une réunion importante.

Ses petits talons claquaient sur le sol tandis qu'elle les emmenait dans le bureau où elle les avait déjà reçus la veille.

Ils reprirent les mêmes places et la troisième chaise laissée libre souligna l'absence de Josie.

Janelle s'installa lourdement sur sa chaise et les dévisagea avec impatience. Pour la première fois, Zach prit le temps de l'étudier de près. Elle semblait avoir pris dix ans depuis la veille, des cernes noirs creusaient ses yeux et elle avait le visage bouffi comme si elle avait beaucoup pleuré. Son sixième sens d'enquêteur carillonna dans son esprit. Ils étaient sur le point d'obtenir des informations capitales qui allaient catapulter l'enquête à un tout autre niveau. En général, une grande fébrilité accompagnait ce genre d'intuition, mais pour l'instant, c'était l'appréhension qui l'emportait. Car si cette femme avait des révélations à leur faire, celles-ci concerneraient sans doute le fils de Josie Stratton, donc toucheraient en plein cœur la femme qu'il aimait.

Sur le bureau, les mains de Janelle Gilbert tremblaient. Elle s'empressa de les camoufler sur ses genoux. Jimmy se pencha en avant.

– Vous semblez nerveuse, madame Gilbert.

– Fatiguée, surtout. Votre interrogatoire d'hier m'a fait revivre des émotions intenses.

– Je comprends, répondit Jimmy. Votre métier comprend des aspects qui mettent souvent à rude épreuve sur le plan émotionnel.

Elle hocha la tête et relâcha un peu les épaules.

– C'est difficile pour moi de ne pas m'impliquer auprès des enfants que je place. Je me fais du souci pour eux, inspecteur. Je m'investis pour leur bien-être.

– Bien sûr. Dites-moi, madame Gilbert, votre sœur est bien avocate dans le secteur des adoptions ? demanda-t-il en inclinant la tête.

Elle blêmit, ce qui accentua encore ses cernes et lui donna presque l'air d'avoir les yeux au beurre noir. Son regard fit plusieurs rapides allers-retours entre Jimmy et Zach.

– O-Oui, mais quel est le rapport avec votre enquête ?

– La jeune femme qui nous accompagnait hier, l'avez-vous reconnue ?

– Non, coassa-t-elle tandis que des taches rouges se formaient sur son cou.

Elle mentait.

– Elle s'appelle Josie Stratton. Nous pensons qu'elle a été l'une des victimes de Charles Hartsman. Il l'a enlevée, l'a enchaînée dans un vieil entrepôt, l'a violée et affamée. Alors qu'elle était en captivité, elle a donné naissance à un enfant, le sien, un fils, après quoi elle a réussi à s'enfuir. Avant qu'elle s'échappe, Charles a emporté cet enfant qui n'a jamais été retrouvé.

Ce n'était plus seulement les mains de Janelle Gilbert qui tremblaient, mais tout son corps.

– Qu'ai-je à voir là-dedans ?

– Il est venu vous trouver, n'est-ce pas, madame Gilbert ? C'est vers vous qu'il s'est tourné, parce qu'il savait que vous culpabilisiez beaucoup à cause de votre rôle dans sa terrible expérience. Vous vous sentez responsable parce que vous l'avez renvoyé dans cette maison de l'horreur, pas vrai ? Alors, c'est vous qu'il est venu voir avec ce nouveau-né. Vous avez très bien reconnu Josie Stratton hier, n'est-ce pas ? Hier soir, vous avez assemblé toutes les pièces du puzzle.

Jimmy s'exprimait d'une voix de ténor claire et posée, presque hypnotique.

Janelle Gilbert s'effondra. Secouée de sanglots, elle se mit à hocher la tête.

– Il m'a raconté que c'était son bébé, que sa petite amie avait accouché juste avant de mourir d'une overdose. Il ne savait pas quoi faire, il était perdu. Je n'ai pas remis sa parole en cause, inspecteur.

La panique rendait sa voix suraiguë.

– Ce bébé, il… il lui ressemblait beaucoup. Il était minuscule, un peu dénutri, mais il était évident que c'était le sien. Il n'y avait aucun doute là-dessus.

Le cœur de Zach se mit à battre staccato, la montée d'adrénaline était puissante. *Oh mon Dieu.*

– Qu'avez-vous fait du bébé, madame Gilbert ?

Elle s'empara d'un mouchoir sur son bureau et les regarda tour à tour d'un air implorant.

– Il a réclamé mon aide. Je… Je ne pouvais pas faire autrement. Je l'avais déjà laissé tomber, avec les conséquences catastrophiques qu'on connaît. Et… Et tout ce qu'il me demandait, c'était de trouver un foyer aimant pour ce fils qu'il ne pouvait pas élever lui-même. C'est tout. J'ai fait preuve de bonté. Rien de plus.

– Votre sœur vous a aidée dans cette démarche ? s'enquit Jimmy.

Elle acquiesça, les joues baignées de larmes.

– Oui, mais c'est moi la seule responsable. Je lui ai demandé son aide et elle a fait ça pour me rendre service parce qu'elle m'aime, et parce qu'elle pensait comme moi que c'était le mieux à faire.

– Parce qu'elle croyait aider un orphelin innocent qui, sans cela, risquait de se retrouver dans le système, un système truffé d'horribles histoires, comme vous avez personnellement pu le constater.

Elle déglutit, les traits empreints de désespoir.

– Oui. C'est ça. Nous voulions juste l'aider, faire de notre mieux pour ce pauvre petit bébé, le placer dans un foyer stable et aimant.

– Vous ne suiviez pas l'actualité, à l'époque ? Vous n'avez pas entendu parler de la traque pour retrouver le bébé volé de Josie Stratton ?

Jimmy s'exprimait toujours d'une voix lénifiante, mais Zach décela tout de même une pointe de colère dans l'intonation de son partenaire, trop subtile pour que Janelle Gilbert la remarque.

– Oh j'ai bien lu quelques articles sur ce crime, sur ce bébé disparu, mais le père de cet enfant-là, l'homme qui avait enlevé cette femme, il s'était suicidé. Alors que le nourrisson auquel j'avais affaire était indéniablement le fils de Charlie. Ça sautait aux yeux.

– Où est-il, madame Gilbert ? demanda Zach, d'une voix grave, un peu trop menaçante à son goût, même.

Elle semblait vidée, ses yeux cernés étaient hagards, ses lèvres exsangues.

– Il a été placé chez un couple qui vit dans le Kentucky, juste après le pont. Des gens adorables. Nous ne l'avons pas confié à n'importe qui, inspecteur. J'ai fait de mon mieux pour réparer mon lamentable échec. Je l'ai fait pour Charlie.

CHAPITRE 41

Josie se sentait comme un lion en cage. Chez elle, elle aurait au moins trouvé de quoi s'occuper, même avec des policiers la suivant comme son ombre. Elle faisait les cent pas dans la chambre de Zach, s'arrêtant de temps à autre pour vérifier par la fenêtre si sa voiture ne se garait pas sur le trottoir, en face de l'immeuble. Il était parti tôt ce matin et il était seize heures passées. Où était-il et pourquoi ne l'avait-il même pas appelée ?

Elle détestait se sentir prisonnière. Elle frictionna ses bras nus, s'efforçant de refréner sa rancune envers Zach, à qui elle reprochait de l'avoir lâchement abandonnée ici, dans cette pièce. Après tout, il était en train de travailler, de se démener pour résoudre cette affaire, pas uniquement pour elle, mais aussi pour les autres femmes que Cooper... que Charles avait assassinées, dont sa propre mère. Zach était parti braver les dragons et elle osait se plaindre ? La honte l'envahit.

D'autant que, si elle était honnête, elle devait admettre qu'elle s'imposait elle-même cet isolement total. Rien ne l'empêchait d'aller bavarder avec les deux agents qui se trouvaient au salon, de regarder la télévision en leur compagnie ou peu importe. Seulement, elle n'en avait aucune envie.

Elle s'affala au bord du lit de Zach, le visage enfoui dans les mains. Elle avait la sensation qu'un ballon était en train d'enfler dans sa poitrine, ballon qui n'allait pas tarder à éclater et à la réduire en miettes.

Dans un long soupir, elle attrapa la télécommande et alluma la télé. Elle jeta son dévolu sur une émission culinaire qui eut le mérite de lui changer les idées pendant une demi-heure. Le chef était en train de détailler les différentes étapes pour préparer du poulet au marsala. Pendant une page de pub, elle se mit à zapper. Soudain, le nom de Zach lui tomba dans l'oreille et elle s'arrêta sur la chaîne en question. Elle se redressa. À l'écran, on voyait Zach sortir d'un restaurant – ou plutôt d'une sandwicherie – le bras autour de la taille d'une jolie petite blonde. Tentant de préserver son visage des caméras, il la serrait contre lui et se frayait un passage en esquivant les salves de questions des journalistes. Josie crut que son cœur allait s'arrêter devant l'intimité évidente qui liait Zach Copeland à cette inconnue. Un vieux sentiment de trahison et d'impuissance refit violemment surface et lui vida totalement l'esprit.

Soudain, elle repéra le bruit de la porte de l'appartement et se dépêcha d'éteindre la télé. Elle se leva et frotta ses mains tremblantes sur ses hanches tandis que Zach saluait les deux agents dans le salon. Les images qu'elle venait de voir aux informations devaient avoir été tournées plus tôt dans la journée.

La porte de la chambre s'ouvrit et Zach entra avec un air étrange. À sa vue, tous les muscles de Josie se crispèrent. Mais ensuite, il sourit, même si ce sourire était un peu triste.

– Où étais-tu passé ?

Son ton accusateur la fit grimacer intérieurement. Tout à coup, elle fut prise d'un besoin irrépressible de se détourner, de lui cacher son visage. Un cri lui monta dans la gorge, un hurlement qui grandissait en elle depuis la veille. Zach l'avait aidée à relâcher une partie de toute cette tension, mais voilà que celle-ci se manifestait de plus belle, exigeant qu'on lui prête attention.

– Je travaillais.

– Je t'ai vu aux infos, l'informa-t-elle en croisant les mains devant elle, les yeux baissés. Tu sortais d'un restaurant.

Zach quitta son arme ainsi que son étui et les posa sur sa commode.

– Oui. J'ai pris un sandwich sur le pouce avec ma sœur pendant que j'attendais l'arrivée de nouvelles informations. Je ne comprends même pas pourquoi ces journalistes étaient là. Quelqu'un a dû me reconnaître et les rameuter.

Il se gratta le menton.

– Cette affaire a pris une sacrée ampleur. Tous les reporters de Cincinnati se battent pour décrocher un gros titre.

Sa sœur.

– Ta sœur ? murmura-t-elle. Elle... elle ne te ressemble pas du tout.

Un petit sourire illumina ses lèvres sublimes. À présent que le brouillard de jalousie qui l'aveuglait s'était dissipé, elle prit le temps de l'observer. Il semblait exténué. Presque accablé.

– J'ai été adopté.

– Oh.

Elle se remémora ce qu'il lui avait raconté sur sa famille quelques jours plus tôt et fronça les sourcils.

– Tu ne me l'avais pas dit.

– J'oublie parfois, se justifia-t-il en se frottant le visage. Josie...

Elle inclina la tête. Quelque chose n'allait pas. Le hurlement tapi en elle s'intensifia encore.

Il la rejoignit, la prit délicatement par les bras et la guida jusqu'au lit où il la fit asseoir avant de prendre place à côté d'elle. Elle le dévisagea. Son rythme cardiaque s'était déjà envolé.

– Josie, répéta-t-il, avant de s'interrompre de nouveau.

– Allez, dis-moi, le pressa-t-elle d'un murmure rauque. Dis-moi, Zach.

Il croisa son regard et elle s'immergea dans ces superbes yeux bleu nuit qui respiraient la bonté, la sécurité, et une existence dont elle n'osait même pas rêver.

– On a retrouvé ton fils.

À cet instant, elle crut mourir. Un cri étranglé s'échappa de sa bouche.

– Où ? Où est-il ? cria-t-elle avec désespoir en s'agrippant à la chemise de Zach.

Il enveloppa ses mains avec les siennes, contre son torse.

– Dans le Kentucky. Juste de l'autre côté du pont, Josie. À quinze minutes d'ici.

Des larmes chaudes jaillirent et bientôt deux torrents dévalèrent ses joues tandis qu'elle s'efforçait de respirer, de maîtriser les tremblements qui secouaient tout son corps.

– Est-ce qu'il va bien ? Il est en bonne santé ? Il va bien ?

– Oui. Il va bien. Il est en pleine forme. C'est un petit garçon de huit ans comme les autres.

Alors, Josie posa le front sur le torse de Zach et continua à sangloter, sa chemise toujours serrée dans ses poings, se raccrochant à la vie. *Mon fils. Mon fils. Il va bien. Il est vivant.*

Lorsqu'elle parvint enfin à reprendre son souffle, elle releva la tête afin que Zach entende sa question.

– Chez qui est-il ?

Sans lâcher ses poings, Zach la repoussa doucement pour la regarder dans les yeux. Dans son expression, elle lut de l'empathie, un profond déchirement, un conflit intérieur. Il lui raconta sa deuxième visite dans le bureau de l'assistante sociale, Janelle Gilbert, et lui parla de la sœur avocate de celle-ci. Il lui expliqua comment Cooper... Charles lui avait confié le bébé et avait réclamé son aide. Il lui décrivit aussi le couple qui avait adopté son enfant pendant qu'elle se vidait de son sang dans un lit d'hôpital, dévastée, à moins d'une demi-heure de là.

– Ils ont cru que c'était une adoption légale, Josie, dit-il, la voix éraillée par la tristesse.

Il lâcha ses mains et écarta ses cheveux de son visage.

– Ils ne savaient pas.

CHAPITRE 42

Josie était à deux doigts de la crampe tant elle serrait ses mains croisées sur ses genoux. Elle attendait avec Zach l'arrivée de monsieur et madame Davies. Assise en face d'eux, l'avocate de ces derniers pianotait sur son téléphone, l'air détendue.

Zach posa une main sur celles de Josie et exerça une légère pression. Elle lui lança un petit sourire nerveux. Il semblait épuisé, et elle savait qu'il l'était, parce qu'il se mettait en quatre en ce moment, travaillant d'arrache-pied pour retrouver Reagan tout en lui apportant son soutien. Et elle lui en était reconnaissante, tellement reconnaissante. Grâce à lui, elle pouvait se consacrer tout entière à son enfant tout juste retrouvé en ayant la certitude que rien n'était laissé au hasard pour sauver son amie.

Soudain, la porte s'ouvrit et Zach ôta sa main. Son avocat, l'homme auquel elle avait tout de suite fait appel sur les conseils de Zach, escorta les Davies dans la salle.

Un beau couple. On procéda aux présentations et tandis que l'avocate saluait ses clients, Josie les observa. La femme avait les yeux rouges et bouffis, comme si elle avait pleuré, et son visage était marqué par le choc. Plutôt menue, elle avait de longs cheveux bruns lisses qui lui descendaient jusqu'aux épaules et de grands yeux bleus. Son mari, cheveux blonds ondulés et courte barbe, était plus grand. Il échangea un regard inquiet avec son épouse, puis ils s'assirent autour de la table.

Tout le monde se dévisagea pendant un moment, le couple visiblement aussi curieux que Josie. Ces gens éduquaient son fils, ils savaient tout de lui alors qu'elle n'en savait rien.

– Mes clients ont été informés des concours de circonstances qui ont mené à l'adoption de Reed et de la nature illégale de celle-ci.

Reed. Josie était au courant du prénom que lui avaient donné ses parents adoptifs, du nom qu'il avait porté toute sa courte vie hormis pendant la poignée de jours qu'il avait passés avec elle, mais elle ne parvenait pas à s'y faire. Dans son cœur, il restait Caleb et lorsqu'elle s'efforçait de penser à lui sous son autre nom, elle avait l'impression de penser à un inconnu.

– Ils souhaitent convenir d'un arrangement à l'amiable concernant le droit de visite, déclara l'avocate.

– Le droit de visite ? s'exclama Josie en braquant son attention sur le couple.

Les mains enlacées, les Davies la considérèrent avec de grands yeux écarquillés et tristes.

Elle frappa du poing sur la table.

– Mais c'est mon fils ! On me l'a volé. Je ne veux pas lui « rendre visite ». Je veux le récupérer. Je suis sa mère.

– Madame Stratton, commença Emery Davies d'un ton implorant en tendant la main vers Josie pour la retirer aussitôt, comme si son geste avait été inconscient. Nous comprenons tout à fait la profonde douleur que vous a causée la perte de Reed. Je vous assure. Ces derniers jours, nous avons énormément pleuré, pas juste pour nous apitoyer sur notre propre sort, mais en pensant à vous aussi.

Sa voix était si posée, si... apaisante. La rancœur prit Josie à la gorge.

– Vous comprenez, dites-vous ? lança-t-elle en les toisant tour à tour. Vous avez déjà été agressée, droguée et kidnappée dans votre lit en pleine nuit ? Vous avez déjà été enchaînée à un mur ? Vous avez déjà passé des journées entières sur un sol en béton, privée de nourriture et d'eau ? Vous avez déjà accouché seule sur un matelas dégueulasse, pour qu'on vous arrache ensuite votre bébé des mains en vous annonçant que vous ne le reverrez plus jamais ?

Tandis qu'elle parlait, elle avait haussé le ton et son cœur s'était mis à battre de plus en plus fort au fur et à mesure que la pression montait dans sa poitrine.

Elle prit une longue inspiration hachée.

– Vous comprenez tout ça ? demanda-t-elle à cette jolie femme dont le visage était devenu blanc comme un linge, cette femme que *son* fils appelait maman.

Emery Davies baissa les yeux. Elle aussi retenait ses larmes, c'était évident.

– Non, vous avez raison, bien sûr. Nous ne pouvons pas comprendre. Nous pouvons seulement imaginer la souffrance inconcevable que vous avez éprouvée – et éprouvez toujours, répondit-elle avec douceur.

Elle croisa le regard de Josie, au bord des larmes.

– Mais je vous en prie, pensez à Reed. Nous sommes les seuls parents qu'il ait jamais connus. L'arracher maintenant à sa vie avec nous lui ferait l'effet d'une bombe.

Josie prit quelques instants pour retrouver son sang-froid. Ils semblaient tous les deux si profondément bouleversés. Elle aurait bien voulu se montrer plus compréhensive avec eux, vraiment. D'ailleurs, si elle réfléchissait de manière rationnelle, elle pouvait tout à fait les comprendre. Cependant, lorsqu'elle les regardait, un voile rouge s'abattait sur son esprit. Une amertume implacable et – elle n'avait aucun mal à l'avouer – une jalousie intense la prenaient aux tripes et lui donnaient une furieuse envie de les secouer comme des pruniers, de hurler. Certains indices avaient forcément dû leur mettre la puce à l'oreille sur le caractère illégal de cette adoption. N'avaient-ils donc pas suivi son histoire aux informations ? N'avaient-ils pas, ne fût-ce qu'une seule fois, trouvé la coïncidence troublante... à moins qu'ils aient préféré fermer les yeux ? Josie n'en avait aucune idée, mais elle ne pouvait s'empêcher de s'interroger. C'était plus fort qu'elle, la douleur la submergeait dès qu'elle repensait à ces moments atroces, à ce chagrin écrasant, paralysant, qui l'avait habitée pendant tout ce temps où elle s'était demandé si son bébé était mort ou vivant, s'il souffrait, s'il était en sécurité. Ces gens auraient pu mettre fin à son calvaire. Ces gens avaient tenu son bébé dans leurs bras quand les siens restaient désespérément vides.

Les Davies n'avaient même pas révélé à son fils qu'il avait été adopté. Il ignorait tout de l'existence de sa mère biologique, n'avait jamais eu la moindre pensée pour cette inconnue qui l'avait porté en elle, et cette idée piquait Josie au vif. Parce qu'elle s'était battue si longtemps et de toutes ses forces ; tous les jours, elle s'était rationnée, elle avait lutté pour survivre afin de pouvoir mettre cet enfant au monde. Elle se tordait les mains sur les genoux. Il fallait absolument qu'elle reprenne le contrôle de ce tourbillon d'émotions.

– Je sais que c'est vous qui l'avez éduqué, que pour lui, vous êtes ses parents. Il faudra... un temps d'adaptation, et je le comprends très bien. Je ne veux pas vous faire disparaître de sa vie. Vous pourrez venir lui rendre visite à Oxford où je vis. Vous pourrez même l'aider à s'installer, rendre sa transition plus facile. Je vous en serai très reconnaissante.

Le couple échangea un regard empli d'effroi, puis Emery Davies se pencha sur un grand sac à main posé sur le sol et en sortit un album photo. Les mains tremblantes, elle le tendit à Josie qui le prit avec prudence. Elles se jaugèrent, deux femmes qui aimaient désespérément le même petit garçon. Josie baissa les yeux et resta bouche bée en découvrant la photo d'un bébé joufflu sur la couverture. Elle caressa l'image tandis qu'elle enregistrait avidement chaque trait du visage de son fils.

Il ressemblait à Charles, beaucoup, elle ne pouvait pas le nier. Mais on retrouvait un peu d'elle aussi chez lui. Elle se vit dans son regard, dans son sourire. Bien sûr, il était surtout lui-même, le résultat parfait d'une combinaison génétique unique.

– Il est magnifique, dit-elle, la voix enrouée par l'émotion.

– Oui. Il est magnifique, confirma Emery en hochant la tête, les yeux luisants. Et intelligent, et gentil. C'est le plus merveilleux petit garçon que je connaisse.

Josie sourit et, l'espace d'un instant, elle ne se sentit plus du tout en compétition avec cette femme, mais reliée à elle. Elle ouvrit l'album et regarda les photos l'une après l'autre. Son baptême, son premier anniversaire avec sa bouille joviale barbouillée de glaçage bleu, le premier cours de natation, d'autres anniversaires, la perte de ses deux dents de devant. Josie examina chacun de ces souvenirs heureux immortalisés et les larmes affluèrent.

– Il est heureux, conclut-elle.

Emery et Jeb Davies hochèrent la tête de concert, le regard aux abois. Elle devinait pourquoi. Elle détourna la tête. Tous ces souvenirs... Aucun ne lui appartenait. Parce qu'on les lui avait volés. Alors elle méritait tous ceux qu'elle allait créer dès maintenant. Et son fils, lui, méritait de connaître sa véritable mère.

Pas vrai ?

Elle rendit l'album à Emery, mais celle-ci le refusa d'un geste de la main.

– C'est pour vous. J'ai toutes ces photos en plusieurs exemplaires. Gardez-le, je l'ai pris afin que vous puissiez l'emporter.

Josie le ramena lentement vers elle. Elle avait l'impression de recevoir un lot de consolation, comme si cette femme s'imaginait que quelques photos allaient lui suffire. C'était loin d'être suffisant. Toutefois, elle s'y accrocha malgré tout. Pour l'instant, c'était tout ce qu'elle avait.

– Il faut que nous parlions de... du transfert, dit-elle.

Ce mot lui faisait froid dans le dos, mais c'était celui qu'avait employé son avocat. Le visage d'Emery se décomposa et Josie vit Jeb, qui lui tenait la main, raffermir son étreinte. Une larme roula sur la joue d'Emery, mais elle redressa les épaules, s'efforçant à l'évidence de garder son sang-froid. Josie ne put s'empêcher d'éprouver une certaine admiration pour cette femme. Emery Davies ne craquerait pas. Du moins, pas tout de suite.

– S'il vous plaît, laissez-nous le temps de lui expliquer, demanda Emery Davies à voix basse. Accordez-nous une semaine, je vous en prie. Il ne sait même pas encore qu'il a été adopté. Nous... attendions le bon moment. Alors maintenant... eh bien, ça va faire beaucoup à encaisser. Beaucoup. S'il vous plaît, juste une semaine, c'est tout ce que nous demandons, la supplia-t-elle.

Sa voix s'était brisée sur le dernier mot.

La ténacité de cette femme forçait le respect et Josie se radoucit à contrecœur. Il était bien plus facile de considérer ces gens comme des rivaux plutôt que comme des alliés. Pour le bien de son fils, elle serait bientôt contrainte de les traiter comme des alliés, mais pour l'heure c'était tout bonnement impossible, sans quoi elle risquait de se briser en mille morceaux. Toutefois, elle acquiesça. De toute façon, elle aussi avait besoin d'un peu de temps pour se préparer. Ces derniers jours, elle avait été emportée dans un maelstrom d'émotions, d'avocats et de réunions au poste de police tandis que les enquêteurs faisaient la lumière sur les circonstances exactes de l'adoption irrégulière de Caleb. Chaque soir, elle s'écroulait sur son lit et dormait comme une masse. En outre, elle devait encore préparer la chambre de Caleb, se renseigner sur les formalités pour l'inscrire dans une école...

– Oui, bien sûr. Prenez une semaine, répondit-elle en se levant. Mon avocat vous recontactera.

Emery et Jeb Davies se levèrent à leur tour, émus, imités par les deux avocats. La mine accablée d'Emery donna tout à coup envie à Josie de la prendre dans ses bras, de la rassurer, mais elle se retint. Elle se tourna vers Zach qui observait la scène avec un air inquiet. Dans ses yeux, un conflit faisait rage.

Tout le monde sortit du bureau. Josie redescendit dans le hall d'entrée avec Zach, puis enfin, retrouva la chaleur et la clarté de l'extérieur. Ils remontèrent en voiture, mais comme Zach ne démarrait pas tout de suite, elle lui jeta un regard interrogateur.

– Tu es bien sûre de ce que tu fais ? demanda-t-il avec douceur.

Elle se crispa.

– Comment ça, si je suis sûre ? Bon sang, Zach, s'il y a bien quelqu'un que je pensais de mon côté, c'était toi.

Il se tourna vivement et la dévisagea avec intensité.

– Mais je suis de ton côté. Et rien que de ton côté, affirma-t-il en se frottant la nuque. Mais, Josie, j'ai été adopté aussi et... c'est juste que...

Il soupira.

– J'ai toujours su que j'avais été adopté, mais malgré ça, si à huit ans quelqu'un m'avait arraché à la seule famille que je connaissais... je n'imagine même pas dans quel état j'aurais été. Mon Dieu, ces gens étaient tout pour moi, Josie. Mon univers. Ma famille. Ma sécurité.

Elle eut le cœur transpercé par l'amertume et le chagrin. À l'entendre, elle avait l'impression de n'être rien, de n'avoir aucun droit sur l'enfant qui lui avait été cruellement arraché, cet enfant qu'elle avait cherché sans relâche pendant toutes ces années. Elle se montrait injuste, elle en avait parfaitement conscience. Zach ne faisait qu'exprimer ses craintes. Pourtant, ses paroles suscitaient chez elle un profond sentiment de… trahison, elle ne pouvait rien y changer. Elle se détourna vers la vitre.

– Bien sûr que ce sera difficile. Tu crois que je ne le sais pas ?

Les larmes menacèrent à nouveau, mais elle les contint.

– Je l'emmènerai voir un psychologue s'il le faut. Je prendrai le temps. Je suis prête à tout. Mais c'est *mon* enfant, Zach. Le mien. Et il mérite aussi de me connaître.

Soudain, le moment tragique de leur séparation lui revint dans un flash, leurs cris qui se mêlaient tandis qu'ils étaient arrachés l'un à l'autre. Son fils n'en gardait-il pas une blessure en lui ? N'éprouvait-il pas quelque chose de viscéral, une sensation de manque inconnue, qui ne se résoudrait que lorsqu'ils seraient réunis ? Ou bien était-elle la seule à porter le poids de ce traumatisme ? Pendant un moment elle fut assaillie par un sentiment de solitude si étouffant qu'elle craignit de ne pas le supporter.

– Jamais je n'arrêterai de me battre pour lui, murmura-t-elle. Je ne peux pas.

Je ne sais pas comment faire.

Il tendit la main vers elle et prit la sienne.

– Josie.

Sa voix était rauque. Elle le laissa faire, mais ne lui rendit pas son étreinte. Il semblait abattu, et toujours déchiré.

– Passe encore la nuit chez moi, ou je peux venir chez toi si tu préfères.

Elle se détourna de nouveau vers la fenêtre, sentant tout à coup un grand vide en elle. La joie intense des derniers jours s'était envolée. Cette excitation qui ne l'avait pas quittée depuis qu'on lui avait appris la nouvelle, depuis qu'elle avait retrouvé son fils. Elle secoua la tête en soupirant, serra la main de Zach, puis s'en libéra.

– J'ai besoin de rentrer chez moi. Et... j'ai besoin d'être un peu seule, Zach. Juste quelques jours. J'en ai vraiment besoin.

Son regard bondit aussitôt sur elle.

– Tu ne peux pas rester seule. Il court toujours dans la nature.

Les battements de son cœur s'intensifièrent. Avec cette petite parenthèse enchantée, elle avait été prise dans le tourbillon des rendez-vous, des informations, des projets et des rêves, et elle avait presque réussi à se convaincre que Charles Hartsman était parti pour de bon. Pourtant, elle n'oubliait pas que Reagan n'avait pas été retrouvée, que celle-ci espérait toujours que la police vienne la sauver. Zach travaillait vingt-quatre heures sur vingt-quatre, suivait toutes les pistes sans exception, aussi hasardeuses soient-elles. Les autorités étaient en train de passer au peigne fin tous les bâtiments vides ou désaffectés de la ville de Cincinnati. Hélas, jusque-là, cela n'avait rien donné.

– Il y a une alarme, maintenant, rétorqua-t-elle. Tout ira bien. Envoie-moi des agents si tu n'as pas le choix, mais j'ai vraiment besoin d'être seule.

Il n'était pas dupe. Son regard éloquent en témoignait. Elle n'avait pas besoin d'être « seule ». De toute façon, elle ne se faisait aucune illusion, elle était toujours potentiellement en danger et aurait certainement des chaperons. Non, ce dont elle avait besoin, c'était de passer un peu de temps *sans lui*.

Un peu. Pas longtemps.

CHAPITRE 43

Josie recula pour vérifier que le cadre qu'elle venait d'accrocher était bien droit. Elle l'ajusta légèrement, puis recula de nouveau. C'était si étrange, ce tableau représentant un champ de fleurs désormais installé là où se tenait encore la veille son panneau d'affichage débordant de listes, de numéros de téléphone, etc. Ce panneau symbolisait l'espoir qu'elle avait conservé dans son cœur pendant huit longues années. Son rêve avait fini par se réaliser. Son fils avait été retrouvé. Et il allait venir vivre avec elle. Elle n'avait plus besoin de ce panneau d'affichage qui avait désormais le statut de relique.

Elle se rendit dans la chambre voisine, celle qu'elle réaménageait depuis deux jours pour Caleb... Reed. Il fallait absolument qu'elle s'habitue à ce prénom. Reed.

Beaucoup moins réjouissant en revanche, le fait qu'ils soient toujours sans nouvelle de Reagan. Ça lui brisait le cœur. Dans l'optique de se distraire, elle avait invité Rainbow à lui rendre visite. Ce qui avait démarré par un échange un peu maladroit autour d'un café et de quelques gâteaux s'était vite transformé en séance salvatrice de papotage – avec quelques larmes au passage. Josie lui avait fait la synthèse de ce qui se passait dans sa vie, aussi insensé que ça puisse paraître. Rainbow, qui avait suivi toute l'affaire à la télévision, avait bien entendu été choquée, mais elle s'était surtout montrée d'un soutien incroyable. Josie était si heureuse de l'avoir contactée, de s'être confiée à elle, d'avoir trouvé en elle une nouvelle amie. Rain lui avait proposé son aide pour la chambre de Reed et, tandis qu'elles s'affairaient ensemble, elle avait raconté sa propre vie à Josie, son récent divorce, comment, après avoir été battue par son mari, elle avait chargé sa voiture et filé chez sa mère sans un regard en arrière. Elle aussi était venue à Oxford pour repartir à zéro.

C'était la première fois, en huit longues années, que Josie nouait de nouveaux liens d'amitié. Ce fut libérateur. Et ce fut aussi un rappel de l'importance de l'amitié entre femmes.

Ensemble, elles avaient débarrassé cette chambre de la déco plutôt féminine de Josie... le papier peint à fleurs, le vieux pichet en céramique et sa vasque posés sur la commode. Elles avaient repeint les murs dans un ton bleu-gris et remplacé la courtepointe rose poudré et vert par une autre dans des tons bleus et blancs que Josie avait dénichée au grenier. C'était parfait. Il restait plein d'espace, Reed pourrait y ajouter ses propres affaires.

Josie s'assit sur le lit et caressa l'étoffe brodée à la main. Cela lui rappela le plaid que Marshall... non, que Charlie lui avait jeté un jour, dans sa cellule de l'entrepôt où elle avait accouché. Le plaid dont elle s'était servie pour envelopper son nouveau-né lorsqu'elle l'avait tenu dans ses bras pour la première fois.

Elle ferma les yeux en pressant les paupières et prit une inspiration tremblante. Elle était seule, pas de bavardages pour lui changer les idées. Tout à coup, elle se sentit accablée, profondément chamboulée, sans qu'elle sache vraiment pourquoi. Pourtant, elle aurait dû être au comble de la joie, non ? Elle était là, dans la chambre où son fils dormirait bientôt. Sa quête interminable avait connu une issue heureuse, ce qu'elle n'avait jamais osé imaginer ailleurs que dans ses rêves. Ce devait être le contrecoup. Elle était nerveuse. Bien sûr, il faudrait un petit temps d'adaptation, ce ne serait pas facile, elle ne devait pas se leurrer là-dessus. Mais ensuite, tout irait de mieux en mieux. Pour elle et pour Reed. Il le fallait. Il le fallait.

Soudain, la sonnerie de son téléphone retentit. Elle se leva d'un bond et courut dans sa chambre. Elle vérifia le numéro. Inconnu. Elle décrocha en fronçant les sourcils.

– Allô ?

– Bonjour Josie, Graham Hornsby à l'appareil.

Son avocat. Josie se crispa. Quelque chose n'allait pas ? Un problème avec Reed ?

– Bonjour maître. Est-ce que tout va bien ?

– Oui, oui, tout va bien. Les formalités sont en bonne voie. J'ai rencontré les Davies ce matin.

Josie relâcha sa respiration.

– Écoutez, Josie, si je vous appelle... Bon, je ne devrais pas vous dire ça, mais...

– Quoi ?

L'inquiétude s'insinua de nouveau en elle et son cœur se mit à tambouriner plus fort.

– Est-ce que Reed va bien ?

– Oui, pardon, il est en pleine forme. Il a un match de baseball aujourd'hui. Son équipe affronte celle de Cincinnati. Il est... Il se trouve vraiment tout près de chez vous et... je ne devrais pas vous raconter tout ça, mais...

Il poussa un long soupir.

– J'ai moi-même des enfants, et des petits-enfants. Alors j'imagine très bien...

Josie battit des paupières.

– Je peux aller le voir ?

Il y eut une pause.

– Il ne faut pas qu'il vous aperçoive. Vous devez me promettre de ne pas vous montrer.

Elle hocha vivement la tête, au comble de l'excitation. Voir son fils en personne. Pas en photo, mais en personne. En chair et en os. Elle en avait des palpitations.

– Oui. Oui, je vous le promets. Je ferai en sorte qu'il ne me voie pas.

Elle l'entendit expirer dans le combiné.

– Je pourrais... avoir des ennuis s'il venait à se savoir que je vous ai donné cette information...

– Ça n'arrivera pas, je vous le promets, lui assura-t-elle en jetant un coup d'œil sur le côté. Je vais appeler mon amie Rain. Elle pourra peut-être m'aider.

– D'accord.

Maître Hornsby semblait si hésitant, partagé, comme s'il regrettait un peu ce qu'il venait de l'encourager à faire. Ce brave homme qui avait eu les larmes aux yeux lorsqu'elle lui avait raconté son combat pour retrouver son bébé. L'homme qui avait accepté de s'occuper de son dossier *pro bono* lorsqu'elle l'avait contacté sur le conseil de Zach. *Zach.* Son ventre se noua. Bon sang, il lui manquait tellement. Pourtant, c'était elle qui avait pris ses distances. C'était nécessaire, mais ça n'en restait pas moins douloureux. Zach. Il serait devenu fou s'il avait su ce qu'elle s'apprêtait à faire.

– Où joue-t-il ? s'empressa-t-elle de demander avant que maître Hornsby change d'avis.

Il lui indiqua l'adresse et elle pressa le téléphone contre son oreille comme si elle serrait le vieil homme dans ses bras.

– Merci, murmura-t-elle. Merci beaucoup.

– Tu es sûre que c'est une bonne idée, Josie ? demanda Rain en se garant sur le parking du terrain de baseball indiqué par maître Hornsby.

Celui où Reed était censé jouer.

Le parking était plein. Le match devait déjà avoir commencé. Son rythme cardiaque s'accéléra. Elle était sur le point de poser les yeux sur son fils en chair et en os pour la première fois depuis huit ans. Alors, peut-être était-ce une mauvaise idée, peut-être aurait-elle mieux fait d'attendre sagement qu'on vienne le déposer chez elle, mais leur première rencontre risquait d'être bizarre et chargée en émotions, elle ne savait pas encore comment allait réagir Reed au début et elle avait trop envie de le voir. À tel point qu'elle en avait mal. Elle voulait s'imprégner de lui sans qu'il le sache, juste quelques précieux instants volés. Ce n'était tout de même pas si grave, si ?

Elle avait raconté aux agents chargés de sa sécurité qu'elle allait faire une petite sieste, puis elle avait appelé Rain. Celle-ci était venue déposer quelque chose pour elle, en bonne voisine, distrayant les agents quelques instants pendant que Josie faisait le mur. Ensuite, elle avait retrouvé Rain plus bas sur la route. Elle avait laissé son téléphone chez elle, puisqu'il contenait un traceur GPS. En somme, cela avait demandé pas mal de subterfuges, mais le jeu en valait la chandelle. Et puis, elle ne s'absenterait que quelques heures tout au plus.

Josie tendit le cou pour apercevoir les enfants sur le terrain. Où était le sien ? Rain détacha Milo de son siège, sortit la poussette du coffre et la rejoignit.

– Prête ?

Josie hocha la tête. Elle avait expliqué à son amie ce qui se tramait. Celle-ci avait eu l'air préoccupée, mais n'avait pas essayé de la dissuader et avait suivi le GPS jusqu'à l'adresse indiquée par l'avocat.

L'entrée des gradins se trouvait sur la gauche tandis qu'un bosquet s'étirait sur la droite. Mieux valait éviter de se mêler au groupe de parents qui applaudissait dans les gradins. Les Davies devaient être venus encourager leur fils. *Son* fils.

De nouveau ce pincement au cœur. Elle posa la main à cet endroit, sur sa poitrine, comme si ce geste avait le pouvoir de faire disparaître la sensation désagréable.

– Ah zut, grommela Rain.

– Quelque chose ne va pas ?

– Mon sac. Il était juste là.

Elle se pencha et commença à fouiller sous la poussette. En se redressant, elle jeta un coup d'œil agacé en direction du parking et soupira.

– Je l'ai sûrement oublié dans le coffre de la voiture quand j'ai sorti la poussette. Il y a le goûter de Milo, mon portefeuille et tout le reste dedans. Je te retrouve ici dans une minute ?

Elle opéra un demi-tour avec la poussette et s'éloigna.

Josie acquiesça distraitement et reporta son attention sur le terrain qu'elle continua à scruter. Elle s'avança sur la pelouse irrégulière jusqu'à la clôture grillagée pour mieux voir les enfants. Soudain, son cœur s'arrêta. Le nom du joueur qui attendait sur la première base, prêt à bondir. Il lui tournait le dos et elle avait pu le lire sur son maillot. *Davies.* Son cœur se remit violemment en marche, cognant de plus en plus fort. À cet instant, la bouffée d'amour qui l'envahit jusqu'au plus profond de son âme fut si intense qu'elle faillit tomber à genoux. Elle s'agrippa au grillage et se pressa contre celui-ci, les yeux rivés sur ce petit garçon aux cheveux bruns. Le joueur qui tenait la batte frappa, manqua son coup et passa le relais. Reed se redressa et trépigna le temps que le batteur suivant s'avance sur le marbre. Il était maigre, mais grand. Le soleil illuminait ses cheveux de reflets caramel. Il avait les cheveux de son père. Josie s'imprégnait de cette image avec avidité. Tout lui paraissait merveilleux chez lui. Ses bras. Ses longues jambes. Chacun des cheveux de sa tête. Une dizaine d'autres enfants grouillaient autour de lui, et tous possédaient des bras, des jambes et des cheveux aussi, mais il y avait quelque chose dans le fait d'admirer son propre fils, l'enfant qu'elle avait conçu, qui rendait tout chez lui absurdement fantastique.

Il était là, dans ce monde, il souriait, parlait, courait, plaisantait avec ses copains, et tout ça, grâce à elle. Elle lui avait donné la vie. À cet enfant-là et pas à un autre.

Un jour, il tomberait amoureux et aurait peut-être lui aussi des enfants. La graine d'amour qu'elle avait cultivée en elle plusieurs années auparavant avait éclos et continuait à s'épanouir, sans s'arrêter, encore et encore.

Est-ce suffisant ?

Son cœur se serra. Elle était tellement collée à la clôture que l'odeur métallique du grillage lui imprégnait les narines. Elle se revit enceinte, allongée dans ce sordide entrepôt et ses épaules se contractèrent. Ce petit garçon innocent, qui dansait d'un pied sur l'autre sur le terrain, penché en avant, à présent prêt à attraper la balle avec son gant, était aussi indissociable du crime qu'elle avait subi. Elle aurait souhaité n'avoir jamais vécu un tel enfer, et en même temps, en affirmant ça, c'était comme si elle souhaitait que cet enfant qu'elle était en train de contempler – son bébé – n'ait jamais vu le jour. Non, elle ne pouvait pas nourrir de telles pensées.

– Quel beau garçon nous avons fait, hein ?

Josie se figea. Son souffle, d'abord coupé, reprit de plus belle, haché par la terreur. Cooper. *Charles.* Il se tenait juste derrière elle. Sa voix avait glissé dans son oreille, la chaleur de son corps se diffusait au sien. Soudain, une pointe appuya contre son flanc.

– Tu as envie de faire des bébés avec *moi*, Josie ? Ils seraient magnifiques aussi, tu ne crois pas ? demanda-t-il.

Sauf que cette fois, c'était Zach qui venait de parler.

Oh mon Dieu. L'horreur la transperça. Son cerveau se mit à bourdonner.

– Et comment ! lança-t-il cette fois avec la voix de monsieur Hornsby.

Ses imitations étaient impeccables. Assaillie par la honte, elle ferma les yeux de toutes ses forces et un petit gémissement lui échappa. C'était évident, que monsieur Hornsby ne l'avait pas appelée. Cet avocat si bon, si intègre. Jamais il ne l'aurait encouragée à sortir de chez elle sans protection. Le désespoir l'avait rendue idiote. Ce besoin insatiable de voir son enfant en chair et en os l'avait aveuglée, privée de tout bon sens. Séduite par cette belle promesse, elle s'était laissée embobiner.

– À m-moins que t-tu préfères f-faire un autre enfant avec *moi,* Josie ? T-tu t'es tellement bien d-débrouillée pour accoucher d-dans cet entrepôt toute seule. Une vraie guerrière.

Josie se focalisa sur son fils qui était en train de regagner le banc de touche au petit trot avec le reste de son équipe.

Il soupira, l'air tout à coup épuisé. Lorsqu'il reprit la parole, sa voix était légèrement différente de celle du Cooper qu'elle avait connu, comme s'il s'exprimait enfin en son nom propre. *Charlie. Je fais la connaissance de Charlie.* Le monstre de ses cauchemars, le responsable de ses maux et de ses cicatrices.

– Je lui ai choisi une bonne famille. Je les ai même espionnés, pour être sûr que l'homme ne soit pas un connard infidèle. Et elle, elle n'est qu'amour, un vrai rayon de soleil. Elle est bénévole au Secours populaire, non, mais tu t'imagines ? lança-t-il avec un petit rire à la fois ironique et satisfait. Ce sont de braves gens, tu ne trouves pas ? En tout cas, c'est le jour et la nuit avec ce qu'on a connu, toi et moi.

– Oui. Oui, ce sont de braves gens, confirma-t-elle.

Elle se contorsionna pour le voir, pour tenter d'établir un contact visuel, mais ne parvint qu'à entrevoir son profil à contre-jour. Le soleil aveuglant lui donnait une silhouette dorée, lumineuse. Tout à coup, un souvenir lui revint dans un flash, celui du jour où il était resté debout quelques instants, son visage encagoulé tourné vers le petit carré de lumière qu'était la fenêtre de sa prison. À l'époque, quelque chose dans cette vision lui avait semblé bizarre, sans qu'elle puisse mettre le doigt dessus. À présent, elle savait. Son inconscient avait tenté de la prévenir : le profil censé être celui de ce voisin qu'elle avait souvent croisé ne collait pas, tout simplement parce qu'il s'agissait de celui de son ami. Ou du moins de celui qu'elle avait pris pour son ami.

Il se pressa contre elle pour l'empêcher de se tourner.

– Charlie, murmura-t-elle.

Son vrai nom.

Derrière elle, elle le sentit se figer. L'avait-elle mis en colère ? Les gradins étaient bien trop éloignés pour qu'un spectateur puisse deviner ce qui se passait. Pour n'importe quel badaud qui assistait à la scène de loin, ils devaient avoir l'air d'un jeune couple venu jeter un coup d'œil au match de baseball et qui en profitait pour se bécoter contre le grillage.

– Alors comme ça, tu sais qui je suis ?

Elle hocha la tête.

– Oui, et je suis désolée, tellement désolée de ce qui t'est arrivé. Un enfant ne devrait jamais avoir à subir ça, Charlie. Tu as été victime de maltraitance.

– Je ne suis pas une victime, Josie. Tu devrais le savoir mieux que personne. *Casus belli*, tu te rappelles ?

Discrètement, elle se mit à pleurer.

– Pourquoi ? demanda-t-elle dans un souffle. Je te faisais confiance.

Il émit une sorte de hoquet.

– Ça a été mon erreur, pas vrai ? Devenir ton ami. Découvrir tous nos points communs. Après ça, je n'ai jamais pu... enfin...

Des points communs ? Non. *Non.* Ils n'avaient rien en commun. Lui, il faisait du mal aux autres, les agressait, les assassinait. Son estomac se noua. *Où est Rain ?* Pourquoi n'était-elle pas encore revenue ? Elle ne devait faire qu'un rapide aller-retour jusqu'à sa voiture. Charlie lui avait-il fait du mal ? À moins qu'elle l'ait aperçu derrière Josie en la rejoignant et ait appelé la police ?

– Et Rain ? coassa-t-elle.

– Ta copine va bien. Elle se réveillera dans quelques minutes. Son gamin est toujours attaché dans la poussette.

Soulagée, elle poussa un long soupir tremblotant.

Charlie se pencha encore plus près et, d'un doigt, se mit à lui caresser la joue puis le contour de la mâchoire.

– Est-ce que tu connais la signification de *casus belli* ?

– C'est une accusation, répondit-elle d'une voix rendue haletante par la peur.

Elle visualisa les lettres gravées dans sa cuisse, cicatrices roses au bord déchiqueté. Ces mots feraient à jamais partie d'elle.

– Mmh, fit-il. Oui, mais c'est plus que ça, ma douce Josie. C'est la dénonciation d'un acte si grave qu'il peut déclencher une guerre. Eh bien, devine quoi ? Le combat final est terminé. Comme dans toute guerre, il y a eu de nombreuses victimes. Certaines plus malheureuses que d'autres...

Il pressa son visage contre ses cheveux et inspira. Puis il s'écarta et reprit avec un débit plus lent.

– Tu le crois, ça Josie ? Même moi, je trouve que certaines de ces victimes n'ont pas eu de chance.

– Oui, murmura-t-elle.

Non. Je ne sais pas. Il fallait à tout prix qu'elle garde les idées claires, qu'elle continue à le faire parler jusqu'à ce qu'elle ait trouvé un moyen de lui échapper.

– Que veux-tu dire par « combat final » ?

Pitié, pas Reagan.

– Où est Reagan, Charlie ? S'il te plaît, dis-le-moi.

Il garda le silence, comme s'il réfléchissait. Josie retint son souffle.

– J'imagine que le fait que Reagan soit condamnée à passer le restant de ses jours avec un mari à peu près aussi intéressant qu'un *tas de cailloux* constitue une punition assez sévère, railla-t-il avec la voix de Cooper, exactement le même timbre.

Il rit doucement dans son oreille.

– Même la nuit la plus sombre prendra fin et le soleil se lèvera, chuchota-t-il, déposant son souffle chaud sur sa peau.

Puis il retrouva la voix de Charlie.

– C'est très juste, tu ne trouves pas ?

Il s'interrompit de nouveau et changea de position.

– C'est la dernière fois qu'on se voit, tu en es consciente, pas vrai ?

– Quoi ? demanda-t-elle dans un souffle.

Il désigna le terrain où Reed s'apprêtait à prendre la batte. Le ventre de Josie se noua.

– Il ne deviendra pas comme moi, murmura-t-il comme s'il s'adressait à lui-même.

Soudain, la pression de l'objet pointu avec lequel il la menaçait disparut. Il lui ouvrit la main et déposa quelque chose dans sa paume.

– Je suis de ton côté, Josie, exactement comme le jour où je t'ai regardée sortir par cette petite fenêtre, il y a huit ans.

À ces mots, il s'éloigna sans demander son reste, comme le suggéra le bruissement de la végétation du petit bosquet, derrière Josie. En moins de dix secondes, le bruit de ses pas avait disparu.

Elle fit volte-face, le cœur tambourinant comme un fou. La panique courait toujours dans ses veines. Lorsqu'elle rouvrit la main, elle laissa échapper un hoquet de surprise. C'était une copie identique du petit gadget qu'elle avait utilisé pour se libérer, dans cet entrepôt. « *Je suis de ton côté, Josie.* » Incrédule, elle enfonça la partie mobile sous le socle et le personnage s'effondra, puis se redressa.

S'effondra et se redressa.

S'effondra et se redressa.

CHAPITRE 44

– Eh, Cope, j'ai un agent du poste numéro trois qui veut te parler, sur la ligne un, lança le responsable du standard téléphonique à Zach qui passait à sa hauteur.

Lui qui était en chemin pour aller réchauffer son café froid dans la salle de pause n'eut plus qu'à faire demi-tour et regagner son bureau.

– Merci.

Il reposa sa tasse au beau milieu des piles de dossiers et décrocha la ligne un.

– Copeland à l'appareil.

– Inspecteur Copeland, agent Leone du poste trois. Josie Stratton est ici, avec nous.

Zach se redressa d'un coup sur sa chaise.

– Josie Stratton est sous protection rapprochée, chez elle à Oxford.

– Euh, oui. Écoutez, le mieux, c'est que je vous passe madame Stratton. Elle vous expliquera. C'est le branle-bas de combat, tous nos effectifs sont à la recherche du suspect. J'ai lancé un appel à toutes les unités de la ville avant de composer votre numéro.

Du suspect ?

Le cerveau de Zach frôlait la surchauffe. *Mais bordel, qu'est-ce qui se passe ?*

– Zach ?

La voix de Josie.

– Est-ce que tu vas bien ? aboya-t-il, plus sèchement qu'il ne l'aurait voulu.

– Oui. Je vais bien. Maintenant. Maintenant, je vais bien.

Elle lui expliqua comment Charles Hartsman avait usurpé l'identité de son avocat pour la convaincre de se rendre au bord du terrain de baseball où Reed jouait un match. Il avait réussi à subtiliser le sac à main de son amie Rain, puis à immobiliser celle-ci au moment où elle était venue le rechercher dans sa voiture. Ensuite, Josie lui raconta qu'il avait surgi derrière elle en lui faisant croire qu'il tenait une arme pressée contre son flanc et lui répéta ce qu'il lui avait dit avant de disparaître à la vitesse de l'éclair.

– Bordel de merde ! hurla Zach en se levant. D'accord.

Il tenta de reprendre son sang-froid avec une grande inspiration. Josie allait bien. Il l'entendait à sa voix. Inutile de perdre du temps à imaginer les pires scénarios qui auraient pu se produire. Non, ça, pas question. Toutefois, il ne put réprimer le frisson qui lui remonta tout le long de l'épine dorsale. Charles Hartsman aurait pu la tuer, là, en plein jour, alors qu'elle regardait son petit garçon jouer au baseball derrière cette clôture.

Pourtant, il ne l'avait pas fait. Il ne l'avait pas fait. *Bon sang, qu'est-ce qui l'a empêché de passer à l'acte ?*

– Je suis désolée, Zach, murmura-t-elle. J'aurais dû me douter que ça ne pouvait pas être maître Hornsby. J'aurais dû comprendre la supercherie. C'est juste que j'étais si... Oh là là, je suis tellement désolée.

– Tout va bien. Tu vas bien. Tout le monde va bien, affirma-t-il en s'efforçant lui-même de se détendre. Tu disais qu'il a prononcé une citation ?

Il faisait allusion à ce que Charles avait déclaré lorsque Josie lui avait demandé où était Reagan.

– Oui.

Elle marqua une pause, comme si elle essayait de se rappeler les termes exacts.

– En tout cas, ça m'avait tout l'air d'une citation. « La nuit prendra fin et le soleil se lèvera », quelque chose comme ça.

– D'accord. Attends une minute.

Zach se rassit derrière son ordinateur et ouvrit le moteur de recherche.

Il entra la phrase qu'elle venait de prononcer et obtint aussitôt de nombreux résultats, tous identiques. Une citation de Victor Hugo : « Même la nuit la plus sombre prendra fin et le soleil se lèvera. »

– Beau boulot, Josie. Maintenant, écoute. Des agents vont te ramener chez toi et je veux que tu ne bouges plus, d'accord ? Promets-le-moi.

– Je te le promets.

– Je t'appelle dès que j'ai du neuf.

– D'accord. Merci.

Un silence gêné s'ensuivit. Il y avait tant de choses qu'il brûlait de lui dire. Il avait envie de la secouer une bonne fois, puis de la serrer dans ses bras pour ne plus jamais la lâcher. Mais c'était impossible. Et puis, le moment était mal choisi pour les grandes déclarations.

– Je t'appelle.

Après avoir raccroché, il continua à étudier son écran. Quel était le rapport entre cette citation et Reagan ? *Victor Hugo.* Tout à coup, il se leva brusquement et son cœur se mit à battre de plus en plus vite. Il venait d'avoir une idée. Non loin du campus, il y avait une rue appelée Victor Street au bout de laquelle se trouvaient des maisons abandonnées.

Il empoigna son téléphone et passa plusieurs coups de fil pour demander qu'on passe au peigne fin chaque maison inhabitée de Victor Street.

Nom de Dieu, et s'il avait mal déchiffré cet indice ? Ça n'avait peut-être aucun lien. Il en avait le tournis. Ce psychopathe s'était fait passer pour l'avocat de Josie. Avec tellement de brio que Josie n'avait pas douté un seul instant de lui. *Comment avait-il fait ?* S'était-il rendu au tribunal pour observer l'avocat en pleine audience ? Ce type était un putain de génie. Où diable avait-il appris ça ? Était-ce grâce à cette faculté de se mettre dans la peau d'autres personnes qu'il avait tenu bon, à l'époque où il s'était retrouvé enchaîné dans ce cagibi, affamé et seul ? *Bon sang.*

« *Casus belli.* » Josie avait fait allusion à cette expression ; qu'avait-elle expliqué ? Il ouvrit une nouvelle page sur son navigateur et lança une recherche sur ces mots. Oui, c'était une façon de jeter le blâme sur quelqu'un, mais comme Charles Hartsman l'avait souligné, *casus belli* désignait avant tout un acte qui justifiait le déclenchement d'une guerre. « *Le combat final est terminé* », avait-il annoncé à Josie. Que voulait-il dire par là, bon Dieu ? Reagan ? Oui, mais apparemment, il leur avait livré un indice sur le lieu où celle-ci était séquestrée. À moins que ce soit sa façon de leur indiquer qu'elle était morte et que l'indice ne serve qu'à leur indiquer où les attendait le corps. Cependant, s'ils la retrouvaient en vie…

Cet ultime affrontement avait eu lieu ailleurs.

Si les maîtresses du professeur n'étaient pas impliquées dans ce combat final, alors, en toute logique, c'était le professeur lui-même que Charles Hartsman s'était réservé pour la fin.

Mais le professeur n'avait pas quitté sa maison depuis une semaine. Du moins, c'était ce que les agents en faction devant chez lui avaient rapporté. Zach lui-même pouvait en témoigner puisqu'il lui avait parlé depuis son perron quelques jours plus tôt. Soudain, il se figea, traversé par une révélation.

Il ne l'avait pas vu.

Il lui avait juste parlé.

Merde, merde, merde ! Et si c'était à Charles Hartsman en train d'usurper l'identité du professeur et non à Vaughn Merrick qu'il s'était adressé à travers la fenêtre ? Et si c'était bien Charles Hartsman – comme il le soupçonnait – que Dawn Parsons avait vu rôder autour de l'ancienne maison des Merrick ? Et s'il avait localisé la nouvelle adresse du professeur et s'y était rendu tout de suite après avoir découvert leur ancienne demeure vide ? *Nom de Dieu !* Aussitôt il se releva et se précipita vers la porte. Il faillit entrer en collision avec Jimmy, qui rentrait justement de sa pause déjeuner. Ce dernier le dévisagea, l'air surpris.

– Eh ! Je viens d'entendre que...

– Viens, on fonce ! Je crois que la vie du professeur est en danger, s'il n'est pas déjà trop tard.

– Attends... quoi ? s'écria Jimmy en lui emboîtant le pas vers sa voiture.

Tandis que Zach roulait pleins gaz en direction de la maison du professeur, il raconta à Jimmy les derniers rebondissements survenus au cours de la demi-heure qui venait de s'écouler, pendant la très courte pause déjeuner de son partenaire.

– Nom de Dieu ! s'exclama Jimmy en lui jetant un coup d'œil depuis le siège passager. C'est lui, sa victime ultime. *Casus belli.* Le professeur a commis l'acte qui a déclenché la guerre. C'est par lui que tout se termine.

– Oui, et si nous intervenons là-bas assez vite, il nous reste peut-être une chance de le coincer.

Hélas Zach n'avait pas un bon pressentiment. « *Le combat final est terminé.* »

Terminé.

Zach se gara juste en face de la maison du professeur. Jimmy et lui bondirent du véhicule. Zach courut jusqu'à la voiture banalisée stationnée de l'autre côté de la rue. Un agent différent de celui de la semaine précédente faisait le planton derrière le volant. Zach lui montra son insigne et se présenta.

– Ça remue toujours, là-dedans ?

L'agent secoua la tête.

– Plus rien depuis la semaine dernière. On dirait que le gars se planque. J'ai entendu qu'il avait été viré de l'université.

« Le combat final. » Le cœur de Zach battait à tout rompre.

– J'ai des raisons de penser que quelque chose ne tourne pas rond là-dedans, expliqua-t-il. Je vais entrer. Vous pouvez rester ici et assurer nos arrières ?

– D'accord. Tout ce que vous voudrez, répondit l'homme, l'air stupéfait.

Zach repartit, toujours au pas de course, et rejoignit Jimmy qui l'attendait devant chez le professeur.

– Allons-y.

Ils gravirent les marches du perron et frappèrent sans ménagement à la porte. Aucune réponse.

– Ouvrez, professeur, cria Zach en redoublant les coups.

Il lui laissait une dernière chance de venir ouvrir, au cas où il était en train de dormir ou se trouvait dans une pièce plus éloignée.

Au bout de quelques instants, une sorte de gémissement leur parvint. Celui-ci provenait indubitablement de quelque part dans le fond de la maison. Jimmy et Zach échangèrent un regard. *Merde.*

Ils dégainèrent tous les deux leurs armes.

– On enfonce la porte ? demanda Jimmy.

Ils n'avaient pas le temps d'appeler les renforts. Pas le temps d'attendre l'intervention des forces spéciales. Zach adressa de grands signes à la voiture banalisée, dans l'espoir que l'agent comprenne le message et rameute une équipe d'intervention. Puis il considéra la serrure de type standard. Plutôt robuste, mais rien qui ne puisse résister à un bon coup de pied.

– Oui, c'est parti.

– Je te laisse t'en occuper, déclara Jimmy. Moi je suis la tête, toi les muscles.

Malgré l'adrénaline qui courait dans son système, Zach décocha un regard sarcastique à son partenaire avant de prendre de l'élan et de jeter un violent coup de pied à la porte. Le bois vola en éclats et le battant s'ouvrit.

– En un coup. Bien joué, Hercule, lança Jimmy.

Ils se mirent tous les deux à couvert de chaque côté de l'entrée. Zach leva son arme et sécurisa le hall.

– Police de Cincinnati !

Pendant un moment, seul le silence lui répondit, puis une espèce de gémissement s'éleva de nouveau au loin, suivi d'un coup sourd. Zach jeta un coup d'œil à Jimmy qui hocha la tête.

Zach s'engouffra à l'intérieur et sécurisa la zone, Jimmy sur les talons. Le geignement provenait d'en bas. Ils traversèrent la maison en employant les tactiques dont ils avaient acquis la maîtrise à l'époque où ils portaient l'uniforme. L'adrénaline continuait à affluer dans les veines de Zach. Il avait le souffle de plus en plus court. Son corps se préparait au combat.

Du menton, Jimmy désigna une porte à côté de la cuisine. En effet, c'était de là que semblaient provenir les coups sourds. Il ouvrit la porte et ils s'écartèrent tous les deux.

– Police de Cincinnati ! tonna Jimmy en direction de l'escalier.

Il risqua un coup d'œil par l'embrasure, reprit sa position et tendit la main pour appuyer sur un interrupteur.

– La voie est libre, lança-t-il à Zach.

Ils descendirent les marches sans cesser de s'annoncer. Une fois en bas, ils balayèrent la pièce dans toutes les directions, armes au poing.

Ils contournèrent la cage d'escalier et pénétrèrent dans une grande cave inachevée. Une puanteur indescriptible frappa Zach aux narines et il eut un mouvement de recul.

Son cœur se souleva devant la scène qui se déployait sous leurs yeux. Il ravala un haut-le-cœur et s'avança vers la forme humaine qui était assise, recroquevillée contre le mur, une main enchaînée derrière le dos, gémissant piteusement.

Le professeur Merrick.

Son visage s'était transformé en masque de sang à moitié séché, comme s'il avait été écorché vif. Il n'avait plus de nez, seuls deux orifices béaient au milieu de son visage. Zach fut de nouveau pris d'un haut-le-cœur à cause de l'odeur d'urine et de matières fécales. De toute évidence, l'homme croupissait dans cet état depuis plusieurs jours, si ce n'est plus. Quelques bouteilles d'eau traînaient à côté de lui, certaines vides, d'autres encore pleines. De quoi l'hydrater et le maintenir en vie en attendant qu'il soit retrouvé.

Nom de Dieu.

Au-dessus de leurs têtes, des bruits de pas et des appels retentirent. La cavalerie. Lorsque Zach se tourna pour signaler leur présence, il remarqua une inscription sur le mur. Les mots semblaient avoir été écrits avec le sang du professeur : *Bellum finivit.* Zach ne connaissait qu'une poignée de mots latins, mais la traduction de ceux-ci n'était pas très difficile à deviner.

La guerre est finie.

Zach appela les agents qui étaient en train d'investir le rez-de-chaussée. Il leur confirma que les lieux étaient sécurisés et qu'ils pouvaient appeler une ambulance. Le professeur avait besoin de soins médicaux de toute urgence.

– Cope ! héla l'un des agents. On a retrouvé Reagan Hutchinson enchaînée dans l'une des maisons abandonnées de Victor Street. Elle est vivante, juste un peu déshydratée et affamée. On est en train de la transférer à l'hôpital. Elle va bien. On s'occupe d'elle.

CHAPITRE 45

Zach avait les yeux rivés sur la porte. Lorsque celle-ci s'ouvrit, son cœur exécuta un triple salto. Il se leva, imité par monsieur et madame Davies et leur avocate. Josie entra en premier, suivie de son avocat. Zach tenta d'établir un contact visuel avec elle, mais elle garda la tête baissée. Son expression était indéchiffrable, quelles que soient ses émotions, elle ne laissait rien filtrer. Il eut un pincement au cœur. Il mourait d'envie de tendre une main vers elle, de la toucher. Deux jours plus tôt, il avait emmené Josie à l'hôpital, où elle avait craqué au chevet de Reagan. Les deux femmes s'étaient longuement étreintes en pleurant et riant à la fois, jusqu'à ce que le médecin de Reagan fasse irruption pour leur rappeler qu'elle avait besoin de repos. Hormis cela, Zach avait été emporté dans la frénésie qui avait suivi la disparition de Charles Hartsman, le crime commis à l'encontre du professeur et toutes les répercussions qui s'étaient abattues sur leur département tel un ouragan.

Les rares fois où il avait sorti la tête hors de l'eau, il avait appelé Josie, mais c'était son amie Rain qui avait décroché. Elle lui avait appris en baissant la voix que Josie allait bien, mais qu'elle dormait beaucoup. Rain séjournait chez elle temporairement, elle lui avait aussi confié d'un ton hésitant qu'elle entendait Josie faire les cent pas dans sa chambre jusqu'aux petites heures de la nuit.

Cette information avait brisé le cœur de Zach. Cela avait fait remonter un souvenir de l'époque où il montait la garde devant sa chambre d'hôpital. Un soir, tard, il l'avait vue faire les cent pas, à travers les interstices du store de la fenêtre qui donnait sur le couloir. Tandis qu'il la regardait enchaîner ainsi les allers-retours, il lui avait tout à coup semblé normal qu'après des mois passés enchaînée et privée de liberté, elle éprouve le besoin de se lever et de bouger. Cette prise de conscience lui avait fendu le cœur aussi. Ce soir-là, une infirmière avait déboulé dans sa chambre pour la sermonner et lui avait ordonné de regagner son lit. *Laissez donc cette pauvre femme en paix*, avait-il pensé. *Accordez-lui au moins cette petite faveur.* À cet instant, il avait tellement eu envie d'entrer dans cette chambre pour lui offrir… un peu de réconfort, quelque chose, n'importe quoi. Cependant ce n'était pas son rôle, lui n'était qu'une simple sentinelle.

Mais aujourd'hui… *aujourd'hui*, il avait désespérément besoin d'être là pour elle, d'être celui qui la soutiendrait pendant ces heures de la nuit où tous les maux semblaient s'accentuer, et il la laisserait faire les cent pas si elle en avait envie. Bon sang, il était même prêt à marcher avec elle, si ça pouvait l'aider. Hélas, il baignait jusqu'au cou dans les suites de son enquête. Et elle, elle était en train de se préparer à accueillir son fils chez elle.

Il lui était reconnaissant d'avoir tenu à ce qu'il soit présent ici. Son avocat l'avait appelé dans la matinée pour lui apprendre qu'elle avait demandé à rencontrer les Davies. Il savait qu'elle voulait effectuer toutes les mises au point concernant l'emménagement de son fils Reed chez elle et, même si son propre combat intérieur faisait toujours rage, il ne pouvait pas la blâmer. Josie avait tout perdu, elle s'était battue pour vivre, non pas une, mais deux fois, alors bon sang, elle méritait bien un peu de bonheur. Une famille. Un être à chérir.

Non, Zach ne pouvait pas la blâmer. Il l'aimait.

Josie prit place autour de la table et posa les mains sur ses genoux. Elle était pâle, tremblante, et Zach dut déployer de gros efforts pour ne pas se lever et la rejoindre.

Elle se tourna vers Emery Davies.

– Lui avez-vous déjà parlé ? De son adoption ?

Les joues de la jeune femme se colorèrent et elle secoua la tête.

– Non, je...

Elle jeta un coup d'œil à son mari.

– Nous allions le faire, puis nous avons appris ce qui vous était arrivé, avec son père biologique, répondit-elle, les larmes aux yeux. Je suis tellement désolée, Josie. Nous avons prié si fort pour vous.

Elle marqua une pause et déglutit.

– J'espère que vous comprenez notre inquiétude sincère, reprit-elle en s'éclaircissant la voix, comme si elle avait beaucoup de mal à réprimer un sanglot. Tout cela a un peu détourné notre attention, mais nous allons le faire. Nous allons lui en parler ce soir.

Josie baissa les yeux ; ses cils formèrent de petits croissants noirs sur ses pommettes.

– Non, lâcha-t-elle d'une voix étranglée.

Puis elle échangea un regard avec son avocat, comme si elle était incapable de prononcer un mot de plus.

L'homme se tourna alors vers les Davies et sortit une chemise cartonnée de son porte-documents. Il l'ouvrit et en sortit un paquet de feuilles agrafées.

– Madame Stratton a procédé à la rédaction de documents légaux à travers lesquels elle renonce à tous ses droits parentaux.

Le sang de Zach se figea dans ses veines. Droite comme un « i », Josie ne laissait toujours rien transparaître sur son visage.

Madame Davies porta une main à sa bouche.

– Comment ? Pourquoi ?

– Madame Stratton estime qu'il est dans l'intérêt de Reed que vous continuiez à l'éduquer. Elle a déjà signé ces documents. Tout ce qu'elle vous demande, c'est de lui envoyer une photo ainsi qu'un petit résumé chaque année à l'adresse qui figure dans le dossier.

Madame Davies fondit en larmes. Son mari, qui luttait visiblement pour ne pas craquer lui aussi, se pencha vers elle et passa un bras autour de ses épaules.

– Oui, sanglota-t-elle. Oui, bien sûr. Bien sûr.

Le couple se leva. Madame Davies s'approcha de Josie, s'agenouilla et la serra dans ses bras.

– Merci. Oh, merci. Nous l'aimons tellement. Merci.

Josie resta stoïque, le dos raide tandis qu'elle se laissait étreindre par cette femme, sans toutefois lui rendre son étreinte. Lorsque madame Davies se releva, Josie lui adressa tout de même un petit sourire et un signe de tête.

– Merci à vous, murmura-t-elle.

– Une dernière chose, intervint l'avocat. C'est vous, bien entendu, en tant que parents, qui déciderez du moment opportun pour évoquer avec Reed son adoption. Au cas où cela s'avérerait nécessaire, vous trouverez dans cette chemise le dossier médical de madame Stratton, ainsi qu'une copie de l'acte de naissance de son père biologique tel qu'il a été émis par la ville de Cincinnati. Il y a également une lettre que madame Stratton a rédigée pour votre fils et qu'il pourra lire lorsque vous jugerez le moment venu. Nous pouvons à présent clôturer cette réunion, conclut-il avec un regard soucieux en direction de sa cliente.

Josie se leva, légèrement chancelante. L'avocat la prit par le coude et ils se dirigèrent tous les deux vers la porte. Madame Davies se jeta dans les bras de son mari et ils continuèrent à pleurer en silence.

Josie et son avocat quittèrent le bureau. Zach leur emboîta le pas et les rattrapa devant l'ascenseur. Il héla Josie.

Elle se tourna, l'air accablée par le chagrin. Il ne put plus respirer.

– Josie.

Ses lèvres tremblaient, mais elle parvint à esquisser un petit sourire courageux.

– Accorde-moi encore un peu de temps, Zach, dit-elle, la voix éraillée par la douleur.

Il recula d'un pas. Tous les muscles de son corps lui faisaient mal, y compris son cœur. C'était atroce. Les portes de l'ascenseur s'ouvrirent en tintant et elle monta dans la cabine en compagnie de son avocat, ce gentil vieux monsieur que Zach lui avait lui-même recommandé. Lorsque les portes commencèrent à se refermer, les jambes de Josie cédèrent et elle fondit en sanglots. Son avocat la soutint.

Zach se précipita vers l'ascenseur. Trop tard, les portes étaient closes. Du plat de la main, il frappa les panneaux de métal froid, lacéré par la frustration et la douleur. L'impuissance.

Au bout d'un moment, il s'éloigna, s'arrêta devant la baie vitrée et jeta un coup d'œil en bas. Sur le parking, il vit l'avocat escorter Josie jusqu'à sa voiture, la soutenant par la taille. Il était évident qu'il devait pratiquement la porter. Elle avait tenu le plus longtemps possible avant de laisser le barrage qui contenait son chagrin céder.

Il regarda s'éloigner la voiture à bord de laquelle était montée la femme la plus courageuse qu'il connaisse, cette mère formidable qui, par amour et par altruisme, avait laissé partir son fils. *Deux fois.*

CHAPITRE 46

Cher Reed,

Je m'appelle Josie Stratton et je suis ta mère biologique. Je suis certaine que tu es désormais au courant de ta naissance tout sauf banale. Quand j'y repense, je me demande encore comment nous y sommes arrivés. Bien qu'au fond, cela ne m'étonne pas tellement, car vois-tu, de tout ce qui m'est arrivé dans la vie, c'est toi qui as été ma plus grande source de motivation, pour continuer à me battre, pour aller de l'avant, pour m'améliorer, pour devenir plus forte, plus courageuse, tout cela pour que le jour où nous serions amenés à nous rencontrer, tu sois fier de moi.

Je sais à quel point ta maman et ton papa t'aiment, ils donneraient leur vie pour toi. Je l'ai lu dans leurs yeux le jour où je les ai rencontrés, et cela m'apportera toujours un grand réconfort. Cependant, je veux que tu saches qu'avant même qu'ils t'aient tenu dans leurs bras et accueilli dans leur cœur et dans leur foyer, tu étais déjà aimé, d'un amour profond et inconditionnel. Surtout, n'en doute jamais, pas une seule seconde.

Je n'ai pas reçu la meilleure éducation, ta maman et ton papa te l'ont peut-être expliqué. Il m'a fallu longtemps pour comprendre ce qu'était réellement l'amour, parce que les exemples que j'avais eus n'en étaient pas. C'est toi, mon précieux petit garçon, qui m'as enfin permis de comprendre la véritable signification de ce mot. Au bout du compte, c'est cette découverte de l'amour qui m'a permis d'accepter de te laisser partir. J'espère que de tout ton cœur tu pourras le sentir et le comprendre.

Tu resteras à jamais le cadeau le plus précieux que la vie m'ait fait. Je t'aimerai jusqu'à mon dernier souffle et au-delà.

Josie

CHAPITRE 47

La ville était toujours en état d'alerte. L'affaire Charles Hartsman faisait la une des journaux tant locaux que nationaux tandis que la traque du désormais tristement célèbre tueur en série se poursuivait. Pour l'heure, malheureusement, ils n'avaient plus aucune piste. L'homme semblait s'être volatilisé, ce qui était à la fois terrifiant et déconcertant dans la mesure où il n'avait jamais eu que des petits boulots mal payés. Dès lors, comment allait-il financer une vie de cavale ? Cela rongeait Zach.

Ils avaient découvert que l'emploi le plus récent de Charles Hartsman était un poste d'agent d'entretien à l'université de Cincinnati. Personne ne semblait capable de décrire l'homme, si ce n'est qu'il était de nature réservée, qu'il avait souvent une casquette de baseball vissée sur le crâne et la tête baissée. Encore un rôle qu'il avait endossé, celui d'un homme pratiquement invisible, mais un rôle qui lui avait permis d'observer le professeur, de se tenir informé de ses aventures les plus récentes. Il avait tué ces femmes, non seulement parce qu'elles étaient selon lui coupables, mais aussi parce qu'elles faisaient partie d'un plan beaucoup plus vaste. Il était allé jusqu'à planifier le moment où l'on découvrirait leur cadavre afin de conduire la police tout droit jusqu'au professeur Merrick, au terme d'un jeu de piste macabre.

Il n'avait pas fait profil bas pendant huit ans : il avait continué à tuer chaque fois qu'il en avait eu l'opportunité, mais il avait surtout manigancé et mis sur pied tout le dispositif qui avait mené à la ruine complète de l'homme qu'il considérait comme le responsable ultime de tous ses malheurs.

Zach pensa au professeur et grimaça intérieurement, comme à chaque fois que la vision jaillissait dans son esprit et que ses pensées le ramenaient dans cette cave sombre où Vaughn Merrick avait été écorché vif et laissé *en vie* au lieu d'être assassiné. Tel était le combat final de Charles Hartsman qui devait s'imaginer qu'il avait gagné, du moins, Zach le supposait-il. La carrière du professeur était ruinée, il avait quitté l'université en disgrâce, sa famille l'avait abandonné, et jusqu'à la fin de ses jours, les gens considéreraient avec effroi et dégoût son visage mutilé, couvert de cicatrices. Zach frotta sa barbe de trois jours.

– Cope ! Il y a quelqu'un à l'accueil qui demande à te parler, lança l'un de ses collègues, qui regagnait son propre bureau.

Zach soupira. Encore la presse, sans doute. Bon sang, ce qu'il était fatigué. Il était sur tous les fronts depuis des semaines, se nourrissant principalement de caféine et d'adrénaline, en plus de déployer des efforts démentiels pour accorder à Josie le temps qu'elle lui avait demandé.

Josie.

Son cœur se contracta douloureusement. Nom de Dieu, elle lui manquait tellement.

Il se dirigea vers l'accueil où l'attendaient une belle femme dans la trentaine et une autre âgée de quelques décennies de plus, mais tout aussi belle. Toutes deux étaient vêtues de manière très modeste, tout en sobriété, même si de luxueux bijoux rutilaient à leurs oreilles et à leurs doigts et que le sac à main à leur épaule portait la griffe de grands couturiers. Sûrement pas des journalistes. Cela piqua sa curiosité.

La plus jeune des deux s'avança vers lui.

– Inspecteur Copeland ?

– Oui.

Il leur serra la main.

– Y a-t-il un endroit discret où nous pourrions discuter ?

Zach les invita à le suivre dans une salle voisine et à s'y asseoir.

– Non, merci, répondit la plus jeune. Ce ne sera pas long.

Puis elle jeta un coup d'œil à sa compagne plus âgée et se lança.

– Cet homme, que l'on voit partout aux infos... Charles Hartsman, c'est ça ?

Zach fronça les sourcils et s'appuya contre le bureau derrière lui.

– Oui ?

– Ma mère, ici présente, vient de m'avouer qu'elle le fréquentait depuis quelques années.

Le fréquentait ? Les joues de la concernée s'empourprèrent. *Ah.*

– Il m'a raconté qu'il était un immigré italien et qu'il avait fui son pays natal pour venir vivre ici en Amérique. À son arrivée, il avait à peine plus qu'une chemise sur le dos. Il était très convaincant, précisa-t-elle en rougissant encore plus, le regard fuyant.

Sa fille toussota.

– Venez-en au fait, mère.

– Eh bien, c'est-à-dire...

– Oh pour l'amour du ciel ! Elle s'est complètement fait embobiner par ce type, voilà. Il l'a volée avant de disparaître dans la nature.

– Volée ? demanda Zach en les dévisageant tour à tour.

– Oui, reconnut la mère, le regard empreint de honte. Deux millions de dollars.

Zach considéra les deux femmes avec une certitude croissante. Charles Hartsman était parti depuis longtemps, et son petit doigt lui disait que d'autres femmes ne tarderaient pas à se manifester avec des récits similaires. Ces huit dernières années n'avaient pas uniquement été consacrées à la planification de la chute du professeur Merrick. Il avait aussi préparé sa propre fuite.

« *C'est la dernière fois qu'on se voit* », avait-il dit à Josie.

« *Le combat final est terminé.* »

« *La guerre est finie.* »

Plus tard, Zach avait retrouvé son bureau et le soleil commençait à décliner dans le ciel. Il était toujours entouré par le bourdonnement ténu des autres enquêteurs qui continuaient à s'affairer pour rendre justice aux victimes et mettre un terme à cette histoire, pour que les citoyens de Cincinnati puissent tourner la page.

Justice n'avait pas été rendue à Josie ni à sa mère, pas plus qu'à Marshall Landish ni aux femmes que Charles Hartsman avait torturées et assassinées, faisant d'eux tous les soldats involontaires de la guerre qu'il avait fomentée dans son esprit malade et tordu.

Au fond, médita Zach, peut-être livrait-on tous une guerre en nous. Un combat susceptible de nous emprisonner dans le passé ou au contraire de nous permettre d'avancer librement vers l'avenir. Il songea aux combats de Josie. Puis aux siens.

Cet instinct protecteur, ce besoin viscéral de réparer tous les malheurs du monde. Il savait d'où il tenait ça et il l'admettait : de sa culpabilité d'être en vie alors que son petit frère ne l'était plus. Car c'était lui, Zach, l'étranger – même si personne ne lui avait jamais donné l'impression d'en être un – qui aurait dû y rester, et pas Aaron. C'était une déformation de l'esprit, il en était conscient. C'était irrationnel, même. Mais, bon sang, c'était fou comme les idées que l'on se faisait de soi-même, qu'elles soient irrationnelles ou pas, pouvaient influencer nos choix, alimenter nos peurs, notre insécurité et notre culpabilité. Et, lorsque cela devenait trop difficile à supporter, alors on rejetait tout ça sur les autres.

Comme l'avait fait Charles Hartsman.

Casus belli.

Dans un soupir, Zach se leva et rangea son bureau en vitesse avant de se diriger vers la porte. Une nouvelle journée de vingt-quatre heures s'achevait et il était sur les rotules.

Une belle soirée d'été l'accueillit, avec sa chaleur agréable et son ciel inondé de nuances de rose et d'orange. Tant de beauté pour ce monde brisé. Tandis qu'il regagnait sa voiture, un air de musique retint son attention, de la... country ? Son pouls s'emballa, il releva la tête et son cœur s'arrêta net. *Josie.*

Elle était là, appuyée à sa voiture, portière côté passager ouverte et musique country plein tube à la radio. Elle portait un short en jean et un chapeau de cow-girl.

– On m'a dit que je trouverais un cow-boy ici, dit-elle avec un sourire aux lèvres, mais de l'anxiété dans le regard.

Zach se rapprocha, le ventre noué. Qu'est-ce qu'elle était belle. Tout son être, jusque dans la moindre particule, avait envie d'elle. La dévorant du regard, il lui adressa un signe du menton avec un air faussement bourru.

– Alors comme ça, on cherche un cow-boy, ma petite dame ?

Elle laissa échapper un rire, puis détourna brièvement le regard avant de le ramener sur lui. Timidement.

– Salut, Zach. Comment vas-tu ? demanda-t-elle en prenant appui sur la voiture pour se redresser.

– Bien. Je vais bien. Et toi ?

Elle s'humecta les lèvres et son sourire s'évanouit.

– Bien aussi.

Zach étudia ses traits. Elle en avait l'air, en tout cas. Bon sang, oui. Il décela une certaine... sérénité dans son regard, ce qui le surprit au plus haut point. Une fois de plus, il était épaté par la force de cette femme incroyable.

– Merci de, enfin tu vois, de m'avoir laissé du temps. La situation était un peu trop...

Elle haussa les épaules, puis émit de nouveau un petit rire, bien qu'un éclair de douleur traverse son regard.

– ... intense. Tu comprends ?

Intense.

Oui, c'était le bon mot. Tout à coup, le souvenir de ces quelques minutes dans le cabinet de l'avocat, le sacrifice qu'elle avait fait pour son petit garçon, lui revint.

– Ce que tu as fait, Josie, dit-il en secouant la tête, pour Reed... C'est tellement courageux.

Le chagrin assombrit brièvement son visage, mais elle parvint à sourire malgré tout.

– Si tu as envie qu'on en parle un de ces jours...

Tout à coup, il se sentit mal à l'aise, comme si en amenant ce sujet douloureux sur la table, il risquait de la faire fuir alors qu'il était si heureux – soulagé – qu'elle se tienne là, devant lui.

Au lieu de quoi elle le regarda droit dans les yeux et acquiesça.

– Oui, répondit-elle en inclinant la tête. J'aimerais qu'on fasse ça. On pourrait peut-être dîner ensemble.

Son cœur s'emballa.

– Oh oui, j'adorerais.

– Est-ce que tu penses à elle, parfois ? demanda-t-elle tout à coup, en baissant la voix, l'air vulnérable. À ta mère biologique, je veux dire ?

Il la dévisagea, lut dans son regard qu'elle lui ouvrait son cœur.

– Oui. Oui, je pense à elle. Et je lui suis très reconnaissant. Très, très reconnaissant.

Elle hocha la tête en se mordillant la lèvre inférieure, puis elle prit une grande inspiration tremblotante. Était-ce suffisant ? Sa réponse suffirait-elle à apaiser Josie ? Il l'observa pendant quelques instants, se demandant si elle allait poursuivre sur cette voie, mais non.

Une longue minute de silence embarrassé s'ensuivit.

– Archie est passé me voir il y a quelques jours, déclara-t-elle d'une voix détachée.

Les muscles de Zach se tendirent. Il s'apprêta à réagir vivement, à lui demander si la police continuait toujours bien à monter la garde chez elle, mais Josie le devança.

– Il voulait me soumettre une dernière offre. Parce que, après tout ce que je venais de vivre, il s'est dit que j'avais peut-être changé d'avis, que j'avais peut-être envie d'aller me planquer ailleurs.

Une lueur brillait dans ses yeux. *De l'amusement ?*

– Je lui ai répondu d'aller se faire foutre... poliment, bien sûr.

Zach éclata de rire, et ce fut si bon qu'il continua à rire.

– Pas trop poliment non plus, j'espère.

De nouveau ce regard amusé, même si une lueur féroce se mit à y brûler aussi.

– Il a bien reçu le message. Il faut dire que mon fusil est plutôt convaincant, ajouta-t-elle avec une moue.

– Tu as une arme ?

– Oui. Et j'ai appris à m'en servir.

Il la contempla avec admiration. Que Josie Stratton tienne encore debout relevait presque du miracle. Pourtant, elle était bien là, elle s'était relevée, une fois de plus. Et Zach ne doutait pas un seul instant que, quoi qu'elle ait à faire pour continuer à marcher, elle le ferait.

Leurs sourires s'évanouirent et ils se dévisagèrent pendant un long moment. Elle lui manquait. Elle lui manquait tellement. Pourtant il ne savait pas par où commencer.

– Je crois qu'on n'a pas fait les choses dans le bon ordre, qu'en penses-tu ? lâcha-t-il.

Il en avait marre de tourner autour du pot. Il avait envie d'elle, envie d'eux. Pas juste un dîner, mais des millions de dîners, des millions de petits déjeuners et de déjeuners, et tout ce qu'il y avait entre les repas. Cette chienne de vie était trop courte – trop imprévisible – pour continuer à perdre du temps

– Oui, je crois aussi, répondit-elle en détournant les yeux. Ce que je t'ai expliqué, sur le fait que j'étais inapte pour l'amour, brisée... Eh bien je... Je ne pense pas que ce soit vrai.

Elle déglutit.

– Moi non plus, lui assura-t-il.

Il fit un pas vers elle et se laissa imprégner par son parfum, la délicate odeur de son shampoing, de sa peau, son odeur à elle.

Elle hocha la tête, un peu nerveuse.

– Cela dit, il me reste un peu de travail à faire sur moi-même.

Le cœur de Zach était sur le point d'exploser.

– Alors, travaillons ensemble.

Elle lui sourit, le regard chargé d'espoir.

– Je voudrais sortir avec toi, Josie. Te faire la cour. T'offrir des fleurs et te présenter mes parents, et tout le tralala sentimental. Cette fois, on va faire ça bien.

Les larmes lui emplirent les yeux et elle se mit à rire. Un son heureux.

– Je t'aime, Josie.

Le bonheur illumina son visage.

– Attends, là, on s'y prend de nouveau à l'envers, non ?

– Oui, confirma-t-il en s'avançant.

Il lui ôta son chapeau et le jeta dans la voiture afin de pouvoir tenir son visage entre ses mains.

– Mais c'est plus fort que moi. Je t'aime, répéta-t-il. J'aime autant tes imperfections, tes lacunes, que ton héroïsme et ta générosité. J'aime la Josie qui est tombée et j'aime la Josie qui s'est relevée et qui se relève encore et encore. Je t'aime, *toi*.

Une larme roula sur sa joue.

– Je t'aime aussi, chuchota-t-elle.

Alors il s'empara de ses lèvres et l'embrassa tandis que, dans le ciel de plus en plus sombre, les étoiles se mettaient à scintiller, l'une après l'autre.

ÉPILOGUE

C'était le moment préféré de Josie, cette heure dorée, magique, juste avant que le jour bascule dans le crépuscule. Elle plaça une pince à linge sur la corde. Le drap qu'elle venait d'attacher se souleva dans la légère brise estivale, puis se rabattit en diffusant son parfum de lessive fraîche et de soleil.

En elle, la vie s'étira et remua, et elle marqua une pause pour poser sa main sur son ventre, profitant de l'instant présent. Ça lui arrivait très souvent, ces derniers jours. Peut-être était-ce le mélange d'hormones et de bonheur qui la rendait aussi débordante de gratitude. En tout cas, elle devait littéralement s'arrêter et prenait le temps de savourer – parfois même en pleurant – ce sentiment aussi longtemps que possible. Peut-être était-ce ça, le bonheur à l'état pur, inaltéré.

Son ventre se resserra et une légère tension nerveuse se manifesta. Ce ne serait plus long, maintenant. Ce soir peut-être, ou demain. Un petit frisson de nostalgie la parcourut. Cette naissance – son second accouchement – lui inspirait un sentiment de fête, mais ravivait aussi une certaine tristesse. Des souvenirs. Un manque. Malgré son bonheur, et la paix qu'elle avait trouvée, pour elle, la vie resterait à jamais un mélange complexe d'émotions conflictuelles. Elle avait appris à les accueillir, à se laisser traverser par celles-ci en se concentrant sur sa respiration. Elle était prête, elle savait que tout irait bien.

Josie attacha un autre drap à la corde à linge en contemplant le paysage. Son regard se porta vers le pré où sa tante l'avait un jour emmenée cueillir des fleurs sauvages, l'endroit qu'elle avait porté dans son cœur et qui lui avait permis de surmonter tant de jours sombres. C'était sa propre vision de l'espoir, ce à quoi elle s'était raccrochée de toutes ses forces. Un jour, très bientôt, elle irait là-bas, exactement à cet endroit, cueillir un bouquet avec sa propre fille, celle qu'ils avaient décidé de baptiser Arryn, en hommage au frère tant aimé que Zach et sa famille avaient perdu. Car elle avait appris que l'amour était infini, qu'il n'avait pas de limite, qu'il ne s'éteignait jamais. L'amour survivait à tout et poursuivait son cours, tel un torrent de montagne, quels que soient les obstacles ; sa force incommensurable contournait, surmontait ou creusait même des méandres dans la roche qui se plaçait en travers de son chemin.

Avec une petite moue attendrie, elle visualisa une petite fille aux boucles brunes et aux yeux bleu nuit.

Soudain, une silhouette assombrit l'un des draps. Le sourire de Josie s'élargit. Elle reconnaîtrait entre mille cette silhouette, cette taille, cette allure, même à travers le coton blanc. Il écarta le tissu et un sourire illumina ses traits lorsqu'il l'aperçut.

– Eh, tu aurais dû me laisser m'occuper de ça.

Elle ramassa le panier vide.

– J'avais envie de prendre l'air. Et, je ne suis pas handicapée, lui rappela-t-elle avec un regard éloquent.

Il lui adressa un sourire penaud de petit garçon réprimandé, mais lui prit tout de même le panier des mains.

– Je sais. Je veux juste m'assurer que tu te reposes assez. Bientôt, tu n'auras plus le temps.

Josie sourit et plaça les mains sur son ventre imposant, là où leur fille se nichait pour l'instant. Oui, elle n'aurait bientôt plus le temps de se reposer, mais elle n'attendait que ça.

De sa main libre, Zach lui enlaça les doigts et ils se dirigèrent vers leur maison. Pour finir, ils avaient décidé de ne pas rouvrir la maison d'hôtes, mais de remplir les chambres d'enfants.

Et d'animer la table de la salle à manger avec leurs amis et avec la famille au grand cœur et bruyante de Zach, qui était désormais aussi la sienne. Dès le début, la mère de Zach avait pris Josie sous son aile et l'avait traitée comme sa propre fille. Josie adorait se sentir maternée. Elle n'avait jamais connu ça auparavant et cela lui avait permis de guérir une autre part d'elle-même brisée depuis très longtemps.

Alors qu'ils gravissaient les marches du perron, le téléphone de Zach se mit à sonner de l'intérieur. Jimmy, sans aucun doute, qui l'appelait pour faire le point sur une affaire en cours. Josie désigna la maison d'un signe de tête.

– Vas-y, moi je vais m'asseoir ici quelques minutes, histoire de soulager mes jambes.

Elle ponctua sa phrase d'un petit sourire ironique avant de déposer son corps devenu encombrant sur la balancelle qu'ils avaient installée sur la terrasse l'été précédent, à l'époque où elle venait tout juste d'obtenir son diplôme universitaire, atteignant ainsi un objectif qu'elle s'était fixé depuis si longtemps.

Zach se pencha et déposa un baiser sur son front.

– D'accord. Je te rejoins dans une minute et je nous rapporte du thé glacé.

Josie s'aida de son pied pour se balancer doucement et contempla le ciel désormais enflammé par le coucher de soleil. Ses pensées se tournèrent vers Charles Hartsman, comme ça lui arrivait parfois. Était-il en train d'admirer le même coucher de soleil – ou son lever, peut-être – depuis une plage lointaine ? Elle éprouva une pointe d'effroi. Encore l'une de ces émotions avec lesquelles elle avait appris à vivre en travaillant sur sa respiration. Il ne reviendrait pas. Elle le savait, elle le sentait au plus profond d'elle-même. Peut-être serait-il traduit un jour devant la justice, mais pour l'heure, elle avait appris à vivre avec cette absence de conclusion. En tout cas, elle y était parvenue plus facilement que son mari, ce qui était curieux, mais vrai. *Mon tendre gardien.* L'homme qui était prêt à sauver la planète entière s'il le pouvait.

Au moins, le nom de Marshall Landish avait été innocenté et réhabilité ; son honneur était sauf et sa sœur avait pu retrouver la sérénité.

L'être humain et sa nature complexe, la plus grande illustration du paradoxe. L'être humain, capable d'entretenir les pires desseins et de nourrir un amour éternel. Violence indicible contre gentillesse infinie. Culpabilité et mérite. Presque inconsciemment, elle plaça les doigts sur la cicatrice qu'elle portait à la cuisse, le témoin de sa culpabilité. Elle n'en avait plus honte. Elle avait bel et bien été coupable à une époque. Non pas qu'elle ait été mauvaise ou ait commis un acte répréhensible, mais elle avait été blessée, elle était coupable d'avoir désespérément cherché à être aimée, à tel point qu'elle en avait oublié son orgueil ainsi que toute notion du bien et du mal. Exactement comme Charles Hartsman, mais dans une tout autre proportion.

Qui est coupable ? Telle était la question. Et le cœur de Josie avait trouvé la paix dans la réponse.

Pour résumer : nous le sommes tous.

Nous sommes tous coupables. Coupables de prendre sur nous et de continuer à aller de l'avant sans relâche au lieu d'exprimer notre mal-être, coupables de nous forcer à nous relever encore et encore après nous être effondrés, de faire un gros travail sur nous-mêmes pour camoufler nos blessures afin de ne pas égratigner les autres avec les échardes de notre souffrance.

Son ventre se contracta de nouveau, plus fort cette fois, et plus longuement. Elle faillit même laisser échapper un petit grognement. Oui, cette fois, son bébé arrivait. Elle expira longuement et s'imprégna de ces derniers instants où la vie qu'elle portait n'appartenait encore qu'à elle. Dans quelques heures, son cœur et celui de sa fille ne battraient plus à l'unisson.

La porte-moustiquaire grinça et Zach la rejoignit sous le porche. Il lui tendit un verre de thé glacé, s'installa à côté d'elle et passa un bras autour de ses épaules.

Elle plongea son regard dans ses yeux indigo.

– Elle arrive, finit-elle par annoncer à son mari.

Elle éclata de rire devant son expression tout à coup alarmée.

Il était temps de partir à la rencontre de cette petite personne qui serait le point de départ de leur famille. Une petite fille qui connaîtrait l'amour profond de ses deux parents, l'adoration indulgente de ses grands-parents, la dévotion d'une tante et de cousins, et, avec un peu de chance, une vie paisible où elle se sentirait en sécurité, sûre d'elle et prête à affronter tous les défis que la vie lui enverrait.

Zach l'aida à se lever, puis courut chercher sa valise. Josie sourit et se tourna vers le soleil de plus en plus bas dans le ciel. Ce ciel, elle avait vécu et continué à respirer pendant tant de jours et de nuits dans l'espoir de le revoir en grand, bien dégagé, preuve que ses heures les plus sombres de solitude seraient terminées. À présent, il était là, devant elle, s'étirant à perte de vue.

REMERCIEMENTS

Je voudrais exprimer ma plus profonde gratitude aux nombreuses et généreuses personnes qui m'ont aidée à raconter cette histoire.

Merci à mes éditrices, Angela Smith, Marion Archer et Karen Lawson, qui ont non seulement veillé à ce que mon texte soit grammaticalement correct, mais n'ont pas hésité à me signaler en toute franchise les faiblesses de l'intrigue (sans parler de leurs ingénieuses suggestions pour y remédier !). Merci pour votre attention particulière sur les détails et tout simplement pour le plaisir que m'apporte notre collaboration. J'ai réellement l'impression que votre objectif est de m'aider à raconter la meilleure histoire possible, et c'est un véritable cadeau.

Un immense merci à ma formidable équipe de bêta-lectrices : Stephanie Hockersmith, Cat Bracht, JoAnna Koller, Ashley Brinkman, Rachel Morgenthal et Shauna Waldleitner Rogers. Merci de m'avoir consacré votre temps si précieux, vos opinions sincères et vos commentaires si utiles.

Merci à Elena Eckmeyer, non seulement pour son travail de bêta-lectrice et ses suggestions qui m'ont permis de renforcer le récit, mais aussi pour son enthousiasme à l'égard de cette histoire. *Et* pour sa fantastique lecture finale. Olé ! Je suis si heureuse que tu m'aies écrit ce commentaire sur Facebook il y a déjà de nombreuses années.

Merci à toi aussi, Sharon, pour les dernières vérifications, avec un délai imparti très contraignant qui plus est. Je ne pourrai jamais exprimer assez à quel point j'apprécie ta gentillesse infinie.

Je voue aussi une profonde reconnaissance à Eric Karaguleff, inspecteur à la police criminelle de Cincinnati. Merci d'avoir continué à répondre au téléphone aux millions de questions sur votre métier dont je vous inondais. Votre temps et votre bienveillance m'ont permis de rendre cette histoire aussi crédible que possible.

Merci à Katy d'être ma confidente dans cet univers littéraire parfois un peu houleux. Merci pour les séances de papotage, les coups de main et cette longue et précieuse amitié.

Merci aussi à ma tribu d'amis auteurs, sources constantes d'inspiration, de camaraderie, de rires et de soutien.

Merci à Kimberly Brower, mon amie et agent.

Merci à vous, lecteurs, merci d'avoir écouté l'histoire que j'avais à raconter. Merci de donner votre avis et de faire connaître mes livres. J'ai pour vous une immense gratitude.

Merci à la Mafia de Mia – ma famille de lecteurs, dont bon nombre sont fidèles au poste depuis le tout début de cette aventure.

Merci à tous les blogueurs et instagrameurs qui passent un temps fou non seulement à me lire, mais aussi à rédiger des articles fouillés et honnêtes, accompagnés de photos de mon livre dans de fabuleuses mises en scène. Vous m'êtes si précieux.

Enfin, merci à mon mari, mon refuge, pour tout ce qui compte.